Kiss Mr, Mr. Millionaire

Von Katie McLane

Impressum
1. Auflage, 2023
© Katie McLane – alle Rechte vorbehalten.
Cover: Dream Design – Cover and Art, Renee Rott
Lektorat: Franziska Schenker

Katie McLane
c/o easy-shop, K. Mothes
Schloßstr. 20
06869 Coswig (Anhalt)

info@katie-mclane.de
www.katie-mclane.de

Dieses Werk ist urheberrechtlich geschützt. Jegliche Vervielfältigung und Verwertung, auch auszugsweise, ist nur mit schriftlicher Zustimmung der Autorin zulässig.
Personen und Handlungen sind frei erfunden, etwaige Ähnlichkeiten mit real existierenden Menschen sind rein zufällig und nicht beabsichtigt.

Herstellung und Druck über tolino media GmbH & Co. KG, Albrechtstr. 14, 80636 München. Printed in Germany.
Fragen zu Produktsicherheit an: gpsr@tolino.media.

Kiss Mr, Mr. Millionaire

(San Francisco Millionaires 2)

Von Katie McLane

Buchbeschreibung:
Wenn du etwas findest, das du nie gesucht hast. Und feststellst, dass du nie etwas anderes wolltest.

Nach den Schicksalsschlägen der letzten Jahre bringt ein übergriffiger Chef das Fass zum Überlaufen und Cassidy Lucas braucht dringend einen neuen Job. Die Stelle als Assistentin bei Britton & Walker ist ihre letzte Rettung und passt perfekt, wenn da nur nicht dieser unwiderstehliche CEO wäre. Wie soll sie mit jemandem zusammenarbeiten, für den sie schon als junge Frau geschwärmt hat und der ihr Herz nun immer öfter aus dem Takt bringt?

Ex-Baseballstar Lance Britton steckt sämtliche Energie in den Erfolg seiner Agentur und genießt die Vorzüge des Single-Daseins. Seitdem sein Freund und Partner das Glück gefunden hat, wächst allerdings eine gewisse Unruhe in ihm. Schon deshalb sollte er die Faszination leugnen, die seine neue Assistentin auf ihn ausübt.
Nur wie, wo doch sein Verlangen nach ihr mit jedem Tag stärker wird? Und ihn auch noch seine Vergangenheit einholt?

Über die Autorin:
Gestatten? Katie McLane. Musik im Blut, Pfeffer im Hintern, Emotionen im Herzen, prickelnde Geschichten im Kopf.
Ich lebe mit meiner Familie im Herzen NRWs und schreibe Romance für alle Sinne.
Meine Liebesromane drehen sich um dominante Männer und starke Frauen. Sind voll prickelnder Leidenschaft, überwältigendem Verlangen und absoluter Hingabe. Vereinen intensives Knistern, süße Sehnsucht und tiefe Gefühle. Und sie treffen mit all ihren Emotionen mitten ins Herz - bis zum Happy End.

Playlist

»Flowers« – Miley Cyrus
»Rescued« – Foo Fighters
»Cure For Me« – Aurora
»The New Sensation« – Sum 41
»Cool« – Dua Lipa
»Blue Like Jazz« – Weezer
»Flowers Need Rain« – Preston Pablo & Banx & Ranx
»Self Help« – Good Charlotte
»Get Outta My Heart« – Ava Max
»Iconic« – Simple Plan
»Uncover« – Zara Larsson
»Stay All Night« – Stone Broken
»Open Your Heart« – Lionville
»In The Dark« – 3 Doors Down
»Running Up That Hill (A Deal With God)[2012 Remix]« – Kate Bush
»A Silent Murder« – Story Of The Year
»Don't Let The Light Go Out« – Panic! At The Disco
»The Light Behind Your Eyes« – My Chemical Romance
»Surviving« – Jimmy Eat World

Oder »Playlist zu »Kiss Me, Mr. Millionaire«« direkt bei Spotify hören:
https://open.spotify.com/playlist/33vW2Mvyy8ZkK5Ol3TgsmN?si=08cc0d1aef1d497c

Kapitel 1 – Cassidy

»Komm schon, Cassidy, stell dich nicht so an.«

Mein Chef umrundet meinen Schreibtisch und alles in mir verkrampft sich.

»Es ist doch nur ein Abendessen.«

Von wegen!

»Nein, danke.«

»Du bist jetzt seit drei Monaten getrennt, da kannst du ein bisschen Spaß gebrauchen.«

Schräg hinter mir bleibt er stehen, seine Finger berühren meinen Oberarm, streichen höher.

»Es wird auch nicht zu deinem Nachteil sein.«

Seine Hand wandert über meine Schulter, zum Nacken. Es schaudert mich.

Angst und Widerwillen kriechen von meinen Eingeweiden in die Brust, schnüren mir die Kehle zu.

»Morgan, bitte.« Ich löse den Blick von meinem Monitor, richte ihn Richtung Großraumbüro. Die Werbeagentur ist erfüllt von Stimmen, Tastenklappern sowie anderen typischen Geräuschen des Büroalltags, doch niemand sieht herüber.

»Mmh, ja, ich weiß, du willst es auch.«

Bei diesen Worten explodiert Abscheu in mir, mein Verstand sieht rot und Adrenalin schießt in meinen Körper. Ich springe auf, wirbele herum und versetze ihm eine heftige Ohrfeige.

»Nimm die Finger weg, du Arschloch!«

Mein Chef starrt mich mit offenem Mund an, hinter mir verstummt alles und in meinem Kopf hat nur noch ein einziges Wort Platz.

Scheiße!

Im nächsten Moment verzieht Morgan vor Wut das Gesicht. »Du bist gefeuert, du Miststück!«

Ich hebe das Kinn, straffe die Schultern. »Von wegen! Ich kündige, du notgeiler perverser Wichser.«

Er deutet mit dem ausgestreckten Arm Richtung Haupteingang. »Raus! Sofort.«

»Mit dem allergrößten Vergnügen.«

Ich bücke mich zur untersten Schublade, nehme meine Handtasche heraus. Suche eilig die wenigen persönlichen Dinge zusammen und werfe sie hinein. Schiebe mir den Träger über die Schulter und drehe mich noch einmal zu ihm um. »Ich hoffe, dir fault irgendwann der Schwanz ab.«

Damit wende ich mich ab und stolziere mit hocherhobenem Kopf durch den Hauptraum der Agentur, die Augen fest auf den Ausgang gerichtet. Dahinter ignoriere ich die Fahrstühle, stoße die Feuerschutztür zum Treppenhaus auf und eile ins Erdgeschoss hinab.

Auf dem Gehweg wende ich mich nach rechts, bleibe am Ende des Gebäudes an der Ampel stehen und presse die Lider zusammen.

Der typische Straßenlärm von San Francisco prasselt auf mich ein, Autos, Hupen, Sirenen. Ein Bus fährt an mir vorbei, hüllt mich in einen Schwall aus warmer Luft und Abgasen. Doch ich dränge alles beiseite und kehre in Gedanken an meinen Schreibtisch – ach, nein, *ehemaligen* Schreibtisch zurück.

Was für eine verfluchte Scheiße! Was habe ich nur getan?

Das Richtige!

Das Signal der Fußgängerampel schaltet um, ich reiße die Augen auf und überquere die Kreuzung, marschiere gen Süden.

Ja, ich weiß, es war längst überfällig.

Morgan ist generell ein Mensch, der keine Distanz kennt, geschweige denn Privatsphäre. Umso aufdringlicher verhält er sich Single-Frauen gegenüber, vor allem bei seinen eigenen Mitarbeiterinnen. Bisher hat er mich in Ruhe gelassen, aber nach der Trennung von Ryan, die erst kürzlich zu ihm durchgesickert ist, hat sich abgezeichnet, dass er vor seiner Assistentin genauso wenig haltmacht.

Ich seufze stumm, umfasse den Trageriemen meiner Handtasche fester.

Warum habe ich da nicht schon angefangen, mich nach einem neuen Job umzusehen?

Tja, ich war mit dem ganzen anderen Scheiß in meinem Leben beschäftigt und hatte zu wenig Kraft, mich auch noch um Stellenanzeigen oder Vorstellungsgespräche zu kümmern.

Am Rand des Geschäftszentrums der Stadt, dem Union Square, treffe ich auf die Market Street. Überquere sie und laufe ein Stück an ihr entlang, Richtung Südwesten. Die Straße ist eine der Hauptverkehrsadern von San Francisco und seit einigen Jahren für den privaten Personenverkehr gesperrt. Entsprechend entspannt können Einheimische wie Touristen nun an den tollen Geschäften entlangflanieren, doch mir fehlt heute verständlicherweise die Muße dazu. Außerdem liegen die Marken, die zum Beispiel im *Westfield Centre* geführt werden, eh außerhalb meiner Preisklasse.

Vor dem *Nordstrom* Kaufhaus biege ich dann in die 5th Street ab, doch schon einen Block weiter muss ich an der nächsten Kreuzung stehen bleiben.

Ich nutze die Zeit der Rotphase, um den Blick schweifen zu lassen.

An den historischen Laternen und Ampelmasten hängen Werbeplakate für die Stadt, *Welcome to San Francisco*

– *Ahead of the Curve*, dazwischen das einer Jobbörse für lokale Produktions- und Handwerksbetriebe. Die Internetadresse präge ich mir ein.

Auf dem weiteren Weg laufe ich am altehrwürdigen Verlagsgebäude des *San Francisco Chronicle* vorbei und nehme mir vor, mich auf deren Website ebenfalls nach Stellenangeboten umzusehen. Genauso wie bei *Yahoo* oder der Universität für Zahnmedizin schräg gegenüber.

Ehrlich, ich muss doch nur mit offenen Augen durch die Stadt gehen, über Google Maps systematisch die Unternehmen des Geschäftszentrums abklappern. Da findet sich mit Sicherheit ein Job für mich, immerhin habe ich einen erstklassigen Abschluss in der Tasche und einige Jahre Berufserfahrung vorzuweisen.

Zwei Straßen weiter biege ich in die Folsom Street ab und erreiche das Apartmenthaus, in dem ich seit der Trennung wohne. Stoße die Tür auf, betrete das Gebäude und atme erleichtert auf. Von dem zwanzigminütigen Gewaltmarsch in der Mittagssonne bin ich total verschwitzt, denn in diesem Herbst ist es verhältnismäßig warm.

Ich durchquere die kreativ-moderne Lobby, nicke dabei der älteren Dame am Portierstresen zu und drücke am Ende auf den Rufknopf für die Aufzüge.

In der vierten Etage sind es nur ein paar Schritte bis zu meinem Apartment und ich schlüpfe hinein. Die Jalousien sind wegen des Sonnenlichts geschlossen, weshalb mich ein angenehmes Dämmerlicht empfängt.

»Hallo, Süße! Frauchen ist zu Hause.« Ich schließe die Tür, gehe die wenigen Schritte zum Esstisch und lege Handtasche sowie Key-Card darauf ab.

Da erklingt endlich das leise Klicken von Krallen auf dem grauen Laminat und neben mir taucht Cleo auf.

Lächelnd beobachte ich, wie der Beagle-Mix herzhaft gähnt, sich streckt und schließlich mit wedelndem Schwanz und einem freudigen Hecheln zu mir aufblickt.

Ich hocke mich hin, umfasse ihren hellbraunen Kopf mit der weißen Schnauze und lege meine Stirn an ihre. »Ja, da guckst du, was? Ich bin schon wieder da. Willst du wissen, warum?«

Ich drücke ihr einen Kuss auf den Kopf, tätschele ihre Seiten und richte mich wieder auf. Gehe ins Schlafzimmer, tausche Hosenanzug gegen bequeme Kleidung und erzähle ihr, was vorgefallen ist.

Anschließend folgt Cleo mir zurück in die Küche, wo ich eine Flasche Wasser aus dem Kühlschrank nehme und mich am Esstisch niederlasse.

Die hellbraun-weiß gescheckte Hündin knickt an den Hinterläufen ein und setzt sich ebenfalls, schaut mich erwartungsvoll an und wedelt mit dem Schwanz über das Laminat.

Natürlich werde ich weich und angele ein Leckerchen aus der Tasche, die ich auf den Gassirunden dabeihabe und die nun neben Halsband sowie Leine auf der anderen Seite des Tisches liegt. Forme die linke Hand zu einer Pistole und richte die Finger auf Cleo. »Hände hoch!«

Sofort streckt sie artig die Vorderpfoten in die Luft und ich werfe ihr den kleinen Keks zu, den sie aufschnappt und genüsslich verspeist.

Ich beuge mich zu ihr, streichele ihr über den Kopf. »So, und nun sei lieb und leg dich ins Körbchen. Frauchen muss sich einen neuen Job suchen.«

Motiviert klappe ich den Laptop auf und schalte ihn ein, aktualisiere als Erstes meinen Lebenslauf sowie das Anschreiben. Anschließend reaktiviere ich meine Konten bei den größten Onlinejobbörsen Kaliforniens und bearbeite die Suchagenten.

Bei der Gelegenheit schaue ich mir die Ergebnisse gleich an, doch die auf mich passenden Angebote werden leider zu schlecht bezahlt. Und die lokalen Jobseiten, so wie die, die ich mir unterwegs gemerkt habe, bieten nur dieselben Stellen an. Wirklich schade.

Außerdem klappere ich wie geplant das Stadtgebiet nördlich der Market Street ab, denn dieser Bereich erscheint mir am aussichtsreichsten. Bis zum Schlafengehen schaffe ich kaum die Hälfte davon, setze mich aber gleich nach einer langen Morgenrunde wieder an den Computer und suche weiter.

Die Ausbeute ist miserabel, doch ich schicke allen eine Bewerbung und erhalte für Freitag sogar zwei Vorstellungsgespräche. Was mich total motiviert und Ängste sowie Sorgen erst einmal beiseiteschiebt. Ähnlich sieht es bei der Suche südlich der Market Street aus, aber dort kann ich für Donnerstag drei Termine ergattern.

Grinsend drehe ich mich zu Cleo um, die in ihrem Körbchen an der Wand unterhalb des Fernsehers liegt. »Siehst du, Süße? Fünf Gespräche innerhalb kurzer Zeit, wenn das kein gutes Zeichen ist!«

*

Zu meiner Enttäuschung waren die Termine am Donnerstag allesamt eine Katastrophe.

Meine Gehaltsvorstellungen stimmen nicht mit dem Budget überein.

Oh, sie hätten doch lieber jemanden mit mehr Erfahrungen in gewissen Bereichen.

Und nein, ich will keine reine Sekretärin sein, die ihrem Chef den Arsch hinterherträgt.

Tja, und nun stöckele ich durch das Bankenviertel, ernüchtert von einem Gespräch, bei dem der zukünftige Vorgesetzte ein ähnliches Verhaltensmuster gezeigt hat, wie ich es von Morgan kenne.

Herrgott, gibt es denn keine integren CEOs oder Abteilungsleiter mehr, die eine gute Assistentin gebrauchen können?

Die Enttäuschung in mir steigt höher, bringt Verzweiflung mit.

Meine gesamten Ersparnisse sind für den Neuanfang vor einem Vierteljahr draufgegangen, ich kann es mir nicht leisten, länger als eine Woche ohne Anstellung zu sein.

Sogleich sehe ich mich als Obdachlose unter einer Brücke schlafen, zusammen mit Cleo, und das lockt auch meine älteren Angstgefühle an.

Mist, das kann ich gerade kein bisschen gebrauchen.

Außerdem habe ich Durst und mein Magen knurrt vor Hunger.

Um mich abzulenken, schaue ich umher und seufze schließlich.

Nichts ist langweiliger als protzige Bankgebäude.

Hinter einem weiteren pompösen Eingang entdecke ich beleuchtete Fenster, werfe einen Blick hinein. Im vorderen Bereich wimmelt es vor Menschen, doch von hinten strahlt mich ein goldener Schriftzug an, *Eat Happy*.

Mein Unterbewusstsein reagiert sofort, lenkt mich zur offen stehenden Tür und hinein in ein modernes, stilvolles Bistro. Der große Raum ist in Weiß und verschiedenen Grautönen gehalten, veredelt mit goldenen Akzenten. Babyblaue Stühle und Verzierungen an Wänden sowie Decke lockern die Atmosphäre auf.

Die Tische im vorderen Bereich sind zu mindestens drei Vierteln besetzt, die Luft ist erfüllt von Gesprächen und Gelächter. Obendrein steigen mir fruchtige und würzige Düfte in die Nase, die meinen Hunger anheizen, also beeile ich mich mit der Orientierung. Finde das Ende der Schlange und reihe mich ein.

Am Ende bezahle ich einen Thai-Mango-Salat und eine

hausgemachte Hibiskus-Limonade, nehme mein Tablett und scanne die Tische nach einem freien Sitzplatz.

Weiter hinten sichte ich einen Sechser-Tisch, an dem nur zwei Frauen sitzen, und laufe hinüber.

»Entschuldigung, ist hier noch frei?«

Die beiden schauen zu mir auf und die Brünette auf der Sitzbank gegenüber nickt lächelnd. »Klar, setzen Sie sich.«

»Danke.« Ich stelle das Tablett am anderen Ende ab und meine Tasche unter den Tisch, sinke auf den Stuhl und widme mich meinem Essen.

Um mich vom Grübeln abzuhalten, richte ich meine Aufmerksamkeit auf die Geräuschkulisse und lausche automatisch dem Gespräch meiner Tischnachbarinnen.

»Wie auch immer, du musst dich schonen.« Die Frau mit dem platinblonden Bob neben mir deutet mit der Gabel auf ihr Gegenüber.

»Sehr witzig. Wie denn? Soll ich Lance einfach hängen lassen?«

»Du kannst ja wohl am wenigsten dafür, dass diese blöde Kuh nach ein paar Wochen hinschmeißt.«

»Ich weiß. Trotzdem.«

»Dann müssen wir halt jemanden von einer Zeitarbeitsfirma nehmen.«

»Und wer soll die neue Assistentin später einarbeiten? Du?«

Ich horche auf.

»Muss ich ja wohl.«

»Ach, das ist alles zum –«

Die Worte gehen in ein Ächzen über und ich schaue möglichst unauffällig hinüber.

Die Brünette lehnt sich auf der Sitzbank zurück, das Gesicht vor Qual verzogen, und streicht in Kreisen über ihren gewölbten Bauch.

Himmel, sie ist hochschwanger!

Ein Stich fährt mir in die Brust, doch ich schiebe das eilig beiseite. Hier eröffnet sich eine unerwartete Möglichkeit.

Die Platinblonde seufzt. »Vanessa, dein Entbindungstermin ist in gut drei Wochen. Nie und nimmer finden wir in der kurzen Zeit eine Nachfolgerin für dich. Da müsste es schon mit dem Teufel zugehen.«

Hastig schlucke ich den Salat hinunter, wende mich den beiden zu. »Entschuldigen Sie, ich habe unbeabsichtigt Ihr Gespräch mitbekommen.«

Zwei Augenpaare richten sich auf mich, die Platinblonde runzelt die Stirn. »Ja, und?« Sie ist älter als die Brünette, schätzungsweise zehn oder fünfzehn Jahre.

Ich versuche es mit einem entschuldigenden Lächeln. »Ich hoffe, das ist nicht unhöflich, aber kann es sein, dass Sie eine Assistentin suchen?«

Die Brünette zuckt mit den Schultern. »Ja, einen Ersatz für mich, am besten gestern. Eigentlich wollte ich schon zu Hause bleiben und die letzten Wochen genießen.«

»Das kann ich sehr gut verstehen.« Kurz wandert mein Blick zu ihrem Babybauch und mein Magen zieht sich zusammen. »Vielleicht hat mich das Schicksal deshalb hierhergeführt.«

»Wie meinen Sie das?«

»Nun, wie der Teufel es will, suche ich seit Montag nach einem neuen Job, und zwar als Assistentin.«

Die Brünette setzt sich aufrecht hin, wirkt eindeutig interessiert, doch ihre Kollegin hebt eine Hand.

»Darf ich fragen, warum?«

»Wenn ich offen reden darf.«

»Natürlich.«

Ich fasse ihr die Situation zusammen und die beiden Frauen tauschen einen Blick. Auf ihren Gesichtern erkenne ich eine Mischung aus Mitgefühl und Neugierde.

»Das heißt, Sie wären sofort verfügbar?«

Ich nicke.

»Haben Sie zufällig Ihre Bewerbungsunterlagen dabei?«

»Selbstverständlich.« Schnell beuge ich mich zu meiner Tasche hinab, ziehe die Mappe heraus und halte sie den beiden entgegen.

Sofort greift die Brünette danach, klappt sie auf.

Die ältere Frau hingegen mustert mich eingehend. »Erzählen Sie doch bitte etwas über sich und Ihre Berufserfahrungen.«

Dem komme ich gern nach.

Am Ende schaut sie ihre schwangere Kollegin an. »Was meinst du?«

Die sieht mir direkt in die Augen. »Auch wenn Sie aktuell vermutlich jeden Job annehmen würden – wir sind eine Agentur für Profisportler, haben nur wenige Angestellte, deshalb würden Sie eng mit einem der beiden CEOs beziehungsweise Partner zusammenarbeiten. Das ist keine Stelle mit festgesteckten Aufgaben, bei uns sind Allround-Talente gefragt, und zwar langfristig.«

»Ich weiß, was eine gute Assistentin ausmacht, und habe keine Angst vor Arbeit. Hauptsache, das Arbeitsklima stimmt.«

Da lächelt die Platinblonde. »Oh, darüber werden Sie bei uns keine Klagen hören. Im Gegenteil, wir sind eher wie eine kleine Familie. Was meinen Sie wohl, warum es Vanessa so schwerfällt, sich von uns zu trennen?«

Die verdreht die Augen, lacht aber. »Ich fürchte, da hat sie recht.«

In meinem Magen breitet sich Nervosität aus. »Dann würde ich mich sehr freuen, wenn Sie mich zu einem Vorstellungsgespräch einladen. Wie gesagt, ich bin sofort verfügbar.«

Die Brünette kneift kurz die Augen zusammen.

»Wie spontan sind Sie?«

»Sehr, warum?«

Sie schaut zu ihrer Kollegin. »Ruf Rafe an, ob er gleich Zeit für ein Gespräch hat.«

Die nickt und angelt ihr Telefon aus der Handtasche, die auf ihrem Schoß liegt. Wischt, tippt und hält es sich ans Ohr. Schon nach wenigen Sekunden meldet sich jemand am anderen Ende.

»Hey, Rafe. Pass auf, hast du Zeit für ein Vorstellungsgespräch? ... Nein, anstatt Lance. ... Ja, genau. Neben uns sitzt eine interessante Kandidatin, die sofort einspringen könnte. ... Okay, super, dann bringen wir sie mit. Bis gleich.«

Sie legt auf und lächelt mich an. »Ist geritzt. Wir essen auf und Sie kommen direkt mit, mein Boss hat Zeit, das Gespräch zu übernehmen.«

Glückshormone explodieren in meinem Körper und meine Mundwinkel wandern weit nach oben. »Vielen Dank für diese Chance. Ich bin übrigens Cassidy.«

»Vanessa.« Die Brünette lächelt.

»Ich bin Olivia.« Die Platinblonde nickt. »Und ich glaube, ab Montag sind wir Kolleginnen.«

*

Mit wild klopfendem Herzen folge ich den beiden durch die Sicherheitskontrollen des Bürogebäudes. Lerne von Olivia, dass sie aufgrund zweier ansässiger Unternehmen so streng sind, und atme auf, als wir endlich im Fahrstuhl stehen.

Allerdings werde ich nun doch unruhig, schließlich hatte ich keine Gelegenheit, mich auf das Gespräch vorzubereiten.

In der siebten Etage steigen wir aus und ich folge ihnen

zu einer Glastür. Dahinter befindet sich ein Empfang, der gerade unbesetzt ist, und die beiden biegen nach rechts ab. Marschieren in einem so strengen Tempo durch einen Flur sowie einen Wartebereich, dass ich keine Gelegenheit habe, die Bilder und Sporttrophäen zu betrachten, mit denen sie dekoriert sind. Dahinter passieren wir zwei Besprechungsräume und biegen nach links in eine Art Vorraum ab, in dem an beiden Seiten je ein Schreibtisch platziert ist, einander zugewandt. Am anderen Ende führen zwei offen stehende Türen in weitere Büros und hinten rechts befindet sich eine weitere Öffnung.

Olivia geht zum linken Arbeitsplatz, Vanessa läuft zum Durchgang links, klopft an die Tür. »Hey, Rafe. Darf ich Cassidy direkt hereinschicken?«

Von drinnen ertönt eine männliche Stimme. »Hast du Bewerbungsunterlagen für mich? Ich würde gern vorher einen Blick hineinwerfen.«

»Na, klar.«

Sie läuft hinein und kehrt nach einigen Sekunden mit einem Lächeln zurück, deutet auf die beiden modernen Sessel in der vorderen Ecke des Raums. »Setz dich doch bitte einen Moment. Möchtest du etwas trinken?«

»Nein, vielen Dank.« Ich gehe zu der kleinen Sitzgruppe und sinke in einen der Clubsessel.

»Okay.« Sie nickt mir aufmunternd zu, läuft zu ihrem eigenen Arbeitsplatz und fährt per Knopfdruck ihren Schreibtisch hoch.

In meinem Magen breitet sich ein aufgeregtes Flattern aus und ich atme mehrere Male bewusst tief durch. Lasse den Blick schweifen, betrachte meine potenziell zukünftige Wirkungsstätte.

Alles erscheint hell und freundlich, zeitloses Design in Weiß, Grau und Schwarz, mit limonengrünen Akzenten. Die Möbel sind modern, elegant und erwecken den Eindruck von guter Qualität, genauso wie die technische Ausstattung der Arbeitsplätze.

»Ms. Lucas?«

Ich blinzele, entdecke einen Mann mit kurzem dunklem Haar, der auf mich zukommt, und springe auf. »Ja?«

Er trägt eine schwarze Stoffhose und ein weißes Hemd mit aufgekrempelten Manschetten, das sich von seiner gebräunten Haut abhebt und teilweise über den Muskeln seines Oberkörpers spannt. Vor mir bleibt er stehen, wobei er mich aufgrund meiner Absätze nur etwa eine Handbreit überragt.

»Guten Tag, ich bin Rafe Walker.«

Wir schütteln uns die Hand und ich erwidere das Lächeln, das ihn noch attraktiver macht, trotz der leicht schiefen Nase. Vielleicht, weil es bis zu seinen dunkelbraunen Augen reicht.

»Hallo. Vielen Dank, dass Sie so spontan Zeit für ein Vorstellungsgespräch haben.«

»Sie haben ja bereits erfahren, wie dringend es ist.«

»Stimmt.«

»Gehen wir doch in mein Büro.« Er deutet zum entsprechenden Eingang, lässt mir den Vortritt.

Mitten in dem lichtdurchfluteten Raum, der im gleichen Design gestaltet ist wie die anderen Bereiche, bleibe ich stehen und warte ab, bis er die Tür geschlossen hat. Auch hier hängen einige Bilder und wenn ich es richtig erkenne, war er einmal Footballspieler. Ansonsten weist nichts darauf hin, dass es sich um das Büro eines CEOs handelt, kein protziger Schreibtisch oder sonstige luxuriöse Gegenstände.

»Setzen wir uns.«

Ich folge ihm zu dem runden Besprechungstisch mit acht Stühlen und streiche meinen Rock glatt, bevor ich mich setze.

Mr. Walker wählt den Platz neben mir, dreht den Stuhl in meine Richtung und setzt sich ebenfalls.

Schnell korrigiere ich meine Position, wende mich ihm zu.

»Bitte, erzählen Sie mir doch etwas über Ihren Werdegang, Ms. Lucas. Und warum Sie vor ein paar Tagen ihren Job gekündigt haben.«

Ich nicke und komme seiner Aufforderung nach. Halte keine Details zur Trennung von meinem alten Arbeitgeber zurück, beantworte Zwischenfragen und atme am Ende tief durch.

Mr. Walkers Gesicht hat einen ernsten Ausdruck angenommen. »Wenn Ihr Vorgesetzter Sie sexuell belästigt hat, sollten Sie das melden.«

Ich lächele schief. »Bei wem? Die Firma gehört ihm.«

Da schüttelt er den Kopf und seufzt. »Solche Menschen sind mir ein Rätsel.«

»Ja, mir auch.«

»Nun, bei uns müssen Sie sich darüber keine Sorgen machen, das verspreche ich Ihnen. Mein Partner und ich sind seit vielen Jahren befreundet.«

»Okay, das ist gut. Und darf ich fragen, wie lange Sie diese Agentur schon betreiben?«

»Fast zwei Jahre. Nachdem ich meine Football-Karriere wegen einer schweren Verletzung an den Nagel hängen musste, hat Lance mir von seiner Idee erzählt.«

Eine Erinnerung schießt durch meinen Kopf und ich schnippe mit den Fingern. »Natürlich! Sie waren bei den *Eagles* und wurden im Spiel vor dem *Super Bowl* verletzt, oder?«

Er verzieht das Gesicht. »Ja, die *Packers* haben mich ordentlich in die Mangel genommen.«

»Wenn ich mich recht erinnere, war es verdammt ernst.«

»Stimmt.«

»Umso besser, dass Sie wieder vollständig gesund sind.«

»Es war ein harter Kampf. Den ich auch dank meines Partners gewonnen habe.«

Diese ehrlichen Worte zaubern mir ein Lächeln aufs Gesicht. »Solche Freunde sind sehr wichtig.«

»Auf jeden Fall. Und eine ähnliche Art von Fürsorge lassen wir auch unseren Beschäftigten zukommen. Ich würde sogar so weit gehen zu behaupten, dass wir alle wie eine Familie sind.«

»Davon haben Olivia und Vanessa mir bereits vorgeschwärmt. Das perfekte Arbeitsklima.«

»Von perfekt sind wir vermutlich noch ein gutes Stück entfernt, aber wir arbeiten daran.«

»Eine erfreuliche Einstellung. Schon deswegen würde ich mich freuen, wenn ich Sie ab Montag unterstützen dürfte.«

»Was eine Herausforderung werden könnte.«

»Davor habe ich keine Angst, Mr. Walker.«

Er lächelt. »Schön. Dann gebe ich Ihnen gern diese Chance.«

Zum zweiten Mal an diesem Tag schießt eine riesige Portion Glückshormone in mein System und ich grinse erleichtert. »Wirklich?«

»Ja.«

Ich möchte aufspringen, ihn umarmen, doch ich halte mich selbstverständlich zurück. »Tausend Dank, Mr. Walker, Sie werden es nicht bereuen.«

»Davon gehe ich aus. Trotzdem kommt es am Ende darauf an, wie Sie und Lance sich verstehen. Und ob Sie mit den Konditionen einverstanden sind.« Er zählt Gehalt, Jahresbonus sowie Urlaubsanspruch auf. Erwähnt Umfang der arbeitgeberfinanzierten Krankenversicherung und einige Firmenveranstaltungen.

Definitiv in allen Details besser als bei meinem alten Arbeitgeber, aber das muss er ja nicht wissen.

»Klingt für den Anfang sehr gut.«

Er nickt. »Wunderbar. Weiterführendes erörtern wir dann bei den regelmäßigen Feedbackgesprächen.«

»Mh-hm.«

Da beugt er sich vor, streckt mir die Hand entgegen. »Dann herzlich willkommen bei *Britton & Walker*.«

Begeistert schlage ich ein. »Vielen Dank.«

»Ich werde direkt unseren Dienstleister anrufen und einen Arbeitsvertrag erstellen lassen, den unterschreiben wir am Montag. Und jetzt bringe ich Sie zu Vanessa, damit Sie sich für Ihren ersten Arbeitstag abstimmen können.«

Wir stehen auf, verlassen sein Büro und laufen zum Schreibtisch der hochschwangeren Assistentin. »Ms. Lucas fängt am Montag bei uns an, würdest du alles Weitere mit ihr klären?«

Sie lächelt mich an. »Mit dem größten Vergnügen.«

»Danke dir. Also dann, Ms. Lucas. Wir sehen uns am Montag.«

»Sehr gern.«

Wir verabschieden uns mit einem weiteren Handschlag und auch der letzte Rest Anspannung fällt von mir ab.

Meine Existenz ist vorerst gesichert.

Kapitel 2 – Lance

»Es ist schon so lange her, trotzdem vermisse ich ihn manchmal wie am ersten Tag.«

Die leise, kraftlose Stimme meines Vaters reißt mich aus meinen Erinnerungen zurück in die Gegenwart. Ich blinzele, lese erneut die Inschrift des schlichten grauen Grabsteins.

Daniel Britton, geliebter Sohn und Bruder, viel zu früh aus dem Leben gerissen.

»Geht mir genauso.« Nicht nur das, an besonders emotionalen Tagen rede ich sogar in Gedanken mit meinem jüngeren Bruder. Über Dinge, die ich sonst niemandem anvertraue.

»Schön, dass du heute mit mir hergekommen bist.«
»Mh-hm.«

Da ich in den letzten drei Jahren aus beruflichen Gründen nicht herfahren konnte, habe ich mir Dannys 15. Todestag extra freigeschaufelt, vor allem für meinen Vater. Worüber ich im Nachhinein verdammt froh bin, sein Anblick gestern hat mich beinahe zu Tode erschreckt. Weil nicht nur die Kraft aus seinem Körper schwindet, sondern auch das Licht in seinen Augen.

»Wir sollten jetzt besser gehen.«

Stirnrunzelnd sehe ich ihn an. »Warum?«

»Terry wird bald hier sein.«

Bei dem Gedanken an meine Mutter explodiert heißer Schock in meiner Brust, gefolgt von Trotz.

»Ja, und?«

»Ich will nicht, dass sie uns sieht.«

»Warum nicht?«

Qual huscht über sein Gesicht. »Weil es so schon schwer genug ist.«

Damit wendet er sich ab und marschiert in die Richtung, aus der wir gekommen sind.

Resigniert stoße ich die Luft aus, werfe einen letzten Blick auf den Stein und folge ihm. Schaue mich auf dem gesamten Weg aufmerksam um, hoffe beinahe auf eine Begegnung.

Vergeblich.

Wir steigen in meinen Leihwagen und ich fahre zurück in das Viertel am Stadtrand von St. Louis, in dem mein Vater seit einigen Jahren lebt. In einem heruntergekommenen Trailer unter vielen, weit weg von der Gegend, in der Danny und ich aufgewachsen sind.

Der Anblick seiner Unterkunft, so gegensätzlich zu meinem früheren Zuhause, schmerzt jedes Mal aufs Neue und vielleicht komme ich darum möglichst selten her. Weil er all meine Hilfsangebote ausschlägt, wir deswegen schon einige Male heftig aneinandergeraten sind und ich nicht weiß, was ich noch tun soll.

Ich räuspere mich. »Brauchst du irgendetwas?«

»Nein.«

»Ich habe gesehen, dass der Trailer an mindestens zwei Stellen durchgerostet ist. Ich könnte dir einen neuen –«

»Nein!«

Er schleudert mir das Wort mit einer Vehemenz entgegen, dass ich zusammenzucke und gekränkt den Mund zuklappe.

»Es ist so, wie es sein muss. Ich habe es nicht anders verdient.«

Schon wallt die altbekannte Wut in mir auf, vermischt mit Frust und Verzweiflung.

»Herrgott, es war nicht deine Schuld.«

»Ich hätte es ihm verbieten sollen.«

»Danny hätte es trotzdem getan, so war er nun einmal. Es war ein *Unfall*.«

»Deine Mutter sieht das anders. Ich habe sie enttäuscht.«

Und was, zur Hölle, habe *ich* ihr getan?

Ich schüttele den Kopf.

Es ist zwecklos. Wie jedes einzelne Mal zuvor.

»Was hältst du davon, mich in San Francisco zu besuchen? Vielleicht zu Thanksgiving? Mein bester Freund Rafe hat dich ausdrücklich eingeladen.«

»Nein, ich werde Danny an diesem Feiertag nicht alleinlassen.«

Trauer ballt sich in meiner Brust zusammen, dehnt sich aus, und ich möchte ihn anschreien. Ihn fragen, warum er mich, seinen lebenden Sohn, über all den Schmerz vergisst. Doch wie immer dränge ich es zurück und besinne mich auf eine ruhige Atmung.

»Falls du es dir noch einmal überlegen möchtest ...«

Kurz sieht er mich an, zeigt mir all das Leid in seinen Augen, doch gleich darauf geht er wieder in die Defensive. »Danke für deinen Besuch, komm gut nach Hause.«

Damit wendet er sich ab, steigt aus und schlägt die Beifahrertür zu.

Hilflos schaue ich ihm nach, bis er in seiner Behausung verschwunden ist. Dann löse ich den Fuß von der Bremse und fahre weiter nach Holly Hills.

Gegenüber von dem dunkelroten Haus mit den cremefarbenen Giebeln und Fensterrahmen halte ich am Straßenrand an, schalte den Motor aus und blicke hinüber.

Rundherum ist es ruhig, normal für einen Freitagmittag, und es parkt auch kein Auto in der Auffahrt. Obwohl es bis zu Halloween noch ein paar Wochen dauert, ist die Veranda bereits mit Kürbissen, Fledermäusen, Spinnen und Geistern geschmückt. So wie in all den Jahren, in denen ich mit meinen Freunden kostümiert von Haus zu Haus gezogen bin, um Süßigkeiten einzufordern.

Davor steht der Ahornbaum mit dem herbstlich blutroten Laub, den mein Vater zu meiner Geburt gepflanzt hat und der das Haus überragt, so lange ich denken kann.

Wie oft bin ich von Ast zu Ast geklettert und das eine oder andere Mal abgestürzt. Habe mir Arme und Beine aufgeschürft oder Fingernägel abgebrochen.

Genauso wie Danny.

Ich seufze.

Dieser Ort ist voller schöner Erinnerungen und auch in meinem Herzen habe ich mir viel von meinem Bruder bewahrt. Mom und Dad allerdings ...

Ach, Fuck, es hat keinen Sinn, sich den Kopf darüber zu zerbrechen. Damals wie heute. Dabei hatte ich erwartet, dass es irgendwann aufhören und ich kaum noch einen Gedanken daran verschwenden würde.

Eine Bewegung erregt meine Aufmerksamkeit und ich schaue zu der T-Kreuzung hinüber, die etwa zehn Yards von meinem Standort entfernt ist.

Beim Anblick des leuchtend blauen Honda Civic mit Fließheck und dem grün-weißen Logo der *St. Mary's Dragons* auf der hinteren Tür trifft mich beinahe der Schlag. Mir wird heiß, dann kalt, und für einen Moment vergesse ich sogar zu atmen.

Der Wagen hält genau vor meinem früheren Zuhause und ich starre fassungslos das Emblem meiner Highschool-Baseballmannschaft an. Schwenke zur Fahrerin, von der ich nur das dunkle, teilweise ergraute Haar erkenne, weil sie zum Haus schaut.

Mein Puls rast los.

Hin- und hergerissen zwischen dem Wunsch, meine Mutter nach all den Jahren in die Arme zu nehmen, und der Wut, sie wegen ihres miesen Verhaltens anzuschreien, sitze ich bewegungslos da. Umklammere die untere Rundung des Lenkrads und versuche, das Chaos in meinem Innern in den Griff zu bekommen.

»Mom.«

Dieses eine Wort schlüpft tonlos über meine Lippen und als hätte sie es gehört, dreht sie sich um, sieht durch das Glas in der Fahrertür zu mir herüber.

Selbst auf die Distanz und durch die beiden Scheiben erkenne ich die Veränderung. Die Falten, der Ernst und die Trauer in ihrem Gesicht. Doch im Gegensatz zu Dad wirkt sie längst nicht so zerstört.

Die Erkenntnis facht meine Feindseligkeit an, lässt den Schmerz erneut auflodern, und ich presse die Lippen aufeinander. In meinem Kopf hat nur noch ein einziger Gedanke Platz.

Warum hast du das getan, Mom?

Ein Teil von mir möchte zu ihr gehen, die Tür aufreißen und ihr die Frage ins Gesicht schleudern. Sie schütteln, beschimpfen. Und etwas in mir möchte heulen.

Doch der rationale Teil von mir, dem ich all das verdanke, was ich heute bin, hält mich im Sitz zurück.

Wozu alles aufwühlen, unnötig altes Leid erwecken?

Da öffnet sie die Tür, steigt aus und ich sehe das Flehen auf ihrem Gesicht.

In mir wallt Widerwille auf, doch in meinem Hinterkopf meldet sich eine kleine Stimme.

Gib ihr eine Chance!

Nein, ich habe auch keine bekommen.

»Scheiß drauf«, murmele ich und starte den Motor. Wende den Blick ab und fahre los.

Im Hotel werde ich mir einen ordentlichen Drink gönnen und heute Abend dann all das hinter mir lassen.

*

»Hallo, Lance. Komm herein.«

Lächelnd betrete ich Rafes Luxusapartment und begrüße seine Freundin mit einem Wangenkuss. »Hey, Leslie. Wie geht es dir?«

»Alles super, danke der Nachfrage. Und bei dir? Du wirkst müde.«

»Ja, waren drei anstrengende Tage.«

»Erfolgreich?«

Sie schließt die Tür und ich folge ihr in den Wohnbereich.

»Teils, teils.«

Dort biegt sie nach links ab, zur offenen Küche, wo Rafe und seine Tochter Hope an der Kücheninsel stehen, mit Vorbereitungen beschäftigt sind.

Die springt von ihrem kleinen Hocker und läuft auf mich zu. »Onkel Lance!«

»Hallo, meine Kleine!« Ich fange sie auf, setze sie auf meine Hüfte und sie schlingt mir die Arme um den Hals, drückt mir einen Kuss auf die Wange.

»Iihh«, ruft sie empört, »du pickst ja!«

»Weil ich keine Lust hatte, mich zu rasieren.«

»Ach, das kenne ich auch von Dad. Katastrophe!« Sie verdreht übertrieben die Augen und ich lache laut auf.

»Ist das dein neues Lieblingswort?«

»Unter anderem«, antwortet Leslie stattdessen. »Möchtest du einen Kaffee?«

»Gern, danke.«

»Machst du mir auch einen, Babe? Dann setzen wir uns kurz zusammen.« Rafe legt das Messer beiseite.

»Klar, kein Problem.«

Er geht zum Waschbecken, um sich die Hände zu

waschen, und ich stelle Hope zurück auf den Boden, küsse ihren Scheitel. »Was gibt es denn heute?«

»Mommys allerleckerste Spaghetti Bolognese.« Sie läuft zu ihrem Platz an der Arbeitsfläche, steigt auf den Hocker und ergreift ein kleines Messer.

»Mmh, super, darauf freue ich mich schon.«

Mein Freund und Partner nimmt Leslie die beiden Tassen ab, gibt ihr einen sanften Kuss.

Beim Anblick dieser kleinen Familie und welche Liebe zwischen den Dreien herrscht, zieht sich mein Herz schmerzhaft zusammen und ich muss die unterschwellige Sehnsucht zurückdrängen, die sich neuerdings wieder meldet.

Rafe kommt zu mir, reicht mir eine Tasse und deutet mit dem Kinn zur Wohnecke.

Wir gehen hinüber, setzen uns und nippen am Kaffee. Dann lehne ich mich zurück und schaue aus dem Fenster, zu den Fähranlegern am Embarcadero.

»Schieß los, wie ist es gelaufen? Hat Cooper angebissen?«

Ich grinse Rafe an. »Natürlich, Bro. Hast du etwas anderes erwartet?«

»Ach, was, doch nicht bei deiner Überzeugungskraft! Außerdem war es ein Heimspiel für dich.«

»Ganz genau. Und ich habe sogar schon die Fühler nach einigen seiner Kollegen ausgestreckt.« Ich gebe ihm einen Abriss der Gespräche und Ergebnisse.

»Perfekt, das begießen wir nach dem Essen. Und ihr habt es gestern Abend schon gefeiert?«

»Nein, wir waren nur am Donnerstag zusammen essen. Wieso?«

»Weil du total fertig aussiehst. In unserem Alter geht es nicht mehr spurlos an einem vorbei, wenn man die Nächte durchmacht. Und den Schlaf kann man auch nicht während des kurzen Fluges nachholen.«

Ich verziehe das Gesicht. »Schon klar.«

»Raus damit, was ist los?«

»Ach, immer dasselbe leidige Thema, wenn ich in St. Louis bin.«

Sein Gesicht wird ernst, nimmt einen mitfühlenden Ausdruck an. »Stimmt, Dannys Todestag.«

Ich nicke, trinke von meinem Kaffee.

»Wie geht es deinem Vater?«

»Beschissen wie eh und je. Er sinkt von Jahr zu Jahr tiefer, suhlt sich in seiner Trauer und will noch immer keine Hilfe von mir annehmen, in welcher Form auch immer.«

»Scheiße.«

»Du sagst es. Was habe ich ihm nur getan?«

»Nichts, das weißt du. Hat er in all den Jahren keine Therapie gemacht, um damit klarzukommen?«

»Keine Ahnung. Du weißt doch, dass er mich ausgeschlossen hat.«

»Hätte ja sein können.«

Hinter uns lachen Hope und Leslie auf, blödeln herum.

Himmel, diese Frau empfindet so viel Liebe für ihre Adoptivtochter, wie meine Mutter anscheinend nie für ihren einzigen noch lebenden Sohn übrig hatte.

Ich blinzele, schaue Rafe an. »Ich habe Mom gesehen.«

Er reißt die Augen auf. »Wo? Habt ihr miteinander gesprochen?«

»Nein.« Ich erzähle ihm von der Begegnung, meiner Flucht. »Deswegen habe ich mir ein paar Drinks gegönnt und bin in einen Club gefahren. Um mich abzulenken.«

»Hat es funktioniert?«

»Sehe ich so aus?«

»Nicht wirklich. Also keine neuen Sex-Momente für dich.«

»Leider nein.«

»Nur hässliche Ladys?«

»Nein, gar nicht. Aber irgendwie ... wollte kein Interesse aufkommen. Geschweige denn Lust.«

»Kein Wunder, bei dem Tag. Aber in ein oder zwei Wochen sieht es bestimmt wieder anders aus.«

»Hoffentlich. Mir geht es wahnsinnig auf die Nerven, dass mich der Scheiß immer noch aus der Bahn wirft.«

»Vielleicht solltest *du* ernsthaft über eine Therapie nachdenken. Damit du mit diesem Teil deines Lebens endgültig abschließen kannst.«

»Habe ich damals schon gemacht, während des Studiums.«

»Anscheinend war das nicht genug.«

Ich winke ab. »Mal sehen, ob und wann ich Zeit finde. Der Job geht vor.«

»Apropos Zeit.« Rafe wirft einen Blick über seine Schulter, beugt sich dann vor und senkt die Stimme. »Kannst du Hope am Freitag von der Schule abholen und ins Büro mitnehmen? Leslie und ich haben einen Termin.«

»Ich habe zwar meinen Kalender nicht im Kopf, aber das geht bestimmt. Warum? Was habt ihr vor?«

Da lächelt er, sichtlich glücklich. »Wir haben heute Vormittag unser Traumhaus gefunden und sofort zugeschlagen. Freitag können wir sämtliche Papiere unterschreiben und schon in der Woche darauf mit dem Umzug beginnen.«

»Glückwunsch, Bro.« Ich beuge mich zu ihm, klopfe ihm auf die Schulter. »Und wo steht das Schmuckstück?«

»Outer Sunset.«

»Schöne Gegend.«

Er nickt. »Viele Kinder in der Nachbarschaft, gute Schulen und nur eine Meile bis zum Strand.«

»Ich hoffe, es gibt eine Einweihungsparty.«

»Natürlich. Mit allen unseren Angestellten. Oh, stimmt, da war noch etwas.« Er lacht leise. »Ich habe eine Überraschung für dich.«

»Eine Überraschung?«

»Genau. Hat sich gestern total spontan ergeben und löst dein dringendstes Problem in der Agentur.«

Meine Brauen wandern nach oben. »Etwa eine neue Assistentin?«

»Ganz genau.«

»Hast du die auf der Straße eingefangen, oder was?«

»Ich nicht, aber Vanessa und Olivia. Beim Mittagessen.«

»Und du hast sie sofort eingestellt? Sie muss ja verdammt überzeugend gewesen sein.«

»Ihre Art und der Lebenslauf sprechen für sich. Außerdem passt sie menschlich gut in unser Team, denke ich, aber davon kannst und sollst du dich am Montag selbst überzeugen.«

»Okay.«

»Zu allem Überfluss läuft uns die Zeit davon.«

»Ja, ich weiß. Wie heißt sie denn?«

»Cassidy Lucas.«

Hm, seltener Name.

»Mann? Kinder?«

»Sie lebt in Scheidung, keine Kinder.«

Ich runzele die Stirn. »Wie alt ist sie denn, dass sie sich scheiden lässt?«

»30. Und nein, ich habe nicht nach der Geschichte dahinter gefragt.«

»Ist schließlich ihre Privatsache.«

»Genau.«

»Okay, dann bin ich mal gespannt, was mich erwartet.«

Kapitel 3 – Cassidy

Selten war ich vor einem ersten Arbeitstag so nervös wie bei dieser Firma. Vielleicht wegen der Umstände, unter denen ich hineingestolpert bin. Oder weil dieser Job meine letzte Chance ist, nicht doch noch auf der Straße zu landen.

Auf jeden Fall fahren meine Gedanken am Wochenende Karussell, wenn ich nicht gerade mit Haushalt, Erledigungen oder meiner Hündin beschäftigt bin. Selbst die Yogaübungen, die ich Sonntagabend vor dem Fernseher mache, beruhigen mich nur wenig. Entsprechend spät schlafe ich ein, nur um am Montag umso früher aufzustehen. Verrückte Welt.

Nach einer extra langen Morgenrunde mit der noch müden Cleo steige ich unter die Dusche, putze mich heraus und ziehe mein bestes Büro-Outfit an, schließlich will ich einen perfekten Eindruck hinterlassen. Vor allem bei meinem Chef.

Am Ende beuge ich mich zu meinem Hund hinunter, befestige die Leine an ihrem Halsband und nehme die Tasche mit Spielzeug, Futter sowie Leckerchen auf. »Okay, Süße. Dann bringe ich dich jetzt zu Mara. Freust du dich?«

Sie öffnet das Maul zu einem Lächeln und hechelt.

»Sehr gut.«

Wir verlassen die Wohnung, dessen Tür ich nur anlehne, und durchqueren den Flur zum Apartment schräg gegenüber.

Schon wenige Sekunden nach dem Klingeln öffnet mir Mara und ihr fast komplett schwarzer Manchester Terrier

Bobby kommt ebenfalls angerannt. Schwanzwedelnd bleibt er neben ihr stehen, den Blick auf Cleo gerichtet.

»Guten Morgen, meine Liebe.« Meine zierliche Nachbarin mit dem wilden grauen Kurzhaarschnitt strahlt mich an und wirkt dabei kein bisschen wie Ende 40.

»Guten Morgen, Mara. Vielen Dank, dass ich dir Cleo heute wieder etwas länger anvertrauen darf.«

Sie nimmt Tasche und Leine von mir entgegen. »Ist doch kein Problem, deine Maus ist so pflegeleicht.«

»Schon, aber ich weiß, wie anhänglich sie sein kann, wenn ihr Tag anders läuft als sonst. Sie soll dich ja nicht von der Arbeit abhalten.«

»Mach dir keinen Kopf, wir kriegen das hin, wie immer. Hauptsache, es klappt alles mit deinem neuen Job.«

»Ja, das hoffe ich auch.« Ich stoße die Luft aus. »So langsam habe ich echt die Schnauze voll, ich möchte endlich mal ankommen.«

»Das wird schon, du musst positiv bleiben.«

Nach allem, was ich in den letzten Jahren durchgemacht habe, fällt mir das gerade ziemlich schwer. Trotzdem zwinge ich mich zu einem Lächeln.

»Ich bemühe mich.«

»Sehr gut. Ich drücke dir beide Daumen.« Sie hebt die Fäuste.

»Danke. Bis heute Abend.«

»Mach's gut.«

Ich eile zurück, packe die Lunchbox in meine Handtasche und überprüfe ein letztes Mal, ob ich alles habe. Dann schnappe ich mir die Key-Card, verriegele meine Wohnung und mache mich auf den Weg.

Die Bushaltestelle ist nur zwei Minuten von meinem Wohnhaus entfernt und insgesamt brauche ich keine zwanzig Minuten bis zu meinem neuen Arbeitsplatz. Was schon ziemlich genial ist, dafür ertrage ich gern den Sicherheitscheck bei jedem Betreten des Gebäudes.

Ich reihe mich in die Schlange ein, die sich langsam vorwärts bewegt, und betrachte zum Zeitvertreib die Schilder der Unternehmen, die in dieser Immobilie ansässig sind. Bleibe an meinem neuen Arbeitgeber hängen.

Britton & Walker.

Nachdenklich runzele ich die Stirn, irgendetwas daran kommt mir bekannt vor.

»Hey, guten Morgen.«

Erschreckt fahre ich zu Vanessa herum, die sich zu mir gesellt, und lächele. »Guten Morgen.«

»Und? Aufgeregt?«

»Ja, total.«

»Du wirst sehen, das ist vollkommen unnötig.«

»Das sage ich mir schon das ganze Wochenende, aber leider hilft es kein bisschen.«

»Dann steigen wir direkt in die Arbeit ein, das wird dich ablenken.«

»Okay.«

Also beginnt sie mit den grundlegenden Erklärungen zu meinem neuen Job, womit sie erst fertig wird, als wir an ihrem Schreibtisch ankommen. »Lance wird dir aber bestimmt auch noch erklären, was ihm bei der Zusammenarbeit wichtig ist.«

»Hoffentlich hat er heute schon Zeit dafür.«

»Ich gehe davon aus, dass er sich die Zeit nimmt, das hat er bei deiner Vorgängerin auch getan.«

»Das ist gut.«

»Soll ich dich als Erstes herumführen?«

»Das wäre super.«

»Lass deine Tasche einfach neben meiner stehen, hier kommt nichts weg.«

»Okay.«

Wir laufen hinüber in die Verwaltung, wo ich die

leitende Finanzbuchhalterin kennenlerne, und arbeiten uns Raum für Raum zurück. Da ansonsten kaum Angestellte anwesend sind, weiht Vanessa mich in die Tätigkeitsfelder der Agentur ein.

Ich nicke beeindruckt.

Erstaunlich, was alles zum Sportlermanagement dazugehört, welche Maschinerie dahintersteckt und wie lukrativ das anscheinend ist.

Zurück im Vorraum der Agenturpartner begrüßen wir Olivia und die beiden legen bei einer Tasse Kaffee dar, welche Aufgaben ich als Assistentin habe.

Am Ende schwirrt mir der Kopf und ich lache verlegen auf. »Himmel, wie soll ich mir das alles merken?«

Vanessa winkt ab. »Das geht schneller, als du denkst. Außerdem kannst du Olivia immer um Hilfe fragen und Lance reißt dir auch nicht den Kopf ab, weil du nach zwei Wochen noch nicht alles weißt oder beherrschst.«

»Das ist aber nett.« Ich ziehe eine Grimasse.

Ihre Kollegin zuckt mit den Schultern. »Sie sind beide verdammt gute Chefs. Und ich habe schon einige davon erlebt, das kannst du mir glauben.«

Über den Flur nähern sich Schritte, Olivia lächelt. »Wenn man von ihnen spricht ... Das ist Rafe.«

»Woran hörst du das?«

»Er tritt ein wenig fester auf, macht schnellere, kürzere Schritte.«

»Lance hingegen läuft eher entspannt und er hat so lange Beine, dass die Schritte größer sind.«

Neugierig schaue ich Vanessa an. »Hat er auch Football gespielt? Ich habe leider total versäumt, die beiden zu googlen.«

»Nein, Baseball.«

In meinem Hinterkopf regt sich erneut etwas, deutlicher diesmal. Lance Britton und Baseball, das kommt mir bekannt vor, aber …

Mr. Walker biegt um die Ecke. »Guten Morgen, die Damen.«

»Guten Morgen, Rafe«, erwidern die beiden und ich begrüße ihn mit einem schüchternen »Guten Morgen, Mr. Walker«.

Vor mir bleibt er stehen und lächelt. »Noch einmal herzlich willkommen und viel Erfolg bei uns.«

»Dankeschön.«

»Lance müsste auch jeden Moment da sein, dann können Sie sich gleich miteinander bekannt machen.«

»Mh-hm.«

Er marschiert in sein Büro hinüber und Olivia läuft durch die dritte Tür in die Küche der Geschäftsführung. Kurz darauf klappert Geschirr und der Kaffeevollautomat nimmt hörbar seine Arbeit auf.

»Okay, dann erkläre ich dir schon einmal unser System und die Software, die wir nutzen.« Vanessa tippt ihre Zugangsdaten ein und die beiden Bildschirme auf ihrem Schreibtisch erwachen zum Leben.

Aufmerksam lausche ich ihren Ausführungen und mache mir Notizen.

Bis sie abrupt abbricht und aufsieht. »Oh, guten Morgen, Lance!«

»Guten Morgen, Vanessa.«

Ich blinzele, folge ihrem Blick und erstarre.

Oh. Mein. Gott.

Das Gesicht kenne ich. Ziemlich gut sogar.

Er wendet sich mir zu, verzieht die schmalen Lippen zu einem Lächeln und um die haselnussbraunen Augen, die mir vor vielen Jahren manches Herzklopfen beschert haben, bilden sich Lachfältchen.

»Und Sie müssen Ms. Lucas sein.«

Er streckt mir die Hand entgegen und ich springe

hastig auf, schüttele sie. »Oh, ähm, ja, das bin ich. Guten Morgen, Mr. Britton.«

»Herzlich willkommen bei *Britton & Walker*.«

»Vielen Dank.«

»Wollen wir uns direkt zusammensetzen?«

»Gern.«

»Gut. Dann geben Sie mir fünf Minuten, damit ich mir Ihre Unterlagen ansehen kann.«

»Natürlich.«

Er nickt, wendet sich ab und läuft zu seinem Büro.

Und ich stehe da, starre ihm nach.

»Frag, ob du ihm Kaffee bringen sollst.«

Vanessas Flüstern reißt mich in die Realität zurück und ich eile ihm nach. »Mr. Britton?«

Abrupt bleibt er stehen und dreht sich um, sodass ich beinahe mit ihm zusammenstoße und erschreckt zurückweiche.

Mein neuer Chef runzelt die Stirn. »Ja?«

Ich schlucke, schaue nervös zu ihm auf.

Himmel, ich hatte ganz vergessen, wie groß er ist.

»Oh, ähm, ich wollte nur wissen, wie Sie Ihren Kaffee trinken.«

Erneut entblößt sein Lächeln eine Reihe gerader, weißer Zähne. »Schwarz. Und bringen Sie sich selbst auch eine Tasse mit.«

Damit dreht er sich um und geht in sein Büro.

Unruhig kehre ich zum Schreibtisch zurück, lege den Stift auf mein Notizbuch und Vanessa ergreift meine Hand.

»Hey, du musst nicht so nervös sein, er ist total nett.«

»Ach, die ersten Tage ergeht es mir immer so«, lüge ich und lächele gezwungen.

Sie erwidert es, zieht ihre Hand zurück. »Okay. Brauchst du Hilfe mit dem Kaffee?«

»Nein, danke, das schaffe ich schon. Aber ich glaube, ich gehe vorher noch schnell zur Toilette.«

»Mach das, du weißt ja, wo alles ist.«

»Mh-hm.« Eilig umrunde ich den Schreibtisch und laufe zum nächstgelegenen Waschraum.

Drinnen kontrolliere ich, ob ich allein bin. Gehe zum Waschtisch, stütze mich darauf und schaue in den Spiegel. Sogleich richtet sich mein Blick nach innen, in die Vergangenheit, und ich beschwöre die Erinnerung an unser letztes Treffen herauf.

*

»Die Nächsten, bitte!«

Die Schlange rückt einen Schritt vor und ich beuge mich zu meiner Mitbewohnerin, die genauso für Baseball schwärmt und mich zum ersten *Meet and Greet* vor Saisonbeginn begleitet.

»Himmel, er ist so *süß*! Und diese Arme!« Ich seufze.

Dilma lacht leise. »Der ist mir viel zu groß, J. T. gefällt mir besser.«

Okay, kann ich verstehen, die Halb-Brasilianerin ist bestimmt zwei Handbreit kleiner als ich.

»Ist doch perfekt, auf diese Weise werden wir uns nie in die Quere kommen.«

»Ganz genau.«

Wir vollführen einen Fistbump und grinsen, dann schaue ich zu den Spielern der *San Francisco Seals* hinüber.

Ich habe mich schon immer für diese Sportart interessiert und später für gewisse Spieler geschwärmt. Aber die Bekanntgabe, dass Lance Britton von den *Phillies* zu den *Seals* wechselt, hat bei mir einen regelrechten Kreischalarm ausgelöst.

Nur noch wenige Leute stehen vor uns in der Schlange

und ich nutze die Zeit, um ihn zu beobachten. Wie er lächelt und sich den Fans widmet, für Bilder posiert und Trikots signiert.

Zu Beginn seiner Karriere, während seines Studiums, hat er ausgesehen wie ein unscheinbarer Student und ich fand ihn ganz okay. Damals war ich noch ein Teenager und habe mich kaum für Jungs interessiert, geschweige denn für einen nur vier Jahre älteren Pitcher. In den letzten Jahren hat er sich jedoch verdammt vorteilhaft entwickelt, besonders vom Körperbau her, und die längeren dunklen Haare stehen ihm verdammt gut.

Dann ist es endlich so weit und wir sind an der Reihe, unseren Wunsch zu nennen. Zum Glück ist Lance gerade frei und ich kann direkt zu ihm gehen.

Er empfängt mich mit seinem unverkennbar strahlenden Lächeln und ich ergreife zitternd seine ausgestreckte Hand, das Herz klopft mir bis zum Hals hinauf.

»Hallo, Mr. Britton.«

Da schüttelt er lächelnd den Kopf. »Bitte nicht, das klingt, als wäre ich ein alter Mann. Ich bin Lance, und du?«

»Cassidy.«

»Wow, toller Name.«

»Danke.«

»Bist du schon lange Baseball-Fan?«

»Seit Beginn der Junior High.«

»Und von den *Seals*?«

Ich zucke mit den Schultern. »Erst, seitdem du hier bist.«

Seine Brauen wandern nach oben. »Echt?«

»Ja. Ich komme eigentlich aus Philadelphia.«

»Ah, ich verstehe. Ist verdammt selten, dass die Fans mit den Spielern wechseln.«

»Kann schon sein.«

»Und was machst du so? Studierst du?«

»Ja, Marketing und Werbung.«

»Cool.«

Einige endlosscheinende Sekunden schauen wir uns nur an, denn mein Kopf ist bis auf einen Gedanken wie leergefegt.

Er sieht *so gut* aus!

»Okay. Hast du vielleicht noch irgendwelche Fragen an mich?«

Fragen? Welche Fragen?

»Ist deine Freundin mit nach San Francisco gekommen?«

Scheiße, wie alt bin ich eigentlich?

Hitze schießt mir ins Gesicht.

Zum Glück lacht er leise. »Nein, wir haben uns schon vor ein paar Monaten getrennt.«

»Sehr gut, das Möchtegern-Sternchen hat überhaupt nicht zu dir gepasst.«

»So? Findest du?«

Ich reiße Mund und Augen auf. »Oh, mein Gott, habe ich das etwa laut gesagt?«

»Sieht ganz so aus.«

»Scheiße, wie peinlich!« Panisch schlage ich die Hände vors Gesicht, möchte am liebsten im Erdboden versinken. »Es tut mir so leid.«

Da tätschelt er meine Schulter, beugt sich zu meinem Ohr. »Schon okay, ich bin ganz deiner Meinung.«

Ein Hauch seines Parfums steigt mir in die Nase, löst ein Flattern in meinem Magen aus, und ich senke verwirrt die Hände. »Sorry.«

Er winkt ab, deutet auf das Trikot über meinem Arm. »Soll ich es dir signieren?«

»Ja, bitte.« Schnell breite ich es auf dem Stehtisch neben uns aus und er greift nach einem dicken Filzstift, setzt schwungvoll seine Unterschrift quer über den Rücken.

»Wollen wir es in die Kamera halten?«

»Oh, ähm, ja, gern.«

Ich ziehe das Handy aus meiner Gesäßtasche, entsperre es und öffne die Kamera-App. Halte dem bereitstehenden Helfer das Telefon hin. Dann stelle ich mich neben Lance und wir halten das Trikot vor uns, jeder an einer Schulternaht.

Im nächsten Moment legt er den Arm um mich und seine Hand landet auf meiner Taille. Sogleich schießt mein Puls nach oben und ich hebe zögernd meine Hand zu seinem Rücken.

Hoffentlich merkt er nicht, wie sehr ich zittere.

»Sehr schön.« Nach mehreren Fotos hält der Helfer mir mein Smartphone hin.

Wehmütig löse ich mich von Lance, der mein Trikot loslässt, und nehme mein Telefon entgegen. Schiebe es in meine Gesäßtasche und falte den Stoff zusammen.

»Okay, dann wünsche ich dir alles Gute und vielleicht sieht man sich ja mal wieder.«

Ich lächele ihn an. »Dankeschön. Und dir viel Erfolg bei den *Seals*.«

»Danke. Bis zum nächsten Mal.«

»Mh-hm.«

»Bitte hier entlang.«

Enttäuscht nicke ich dem Helfer zu und folge seinem Hinweis zum Ausgang.

Verdammt, ich will noch nicht gehen!

*

Ich blinzele, kehre in die Gegenwart zurück.

Und erinnere mich mit Schrecken daran, dass mein neuer Boss in seinem Büro auf mich wartet.

Hastig verlasse ich die Toilette und eile in die Küche.

Mache uns Kaffee, lege ihm ein Stück Gebäck an den Tellerrand. Schließlich atme ich noch einmal tief durch, nehme die Tassen und laufe in sein Büro.

Lance – Mist, nein, *Mr. Britton* sieht auf, sobald ich eintrete, und deutet auf den Besprechungstisch. »Wir setzen uns dorthin.«

»Okay.«

Er steht auf und geht zur Tür, während ich das Geschirr abstelle und Platz nehme. Drückt sie leise ins Schloss und kommt zum Tisch.

Wie Mr. Walker wählt er den Stuhl neben mir und ich wende mich ihm zu. Beobachte, wie er einen Schluck Kaffee trinkt, pausiert, es wiederholt und die Tasse absetzt.

Unwillkürlich vergleiche ich ihn mit dem jungen Mann von vor zehn Jahren und muss zugeben, dass er noch viel besser aussieht als damals. Seine Gesichtszüge sind schärfer geworden, das Haar trägt er in einem modernen Kurzhaarschnitt und er wirkt ausgeglichen.

Ob er glücklich verheiratet ist? Und Kinder hat?

Nein, das geht mich nichts an.

Dennoch steigt ein blödes Gefühl in mir auf, vor allem beim Gedanken daran, dass ich damals heftig für ihn geschwärmt habe. Es ist mehr als schräg, ihm jetzt in dieser Konstellation gegenüberzusitzen.

»Also, Ms. Lucas. Sie haben einen Bachelor in Marketing sowie Werbung und nach dem Studium auch in dem Bereich gearbeitet. Was führt Sie nun zu uns?«

Ich lächele schief. »Der Zufall und meine missliche Situation?«

Er nickt. »Schön, dass Sie so ehrlich sind.«

»Alles andere wäre Quatsch, oder?«

»Sehe ich genauso. Rafe hat erwähnt, Sie hätten wegen des miesen Arbeitsklimas Ihren Job gekündigt.«

»Das ist eigentlich noch untertrieben, es ging um

sexuelle Belästigung.«

Seine rechte Braue wandert nach oben, sein Gesicht nimmt einen ernsten Zug an. »Das tut mir leid. Es hatte mit Ihrem direkten Vorgesetzten zu tun, richtig?«

»Genau, dem Inhaber der Agentur.«

»Ist er übergriffig geworden?«

»Ja. Zum Glück aber nur geringfügig.«

»Das spielt keine Rolle, jede ungewollte Berührung ist vollkommen inakzeptabel.«

Ich nicke. »Dabei hatte ich noch Glück, bis vor ein paar Wochen hat er mich in Ruhe gelassen.«

»Was hat sich da geändert?«

»Er hat mitbekommen, dass ich mich vor drei Monaten von meinem Mann getrennt habe.«

»Das tut mir leid. Also ... beides.«

Ich zwinge mich zu einem höflichen Lächeln. »Danke.«

»Ist Ihre Situation deshalb so misslich, wie Sie es nennen?«

»Na ja, meine gesamten Ersparnisse sind für die Einrichtung meines neuen Single-Lebens draufgegangen.«

Mit einem Mal mustert er mich nachdenklich. »Wenn Sie irgendwelche Hilfe brauchen ...«

Abwehrend hebe ich die Hände. »Nein, nein, so weit ist alles in Ordnung, danke.«

»Sollte sich das ändern, sagen Sie bitte Bescheid. Wir finden eine Lösung.«

In meiner Brust breitet sich ein warmes Gefühl aus.

Noch nie hat mir jemand, den ich kaum kenne, ein solches Angebot unterbreitet.

»Vielen Dank, das weiß ich sehr zu schätzen.«

Lance schürzt die Lippen und nickt. »Gut, dann kehren wir zum eigentlichen Thema zurück. Dass mein Partner und ich jeweils ein Allround-Talent mit Power an unserer Seite brauchen, hat er Ihnen vermutlich bereits gesagt.«

Ein Schmunzeln zupft an meinen Mundwinkeln. »Ja, das hat er. Und ich denke, ich passe sehr gut zu diesem Job. Wie Sie an meinen Zeugnissen gesehen haben, war man mit meiner Leistung immer sehr zufrieden. Ich bin gut organisiert und flexibel, habe keine Angst vor Arbeit und behalte auch in stressigen Situationen den Überblick.«

»Was hier definitiv wichtig ist.«

»Davon haben Vanessa und Olivia mir schon erzählt. Und darüber hinaus bin ich fest davon überzeugt, dass mein Wissen in Marketing und Werbung von Vorteil ist. Für die Agentur, Sie und Ihre Kunden.«

»Hmm.« Nachdenklich streicht er sich übers Kinn. »Was das angeht, arbeiten wir mit einer externen Agentur zusammen.«

»Oh, das kann ich auf keinen Fall ersetzen. Aber ich bringe einen differenzierten Blickwinkel mit, kenne bestimmte Zusammenhänge, Kennzahlen und Stellschrauben. Damit haben Sie einen internen Ansprechpartner, der das Business kennt. Müssen sich nicht mehr blind auf andere verlassen.«

»Gutes Argument.«

Meine Mundwinkel wandern höher. »Danke, Mr. Britton. Sie sehen, ich habe mich damit auseinandergesetzt, wie ich in dieser Position Mehrwert für Sie schaffen kann.«

»Das gefällt mir.« Er ignoriert den Henkel und umfasst seine Tasse mit der ganzen Hand, führt sie an seine Lippen und trinkt.

In meinem Bauch breitet sich ein nervöses Kribbeln aus und ich nutze die Gelegenheit, ebenfalls an meinem Kaffee zu nippen.

Dann stellt er die Tasse wieder ab, nimmt das Plätzchen und hält es hoch. »Und die dürfen Sie gern weglassen, ich mag es lieber herzhaft.«

Ich lache leise. »Kein Problem.«

»Möchten Sie?« Mr. Britton hält mir das Gebäckstück hin.

»Gern, ich liebe Kekse aller Art.« Ich greife danach, berühre aber aus Versehen seine Finger und zucke erschreckt zurück, lasse los.

Da er dasselbe tut, fällt das Plätzchen und ich beuge mich schnell vor, um es doch noch zu erwischen.

Die Reflexe meines Chefs sind jedoch um Längen besser, seine freie Hand schießt vor und fängt das Gebäck reaktionsschnell auf.

Weshalb wir uns mit einem Mal so nah sind, dass ich seinen Duft wahrnehme und automatisch innehalte. Ich erkenne eine holzige Note, dazu würzige Vanille, wie Cognac, und etwas Spritziges, das mich an Grapefruit erinnert.

Herr im Himmel, er riecht sogar noch besser als damals.

Und etwas in mir spricht darauf an, schickt ein warmes Kribbeln in meinen Bauch.

Oh, oh!

Er dreht den Kopf, sieht mir aus kurzer Entfernung in die Augen und ich bemerke eine gewisse Verwirrung.

Doch dann blinzelt er, hält mir den Keks hin.

»Danke.« Ich lächele, richte mich eilig auf und stecke ihn mir in den Mund. Kaue und spüle den Bissen mit Kaffee hinunter. »Jetzt müssen Sie mir noch verraten, worauf es für Sie in der Zusammenarbeit mit Ihrer Assistentin ankommt.«

»Nun, das Meiste wird Vanessa Ihnen vermutlich besser erklären können. Aber generell ist mir wichtig, dass ich mich auf Sie verlassen und Ihnen vertrauen kann.«

»Okay.«

»Ich erwarte Diskretion und Unterstützung jeglicher Art, genauso wie hundertprozentige Ehrlichkeit und offene

Worte, sofern sie angebracht sind.«

»Was genau meinen Sie?«

»Konstruktive Kritik, Bedenken, Hinweise. Alles, was Negatives fernhält und zu unserem Vorteil ist. Und sei es nur ein schlechtes Bauchgefühl.«

»Wow, das ist ungewöhnlich.«

Er zuckt mit den Schultern. »Bisher sind wir immer gut damit gefahren, schließlich sind unsere Assistentinnen von Anfang an in sämtliche Vorgänge involviert und weibliche Intuition hat uns schon einige Male weitergeholfen.«

»Gefällt mir. Die Mehrheit aller CEOs verlässt sich nur auf das eigene Gespür.«

»Ich glaube, Sie werden ziemlich schnell feststellen, dass Rafe und ich nicht den klassischen Geschäftsführern entsprechen. Das wollen wir auch gar nicht.«

»Er und Olivia haben bereits erwähnt, dass hier alle eher wie eine kleine Familie sind.«

»Stimmt.«

»Dann freut es mich umso mehr, dass Sie mir die Chance geben, ein Teil davon zu werden.«

»Wunderbar, das ist die beste Basis für eine gute Zusammenarbeit. Okay, das wär's auch schon mit meinen Fragen. Haben Sie noch welche?«

»Nein.«

»Falls doch, zögern Sie nicht. Sie können mich jederzeit und auf alles ansprechen.«

»Alles klar.«

»Gut, dann zurück an die Arbeit.«

Er trinkt seinen Kaffee aus und ich deute auf die Tasse. »Möchten Sie noch einen?«

»Nein, danke, vielleicht später.«

»Okay.« Ich stehe auf, nehme unsere Tassen und laufe zur Tür.

Bevor ich jedoch die zweite Untertasse ebenfalls in die

linke Hand nehmen kann, hat Mr. Britton mich längst eingeholt und öffnet mir die Tür.

Ich lächele. »Danke.«

Zielstrebig verlasse ich sein Büro Richtung Kaffeeküche, räume das Geschirr in die Spülmaschine und kehre zu Vanessas Schreibtisch zurück.

Mein Chef steht davor, wirft mir einen Blick zu und schaut seine bisherige Assistentin an. »Bitte bestell bei unserem Cateringservice Fingerfood für 16 Uhr. Und gib allen Bescheid, dass wir um 17 Uhr eine kleine Willkommensrunde für Ms. Lucas machen.«

»Wird erledigt.«

»Danke.« Noch ein Schmunzeln und Nicken in meine Richtung, dann wendet er sich ab und läuft in sein Büro.

Und ich stehe erneut da und starre ihm nach.

Der Start hier ist fast zu schön, um wahr zu sein.

Kapitel 4 – Lance

Mittwochnachmittag reißt mich ein Klopfen aus meinen Vorbereitungen auf ein spätes Onlinemeeting mit einem potentiellen Kunden.

Ich sehe auf und entdecke Vanessa in der offenen Tür, eine Hand in den Rücken gestemmt. »Hey. Alles okay?«

Sie seufzt. »So weit schon, ja. Aber ich würde heute gern eher gehen, der Kleine ist verdammt unruhig. Und Cassidy ist ja auch noch da.«

»Kein Problem.«

»Ich danke dir.«

»Oh, warte. Hast du noch ein paar Minuten für mich?«

»Natürlich.«

»Dann komm bitte herein und mach die Tür zu.«

Sie entspricht meinem Wunsch, schiebt ihren Babybauch zu meinem Schreibtisch und lässt sich vorsichtig auf der Kante des Stuhls nieder, der vor der linken Seite steht. »Was gibt es denn?«

Ich drehe mich in ihre Richtung, falte die Hände auf dem Tisch. »Ich wüsste gern deine Meinung zu Ms. Lucas. Wie macht sie sich?«

Ein seltsames Lächeln umspielt ihre Lippen, eine Mischung aus Wehmut und Stolz. »Ziemlich gut, da hast du einen ausgezeichneten Fang gemacht.«

»Ach was, niemand kann dich ersetzen.«

»Doch, sie schon. Vor allem, weil sie viel mehr drauf hat.«

»Warten wir ab, sie ist gerade mal drei Tage hier.«

»Sie ist auf jeden Fall sehr engagiert und wissbegierig,

begreift schnell und weiß, wie es laufen muss.«

»Das kann sich ändern.«

Sie lacht leise, schüttelt den Kopf. »Sei doch nicht so pessimistisch! Du kannst froh sein, dass sie uns über den Weg gelaufen ist. So hast du einen nahtlosen Übergang und ich muss kein schlechtes Gewissen haben, wenn ich in ein oder zwei Wochen zu Hause bleibe.«

»So früh schon?«

»Je eher, desto besser. In drei Wochen ist der Entbindungstermin.«

»Scheiße, das hatte ich gar nicht mehr auf dem Schirm.«

»Meinst du, die Kugel ist ohne Grund so dick?« Sie streicht sich über den Bauch.

»Sorry, davon habe ich keine Ahnung. Aber du wirst mir fehlen.«

Ein weiches Lächeln breitet sich auf ihrem Gesicht aus. »Das ist lieb von dir, danke.«

»Und jetzt sieh zu, dass du nach Hause kommst und die Füße hochlegst.«

»Danke dir.« Vanessa umfasst die Armlehnen, stemmt sich hoch und ächzt. »Wird echt Zeit, den Kleinen rauszuschmeißen. Ich will meinen Körper endlich wieder für mich allein.«

Ich lache. »Kann ich nachvollziehen.«

»Von wegen. Ihr Männer habt doch keine Ahnung.«

»Stimmt auch wieder.«

»Dann sage ich mal bis morgen.«

»Oh, Moment!«

»Ja?«

»Was hält denn Olivia von Ms. Lucas? Und die anderen Kollegen?«

»Alles positiv.«

Erleichterung wallt in mir auf. »Das ist gut.«

»Sag ich doch. Also, bis morgen. Und mach dir nicht zu

viele Gedanken. Sie wirft auf keinen Fall nächste Woche das Handtuch.«

»Das wäre auch das Letzte, was wir gebrauchen können. Bis morgen früh.«

Ein letztes Nicken, dann verlässt sie mein Büro und lässt die Tür offen stehen.

Ich lausche, wie sie sich von den anderen beiden Frauen verabschiedet, und vertiefe mich wieder in das Rating des Pitchers, mit dem ich mich später unterhalten werde. Noch spielt er nur College-Baseball in Texas, aber seine Bewertungen sind dermaßen gut, dass die Vereine der *MLB* sich für die nächste Saison um ihn reißen werden. Und dann will ich das Bestmögliche für ihn herausholen, davon profitieren.

Also mache ich mir Notizen, lege mir eine Strategie zurecht.

Wenn ich ihn damit nicht überzeugen kann, weiß ich auch nicht.

Am Ende bleiben mir zehn Minuten bis zum Meeting und ich eile aus meinem Büro.

Ms. Lucas schaut sofort auf und ich werfe ihr ein Lächeln zu, das sie schüchtern erwidert.

»Würden Sie mir einen Kaffee machen? Ich habe gleich ein Onlinemeeting.«

»Natürlich.« Sie springt sofort auf.

Wenige Minuten später marschiere ich in mein Büro zurück, werfe einen Blick auf die Uhr und bemerke unvermittelt eine Bewegung vor mir.

Im nächsten Moment pralle ich beinahe mit meiner neuen Assistentin zusammen.

Wir bremsen abrupt ab und sie stößt einen erschrockten Laut aus, gerät aus dem Gleichgewicht.

Automatisch packe ich ihre Oberarme, woraufhin sie regelrecht erstarrt und meinem Blick ausweicht.

Ich runzele die Stirn, lasse sie wieder los. »Alles okay?«

»Ja, natürlich, tut mir leid!« Auf ihrem Gesicht blitzt ein nervöses Lächeln auf, dann tritt sie zur Seite und hastet um mich herum aus dem Büro.

Irritiert schaue ich ihr nach, gehe zur Tür und schließe sie, um ungestört zu sein.

Ihr Verhalten ist sonderbar, doch im Augenblick habe ich keine Zeit, darüber nachzudenken. Jetzt ist erst einmal mein Verkaufstalent gefragt.

Eine gute Stunde später verabschiede ich mich von dem angehenden Baseballstar, schließe das Meeting und springe auf.

»Ja!« Euphorisch boxe ich mit der Faust in die Luft und marschiere mit einem breiten Grinsen aus dem Büro.

Sobald ich die Tür aufreiße, sieht Ms. Lucas mich an und ihre Augen werden größer, je näher ich komme. Bis ich mich auf ihrem Schreibtisch abstütze und mich vorbeuge.

»Meine liebe Ms. Lucas, morgen habe ich die erste Herausforderung für Sie.«

Sie schluckt sichtlich. »Worum geht es?«

»Ich habe soeben einen neuen Kunden an Land gezogen und für den müssen wir einen Vertrag erstellen, der von den Standardvorlagen abweicht.«

In ihren Augen funkelt Neugier auf. »Das klingt interessant. Schicken Sie mir die Daten und ich kümmere mich mit Vanessa darum?«

»Nein, das machen wir beide zusammen. Wie gesagt, es müssen besondere Punkte eingearbeitet werden, die wir bisher so nicht hatten. Und es wäre absurd, Vanessa jetzt noch damit zu behelligen.«

»Okay.«

»Gut, dann schaue ich gleich in meinen Kalender und schicke Ihnen eine Termineinladung, damit die Zeit geblockt ist.« Ich richte mich auf. »Wenn wir diesen Deal unter Dach und Fach haben, schmeiße ich eine Runde. Das ist für uns alle ein wichtiger Schritt in Richtung Zukunft.«

Damit drehe ich mich um und schlendere bester Laune in mein Büro, bleibe vor dem Fenster stehen und genieße die Abendstimmung über der Stadt. Die obere Hälfte der *Transamerica Pyramid* erstrahlt im Licht der untergehenden Sonne und der Norden der Halbinsel ist ebenfalls in ein warmes Rot-Gold getaucht.

Gott, ich liebe diese Stadt. An Tagen wie diesen ganz besonders.

Ich gönne mir ein paar Minuten dieses Anblicks, dann kehre ich an meinen Schreibtisch zurück und öffne meinen Kalender. Am späten Vormittag gibt es eine Lücke und ich blocke gleich eineinhalb Stunden, schicke meiner Assistentin eine Einladung. Danach wechsele ich ins E-Mail-Programm und kümmere mich um Neueingänge sowie die Bearbeitung unerledigter Aufgaben.

Schließlich klopft es an meiner offen stehenden Tür und ich schaue hinüber.

Ms. Lucas steht dort, ein verlegenes Lächeln auf dem Gesicht. »Falls Sie nichts mehr haben, würde ich Feierabend machen.«

Überrascht sehe ich zu der Uhr an meiner Fotowand, es ist schon fast 18 Uhr. »Ja, natürlich. Sie hätten nicht so lange bleiben müssen, nur weil ich noch im Meeting war.«

»Ich war mir nicht sicher, was genau Sie erwarten. Ob Sie möchten, dass ich mich auf jeden Fall verabschiede oder Ähnliches.«

»Ach was, nein! Solange keine Besonderheiten vorliegen, sollten Sie Ihre Aufgaben möglichst innerhalb der Bürozeiten erledigen. Aber wissen Sie was, das können wir morgen oder nächste Woche in Ruhe besprechen. Wir werden uns schon eingrooven, nicht wahr?« Ich zwinkere ihr zu.

»Bestimmt. Dann bis morgen früh.«

»Bis morgen, schönen Feierabend.«

»Danke, Ihnen auch.« Damit wendet sie sich ab und geht.

Einen Moment sitze ich da, betrachte nachdenklich den leeren Türrahmen und versuche, mich an die ersten Tage und Wochen der Agentur zu erinnern.

Hat es sich mit Vanessa auch von Anfang an so positiv angefühlt?

Ja, bestimmt. Sie und Olivia waren ähnliche Glücksgriffe.

Zufrieden wende ich mich wieder den Computerbildschirmen zu, schließlich will ich spätestens in einer halben Stunde ebenfalls nach Hause.

*

Am Ende von Pier 7 bleibe ich stehen, mache Dehnübungen für die Beine und betrachte den Sonnenaufgang über Oakland und der Oakland Bay Bridge. Um Treasure Island herum steuert die erste Fähre aus Berkeley zur Pier rechts von mir und weiter südlich kündigt ein Typhon die Abfahrt eines anderen Schiffes an.

Wie jeden Werktag geht es im Berufsverkehr Schlag auf Schlag. In etliche Richtungen über die Bucht von San Francisco hinweg, vom Shoreline Park nahe dem *Oakland International Airport* im Südosten bis nach Vallejo oben im Nordosten oder den Anlaufpunkten auf der Westseite.

Mit einem letzten Rundumblick nehme ich die Stimmung der Bucht noch einmal in mich auf, fülle meine Lunge mit der klaren, salzigen Luft. Dann wende ich mich ab und laufe zurück. Meine Sportschuhe prallen rhythmisch auf die Holzbohlen des Stegs, untermalt von meiner Playlist mit Alternative Rock, und wie fast jeden Morgen eilt mein Kopf bereits voraus, zur Arbeit. Worüber ich kein bisschen böse bin, immerhin nimmt unsere Agentur den Hauptteil meines Lebens ein und meine morgendliche Joggingrunde ist perfekt, um den Ideen und Gedanken freien Lauf zu lassen.

Zurück in meinem Apartment springe ich unter die Dusche, kleide mich in einen grauen Anzug und laufe in die Küche, wo ich das Jackett über einen der hochbeinigen Stühle werfe. Mit einer Tasse Kaffee gehe ich auf die Terrasse und genieße das aromatische Heißgetränk mit Blick nach Osten, über die Bucht, die Brücke und Oakland dahinter.

Diese Aussicht sorgt jedes Mal für eine tiefe Zufriedenheit und ein angenehmes Gefühl in meiner Brust. Hier gehöre ich hin, geht es mir gut. Mein Leben ist perfekt, ich vermisse nichts und es darf gern ewig so bleiben.

Nach dem letzten Schluck kehre ich in die Küche zurück und stelle das Geschirr in die Spülmaschine. Schreibe meiner Haushälterin einen Zettel in Sachen Wäscherei sowie Einkäufe, schlüpfe in das Jackett und verlasse mein Apartment.

Da unser Büro keine halbe Meile von meinem Zuhause entfernt ist, bleibt mein Wagen für gewöhnlich in der Tiefgarage und ich gehe zu Fuß.

In der Agentur angekommen, begrüße ich erst Olivia, dann meine beiden Assistentinnen und ergänze: »Gebt mir bitte Bescheid, sobald Rafe da ist.«

»Natürlich.« Vanessa und Ms. Lucas antworten beinahe synchron, weshalb sie sich breit anlächeln.

»Wunderbar, danke.« Erfreut über die gute Stimmung laufe ich in mein Büro und starte meinen Computer.

Kurz darauf betritt Ms. Lucas schwungvoll mein Büro,

kommt bis zum Schreibtisch und stellt mir eine Tasse hin.

»Einmal Kaffee für Sie.«

Das verführerische Aroma des Heißgetränks weht mir unter die Nase, doch da ist noch etwas anderes und ich blähe automatisch die Nasenflügel.

Frisch-blumig, mit einem Hauch von Mandarine.

»Vielen Dank.«

Sie erwidert mein Lächeln, wenn auch zurückhaltend, wendet sich ab und geht hinaus.

Ich umfasse das Porzellan, hebe es an die Lippen und trinke, wobei ich einen letzten Blick auf die Kehrseite von Ms. Lucas erhasche.

Mmh, ein verdammt köstlicher Anblick, wie der Hosenstoff sich an die Rundungen ihres Hinterns schmiegt.

Oh, nein, vergiss es. Sofort!

Ich seufze und stelle die Tasse zurück auf den Unterteller.

Natürlich hat mein Verstand recht und mir ist schleierhaft, woher dieser ungewohnte Gedanke so plötzlich kommt. Schließlich ist in der Agentur ein professioneller Umgang miteinander mehr als wichtig, egal, wie familiär das Klima ist.

Trotzdem erinnert sich mein Verstand an unser Gespräch am Montag, die Sache mit dem Plätzchen. Denn genau in jenem Augenblick habe ich den Duft zum ersten Mal bemerkt, an ihr.

Und nun stelle ich verblüfft fest, dass er mir gefällt. Sehr sogar.

Irritiert runzele ich die Stirn.

Was, zum Teufel ...

»Morgen, Alter! Du wolltest mich sprechen?«

Ich blinzele und schaue zur Tür, entdecke Rafe und räuspere mich.

»Morgen, Bro! Ja, komm herein, ich habe tolle Neuigkeiten.«

»Was gibt es denn?« Er schlendert herüber, setzt sich halb auf die freie Ecke meines Schreibtisches und schaut mich erwartungsvoll an.

Also lehne ich mich zurück und berichte ihm von meinem gestrigen Onlinemeeting.

Am Ende grinst er genauso begeistert wie ich. »Wenn du diesen Fisch an Land ziehst und es die Runde macht, werden die Spieler uns bald die Tür einrennen. Und wir müssen uns überlegen, ob wir einen weiteren Partner mit ins Boot holen.«

»Nein, keine Partner, höchstens Angestellte. Aber du hast recht, wir werden über kurz oder lang expandieren müssen.«

»Wer hätte gedacht, dass deine Idee so erfolgreich wird.«

Ich lache auf, schüttele den Kopf. »Ich nicht. Und weißt du was?«

»Na?«

»Ich glaube, Ms. Lucas ist genau zum richtigen Zeitpunkt zu uns gestoßen.«

»Du meinst wegen ihrer Fachkenntnisse in Marketing?«

»Ganz genau.« Ich fasse ihm kurz die Punkte zusammen, mit denen sie mich im Kennenlerngespräch überzeugt hat. Spinne den Gedanken weiter und stelle eine Verbindung zu zukünftigen Kunden her, die wir vor ihren ersten Profiverträgen von uns überzeugen wollen. Mit unserer Allround-Expertise.

Rafe schürzt nachdenklich die Lippen. »Ich glaube, da ist was dran. Aber wie es aussieht, hast du noch nicht weit genug gedacht.«

»Wie meinst du das?«

Da steht er auf und lächelt. »Wenn es sich in diese

Richtung entwickelt, wirst du bald wieder eine neue Assistentin brauchen. Weil Ms. Lucas eine ganz neue Tätigkeit übernimmt.«

»Immer langsam, so weit ist es noch nicht.«

»Aber bei den Drafts im nächsten Jahr oder spätestens zum jeweiligen Saisonbeginn, jede Wette.«

»Nie im Leben.«

Er hält mir die Hand hin. »Wer verliert, zahlt ein Wochenende im *Six Flags Magic Mountain*. Für die gesamte Firma, mit Familien.«

Der bloße Gedanke an diese scheiß Achterbahnen jagt mir einen Schauder über den Rücken, doch das ist es mir wert. Ich schlage ein. »Abgemacht.«

»Hast du den Vertrag schon fertig?«

»Ich werde ihn nachher mit Ms. Lucas' Unterstützung erstellen und umgehend zur Prüfung an Steven schicken, er weiß bereits Bescheid.«

»Wunderbar, dann sollte das Ganze spätestens am Montag über die Bühne gehen.«

»Ich werde sogar persönlich zu ihm nach Texas fliegen, sobald er das Go signalisiert.«

»Perfekt, dann kann ich mich ja jetzt um meine eigenen Aufgaben kümmern.« Rafe läuft zur Tür, dreht sich dort aber noch einmal um und deutet mit dem ausgestreckten Finger auf mich. »Aber denk daran, Hope morgen von der Schule abzuholen.«

»Keine Angst, so schnell ist Steven nicht.«

»Stimmt auch wieder.« Damit verschwindet er aus meinem Büro und ich widme mich meiner Arbeit.

Kurz vor der verabredeten Zeit klopft Ms. Lucas an die Tür. »Soll ich irgendetwas mitbringen?«

»Nein, Sie arbeiten an meinem Computer. Bitte sagen Sie Vanessa Bescheid, dass ich nicht gestört werden will, bis wir fertig sind. Und schließen Sie bitte die Tür.«

»Natürlich.« Sie leitet meinen Wunsch weiter, drückt die Tür ins Schloss und nähert sich zögernd.

Ich nutze die Zeit, um unsere Standardvertragsvorlage aufzurufen. Räume meinen Platz und trete zur Seite. »Bitte, setzen Sie sich.«

»Und Sie?«

»Ich laufe umher, dabei kann ich am besten nachdenken.«

»Oh, okay.« Sie umrundet den Schreibtisch, sinkt auf meinen Bürostuhl und schaut mit einem schiefen Lächeln zu mir auf. »Ich habe leider nicht so lange Beine wie Sie, Mr. Britton. Darf ich die Höhe verstellen oder soll ich lieber meinen Stuhl holen?«

»Stellen Sie ihn für sich ein, kein Problem.«

Ich warte schräg hinter ihr, bis sie die richtige Position eingenommen hat. Erkläre ihr als Erstes die Inhalte unserer Verträge und an welchen Punkten wir ansetzen werden. Dann nehme ich meine Notizen zur Hand und gehe mit ihr sämtliche Details durch, die wir anpassen müssen.

Wie erwartet steuert sie die eine oder andere Verbesserung dazu bei, sowohl in der Formulierung als auch beim Konzept.

Beim letzten Paragraphen, der diesen Aspekt ausführt, feilen wir besonders lang am Wortlaut, doch schließlich tippt Ms. Lucas nachdrücklich auf die Taste mit dem Punkt. »Jetzt sollte es stimmen.«

»Okay, lassen Sie mich den Abschnitt noch einmal durchlesen.« Dicht neben der Tastatur stütze ich mich auf dem Schreibtisch ab, beuge mich vor und gehe den Text in Ruhe durch.

»Wunderbar, genau so lassen wir es.« Zufrieden sehe ich sie an. »Sie besitzen ein hervorragendes Gespür für Sprache.«

»Danke.« Auf ihrem Gesicht breitet sich ein schüchternes Lächeln aus und sie erwidert meinen Blick voller Stolz.

Wobei mir auffällt, wie eindrucksvoll ihre Augen sind. Einen solchen Grünton habe ich noch nie gesehen, aber er erinnert mich an Schilf.

Im nächsten Moment weiten sich ihre Pupillen, streicht sie sich eine Strähne ihres dunkelblonden Haars hinters Ohr, und ich lächele.

»Was kommt als Nächstes?«

Ihre Stimme erinnert mich daran, was wir hier machen, und ich blinzele. Schaue auf den Bildschirm, richte mich auf. »Das wars so weit. Vielen Dank für Ihre Unterstützung.«

»Immer gern.«

»Jetzt lese ich mir den Entwurf noch einmal durch und schicke ihn unserem Anwalt. Mit Ihnen in CC, damit Sie von Anfang an im Thema sind und später die Administration übernehmen können.«

»Okay, dann gehe ich mal zurück an meinen eigenen Arbeitsplatz.« Ms. Lucas schiebt den Stuhl nach hinten, steht auf und umrundet meinen Schreibtisch. Wofür sie an mir vorbeigehen muss, denn an der anderen Seite ist der Durchgang wegen des Rollcontainers zu schmal.

Erneut nehme ich einen Hauch ihres Dufts wahr und ich sehe ihr nach, bis sie mein Büro verlassen hat.

Ja, verdammt, sie gefällt mir und ich spüre eine gewisse Anziehungskraft, aber woher kommt das? Und warum denke ich überhaupt darüber nach?

Nun, vermutlich, weil sie meine neue Assistentin ist. Ich sie in kürzester Zeit einarbeiten und kennenlernen werde. Da verschiebt sich schon mal der Fokus, nicht wahr? Aber spätestens in ein paar Wochen ist es vorbei und all das wird verschwinden.

*

Am späten Nachmittag schneit Rafe erneut in mein Büro und bleibt vor meinem Schreibtisch stehen, das Jackett über dem Arm. »Hast du einen Moment?«

Überrascht hebe ich die Brauen, lehne mich zurück. »Klar, was gibt's?«

»Du hast dich noch nicht dazu geäußert, aber ich würde Ms. Lucas gern das Du anbieten. Sie hat sich bestens ins Team eingefunden und ich komme mir blöd vor, sie als einzige beim Familiennamen zu nennen. Und andersherum genauso.«

Ich schmunzele. »Ehrlich gesagt habe ich auch schon darüber nachgedacht.«

»Gott sei Dank! Ich dachte schon, du willst noch eine gewisse Zeitlang darauf bestehen. Aus Vorsicht.«

»Wozu? Bei einer Kündigung ist das vollkommen egal.«

Rafe reißt die Augen auf. »Du willst sie kündigen?«

»Nicht doch! Bis jetzt bin ich sehr zufrieden mit ihrer Arbeit und die Kollegschaft mag sie auch. Ich wollte damit nur sagen, dass es arbeitsrechtlich keinen Unterschied macht, ob wir uns duzen oder siezen.«

»Okay, dann lass uns das doch direkt durchziehen.«

»Jetzt?«

»Spricht irgendetwas dagegen? Dann kann ich beruhigt nach Hause fahren.«

»Von mir aus.« Ich erhebe mich, umrunde den Tisch und zusammen verlassen wir das Büro.

Vor dem Schreibtisch meiner Assistentinnen bleiben wir stehen und weil sie uns beide erwartungsvoll ansehen, lächele ich. »Keine Angst, so kurz vor Feierabend haben wir keine bösen Absichten.«

Ms. Lucas schmunzelt. »Aber zu jeder anderen Tageszeit könnte das der Fall sein?«

Rafe lacht auf und dreht sich zu Olivia um. »Hatten wir je böse Absichten mit euch?«

»Nicht, dass ich wüsste.«

Ms. Lucas beugt sich zur Seite und grinst sie über den Monitor hinweg an. »Gib es zu, du willst mich nur nicht vertreiben.«

»Ach, Mist, erwischt!«

Der ironische Unterton in Olivias Stimme schiebt meine Mundwinkel noch ein wenig höher.

Da schüttelt meine neue Assistentin den Kopf, sieht mich übertrieben fassungslos an und zuckt mit den Schultern. »Ich suche ja immer noch nach einem Haken an diesem Job.«

»Den gibt es nicht. Und um das zu unterstreichen, würden wir Ihnen gern das Du anbieten.«

Sie hebt die Brauen, öffnet den Mund. »Wie bitte?«

»Ich glaube, du hast schon ganz richtig verstanden. Wir sind froh, dass du da bist, um mich beziehungsweise uns zu unterstützen.« Ich strecke ihr die Hand entgegen. »Lance.«

Auf ihrem Gesicht breitet sich freudige Überraschung aus, doch erst zwei Sekunden später springt sie auf und schüttelt meine Hand. »Wow, das ... Danke. Cassidy.«

Ich nicke und lasse ihre Hand los, die sich seltsamerweise verdammt angenehm anfühlt. Anders als noch am Montag.

Mein Partner hält ihr ebenfalls die Hand hin. »Rafe.«

»Cassidy.« Nun strahlt sie regelrecht. »Damit hätte ich niemals so schnell gerechnet.«

»Wir folgen da unserem Bauchgefühl, nicht wahr?« Rafe schaut von ihr zu mir.

»Könnte man so sagen.«

»Gut, dann kann ich ja jetzt meinem anderen Bauchgefühl folgen und nach Hause fahren.«

Ich drehe mich zu ihm und beobachte, wie er das Jackett überstreift. »Kuss an deine Ladys.«

»Mach ich.« Er richtet den Hemdkragen und schaut noch einmal in die Runde. »Schönen Feierabend euch allen, bis morgen.«

»Bis morgen!«

Damit verlässt er den Vorraum und ich kehre nach einem letzten Nicken an Cassidy in mein Büro zurück.

Mich erwartet leider niemand zu Hause, also kann ich auch noch ein bisschen arbeiten.

Leider? Seit wann magst du dein Single-Dasein nicht mehr?

Ich ignoriere die Stimme in meinem Hinterkopf und widme mich wieder meiner Arbeit.

Keine Ahnung, was die sich da einbildet.

Wie zur Antwort erscheint eine Erinnerung an letztes Wochenende in meinem Kopf. Rafe, Leslie und Hope in der Küche, beim Kochen.

Ein feines Ziehen regt sich in meiner Brust, doch auch das schiebe ich zur Seite.

Das sind nur die Nachwehen von meinem Besuch in St. Louis.

Kapitel 5 – Cassidy

Am Ende meiner ersten Woche bei *Britton & Walker* treffe ich gutgelaunt und als eine der Ersten in der Agentur ein, beginne mit den täglichen Vorbereitungen.

Die letzten Tage sind wie im Flug vergangen und für mein Gefühl gut verlaufen. Das Arbeitsklima ist wirklich toll, die Einarbeitung bereitet mir keinerlei Schwierigkeiten und vor allem die gestrige Aktion von Mr. Britton und –

Nein. Die Aktion von *Lance* und *Rafe* hat mein Selbstvertrauen extrem gepusht.

Selbst meine anfänglichen Bedenken waren heute früh verschwunden.

Daher war meine Reaktion am Mittwoch, als wir fast ineinander gerannt sind, im Nachhinein vollkommen überzogen. Vermutlich haben sich mein Körper und mein Verstand an die Übergriffigkeit meines letzten Vorgesetzten erinnert, sind in Panik geraten. Ich hoffe nur, dass Lance mich deswegen nicht für total bescheuert hält.

Das Einzige, was mich irritiert, ist das Herzklopfen, das ich in seiner Nähe empfinde. Ich denke, der Grund dafür ist mein Respekt für seinen Erfolg. Und meine Schwärmerei von damals wird garantiert verfliegen, sobald sich der Joballtag eingestellt hat.

Glaubst du das wirklich? Obwohl er dir noch immer gefällt?

Nachdenklich schaue ich dem Vollautomaten zu, wie er meinen Cappuccino zubereitet.

Ja, Lance sieht verdammt gut aus, ist ein positiver Mensch und angenehmer Chef. Und ja, ich mag ihn. Trotzdem ist die Ebene, auf der wir uns nun täglich begegnen, eine ganz andere. Hier geht es ausschließlich um den Job, Privates oder Persönliches hat dabei nichts verloren.

Und wie hat er es vorgestern so schön formuliert? Wir werden uns eingrooven.

Mit meiner Tasse gehe ich zu Vanessas Schreibtisch, schalte schon mal den Computer ein. Da biegt sie mit Olivia um die Ecke.

Ich schaue auf, begrüße die beiden lächelnd, doch Vanessas Anblick dämpft die gute Laune ein wenig. »Wie geht es dir? Ist es schlimm?«

Sie verzieht das Gesicht. »Nur ein schlechter Tag, glaube ich. Der Kleine hat mich wieder die halbe Nacht wachgehalten, außerdem strahlen die Rückenschmerzen heute bis in den Bauch.«

»Dann setz dich hin und ruh dich aus. Du könntest mich erst einmal selbst machen lassen und nur ein Auge auf mich haben.«

»Klingt verlockend. Würde es dir wirklich nichts ausmachen?«

»Ach was, nein! Überhaupt nicht.«

»Das ist lieb von dir. Dann machen wir es so.« Sie sinkt auf ihren Bürostuhl, neigt sich mit der flexiblen Rückenlehne weit nach hinten und seufzt erleichtert. »Scheiße, tut das gut.«

»Möchtest du einen Tee?«

»Oh ja, gern.«

»Kommt sofort.« Lächelnd eile ich in die Küche, schalte den Wasserkocher ein und hole Tasse sowie Teebeutel aus dem Schrank.

Solch eine halbwegs ruhige Schwangerschaft möchte ich später auch erleben.

Ich stutze, schüttele verärgert den Kopf.

Wer weiß, ob es noch einmal so weit kommt.

Und ein passender Mann ist genauso wenig in Sicht.

Woran ich gerade keinen einzigen Gedanken verschwenden will, schließlich habe ich schon genug andere Probleme.

Das Gerät schaltet sich mit einem Klick aus und ich gieße den Tee auf. Kehre zum Schreibtisch zurück und stelle die Tasse vor Vanessa ab.

»Ich danke dir, du bist echt lieb.« Ihr Mund verzieht sich zu einem sanften Lächeln und ihre Hände streichen gedankenverloren über ihren Bauch, immer kreisförmig über die Seiten.

»Ist doch selbstverständlich.« Verlegen winke ich ab, nehme auf meinem Stuhl Platz und beginne mit der Arbeit.

Der Tag verläuft angenehm entspannt und ich kann bestätigen, dass meine bisherige Einarbeitung ein voller Erfolg war. Olivia und Vanessa, Lance und mir selbst. Was mich beruhigt, glücklich macht und zusätzlich motiviert.

Wegen Vanessas Unpässlichkeit verbringen meine Kolleginnen die Mittagspause im firmeneigenen Pausenraum, Rafe verabschiedet sich kurz darauf bis zum Nachmittag und als ich vom Essen zurückkehre, ist auch Lances Büro leer.

Dafür tigert meine hochschwangere Kollegin durch den Vorraum.

»Ist alles okay?« Ich stelle meine Tasche ab und mustere sie misstrauisch.

»Mh-hm, geht gleich wieder. Ich kann nur keine Minute länger stillsitzen. Am liebsten würde ich hier umdekorieren.« Ihre ausschweifende Handbewegung schließt den halben Raum ein.

Olivia lacht auf. »Bitte, tu' dir keinen Zwang an.«

»Sag' das nicht zu laut.«

»Dann leg los.«

Schmunzelnd beobachte ich Vanessa einen Moment,

wie sie als Erstes die Sitzecke in Angriff nimmt, und laufe in die Küche, um mir einen Cappuccino zuzubereiten. Dann setze ich mich an den Schreibtisch und fahre mit meiner Arbeit fort.

Doch nach geraumer Zeit reißt mich etwas aus meiner Konzentration, ich blinzele und lausche.

Das war doch eine Kinderstimme.

Da, schon wieder. Ein Mädchenlachen.

Irritiert schaue ich auf, Richtung Eingang, und im nächsten Moment wirbelt ein Mädchen zwischen sieben und neun Jahren in Schuluniform herein, bleibt nach wenigen Schritten stehen.

»Hallo, Ladys!« Sie schiebt ein Knie vor und die Hüfte zur anderen Seite raus, winkelt die eine Hand über ihrem Kopf ab und die andere neben ihrer Hüfte. Ihr breites Lächeln wird von langen blonden Locken umrahmt und ihre Augen strahlen vor Vergnügen.

Ich muss unwillkürlich grinsen.

Olivia dreht sich mit dem Bürostuhl in ihre Richtung. »Ah, Miss Hope, willkommen.«

»Hey, Hope. Schön, dass du da bist.« Vanessa stellt den Blumentopf ab und wendet sich ihr zu.

Hope eilt zu ihr, die Hände vorgestreckt. »Darf ich?«

Meine Kollegin lacht. »Na, klar.«

Und schon legt sie die Hände und ein Ohr auf den kugelrunden Bauch. »Hallo, Baby, ich bin es, Hope. Wann kommst du endlich heraus?«

Himmel, welch eine süße Maus.

Mein Herz schmilzt regelrecht dahin.

»Das habe ich ihn heute Morgen auch schon gefragt.« Vanessa streicht ihr übers Haar.

Unvermittelt ertönt ein Lachen am Eingang. »Ach, Hope, hast du wenigstens gefragt?«

Wie die anderen schaue ich zu Lance, den ich gar nicht

habe kommen hören.

»Hat sie, ist kein Problem.«

»Trotzdem solltest du Vanessa ein bisschen in Ruhe lassen, sie fühlt sich heute nicht so gut.« Er streckt eine Hand nach dem Mädchen aus und ich bemerke den Rucksack in seiner anderen, vermutlich die Schultasche der Kleinen.

»Okay, dann umarme ich halt dich.« Hope löst sich von meiner Kollegin, geht zu ihm und schlingt ihm die Arme um die Hüften.

Lachend legt er den freien Arm um ihre Schultern, drückt sie an sich. »Welche Ehre.«

Sie kichert. »Nicht wahr?«

Da beugt er sich zu ihr, küsst sie aufs Haar. »Und wie!«

Ich seufze stumm, bei diesem hinreißenden Anblick zerfließt mein Innerstes regelrecht.

Im nächsten Moment sieht Lance auf und zu mir, wendet sich wieder an Hope und deutet mit dem Rucksack in der Hand in meine Richtung. »Du kennst ja noch gar nicht meine neue Assistentin. Das ist Ms. Lucas.«

Sofort folgt sie seiner Geste, löst sich von ihm und kommt mit ausgestreckter Hand herüber. »Hallo, Ms. Lucas, ich bin Hope Walker.«

Nicht Britton?

Überrascht springe ich auf und schüttele ihre Hand. »Hallo, Hope. Du darfst mich gern Cassidy nennen.«

Ihre Augen weiten sich. »Wow, das ist aber ein toller Name. Habe ich noch nie gehört.«

»Danke, mir gefällt er auch.«

Sie lässt meine Hand los, streicht sich eine Haarsträhne aus dem Gesicht. »Und du bist so hübsch. Hast du einen Mann?«

Ich kämpfe gegen das breite Grinsen an, dass sich auf meinem Gesicht ausbreiten will. »Nein.«

»Ein Kind?«

»Nein, auch nicht.«

»Tiere?«

»Ja, einen kleinen Hund. Cleo.«

»Oh, wie süß! Darf ich den mal kennenlernen?«

Ich zögere. »Bestimmt ergibt sich mal eine Gelegenheit.«

Sie klatscht in die Hände. »Super. Und bleibst du jetzt für immer bei Onkel Lance?«

»Na ja, ich ...« Ich blinzele verblüfft, schaue hilfesuchend auf.

Mein Boss tritt mit einem leisen Lachen hinter sie, legt ihr die Hand auf die Schulter. »Cassidy hat erst am Montag hier angefangen.«

Stirnrunzelnd mustert sie ihn von unten herauf. »Ja, und?«

»Da kann man noch gar nicht sagen, ob jemand für immer bleibt.«

»Aber das wäre doch super. Sie hat einen Hund und ich mag sie.«

»Das ist natürlich sehr wichtig.«

»Außerdem ist sie allein. Und du auch.« Schon strahlt sie mich wieder an. »Also, bleibst du?«

Ich öffne den Mund, doch mir fehlen die Worte.

Lance lacht nur und wuschelt ihr durchs Haar. »Darüber reden wir ein anderes Mal. Hast du Hausaufgaben auf?«

Sie verdreht die Augen und seufzt theatralisch. »Es ist doch *Freitag*.«

»Tut mir leid, mein Fehler. Okay, dann hast du bestimmt Lust, ein Bild zu malen. Auf meinem Besprechungstisch wartet ein Stapel Papier auf dich.«

»Klar, immer.« Sie reißt ihm den Rucksack aus der Hand und läuft in sein Büro.

Mein Boss wirft mir einen entschuldigenden Blick zu, zuckt mit den Schultern und formt mit dem Mund ein lautloses Sorry.

Ich nicke lächelnd und sehe ihm nach, wie er der Tochter seines Partners folgt.

Himmel, ihn mit diesem Mädchen zu sehen ... so natürlich, liebevoll und fürsorglich ... Das rührt nicht nur etwas tief in mir drin, nein, es tritt auch ein verrücktes Sehnen los, und zwar nach –

Ich stutze.

Halt, stopp! Dreht mein Körper jetzt völlig durch?

Schockiert setze ich mich wieder und gebe vor, zu arbeiten. Doch in Wahrheit kämpfe ich gegen dieses Chaos an, das unerwartet in mir hochkocht.

Ein Wirbel aus gegensätzlichen Emotionen, Hitzewellen und einem eindeutigen Kribbeln in meinem Bauch.

Ich kenne das, habe es aber bisher nur bei meinem Noch-Ehemann empfunden und zum letzten Mal vor vielen Monaten.

Ach, Scheiße, das ist nur diese verfluchte Hormontherapie, der ich mich schon wieder unterziehen muss. Ja, genau. Anders kann ich mir nämlich nicht erklären, warum meine Eierstöcke förmlich nach dem Sperma von Lance Britton lechzen.

Meinem *Boss*, Herrgott noch mal!

Okay, Lucas, krieg dich wieder ein, das hat rein gar nichts zu bedeuten. Du bist Opfer deiner Hormone, mehr nicht.

Genau, alles cool.

Möglichst unauffällig atme ich tief durch, fokussiere mich auf den Bildschirm. Ignoriere das doppelte Lachen aus dem Raum nebenan und öffne das E-Mail-Programm.

Schließlich kehrt Vanessa zum wiederholten Mal von der Toilette zurück, sinkt vorsichtig auf ihren Stuhl neben mir und brummt unwillig. »Mann, das nervt!«

»Was denn?«

»Ich habe ständig das Gefühl, ich müsste pinkeln. So ein Druck, weißt du? Aber es kommt nichts.«

Ein klein bisschen peinlich berührt nicke ich lediglich, das ist mir dann doch zu intim.

Da passt es ganz gut, dass ich eh eine Frage zu der Aufgabe habe, die ich aktuell bearbeite. Also deute ich auf den Bildschirm und schaue sie an. »Kannst du mir das noch einmal erklären?«

Sie lächelt gezwungen. »Ja, klar. Ablenkung ist immer gut.«

Ja, für mich auch. Deswegen stürze ich mich voll und ganz in die Arbeit.

Ab halb vier wird es ruhiger und wir nutzen die Gelegenheit, meine erste Woche zu reflektieren, offene Fragen zu beantworten und über das zu sprechen, was Rafe und Lance seit Unternehmensgründung erreicht haben.

Unvermittelt kommen Schritte und Stimmen näher, eine männliche und eine weibliche.

Neugierig schaue ich zum Eingang, wo Rafe Hand in Hand mit einer Frau auftaucht. Das goldrote Haar leuchtet mit ihren saphirblauen Augen um die Wette, ihre sexy Kurven stecken in hellen Jeans und einer luftigen Bluse. Und sie begrüßt Olivia und Vanessa mit einer so warmen Herzlichkeit, dass sie mir gleich sympathisch ist.

Am Ende deutet Rafe auf mich. »Leslie, darf ich vorstellen? Das ist Cassidy Lucas, Lances neue Assistentin. Cassidy, das ist Leslie, meine Freundin und Hopes Adoptivmutter.«

Wow, nur Freundin und schon Adoptivmutter?

Ich strecke ihr lächelnd die Hand entgegen. »Hallo, wie schön, Sie kennenzulernen. Ihre Kleine ist zuckersüß.«

Sie lacht. »Ja, oder? Aber lassen Sie sich bloß nicht von ihr um den Finger wickeln. Zumindest nicht so sehr wie Ihr Boss.« Sie deutet mit dem Kinn in Richtung von Lances Büro und ich schaue automatisch hinüber.

Erinnere mich an vorhin und spüre einen viel zu starken Nachklang jener Empfindungen.

Verdammt.

Ich blinzele und wende mich wieder den beiden zu. »Ich werde mich bemühen.«

»Super.«

»Okay, dann lass uns Onkel Lance mal erlösen.« Rafe dirigiert Leslie in das Büro meines Chefs, dessen Tür weit offen steht, und ich höre noch, wie er ihn begrüßt.

»Hey, Bro, wie sieht's aus?«

Danach vermischen sich die Stimmen zu einem unverständlichen Gemurmel.

Ich setze mich wieder, werfe Olivia ein Lächeln zu. »Echt schönes Paar.«

»Nicht wahr? Und eine so dramatische Geschichte.« Sie schüttelt den Kopf.

»Ah.« Ich nicke lediglich, will auf keinen zu neugierig wirken.

Da beugt sie sich vor und flüstert: »Erzähle ich dir, wenn wir mal ungestört sind.«

»Okay.«

Neben mir stöhnt Vanessa auf und ich fahre zu ihr herum. »Stimmt etwas nicht?«

Sie hält sich den Bauch. »Keine Ahnung. Die Rückenschmerzen werden schlimmer.«

»Sind das vielleicht die Wehen?«

»Woher soll ich das wissen? Fühlt sich zumindest nicht so an, wie ich mir welche vorstellen würde. Nur der Druck wird gerade stärker.«

»Musst du zur Toilette? Soll ich dir helfen?«

»Ja, das wäre super.«

Ich stehe auf und nehme Vanessas Hand, von nebenan ertönt Rafes Lachen. »Geht's?«

»Versuchen wir es mal.« Sie umfasst die Armlehne, stemmt sich hoch.

Übergangslos erstarrt sie, beugt sich vor und schaut nach unten.

Ich folge ihrem Blick, mustere ihre Beine, die seltsam nass aussehen, und im nächsten Moment platscht eine große Portion Flüssigkeit auf den Boden.

Erstaunt reiße ich den Mund auf, doch es ist Vanessa, die einen Schrei ausstößt und in einer hilflosen Geste die Hände ringt. »Ach, du *Scheiße*!«

Das kann sie wohl laut sagen.

»Du meine Güte.«

»Oh, Gott.« Olivia springt auf, eilt herüber.

»Was ist passiert?«

Ich drehe mich zu Rafe um, der ein paar Schritte neben uns anhält und mit großen Augen auf die Szene starrt.

Hinter ihm bleiben auch die anderen stehen. Bis auf Leslie.

»Na, was wohl!« Sie marschiert zu uns, wirft ihre Handtasche auf den Schreibtisch. »Die Fruchtblase ist geplatzt.«

Sie hilft Vanessa, sich hinzusetzen, zusammen mit Olivia.

Und ich blöde Kuh stehe nur daneben, wie versteinert.

Leslie wirft einen Blick in die Runde. »Scheiße, was guckt ihr denn so? Ruft den Krankenwagen!«

Ihre Worte reißen mich aus der Bewegungslosigkeit, ich bücke mich nach meiner Handtasche und angele mein Handy daraus hervor. Mit zitternden Fingern entsperre ich das Display, was erst im zweiten Anlauf gelingt, denn Vanessas schmerzerfülltes Wimmern macht mich nervös.

Da höre ich Lances Stimme. »Lance Britton hier, wir

haben einen Notfall. Bei einer Mitarbeiterin ist die Fruchtblase geplatzt.«

Ich schlucke und sehe auf.

Bemerke, wie besonnen er mit dem Notruf telefoniert, und spüre unglaubliche Erleichterung.

Entdecke Hope, die sich an der Hand ihres Vaters festklammert und mit großen Augen auf die Szene schaut.

Ein Ruck geht durch mich hindurch, ich straffe die Schultern.

Okay, der Notarzt ist unterwegs, also informiere ich den Empfang im Erdgeschoss, damit er Bescheid weiß und die Sanitäter sofort zu einem wartenden Aufzug lotst.

Sobald das erledigt ist, hocke ich mich vor Vanessa. »Hast du eine Notfalltasche hier?«

»Nein, nur ein paar Sachen in meiner Handtasche«, presst sie zwischen zusammengebissenen Zähnen hervor.

»Okay. Was ist mit deinem Mann? Soll ich ihn anrufen?«

Sie nickt und deutet auf ihre Tasche. »Handy.«

Ich drehe mich danach um, öffne die weiche Ledertasche und entdecke das Smartphone ordentlich in einem extra Fach. Schnell ziehe ich es heraus und reiche es ihr.

Mit zusammengekniffenen Augen kämpft sie sichtlich gegen eine Schmerzwelle an, atmet schließlich tief durch. Wischt und tippt auf dem Display herum, reicht mir das Telefon. »Hier, du musst reden.«

»Okay.« Ich nehme das Handy, stehe auf und tippe auf den grünen Hörer.

Es klingelt, mehrmals, dann endlich meldet sich eine männliche Stimme. »Hey, Schatz. Bin praktisch schon im Feierabend, soll ich etwas mitbringen?«

»Hallo, hier ist Cassidy, Vanessas Kollegin.«

Ich höre ein scharfes Einatmen. »Ist etwas passiert? Das Baby?«

»Es kommt, ja. Die Fruchtblase ist geplatzt.«

»Welches Krankenhaus?« Im Hintergrund erklingen ein Scheppern und hektische Geräusche.

»Das wissen wir leider nicht, der Notarzt ist noch nicht da.«

»Okay, gut. Das von euch nächste Hospital ist am *Van Ness Campus*, ich mache mich sofort auf den Weg.«

»Was ist mit der Tasche für Vanessa?«

»Ich habe eine im Kofferraum.«

»Perfekt.«

»Falls sie woanders hinfahren, sollen sie mich anrufen, ja?«

»Ich sage Bescheid.«

»Gut, danke.«

»Alles Gute.« Ich nehme das Telefon vom Ohr, tippe auf den roten Hörer und schiebe es zurück in das Fach in Vanessas Handtasche.

Dann drücke ich ihre Hand. »Dein Mann fährt zum Krankenhaus.«

»Mh-hm.« Sie zwingt sich zu einem Lächeln und erwidert den Druck, ihr Gesicht glänzt vor Schweiß.

»Der Krankenwagen ist gleich da, sei unbesorgt.« Leslie redet beruhigend auf sie ein, atmet mit ihr, streicht ihr die verschwitzten Haare aus der Stirn.

Olivia und ich versuchen lediglich, sie ein bisschen abzulenken.

Zum Glück dauert es wirklich nur wenige Minuten, bis die Sanitäter eintreffen, und wir machen ihnen Platz für eine Untersuchung. Dann helfen sie ihr auf die Trage, schnallen sie fest und schieben sie Richtung Fahrstuhl.

Ein letztes Mal winken wir ihr nach, geben ihr unsere besten Wünsche mit auf den Weg und Lance begleitet das Grüppchen.

Kaum sind sie zum Haupteingang abgebogen, sammeln

wir uns mit einem kollektiven Seufzer zwischen den Schreibtischen.

»Ich könnte jetzt einen Schnaps gebrauchen.« Olivia streicht sich mit beiden Händen das Haar aus der Stirn.

Ich lache leise. »Geht mir genauso. Ich bewundere, wie du so ruhig bleiben konntest, Leslie. Oh, sorry, jetzt habe ich Sie einfach geduzt.«

Lachend winkt sie ab. »Kein Ding, bleiben wir doch einfach beim Du. Und was das Ruhigbleiben angeht – erstens bilde ich mich regelmäßig in Erster Hilfe weiter und zweitens habe ich das schon mit Hopes Mutter durchgemacht.« Sie schaut zu dem Mädchen hinüber.

In meinem Kopf steigen unzählige Fragen auf, doch ich werde gleich wieder abgelenkt.

»Dad?«

Nun richten sich auch die anderen Augen auf Hope.

Au Mann, hoffentlich war das keine traumatische Erfahrung für sie.

»Ja, mein Engel?«

»Du meintest vorhin, ihr hättet eine bessere Idee, als nach Hause zu fahren. Machen wir das jetzt noch?«

Rafe schmunzelt, sieht Leslie an und die nickt. »Na, klar.«

»Und was ist das?«

»Das erfährst du erst, wenn wir da sind.«

Sie verdreht die Augen. »Wenn's denn sein muss.«

Im ersten Moment starren wir sie erstaunt an, dann lachen alle los, was die Anspannung der letzten Minuten auflöst.

»Was gibt es denn hier zu lachen? Habe ich etwas verpasst?« Lance bleibt neben mir stehen.

»Nur eine von Hopes typischen Bemerkungen.« Leslie streicht ihr übers Haar.

»Zu schade.«

Ich meine, das Lächeln in seiner Stimme zu hören, und kämpfe nicht weiter gegen meines an.

»Okay, ich denke, wir machen jetzt alle Feierabend.« Rafe schaut uns nacheinander an, dann seinen Partner. »Müssen wir noch etwas tun? Außer dass wir in der Verwaltung Bescheid sagen?«

»Nein. Die Reinigungsfirma habe ich bereits instruiert, ansonsten bleibt uns nur noch, die Computer auszuschalten.«

»Meiner war eh nicht mehr an, wir können also direkt los.« Rafe umfasst Hopes Hand.

»Oh, ja, super.«

Leslie wirft sich ihre Handtasche über die Schulter, nimmt die andere Hand des Mädchens und lächelt in die Runde. »Euch ein schönes Wochenende.«

Wir erwidern den Wunsch, sie verabschieden sich und gehen.

Lance verschwindet in seinem Büro, Olivia und ich fahren die Computer herunter, bringen alles so weit in Ordnung.

Zum Abschluss schalte ich die Spülmaschine ein, da taucht meine Kollegin am Eingang auf.

»Tja, dann sind wir ab Montag also auf uns allein gestellt.«

Ich nicke. »Wird bestimmt eine Umstellung für dich.«

»Vermutlich. Aber wenigstens keine, die mir Bauchschmerzen bereitet. Ich freue mich auf unsere Zusammenarbeit.«

Meine Mundwinkel wandern nach oben, Erleichterung breitet sich in mir aus. »Ich auch.«

»Super. Hab ein schönes Wochenende, wir sehen uns Montag.«

»Dir auch, danke. Bis Montag.«

Damit wendet sie sich ab und geht.

Und ich atme tief durch, schaue mich ein letztes Mal um und kehre zum Schreibtisch zurück. Nehme meine Handtasche, schiebe den Trageriemen über meine Schulter und gehe zur offenen Tür.

Lance steht neben seinem Schreibtisch, richtet das Revers seines Jacketts.

»Ich bin dann jetzt auch weg.«

»Warte einen Moment, ich fahre mit dir runter.« Er greift nach seinem Handy, steckt es in die Innentasche und kommt zu mir herüber.

Sofort klopft mein Herz los und ich halte mich am Träger meiner Tasche fest.

Nebeneinander laufen wir zum Ausgang, wo er mir die Tür aufhält, und auch beim Fahrstuhl lässt er mir den Vortritt.

Er drückt auf die Taste fürs Erdgeschoss, gesellt sich zu mir und die Türen schließen sich.

Ich beiße mir auf die Lippe, denn ich nehme seine Präsenz überdeutlich wahr. Genauso wie seinen Duft, der mich vollkommen einzuhüllen scheint.

Verdammte Hormone.

»So hast du dir das Ende deiner ersten Woche bei uns bestimmt nicht vorgestellt, oder?«

Ich blinzele, schaue ihn an und schmunzele. »Nein.«

Seine schmalen Lippen verziehen sich zu einem Lächeln, was die Lachfältchen um seine haselnussbraunen Augen deutlicher hervortreten lässt und mein Herz zum Stolpern bringt.

»Mir ist das auch zu viel Drama. Na ja, ab Montag geht alles seinen geregelten Gang, da wirst du dir vermutlich bald ein wenig Abwechslung wünschen.«

Ich zucke mit den Schultern. »Gegen einen ruhigen Arbeitsalltag dann und wann habe ich nichts einzuwenden. Vor allem nach den letzten Wochen.«

»Kann ich verstehen.«

Die Kabine hält im Erdgeschoss, er folgt mir hinaus und durch das Foyer.

Auf dem Gehweg bleiben wir stehen und Lance wendet sich mir zu. »Okay, dann wünsche ich dir ein entspanntes Wochenende. Hast du etwas vor?«

»Mal sehen, vielleicht fahre ich morgen nach *Lands End* und mache mir mit meinem Hund einen schönen Tag.«

Er lacht leise. »Ich glaube, da war ich erst ein- oder zweimal, seitdem ich hier lebe. Bist du öfter dort unterwegs?«

»Ich habe nach der Trennung wieder damit angefangen, zum Glück.«

»In diesem Fall wünsche ich dir viel Spaß.«

»Danke, dir auch. Was auch immer du vorhast. Bis Montag.«

»Bis Montag.« Noch ein Nicken, dann wendet er sich ab und marschiert die Straße hinauf.

Ich aber rühre mich nicht vom Fleck, sehe ihm nach, bis ich ihn zwischen den anderen Passanten aus den Augen verliere, und seufze.

Dass ich in dieser Form auf ihn reagiere, irritiert mich. Vor allem, weil es aus heiterem Himmel kommt. Und ich das auch gar nicht will. Schließlich habe ich erst einmal keinen Bedarf an körperlicher wie emotionaler Nähe, das hat mir mein Bald-Ex bestens versaut.

Deshalb kann dieses seltsame Chaos in mir nur mit der Hormontherapie zusammenhängen, die ich vor zwei Wochen auf Anraten meiner Ärztin begonnen habe. Eine extra sanfte und längere Behandlung, die trotzdem einige Nebenwirkungen mit sich bringt.

Was wohl bedeutet, dass ich einen Haufen unkontrollierter Gefühlszustände ertragen muss.

Worauf es nur eine mögliche Antwort gibt – ignorieren

und weitermachen.
Und hoffen, dass es bald vorbei ist.

Kapitel 6 – Lance

Dass die neue Woche mehr Arbeit mit sich bringt als zunächst erwartet, zeichnet sich schon Sonntagabend ab. Denn da meldet sich der College-Pitcher aus Texas und nimmt unser Angebot an.

Also schicke ich sofort eine E-Mail an Cassidy, damit sie Montagfrüh als Erstes meine Geschäftsreise vorbereitet. Bei der Gelegenheit erwähne ich, worauf ich bei Flügen, Hotel sowie Mietwagen Wert lege und was ich bevorzuge. Auf diese Weise bekommt sie sämtliche Details, die sie in Zukunft braucht.

Dementsprechend spaziere ich ungewöhnlich früh und mit gepacktem Koffer ins Büro. Nur um meine neue Assistentin bereits an ihrem Schreibtisch vorzufinden.

Erstaunt bleibe ich vor ihr stehen. »Guten Morgen! Was machst du schon hier?«

Sie zuckt mit den Schultern, ein verlegenes Lächeln auf den Lippen. »Ich war unruhig, wollte heute auf keinen Fall zu spät kommen und hatte so ein dummes Bauchgefühl. Was sich anscheinend bestätigt hat.« Mit dem Kinn deutet sie auf mein Gepäck. »Wenn der Bursche das Angebot abgelehnt hätte, wäre er schön blöd gewesen.«

»Ganz meine Meinung.«

»Die Flüge habe ich bereits gebucht, der Rest ist in Arbeit. Ist es okay, wenn ich dir den Kaffee erst danach bringe?«

»Weißt du was? Zur Feier des Tages hole ich ihn mir einfach selbst.« Ich zwinkere ihr zu.

Cassidy lacht auf, schüttelt den Kopf und wendet sich

wieder dem Bildschirm zu.

Und ich laufe lächelnd in mein Büro.

Ich mag die Vibes, die von ihr ausgehen.

Ein paar Stunden später schalte ich den Computer wieder aus und checke, ob ich sämtliche Reiseunterlagen auf dem Handy habe. Dann werfe ich das Jackett über, stecke Smartphone sowie Brieftasche ein und verlasse mit meinem Koffer das Büro.

Meine Assistentin sieht sofort auf. »Muss ich noch irgendetwas für die Tage ohne deine Anwesenheit wissen?«

»Nicht, dass ich wüsste. Du kannst aber Olivia oder Rafe fragen. Oder du rufst mich direkt an.«

»Ich habe deine Nummer nicht.«

»Das ändern wir.« Ich fische das Smartphone aus der Innentasche meiner Jacke und entsperre das Display. »Am besten gibst du mir auch deine Handynummer.«

Sie runzelt die Stirn, wirkt widerwillig.

Ich schmunzele. »Keine Angst, das ist wirklich nur für den absoluten Notfall.«

»Okay.« Ein leiser Seufzer, dann diktiert sie mir ihre Nummer.

Ich speichere sie ab, tippe auf den grünen Hörer und lausche auf das Freizeichen, ohne das Telefon ans Ohr zu heben. »Jetzt hast du auch meine Nummer.«

»Alles klar. Gute Reise und viel Erfolg.«

»Danke. Wir sehen uns morgen Nachmittag.«

Nach einem Abschiedsruf an Olivia und Rafe ergreife ich den Teleskopgriff des Trolleys, verlasse unsere Geschäftsräume und mache mich auf den Weg nach Texas.

*

Da mein Rückflug aufgrund einer technischen Störung

mehrere Stunden Verspätung hat, schicke ich Cassidy zwischendurch eine kurze Nachricht, dass ich es nicht mehr ins Büro schaffe. Ansonsten bin ich zur Untätigkeit verdammt, denn meinen Laptop habe ich zu Hause gelassen und auf meinem Smartphone will ich keine geschäftlichen Vorgänge bearbeiten. Also tigere ich entweder durch den Sicherheitsbereich oder versuche, mich in der VIP-Lounge der Fluggesellschaft zu entspannen.

Am Ende mache ich es mir in einem der Relaxsessel bequem und schließe die Augen. Lasse im Kopf das gestrige Gespräch mit unserem neuen Kunden Revue passieren und fertige eine mentale Liste an, was nun in die Wege geleitet werden muss.

Automatisch wandern meine Gedanken zum Training der College-Baseballmannschaft, das ich mir heute früh ansehen durfte. Danach habe ich vier weitere Talente angesprochen und Visitenkarten verteilt. Ihnen unsere Dienstleistungen schmackhaft gemacht und Details dazu in das Notizbüchlein geschrieben, das ich meistens bei mir trage. Und falls ich mich nicht irre, war der frisch unterzeichnete Vertrag mit ihrem Pitcher genau der richtige Köder. Morgen kann Cassidy ihnen unsere elektronische Broschüre zukommen lassen.

Ob sie die auf Verbesserungspotenzial prüfen sollte? Als Fachfrau hat sie einen anderen Blick und könnte alles auf den neuesten Stand bringen.

Und möglicherweise hat Rafe recht damit, dass sie in diesem Zusammenhang in eine brandneue Position hineinwachsen könnte. Das Einzige, was mir an dem Gedanken nicht gefällt, ist die Vorstellung, mir dann erneut eine Assistentin suchen zu müssen.

Ich bin ein Mensch, der gern dauerhaft mit denselben Leuten zusammenarbeitet, das hat sich nach der Firmengründung bestätigt, und ohne Vanessas Schwangerschaft wäre das vermutlich so geblieben.

Auf der anderen Seite wird mir in diesem Moment bewusst, dass ich mich bereits auf Cassidy eingestellt habe.

Mir gefällt die Zusammenarbeit mit ihr, ihre Kompetenz, ihre positive Art.

Ihr Lächeln? Ihr Duft? Ihr Arsch?

Passend zu dem Gedanken reibt mir mein Kopf genau diese Erinnerungen unter die Nase und mein Körper reagiert. Mit einem Prickeln im Bauch, einem Anflug von Verlangen und dem warmen Wohlgefühl, das ich schon gestern Morgen in ihrer Nähe empfunden habe.

Ratlos reibe ich mir mit den Händen übers Gesicht, fahre mir durchs Haar und verschränke die Finger im Nacken.

Was, zum Teufel, soll ich davon halten?

Bei Gründung des Unternehmens habe ich mir vorgenommen, es bei rein beruflichen Beziehungen zu unseren Angestellten zu belassen. Und bis zur letzten Woche war das auch nie ein Problem.

Aber nun ist da Cassidy und jeglicher Vorsatz diesbezüglich erscheint total hirnrissig.

Nach nur sechs Arbeitstagen!

Oder bin ich lediglich untervögelt?

Ich gebe zu, in den letzten Wochen sind Sex-Momente in den Hintergrund gerückt. Wegen der Arbeit und dazugehörenden Verpflichtungen, meiner Familie und der Umstände, Rafes privatem Drama und seiner Liebesgeschichte.

Doch so schlimm, dass ich deshalb auf meine neue Assistentin abfahren müsste, ist es noch lange nicht.

Außerdem beruht dieses Interesse womöglich nicht auf Gegenseitigkeit, wozu sich also Gedanken darüber machen? Oder sogar auf eine heiße Nacht spekulieren?

Sogleich fluten passende Bilder meinen Kopf.

Von Cassidy in meinem Bett. Unter mir, das Gesicht vor Lust verzerrt.

Wie sie sich nackt über meinen Schreibtisch beugt und ich in sie stoße, die Hände auf ihrem herrlichen Arsch.

Oder wie ich sie an die Wand in meiner Dusche nagele und ihr Stöhnen von den Fliesen widerhallt.

Oh, Fuck!

Die dreckigen Fantasien treiben mein Blut südwärts, doch ich kämpfe dagegen an. Springe auf und laufe zu den Fenstern, die einen Blick bis zur Startbahn ermöglichen.

Ich brauche dringend Ablenkung, könnte am Wochenende mal wieder mit ein paar ehemaligen Kollegen von den *Seals* einen draufmachen.

Weswegen ich mein Handy hervorziehe und eine entsprechende Frage in unsere Nachrichtengruppe stelle. Auf diese Weise habe ich keine Möglichkeit zu einem Rückzieher oder fadenscheinigen Ausflüchten.

Da erklingt der typische Flughafen-Gong aus den umliegenden Lautsprechern und eine weiche Frauenstimme stellt in einer Stunde das Boarding für meinen Flug in Aussicht.

Ich atme erleichtert auf, stecke das Telefon weg und verlasse die Lounge. Kaufe mir unterwegs ein Baseball-Magazin und schlendere zum entsprechenden Gate.

Am Ende komme ich ziemlich spät in meinem Apartment an, brate mir zum Abendessen ein Steak mit grünen Bohnen und genieße es auf meiner Dachterrasse. Und nach einem letzten Bier falle ich nur noch todmüde ins Bett.

Trotzdem wird am nächsten Morgen aus einigen Minuten Verschlafen eine halbe Stunde Verspätung, mit der ich angezogen das Bad verlasse.

Verärgert über mich selbst marschiere ich in die Küche,

um mir schnell eine Tasse Kaffee im Stehen zu gönnen. Erst da entdecke ich die Post, die meine Haushälterin mir bereitgelegt hat. Schiebe die Umschläge zusammen und stopfe sie zu meinem Telefon in die Innentasche meines Jacketts.

Kurz darauf mache ich mich auf den Weg in die Agentur, eine Mappe mit den unterzeichneten Unterlagen unter dem Arm.

Auch bei der Sicherheitsüberprüfung dauert es heute länger und ich besinne mich auf eine ruhige Atmung, um den aufsteigenden Stress abzuwehren. Zwinge mich zu einem Lächeln, sobald ich den Fahrstuhl verlasse und auf den Haupteingang von *Britton & Walker* zustrebe.

Im Vorbeigehen begrüße ich Phyllis am Empfang und einen Kollegen aus der Verwaltung, der mir entgegenkommt. Biege um die Ecke und betrete den Vorraum.

»Guten Morgen, zusammen!«

»Morgen, Lance!«, schallt es mir zweifach entgegen, doch meine Aufmerksamkeit richtet sich ausschließlich auf Cassidy.

Sie trägt das Haar in einem hohen Zopf zusammengefasst, was meine Aufmerksamkeit auf ihre strahlenden Augen richtet. Und auf die Brauen, deren markanter Knick in der jeweils äußeren Hälfte ihrem Gesichtsausdruck immer etwas Ironisches, Provokantes verleiht.

»Und? Wann warst du zu Hause?«

Ich bleibe vor ihrem Schreibtisch stehen, schüttele den Kopf. »Frag nicht.«

»Oh je.«

»Genau. Bringst du mir bitte einen Kaffee?«

»Ja, klar.« Postwendend steht sie auf und geht in die Küche.

In meinem Büro werfe ich die Mappe auf den Tisch, streife das Jackett ab und trete ans Fenster. Schaue an der

Transamerica Pyramid vorbei bis zum *Coit Tower*, atme tief durch und versuche, die Anspannung abzulegen.

»Hier, dein Kaffee.«

»Danke.« Mit einem Lächeln nehme ich die Tasse entgegen, wobei meine Finger ihre berühren und schon wieder dieses Wohlgefühl in mir aufwallt, mich beruhigt.

Verwirrt hebe ich den Blick und bemerke das Aufflackern in ihren Augen.

Fuck, und wie sie die Zähne in ihre Unterlippe gräbt ...

Da räuspert sie sich. »Du siehst ziemlich k. o. aus.«

»Ja, irgendwie ist seit gestern der Wurm drin.«

»Warum hast du nicht ausgeschlafen und bist später ins Büro gekommen? Du bist der Boss, du darfst das bestimmt.«

Der neckende Unterton in ihrer weichen Stimme zaubert mir ein Lächeln ins Gesicht, was sie sogleich erwidert. Und es besänftigt seltsamerweise meine Anspannung.

»Ich kann leider nur schlecht aus meiner Haut.« Ich nippe an dem Kaffee, genieße Aroma und Geschmack.

»Kommt mir bekannt vor.« Ihre Lippen nehmen einen bitteren Zug an.

Ich runzele die Stirn, öffne den Mund, doch im nächsten Augenblick ist es verschwunden.

»Ich hoffe, der Deal ist ganz nach deinen Vorstellungen gelaufen.«

»Besser.« Ich erzähle ihr von dem Training und den neuen Interessenten. »Ich schicke dir gleich ihre E-Mail-Adressen, damit du die Informationen verschicken kannst.«

»Okay. Und wie geht es mit dem Vertrag des Pitchers weiter?«

»Gib mir eine Viertelstunde, dann erkläre ich dir alles.«

»Alles klar, bis gleich.« Sie wendet sich ab und verlässt mein Büro.

Und ja, ich starre ihr nach.

Lasse den Blick von ihrem Nacken zu ihrem Arsch wandern.

Oder bin ich hier der Arsch?

Missmutig kneife ich kurz die Augen zusammen, atme tief durch und setze mich an den Schreibtisch.

Nach besagter Frist kehrt Cassidy zurück, ich erkläre ihr den weiteren Ablauf und sie macht sich eifrig Notizen. Fragt nach, macht kleine Verbesserungsvorschläge.

Am Ende neigt sie den Kopf und mustert mich nachdenklich. »Ist es in Ordnung, wenn ich einen Workflow dafür erstelle?«

»Ja, warum nicht?«

»Und ich würde das gern auch für alle weiteren Vorgänge machen, daraus eine Art Handbuch erstellen. Das erleichtert die Prozesse, macht sie transparent und es wird nichts vergessen. Man kann eventuelle Änderungen oder Ergänzungen ganz einfach integrieren, und selbst Aushilfen oder neue Mitarbeitende können sich daran entlanghangeln.«

Lächelnd lehne ich mich zurück. »Schon gekauft.«

»Wie bitte?« Sie blinzelt, sichtlich irritiert.

»Na, du hast mich mit deinem Konzept überzeugt.«

»Oh, das ist nicht auf meinem Mist gewachsen.« Sie hebt die rechte Hand, in der sie den Stift hält, in einer abwehrenden Geste. »Das kommt aus dem *Total Quality Management* und ist in mittleren sowie großen Unternehmen ein üblicher Vorgang.«

»Umso besser, dass du Vanessa und Olivia über den Weg gelaufen bist. Ich glaube, mit deiner Expertise können wir *Britton & Walker* auf die nächste Stufe heben.«

Eine zarte Röte überzieht ihre Wangen und ihr Mund verzieht sich zu einem verlegenen Lächeln. »Es freut mich, dass du das zu schätzen weißt.«

»Rafe hat ebenfalls erkannt, dass uns mit dir ein echter Glücksgriff gelungen ist. Wir haben neulich sogar ein bisschen herumgesponnen, wohin uns das führen könnte.«

»Ist das nicht ein bisschen voreilig?«

»Ganz im Gegenteil. Wenn wir nicht schon als Teenager groß gedacht hätten, wären unsere Leben garantiert anders verlaufen.«

»Klingt einleuchtend.«

»Und deswegen hören wir auch nie damit auf.«

»Was ich sehr bewundernswert finde.«

»Andersherum fehlt mir jede Menge Wissen in unternehmerischen Bereichen wie Administration, Qualitätsmanagement und ja, auch Marketing.«

Cassidy zuckt übertrieben lässig mit den Schultern. »Dafür bin ich ja jetzt da.«

»Und du passt wirklich hervorragend ins Team.«

»Ich fühle mich auch total wohl bei euch.«

»Das freut mich. Ich fühle mich auch wohl mit dir.«

Unsere Blicke verhaken sich ineinander und wieder flackert etwas in ihren Augen auf. So kurz, dass ich unsicher bin, ob ich es mir vielleicht nur eingebildet habe.

Da setzt sie sich kerzengerade hin und lacht, doch es klingt gezwungen. »Okay, genug mit den Komplimenten. Es gibt viel zu tun, also mache ich mich am besten direkt an die Arbeit.«

»Gut.«

Sie nickt, steht auf und verlässt mein Büro.

Und ich wende absichtlich den Blick ab.

*

Zum Lunch will ich mit Rafe in ein nahegelegenes japanisches Restaurant und er wartet bereits an der Tür, weil mein Telefonat länger dauert als vermutet.

Doch dann ist endlich alles geklärt, ich tippe auf den roten Hörer und stehe auf. Streife mir eilig das Jackett über, schiebe das Handy in die Innentasche und bemerke bei der Gelegenheit meine private Post.

Verdammt, die hatte ich total vergessen.

Ich werfe die Umschläge auf den Schreibtisch, stecke das Smartphone ein und marschiere zu meinem Partner. »Du wirst nicht glauben, mit wem ich gerade gesprochen habe.«

»Na?«

»Einer der Interessenten aus Texas. Ich glaube, ich habe den nächsten Fisch am Haken.«

Grinsend klopft er mir auf die Schulter. »Sieht ganz so aus, als hättest du einen Lauf.«

Beim Essen erörtern wir die aktuellsten Entwicklungen und wie wir unsere Geschäftsstrategie anpassen wollen. Denn inzwischen hat er seine Fühler und Beziehungen in Richtung College-Football ausgestreckt, das erste Gespräch mit einem Trainer vereinbart. Was uns zu weiteren Ideen inspiriert und die Motivation beflügelt.

So kehren wir bester Laune ins Büro zurück, scherzen mit Olivia und Cassidy, machen uns wieder an die Arbeit.

Allerdings liegt da noch immer meine Post, also sehe ich sie schnell durch.

Und stutze beim vorletzten Umschlag.

Der Anblick der steilen Handschrift schockiert mich, reißt mich aus der guten Laune in die Tiefe hinab.

Was will sie von mir?

Geld?

Aufmerksamkeit?

Vergebung?

Die altbekannte Bitterkeit wallt in mir auf.

Warum ausgerechnet jetzt?

Weil wir uns in St. Louis über den Weg gelaufen sind?

Das scheinheilige Getue kann sie sich sparen, nach all den Jahren.

Trotz der Wut reagiert etwas in mir, vermisse ich meine Mutter.

Herrgott, ich will diese Scheiße nicht! Kann sie sich nicht einfach weiter von mir fernhalten?

Ich drehe mich mit dem Bürostuhl zum Mülleimer und will den Brief wegwerfen, aber mein Bauchgefühl hält mich auf.

Ach, Fuck!

Folglich werfe ich ihn beiseite, öffne die anderen Umschläge und sondiere den Inhalt.

Am Ende kann ich alle Sendungen bis auf eine entsorgen. Die lege ich auf den Brief meiner Mutter und wende mich erst einmal wieder meinen beruflichen Aufgaben zu.

Zu meinem Leidwesen besitzt der Umschlag eine Art Ausstrahlung, die sich in meinem Nacken festsetzt, wiederholt meine Aufmerksamkeit auf sich zieht.

Herrgott, wie soll ich so arbeiten?

Genervt schließe ich die Augen, kneife mir mit Daumen und Mittelfinger in die Nasenwurzel und konzentriere mich auf meine Atmung. Doch diesmal ohne Erfolg.

»Cassidy?«

»Ja?« Ihr Ruf tönt durch die offene Tür.

»Kann ich bitte einen Kaffee haben?«

»Natürlich.«

Ich lehne mich zurück, starre auf den halb verdeckten Umschlag.

Verfluche ihn, meine Mutter und meine Reaktion.

Verärgert beiße ich die Zähne aufeinander, spiele mit den Kiefermuskeln.

»Alles in Ordnung?«

Ich blinzele ertappt, sehe zu Cassidy auf. »Ja, warum?«

Sie stellt die Tasse auf meinen Schreibtisch und ihr Blick huscht kurz zu dem Umschlag. Dann richtet sie sich wieder auf und schaut mir geradewegs in die Augen. »Weil du wirkst, als ob dich etwas belastet.«

»Es geht mir gut.« Ich beuge mich vor, lege meine Finger um die Tasse und natürlich gucke ich auf den Umschlag. »Oh, und danke für den Kaffee.«

Demonstrativ hebe ich die Tasse und nippe an dem Heißgetränk.

Zu meiner Überraschung bleibt Cassidy stehen und ich sehe sie erneut an.

»Ist noch etwas?«

»Bitte nimm es mir nicht übel, aber ... na ja, wenn du mal jemanden zum Reden brauchst, einen Menschen mit neutraler Sicht, dann ...« Sie zuckt mit den Schultern. »Ich bin eine gute Zuhörerin.«

Und anscheinend auch verdammt empathisch, mit feinem Gespür für Stimmungen.

»Vielen Dank für das Angebot.« Ich lächele, trinke erneut von dem Kaffee.

Kurz presst sie die Lippen zusammen, nickt und verlässt mein Büro.

Mein Blick wandert zu dem Brief und weil ich keine weitere Ablenkung gebrauchen kann, stopfe ich ihn ins Jackett.

Dennoch schiebt er sich nach dem Abendessen erneut in mein Bewusstsein.

Also hole ich mir eine Flasche Bier und nehme den Umschlag mit auf die Dachterrasse. Setze mich auf eine Couch, trinke einen Schluck und betrachte ihn eine Weile.

Ja, ich habe Angst, ihn zu öffnen.

Weil ich keine Ahnung habe, was mich erwartet.

Eine ganze Weile hadere ich mit mir, doch irgendwann

gebe ich mir einen Ruck, stelle die Flasche auf dem Tisch ab und reiße die Lasche auf.

Mit klopfendem Herzen ziehe ich ein Blatt Papier hervor, entfalte es und bemerke, dass nur eine Seite beschrieben ist.

Sehr gut, so muss ich wenigstens keine ellenlangen Entschuldigungen oder Sonstiges ertragen.

Und da nun doch eine gewisse Neugier in mir aufsteigt, beginne ich zu lesen.

Lieber Lance,

ich weiß – das, was ich getan habe ... was ich dir und deinem Vater angetan habe ..., ist nur schwer zu verzeihen. Vielleicht auch gar nicht.
Trotzdem schreibe ich dir, denn seitdem ich dich vor unserem Haus in St. Louis gesehen habe, denke ich ständig daran.
Wie sehr mich dein Blick getroffen hat, als du weggefahren bist.
Wie sehr ich dich liebe und vermisse.
Ich kann verstehen, dass du mich hasst.
Aber ich hoffe auch, dass du mir trotzdem eine Chance gibst.
Weil ich dir wenigstens erklären möchte, was passiert ist, nach Dannys Tod.
Dafür komme ich gern zu dir nach San Francisco, nenn mir einen Termin. Ruf mich an oder schreibe mir, einen Brief oder eine E-Mail, egal. Ich werde da sein.
Und wenn du mich danach nie wiedersehen willst, werde ich es akzeptieren.
Ich bitte dich nur um diese eine Chance.

In Liebe, Mom

Nach dem ersten Lesen bin ich so wütend, dass ich den Brief am liebsten zerreißen und vom Wind forttragen lassen möchte. Stattdessen springe ich auf und tigere über die Terrasse, hin und her, immer wieder.

Nach dem zweiten Lesen nehme ich ein paar tiefe Schlucke Bier, schließe die Augen.

Und nach dem dritten Mal kämpfe ich gegen den Kloß in meiner Kehle an. Gegen das Durcheinander von Gefühlen in meiner Brust und den Tumult in meinem Kopf.

Wie soll ich mich verhalten, Danny? Was würdest du an meiner Stelle tun?

Auch wenn die Zwiesprachen mit meinem verstorbenen Bruder seltener geworden sind – bisher haben sie mir geholfen, einiges besser verstehen oder einschätzen zu können.

Doch diesmal bleibt es in meinem Innern still.

Ich überlege, meinen Vater anzurufen und ihm davon zu erzählen, aber er würde mich abweisen, wie immer. Rafe will ich damit nicht belasten und meine anderen Freunde haben eh keine Ahnung von meiner Familiengeschichte.

In mir zieht sich etwas schmerzhaft zusammen und ich schließe verzweifelt die Augen. Versuche, es im Zaum zu halten, doch ein Gedanke steigt mühelos an die Oberfläche.

Ich wünschte, ich hätte jemanden an meiner Seite.

Eine Frau, der ich mein Herz ausschütten kann, ohne dass sie mich für ein Weichei hält oder meine Wut nur noch mehr anstachelt.

Einfach nur, um Ordnung in meine Gedanken und Emotionen zu bringen. Damit ich klarer sehen und entscheiden kann.

Wenn du mal jemanden zum Reden brauchst, einen Menschen mit neutraler Sicht – ich bin eine gute Zuhörerin.

Sogleich taucht Cassidys Gesicht vor meinem inneren

Auge auf, ihr sanftes Lächeln, ihre schilfgrünen Augen.

Einen Teil von mir zieht es zu ihr hin, weswegen ich einen Moment lang ernsthaft darüber nachdenke, sie anzurufen.

Aber dann schaltet sich mein Kopf ein, erinnert mich an meine Position und unsere berufliche Beziehung zueinander. Daran, dass ich bewusst und gern Single bin. Dass dieser ganze Quatsch nur Gefühlsduselei ist. Und spätestens am Wochenende wieder Schnee von gestern. Vor allem, wenn ich mit den Jungs durch die Clubs ziehe.

Ich leere die Bierflasche, straffe die Schultern und nicke.

Ganz genau, nur eine vorübergehende Sentimentalität, mehr nicht.

Kapitel 7 – Cassidy

»Perfekt, genau so habe ich mir das vorgestellt.« Lance richtet sich auf. »Wo legst du das Dokument ab?«

Ich schlucke, doch mein Hals ist staubtrocken. Was mir in letzter Zeit häufiger passiert, wenn er so nah neben mir steht.

»Ich habe unter *Geschäftsführung und Assistenz* einen neuen Ordner angelegt, *TQM*. Da findet man bereits das Handbuch und jegliche Vorlagen. Und ich möchte zukünftig auch für jeden Kunden eine Checkliste anlegen, die ganz oben in den jeweiligen Ordner kommt. Darin kann jeder nachlesen, wie weit das jeweilige Projekt ist. Auf diese Weise sind wir alle jederzeit auf demselben Stand und können handeln, wenn mal einer ausfällt.«

»Sag ich doch, perfekt. Was sagst du dazu, Olivia?«

Die nickt. »Gute Strukturen erleichtern die Arbeit, das war wirklich eine gute Idee.«

Ich lächele stolz, das Lob einer Kollegin ist mir genauso wichtig wie das von einem CEO.

»Auf jeden Fall. Was täte ich nur ohne dich?«

Ohne Vorwarnung klopft mir das Herz bis zum Hals hinauf, ich sehe ihn an.

Da zwinkert er mir zu, drückt meine Schulter und lächelt.

Mein Körper versteift sich automatisch, doch mein Herz hämmert direkt dagegen an.

Eine Sekunde später sieht er auf die Uhr. »Okay, dann mache ich mal weiter, in zehn Minuten startet mein Onlinemeeting.«

»Brauchst du noch etwas? Kaffee? Wasser?«

»Nein, danke, noch ausreichend vorhanden. Bis später.« Damit dreht er sich um, geht in sein Büro und schließt die Tür hinter sich.

Aufgewühlt starre ich auf meinen Bildschirm, entspanne mich langsam und versuche, auch mein Herz zu beruhigen.

Vergeblich.

Vier Wochen arbeite ich nun schon für Lance und in seiner Nähe spielen nicht mehr nur meine Hormone verrückt, das Herzklopfen ist ebenfalls stärker geworden. Vermutlich, weil wir uns wirklich so langsam eingrooven.

Manchmal habe ich sogar das Gefühl, dass Lance mehr als freundlich zu mir ist, vielleicht ein bisschen flirtet. Aber wenn er mich dann auch noch berührt …

Ja, in solchen Momenten kocht eine gewisse Angst hoch.

Dass ich ihn zu nah an mich heranlasse und er das ausnutzen könnte.

Dass er mich auf emotionaler Ebene umgarnt, verführt, und versucht, mich auf diese hinterlistige Art ins Bett zu bekommen.

Er ist in keiner Weise wie dein letzter Boss.

Ich weiß.

Und trotzdem sind da diese Zweifel.

Olivias Seufzen reißt mich aus meinen Gedanken.

»Ich glaube, ein Kaffee ist eine echt gute Idee.« Sie steht auf und geht in die Küche hinüber.

Nachdenklich schaue ich ihr nach, kaue auf meiner Unterlippe.

Dann fasse ich mir ein Herz und folge ihr mit meiner leeren Tasse.

Ich muss es einfach wissen.

Olivia lehnt rücklings an der Arbeitsfläche, rollt ihren

Kopf von einer Seite zur anderen.

Also bleibe ich neben ihr am Spülbecken stehen, spüle meine Tasse heiß aus und räuspere mich. »Darf ich dich mal etwas fragen?«

»Natürlich. Worum gehts?«

»Ich habe euch doch erzählt, was ich in der letzten Firma erlebt habe. Mit meinem aufdringlichen Chef.«

»Ja?«

»Ich weiß, ich bin vielleicht ein bisschen überempfindlich, aber ...« Verzweifelt suche ich nach den richtigen Worten.

»Spuck es einfach aus.«

»Na ja, Lance ist mir gegenüber total nett, meistens noch mehr als Rafe. Und ich habe Angst, dass ... dass er ...« Erneut beiße ich mir auf die Lippe.

»Du spielst auf den Körperkontakt an, oder? Die kleinen Berührungen, mal ein Schulterdrücken wie vorhin oder Ähnliches.«

Ich sehe sie an, begegne einem verständnisvollen Blick und einem weichen Lächeln. »Ja.«

Da streckt sie die Hand nach mir aus und streicht mit dem Handrücken über meinen Oberarm. »Mach dir keine Sorgen, das ist ganz normal bei ihm. Er verhält sich genauso wie in den letzten Jahren, seitdem ich hier arbeite.«

Erleichtert stoße ich die Luft aus. »Gott sei Dank! Es gefällt mir so gut bei euch, ich hätte nicht schon wieder gehen wollen.«

»Deine Zweifel sind wirklich unbegründet. Aber ich kann nachvollziehen, dass du misstrauisch bist. Vermutlich hängt es einem sehr lange nach, wenn man einmal eine solche Erfahrung machen musste.«

Ich lächele schief. »Scheiße, hoffentlich nicht! Dieses ständige Misstrauen nervt nämlich total.«

»Glaube ich gern.«

Die Kaffeemaschine verkündet mit einem leisen Piepen, dass der Auftrag abgeschlossen ist, und Olivia tritt mit ihrem Kaffee zur Seite.

Stattdessen stelle ich meine Tasse unter den Auslauf und wähle einen Cappuccino.

»Wenn du möchtest, kann ich Lance hinten herum darauf hinweisen, dass er ein bisschen sensibler sein soll. Er weiß ja, was du erlebt hast.«

Ich reiße die Augen auf und drehe mich zu ihr um. »Bloß nicht, das wäre mir noch viel peinlicher. Trotzdem danke für das Angebot. Jetzt weiß ich ja, dass nichts Bösartiges dahintersteckt, und kann richtig damit umgehen.«

»Wenn es dir trotzdem irgendwann zu viel werden sollte, sag mir Bescheid, okay? Dann rede ich mit ihm.«

»Das ist lieb von dir, danke. Eigentlich schätze ich ihn auch gar nicht so ein wie diese übergriffigen Arschlöcher. Eher genau andersherum. Wie er zum Beispiel mit Hope umgeht ...« Ich seufze angetan.

»Echt süß, oder?«

»Ja, da ist toll. So natürlich und liebevoll. Deswegen habe ich ja im ersten Moment gedacht, sie sei *seine* Tochter.« Auch mein Cappuccino ist fertig und ich drehe mich mit der Tasse zu meiner Kollegin um.

Olivia schüttelt den Kopf. »Lance hat keine Frau, Freundin oder Kinder.«

»Hätte ich genauso wenig vermutet.« Ich nippe an dem Kaffee.

»Er hat eben noch nicht die Richtige gefunden. Ich glaube, das ist für erfolgreiche Sportler genauso schwierig wie für Schauspieler, Rockstars oder andere Leute, die in der Öffentlichkeit stehen. Schau dir Rafe an. Nach seinem schlimmen Unfall auf dem Spielfeld, der seine Karriere beendet hat, stand es in den Sternen, ob er überhaupt wieder laufen kann. Und seine Frau hatte nichts Besseres zu tun, als ihn zu verlassen.«

Ich reiße die Augen auf. »Dein Ernst? Was für eine Bitch!«

»Mh-hm. Sie wollte auf keinen Fall an einen Krüppel gebunden sein. Hat eben nur sein Geld gesehen und wollte von seinem Ruhm profitieren.«

»Ist sie auch berühmt?«

Sie hebt eine Braue. »Eben nicht, nur ein wenig erfolgreiches Model, das sich zusätzlich als Influencerin versucht.«

»Na, super!«

»Warte, es kommt noch schlimmer. Rafe hat es erst vor ein paar Monaten geschafft, die letzten Umzugskartons mit Unterlagen zu sichten, und dabei einen Brief gefunden, eineinhalb Jahre alt. Sie hat den Umschlag seiner ehemaligen Agentur einfach ignoriert anstatt sich zu kümmern. Darin war nämlich der Brief von einer Affäre aus Studienzeiten. Weil sie todkrank war, hat sie Rafe von seiner Tochter erzählt, und wollte, dass er sie kennenlernt. Und sich um sie kümmert, falls sie die Krebstherapie nicht überlebt.«

Die Tasse an den Lippen halte ich inne. »Oh, Gott, ich ahne Schreckliches.«

Sie verzieht den Mund, nickt traurig. »Ja, als er dort ankam, war sie bereits ein paar Monate tot. Und Hope war adoptiert worden.«

»Von Leslie?«

»Ganz genau. Sie war die beste Freundin der Mutter, hat Hope praktisch mit aufgezogen.«

»Und die beiden haben sich ineinander verliebt? Wie romantisch!«

Da schüttelt Olivia den Kopf, schildert mir ihre emotionale und dramatische Geschichte, die mir die

Tränen in die Augen treibt.

»Wow, das ...« Ich schüttele den Kopf, schlucke gegen den fetten Kloß in meiner Kehle an.

»Ja, oder?« Sie seufzt. »Ich bin nur froh, dass Rafe endlich sein Glück gefunden hat. Leslie ist eine tolle Frau. Und sie sind so ein schönes Paar und kleine Familie.«

Gegen meinen Willen driften meine Gedanken in die Vergangenheit, Ähnliches haben unsere Freunde und Familien auch von Ryan und mir gesagt. Und manchmal glaube ich, dass sie sein wahres Gesicht noch immer nicht kennen.

Ich reiße mich von den Erinnerungen los und lächele. »Auch wenn ich sie bisher nur einmal zusammen erlebt habe, stimme ich dir vollkommen zu. Und ich hoffe sehr, dass es so bleibt.«

Sie beugt sich zu mir und flüstert: »Ich spekuliere ja darauf, dass Rafe ihr nächstes Jahr einen Antrag macht. Sie sind gerade aus seinem Luxus-Apartment in ein Haus umgezogen.«

Mein Herz schwillt an vor Romantik. »Dann drücke ich mal alle Daumen.«

Nebenan wird eine Tür geöffnet, dann erklingt Rafes Stimme. »Olivia?«

»Hier!« Sie marschiert aus der Küche und ich folge ihr, setze mich an meinen Arbeitsplatz.

»Ich möchte, dass du eine Rundmail an alle Mitarbeiterinnen und Mitarbeiter schreibst.« Er bleibt vor dem Schreibtisch stehen und wartet, bis sie sich auf ihren Bürostuhl setzt.

»Okay. Worum gehts?«

»In zwei Wochen ist Einweihungsparty in unserem Haus, inklusive Begleitung aber ohne Kinder. Samstag, 17 Uhr. Bis Ende nächster Woche sollen alle zu- oder absagen, damit wir Planungssicherheit haben. Oh, und bitte schreib gleich das Wichtigste dazu. Wir brauchen und wollen keine Geschenke.«

»Alles klar, wird sofort erledigt.«

»Danke dir.« Schon kehrt er in sein Büro zurück, lässt die Tür offen.

Olivia wirft mir ein Lächeln zu. »Das wird super.«

Ich recke den Daumen nach oben, trinke noch einen Schluck und mache mich wieder an die Arbeit. Heute Abend werde ich mit Mara sprechen, ob sie auf Cleo aufpassen kann.

*

Am Samstag ist das Wetter wunderbar mild, weswegen ich mich nach der erledigten Hausarbeit entschließe, mit Cleo nach *Lands End* zu fahren.

Ich packe uns alles Nötige in einen Trekking-Rucksack, schnüre die Wanderschuhe und wende mich meinem quirligen Beagle-Mix zu. Sie sitzt vor ihrem Körbchen und ihr Schwanz wischt beim Wedeln über den Boden.

»Bereit für einen Ausflug, meine Süße?«

Sie öffnet das Maul, schiebt die Zunge raus und hechelt mich freudig an.

»Na, dann, auf gehts!« Ich nehme sie an die Leine, schultere den Rucksack und verlasse mit ihr das Apartment.

Mit den öffentlichen Verkehrsmitteln fahren wir über eine Stunde bis zum Kunstmuseum *Legion of Honor*, das mitten im Lincoln Park liegt. Von da aus spazieren wir zum *USS San Francisco Memorial*, über den Küstenwanderweg und den Wanderweg von *Lands End*. Vorbei an diversen Aussichtspunkten und Gedenkstätten bis zum *Eagles Point* am Ostrand des Parks, von dem aus man einen grandiosen Blick auf die Golden Gate Bridge und die dazugehörige Bucht hat.

Die letzte Bank ist frei und ich lasse mich mit einem Seufzen nieder. Stelle den Rucksack zwischen meinen Füßen ab und packe als Erstes Cleos Schale sowie ihre Wasserflasche aus. Während sie durstig davon schlabbert, löse ich die Leine von ihrem Halsband und hänge sie mir um den Nacken. Hole meine eigene Flasche hervor, trinke einige Schlucke und lasse den Blick schweifen.

Wie wunderschön es hier ist.

Der Wassernapf ist fast leer und Cleo legt sich neben der Bank auf den Boden, leckt sich zufrieden über die Lefzen.

Lächelnd beuge ich mich zu ihr, kraule ein wenig ihren Kopf. Schiebe meine Flasche zurück in den Rucksack und ziehe stattdessen mein Skizzenbuch sowie die flache Dose mit meinen Zeichenstiften hervor. Dann schlage ich die Beine übereinander, lege das Buch geöffnet auf meinen Schoß und blättere durch die Zeichnungen der letzten Monate.

Die Darstellungen meiner Trauer ignoriere ich genauso wie Ryans wütende Fratze oder gefühllose Maske. Erfreue mich lieber an Bildern von meinem Hund, den Formationen am Mile Rock Beach oder dem Labyrinth aus Steinen, das ein Künstler vor 20 Jahren am *Lands End Lookout* angelegt hat.

Danach folgen Skizzen weiterer Sehenswürdigkeiten oder hübscher Ecken in San Francisco, die ich mit Cleo besucht habe.

Genauso wie die ekelerregende Visage meines ehemaligen Vorgesetzten.

Oder Vanessas Baby, das wir vor zwei Tagen bestaunen durften.

Ansonsten sind die letzten Blätter gefüllt mit Porträts von meinem aktuellen Boss.

Von seinem breitesten Lächeln mit den ausgeprägten Falten um seine Augen bis hin zu Nachdenklichkeit und Zorn habe ich viele seiner Gesichtsausdrücke aus dem Gedächtnis nachgemalt.

Ja, möglicherweise bin ich ein klein wenig besessen von ihm, so wie damals.

Aber was ist schon dabei? Niemand wird dieses Buch je zu sehen bekommen.

Entschlossen schlage ich die nächste freie Doppelseite auf, nehme den mittleren Bleistift aus der Dose und lege sie neben mir auf die Bank. Sehe auf, präge mir den Anblick ein, der sich vor mir ausbreitet, und fange an, die grobe Struktur zu konturieren.

Kurze Zeit später versinke ich in meiner liebsten Leidenschaft, nehme nur gelegentlich etwas von dem wahr, was um mich herum geschieht, und schaue regelmäßig auf meine Hündin hinab. Mit jedem Strich entsteht eine Momentaufnahme der Landschaft vor mir, entspanne ich mich mehr und schließlich schweben meine Gedanken uneingeschränkt dahin.

Der Zustand, den ich beim Zeichnen am meisten liebe.

Zeit, Raum und sämtliche Umstände verlieren an Bedeutung.

Und als ich zu guter Letzt aufsehe, um mein Bild mit der Realität zu vergleichen, hat sich das Licht der Nachmittagssonne merklich verändert.

Es wird Zeit, nach Hause zu fahren.

Schade.

Mit einem Seufzen schaue ich noch einmal von rechts nach links.

Am *Eagles Point* ist es leer geworden, nur ein älterer Herr sitzt am anderen Ende der Bankreihe und vier Personen halten sich an verschiedenen Stellen des halbrunden Platzes auf, der von einer niedrigen Mauer begrenzt wird.

Einer davon bleibt gerade schräg vor mir stehen, die Hände in den Hosentaschen, und schaut zum gegenüberliegenden Ufer hinüber.

Ich runzele die Stirn.

Der Mann kommt mir bekannt vor, so groß und schlank, mit den dunklen Haaren.

Im nächsten Moment wendet er sich weiter nach rechts, Richtung Brücke, und mich durchfährt ein Blitz, mein Herz hämmert los.

Das ist doch Lance.

Unschlüssig sitze ich da und beobachte sein Halbprofil.

Den grüblerischen Gesichtsausdruck, der seit einigen Wochen sporadisch auftaucht und es auch in mein Skizzenbuch geschafft hat. Und den ich auf jenen ominösen Brief zurückführe, der nach seiner ersten Rückkehr aus Texas auf seinem Schreibtisch gelegen hat.

Was es wohl damit auf sich hat?

Ich weiß, das geht mich nichts an, aber gegen mein Mitgefühl bin ich machtlos. Auch diesen Charakterzug mit oftmals aufreibenden Nebenwirkungen habe ich von meiner Großmutter geerbt.

Außerdem wirkt er in diesen Augenblicken immer ziemlich verloren, manchmal einsam. Zumindest für mein Empfinden. Weswegen ich schon einige Male versucht war, mein Angebot zu wiederholen. Doch jedes Mal habe ich lieber die Zähne zusammengebissen und geschwiegen, immerhin will ich mich keinesfalls aufdrängen. Sonst nerve ich ihn noch so sehr, dass er mir kündigt.

Aus heiterem Himmel rauschen von rechts zwei johlende Kinder auf BMX-Rädern heran und Cleo springt auf, bellt los. Ungebremst fahren sie viel zu schnell zwischen den Bänken und der Mauer über den Platz und ich schaffe es gerade noch, meinen Hund am Halsband zu packen, bevor sie ihnen nachstürmt.

»Cleo, Schluss!«

Kurz darauf sind die Kinder außer Sicht, sie beruhigt sich und ich atme erleichtert auf, lasse ihr Halsband los.

»Ich habe mich schon gefragt, ob wir uns über den Weg laufen.«

Mein Kopf fährt hoch und sogleich zieht mein Herz das Tempo an.

Lance kommt auf mich zu und das Schmunzeln auf seinen Lippen wirkt so anziehend, dass Hitze aus meinem Bauch aufsteigt.

»Hallo! Das ist ja mal eine Überraschung.«

Zwei Schritte vor mir bleibt er stehen und deutet auf die Bank. »Darf ich mich zu dir setzen?«

»Klar.« Ich nehme die Dose weg, lege meinen Stift hinein, und er sinkt neben mir auf das verwitterte Holz.

»Wow, das sieht toll aus.«

Überrascht sehe ich ihn an, folge seinem Blick auf meine Zeichnung. »Oh, das. Danke.«

»Dein Hobby?«

Ich lache verlegen und schlage das Buch zu. »Ja.«

»Und du musst Cleo sein.«

Diesmal sehe ich direkt zu meiner Hündin, die neben meinen Füßen sitzt und leicht zittert. Misstrauisch mustert sie die Hand, die Lance ihr entgegenstreckt, weswegen ich ihr sanft über den Kopf streichele.

»Alles okay, Süße, er tut dir nichts.«

Geduldig schiebt er die Finger ein klein wenig weiter vor. »Hallo, Cleo, ich bin Lance. Du musst keine Angst vor mir haben, ich bin total harmlos.«

Ausgiebig schnuppert sie an seinen Fingerspitzen. Hebt die Nase ein Stück an und erlaubt ihm, sie am Hals und unter der Schnauze zu kraulen.

»Sieht aus, als hätte die Kleine schon einiges durchgemacht. Hast du sie aus dem Tierheim?«

Automatisch erinnere ich mich an meine erste Begegnung mit dem Beagle-Mix. Wie ich sie hinter einer Mülltonne gefunden habe, verhärmt, verwahrlost und vor Angst zitternd. »Nein, sie ist eine Streunerin. Genauso ausgesetzt wie ich.«

»Wie bitte?«

Ich blinzele entsetzt und begegne seinem irritierten Blick. »Oh, ähm, ich habe sie in der Nähe meines Apartments gefunden, wenige Tage nach meinem Einzug.«

Er zögert einen Moment, nickt. »Und du hast es nicht übers Herz gebracht, sie abzugeben.«

»Genau.«

Weil ich mich so gefühlt habe, wie sie ausgesehen hat. Eine Verbindung, die zusammenschweißt.

»Als Kind habe ich mir auch einen Hund gewünscht, aber das wurde immer abgewimmelt. Bis mein jüngerer Bruder diesen Wunsch geäußert hat, kurz nach seiner Einschulung.« Seine Hand wandert zu Cleos Hals, höher, und schließlich krault er sie hinter dem Ohr.

Das ist ihre Lieblingsstelle, folglich lehnt sie den Kopf mit halb geschlossenen Augen gegen seine Hand und genießt es.

»Ich hatte und wollte nie einen, aber als ich sie getroffen habe, hat es sich richtig angefühlt.«

»Dann ist es perfekt.«

»Und was machst du hier? Kleiner Spaziergang?«

Da zuckt er nur mit den Schultern, beugt sich vor und stützt sich mit den Ellbogen auf den Oberschenkeln ab. Faltet die Hände zwischen den gespreizten Knien und sieht schon wieder so unglücklich aus, dass ich mich nicht mehr zurückhalten kann.

»Mein Angebot steht. Falls du eine Zuhörerin brauchst ...«

Lance schaut mich nachdenklich an, schweigt aber.

Also hebe ich die Brauen, warte einen Moment. Was sich unter seinem Blick irgendwie seltsam anfühlt, so nah und durchdringend.

Schließlich dreht er den Kopf weg, schaut geradeaus zur Bucht.

Ich stoße die Luft aus. »Entschuldige, ich wollte nicht aufdringlich sein.«

»Nein, bist du nicht. Es ist nur ...«

»Ja?«

Er richtet sich auf, lehnt sich zurück und sieht mich erneut an. »Ich habe nicht einmal Rafe davon erzählt und er ist der Einzige, der diesen Teil meiner Vergangenheit kennt.«

»Das klingt, als hättest du eine Leiche im Keller.«

Mein Versuch, die Situation aufzulockern, scheitert an seiner schiefen Miene, und meine Mundwinkel sacken herab. »Soll das ein schlechter Witz sein?«

Lance schüttelt den Kopf. »Es kommt ein Toter vor, allerdings anders, als du gerade denkst.«

»Wie beruhigend.« Ich verdrehe die Augen. »Aber anscheinend ist dir die Sache ziemlich unangenehm, wenn du schon deinem besten Freund nicht davon erzählst.«

»Unangenehm ist das falsche Wort. Er wäre zu parteiisch und ich hätte am liebsten eine neutrale Meinung. Nur ist das immer eine Frage der Diskretion. Du kannst dir sicher denken, dass ich da schon negative Erfahrungen machen musste.«

Seine Bemerkung versetzt mir einen Stich, doch natürlich kann ich ihn verstehen. Wir kennen uns gerade mal fünf Wochen.

»Wenn ich als Assistentin der Geschäftsführung nicht diskret wäre, hätte ich vermutlich den falschen Job.«

»Nein, das ist mir klar. Gleichwohl redet man unter Kollegen.«

Ich schüttele den Kopf. »Was jemand mir unter vier Augen anvertraut, behalte ich für mich. Unter den gegebenen Umständen würde ich es jedoch verstehen, wenn du nicht mit mir über das reden möchtest, was dich belastet.«

»Doch, das möchte ich. Seit Wochen wächst das Chaos in meinem Kopf und ich muss endlich darüber reden. Ich weiß nur nicht, wo ich anfangen soll.«

»Am besten weit genug vorn, damit ich es verstehe.«

»Okay. Also ...« Er stößt die Luft aus. »Mein Bruder Danny war zwei Jahre jünger als ich und meine Eltern haben ihn vergöttert. Nicht, dass sie mich schlecht behandelt hätten. Sie waren nur strenger, haben weniger nachgegeben, mich mehr gepusht. Was vollkommen in Ordnung war, schließlich habe ich schon früh gewusst, was ich mal werden will, und es auch zielstrebig verfolgt. Er hingegen war der liebe, süße Junge, launenhaft, unkonzentriert. Später ein richtiger Rebell. Trotzdem haben wir uns bestens verstanden und sein Tod war ein schwerer Schlag für mich.«

»Wie lange ist das her?«

»15 Jahre.«

»Und was ist passiert?«

»Ein Badeunfall, Kopfsprung in zu flaches Gewässer, Genickbruch.«

»Scheiße.«

»Ja. Und meine Eltern sind daran zerbrochen, trotz ihrer Verbundenheit. Meine Mutter hat uns verlassen, ohne Begründung, ohne Vorwarnung. Beziehungsweise vorrangig meinen Vater, ich habe ja nicht mehr zu Hause gewohnt. Seitdem ergeht er sich in Selbstvorwürfen und seinem Schmerz, duldet meine Anwesenheit nur zu wenigen Anlässen und will sonst nichts von mir wissen, geschweige denn Hilfe annehmen oder Sonstiges.«

»Wie bist *du* damit umgegangen?«

Er schnaubt. »Ich war damals schon in Norman, an der *University of Oklahoma*. Musste mit mir selbst klarkommen, habe mich noch mehr ins Studium und erst recht in meinen Sport reingekniet. Nur deswegen war ich so gut, dass ich am Ende beim First Draft direkt zu den *Phillies* gekommen bin. Denke ich.«

»Und von deiner Mutter hast du nie wieder gehört?«

»Nein. Bis vor ein paar Wochen.«

»Ah. Das war dieser Brief, nicht wahr?«

»Woher weißt du das?« Lance runzelt die Stirn.

»Nur eine Ahnung. Weil du so neben der Spur warst, als er auf deinem Schreibtisch lag.«

»Stimmt.«

»Will sie wieder Kontakt zu dir?«

»Sieht ganz danach aus.«

»Gibt es dafür einen Grund? Oder einen Anlass?«

Da zuckt er mit den Schultern, atmet tief durch. »An dem Tag, als du dich spontan vorgestellt hast, war ich in St. Louis. Es war Dannys Todestag und ich war mit meinem Vater am Grab, bin danach zu dem Haus gefahren, in dem wir beide aufgewachsen sind. Und da ist sie ebenfalls aufgetaucht, wollte zu mir kommen. Aber ich bin abgehauen.«

»Warum?«

»Weil ich auf keinen Fall mit ihr reden wollte. Sie hat Dad und mich im Stich gelassen.«

»Vielleicht hat das unerwartete Wiedersehen alles aufgewühlt und ihr bewusst gemacht, dass sie einen Fehler begangen hat.«

»Und jetzt will sie sich mit mir treffen. Damit sie mir erklären kann, was damals passiert ist.«

»Lässt du dich darauf ein?«

Er reibt sich mit beiden Händen übers Gesicht, fährt sich durchs Haar und verschränkt die Finger im Nacken.

Sein Blick wandert hinaus zur Brücke, verliert sich, richtet sich vermutlich nach innen. »Keine Ahnung. Auf der einen Seite hasse ich sie dafür, was sie getan hat, aber sie ist auch meine Mutter. Mein Kopf sagt mir, sie hat keine Chance verdient, sich zu erklären, doch etwas in mir will hören, was sie zu sagen hat. Um die Sache ein für alle Mal abzuschließen.«

»Hm.« Ich schaue ebenfalls zur Golden Gate Bridge.

»Was würdest du an meiner Stelle tun?«

»Gute Frage. Ich glaube, ich würde die Wahrheit wissen wollen und anschließend in Ruhe darüber nachdenken, was das mit mir macht.«

»Genau. Das Problem ist, dass mein Kopf ihr nicht verzeihen will.«

»Wenn du es nicht kannst, dann ist das so.«

»Wäre das für dich okay?«

Überrascht schaue ich ihn an. »Hier geht es zwar nicht um mich, aber ja, natürlich. Ich habe auch schon Scheiße erlebt, die ich demjenigen niemals verzeihen werde.«

»So schlimm?«

Der altbekannte Schmerz bohrt sich in mein Herz, ich wende den Kopf ab. »Schlimmer.«

Wir schweigen eine Zeitlang, doch schließlich atme ich tief durch und konzentriere mich auf seine Situation. »Wenn ich diese Gelegenheit verstreichen lassen würde, hätte ich das immer im Hinterkopf. Ich würde mich ständig fragen, ob es anders hätte laufen können. Ob die Wahrheit nachvollziehbar gewesen wäre, weißt du? Manche Menschen können einen Schlusspunkt setzen und auch damit leben, solche Zweifel ausblenden. Aber zu denen gehöre ich leider nicht, ich würde mir jeden Tag mein Hirn zermartern, bis zum bitteren Ende.«

»Ich habe in den vergangenen Jahren auch oft genug darüber nachgedacht, also gehe ich davon aus, dass ich da ähnlich veranlagt bin wie du.«

»Du wirst mit ihr reden?«

»Wie gesagt, ein Teil von mir wollte das von Anfang an. Ich komme nur schlecht gegen meinen Kopf an.«

»Was du brauchst, ist ein kleiner Schubs. Vielleicht kann Rafe sie ja für dich kontaktieren und ein Treffen organisieren, dann stündest du vor vollendeten Tatsachen und könntest nicht ausweichen.«

Da lacht Lance leise auf und ich schaue ihn irritiert an. »Warum lachst du?«

»Du bist so herrlich pragmatisch, ich mag das. Einfach anpacken und machen.«

Verlegen zucke ich mit den Schultern. »Lange herumtrödeln oder um den heißen Brei herumreden, bringt niemanden weiter. Und es muss ja nicht immer gleich die perfekte Lösung dabei herauskommen. Hauptsache, es geht voran.«

»Moment! Das zerstört gerade mein Weltbild. Im Büro hast du *immer* die perfekte Lösung parat.«

Diesmal muss ich lachen. »Alles Erfahrungswerte. Wenn es um Unbekanntes geht, sieht das vollkommen anders aus.«

»Sehr tröstlich. Ich hatte schon Angst, du seist fehlerlos.«

Schon fällt mein Lachen in sich zusammen und in mir breitet sich Bitterkeit aus. »Nein, ganz bestimmt nicht. Wenn man meinen baldigen Ex-Mann fragt, bin ohnehin nur ich an allem Schuld. Sogar daran, dass die Natur es wagt, ihm den Mittelfinger zu zeigen.«

Kaum hat das letzte Wort meinen Mund verlassen, wird mir bewusst, was ich da gesagt habe, und ich wende verlegen das Gesicht ab. »Tut mir leid, das gehört nicht hierher.«

Wieder schweigen wir und ich mache eine mentale

Übung, um aus dem Gedankenkarussell auszusteigen und mich zu beruhigen. Schließe am Ende die Augen und atme tief durch.

»Cassidy ...«

»Ja?«

»Wenn du auch mal jemanden zum Reden brauchst ...«

»Danke für das Angebot, aber –«

»Ich weiß, von mir als deinem Boss klingt das seltsam, aber ich bin gern für dich da. Wirklich.«

Ich will ihn abwehren, schon aus Reflex, doch ich besinne mich auf meine Manieren und nicke. »Danke.«

Auch wenn ich dieses Angebot niemals annehmen werde, weil es einfach zu intim ist, muss ich ihn ja nicht gleich vor den Kopf stoßen.

»Nein, ich danke *dir*. Ich sehe jetzt um einiges klarer.«

Ein Lächeln zupft an meinen Mundwinkeln. »Gern geschehen.«

Lance erwidert es und für einen endlos scheinenden Augenblick habe ich das Gefühl, in seinen haselnussbraunen Iriden zu versinken. Ein wohliger Schauer prickelt über meine Haut, gefolgt von einer Hitzewelle.

Da schüttelt Cleo sich, dass die Hundemarke an ihrem Halsband klirrt und mich aus der Situation reißt.

Automatisch schaue ich auf sie hinab, dann auf die Bucht und bemerke, dass es bald dunkel wird.

»Ach, Mist, wir müssen los.« Ich beuge mich vor, schiebe Skizzenbuch und Stiftebox in meinen Rucksack.

»Tut mir leid, du hast bestimmt eine Verabredung.«

»Nein, aber wir sind mit den öffentlichen Verkehrsmitteln über eine Stunde unterwegs, bis wir zu Hause sind.«

»Darf ich fragen, wo du wohnst?«

»Zwischen Eisenhower Highway und Market Street.«

»Ich nehme dich mit, das liegt für mich quasi auf dem Weg.«

Mein Herz hämmert los und ich richte mich erschrocken auf. »Nein, das musst du nicht.«

»Das mag sein. Aber wenn ich dich schon aufhalte, weil ich dir mein Herz ausschütte, kann ich dich wenigstens nach Hause fahren.«

»Lance, wirklich –«

Da winkt er ab. »Keine Widerrede, ihr kommt mit mir.«

»Okay, dann danke.«

»Sehr gern.« Er steht auf, hält mir die Hand hin. »Gib mir deinen Rucksack.«

Natürlich öffne ich den Mund, um zu protestieren. Doch wie er mich ansieht, eine Braue herausfordernd gehoben, erstickt meine Worte im Keim.

Also ziehe ich den Reißverschluss zu, halte ihm die Tasche hin und lächele. »Gentleman, hm?«

Er wirft sich den Rucksack über die Schulter und deutet eine Verbeugung an. »Das hängt immer von der betreffenden Person ab.«

Kopfschüttelnd lege ich Cleo die Leine an und erhebe mich. »Wo steht dein Wagen?«

Mit dem Kinn deutet er nach rechts. »Gleich oben an der Straße.«

Nebeneinander schlendern wir den sanft ansteigenden Schotterweg hinauf.

»Kommst du zur Einweihungsparty bei Rafe und Leslie?«

»Ja. Meine Nachbarin passt sogar auf Cleo auf, damit ich nicht auf die Uhr schauen und früh gehen muss.«

»Das ist nett von ihr.«

»Und wie. Meistens bleibt Cleo ja allein, aber im Zweifel ist Mara zur Stelle.«

»Es ist gut, Menschen zu haben, auf die man sich verlassen kann.«

Ich nicke.

Dass man da oft enttäuscht wird, habe ich auch schon lernen müssen.

»Und bringst du jemanden mit?«

»Nein.«

»Ah, stimmt ja, du hast zu Hope gesagt, du hast keinen Freund.«

»Genau.«

»Aber bestimmt gibt es Verehrer.«

»Wenn, ist das bisher an mir vorbeigegangen.«

»Willst du mich verarschen? Eine Frau wie du?«

Ein nervöses Kribbeln steigt in meinem Bauch auf.

Heißt das, ich gefalle ihm?

Bild dir nichts ein, er ist dein Boss und schätzt dich höchstens als Person.

Ja, vermutlich.

»Nein, es gibt niemanden und ich will auch niemanden. Ende der Geschichte.«

»Okay, verstanden.« Er lacht leise.

Wir gelangen an die Straße und Lance deutet nach links zu dem kleinen Parkplatz, auf dem nur noch ein Mercedes Roadster in schimmerndem Weiß steht. Das Verdeck ist offen und als wir den Wagen erreichen, fällt mein Blick auf schwarze Sportsitze aus gestepptem Leder.

Verdammt.

»Lance, ich glaube, das ist keine gute Idee. Cleo wird nicht still im Fußraum sitzenbleiben und das Leder zerkratzen.«

»Dann nimm sie halt auf den Schoß.« Er stellt meinen Rucksack hinter den Sitz, geht um den Wagen herum und umfasst den Türgriff.

Im selben Moment leuchten die Blinker auf, begleitet von einem doppelten Piepen, und die Außenspiegel fahren aus.

»Und wenn sie etwas anderes kaputtmacht? Ich kann

mir keine teure Reparatur leisten und bin auch nicht dagegen versichert.«

Über den Wagen hinweg sieht er mich mit gerunzelter Stirn an. »Warum zerbrichst du dir den Kopf über solche Nichtigkeiten? Das ist nur ein Auto.«

»Aber ein sehr teures. Und ich weiß, wie die meisten Männer dahingehend ticken.«

»Dann musst du jetzt leider mit einer Ausnahme klarkommen.« Lächelnd deutet er mit dem Kinn auf den Beifahrersitz. »Steig einfach ein.«

Ich stoße die Luft aus, nehme Cleo unter den Arm und öffne die Tür. Dann schiebe ich mich vorsichtig auf den Sitz, drapiere sie auf meinem Schoß und ziehe die Tür zu, genauso wie er.

»Mach Platz, Cleo.«

Zwar schaut sie mich irritiert an, während ich ebenfalls den Sicherheitsgurt anlege, doch sie folgt meiner Anweisung und legt sich quer auf meine Oberschenkel.

»Na bitte, wer sagt's denn?« Lance drückt auf einen Knopf neben dem Lenkrad und der Motor erwacht mit einem satten, tiefen Brummen.

Fasziniert beobachte ich, wie der mittig angebrachte Bildschirm aufleuchtet, und gleich darauf tönt Rockmusik aus den Lautsprechern.

Er tippt mehrmals auf eine Taste am Lenkrad und die Lautstärke wird gesenkt. »Wie lautet deine Adresse?«

»923 Folsom Street.«

Er drückt auf einen weiteren Knopf. »Navigation 923 Folsom Street.«

Auf dem Bildschirm erscheint die Route und eine sanfte weibliche Stimme gibt die erste Anweisung. »Nächste Straße rechts abbiegen in 32nd Avenue.«

Mit einem schnellen Rundumblick vergewissert Lance sich, dass kein Auto kommt, schiebt den Hebel auf R und parkt rückwärts aus. Dann schaltet er auf D, ich schlinge die Arme um meine Hündin und er fährt los.

»Um noch einmal auf die Einweihungsparty zurückzukommen. Soll ich dich mitnehmen?«

»Das ist nett gemeint, danke, aber ich möchte dich und deine Begleitung nicht stören.«

»Ich komme ebenfalls allein.«

»Oh. Okay. Wie auch immer, ich fahre mit Olivia und ihrem Mann.« Ich streiche mir eine Haarsträhne hinters Ohr, die der Fahrtwind aufgewirbelt hat, doch sie bleibt nicht lange dort.

»Falls da irgendetwas nicht klappt, sag Bescheid.«

Himmel! Meint er wirklich, ich erwarte jetzt diese Art von Dankbarkeit von ihm?

»Alles klar.«

Um vom Thema abzulenken, versuche ich es mit Smalltalk, während ich gegen Cleos leichtes Zittern ankraule.

Von der Wochenendplanung gelangen wir über aktuelle Veranstaltungen zum kulturellen Angebot der Stadt sowie einigen unserer Interessen. Wobei sich herausstellt, dass wir bis auf die Vorliebe für Baseball und gutes Essen oftmals sehr gegensätzlich sind.

»Und was ist mit Freizeitparks?«

Ich schüttele mich. »Das letzte Mal war ich im *Disneyland Park* in Anaheim und das ist Ewigkeiten her. Ich hasse das stundenlange Anstehen, die Menschenmassen und wie teuer alles ist.«

Lance hält an einer roten Ampel und da sich schräg gegenüber das Twitter-Headquarter befindet, weiß ich, dass wir in wenigen Minuten da sind.

»Soll ich dir sagen, was *ich* an Freizeitparks am meisten hasse?«

»Na?« Ich schaue ihn an und er wendet sich mir zu, ein breites Lächeln auf dem Gesicht.

»Die Achterbahnen.«

»Dein Ernst?«

»Jepp. Schon immer. Dieser ganze Scheiß macht mich fertig.«

Überrascht lache ich auf. »Geht mir ähnlich.«

Da hält er mir die Faust hin und ich stoße mit meiner dagegen.

»Endlich ein Mensch, der mich versteht.« Die Ampel schaltet auf Grün und wir überqueren die Market Street. »Alle meine Freunde und Kumpels ziehen mich damit auf, welch ein Weichei ich bin.«

»Was für ein Quatsch.«

»Und was sie sich alles einfallen lassen, um mich zu *kurieren*.«

»Oh, ja, genau. Zwangsfahrten, Wetten, Alkohol, Drogen und Ähnliches.«

»Bingo!« Er lacht laut, wirkt zum ersten Mal seit dem Brief locker und befreit.

Was mich ein wenig stolz macht und fröhlich stimmt.

»Ja, die Leute meinen es natürlich nur *gut* mit uns.« Ich betone das Wort mit einer großen Portion Ironie.

»So gut, dass ich sie am liebsten erwürgen würde. Gerade vor ein paar Wochen habe ich mich auf eine Wette mit Rafe eingelassen, mit einem Tag in *Six Flags Magic Mountain* als Einsatz. Aber nur, weil ich mir absolut sicher bin, dass er verlieren wird.«

»Darf ich wissen, worum es ging?«

»Er ist ein wenig überoptimistisch, was die Entwicklung von *Britton & Walker* angeht.«

Die Navigationsstimme weist ihn an, in die nächste Straße links abzubiegen, er bremst ab und dreht am Lenkrad.

»Bis zu welchem Zeitpunkt?«

»Nächsten Sommer, spätestens zu Saisonbeginn.«

»Dann bin ich gespannt, wer Recht behält.«

»Und ich erst. Ich bevorzuge ein langsames Wachstum, aber wenn wir mit den Texanern Erfolg haben und es sich herumspricht, vielleicht schon in den nächsten Monaten, dann werden wir uns vor Arbeit nicht mehr retten können. Und müssen schnell expandieren.«

»Vielleicht solltet ihr Plan A und B entwerfen, um an gewissen Schwellenwerten nur noch die jeweilige Strategie einleiten zu müssen.«

»Und Plan C, falls wir mit den Texanern untergehen.«

»Hey, seit wann bist du so pessimistisch? Du warst doch schon als Teenager zielstrebig und hast vermutlich alles erreicht, was du dir vorgenommen hast, oder?«

»So ziemlich, ja.«

»Na, siehst du! Ihr seid gut, habt bis jetzt immer die richtigen Entscheidungen getroffen, warum sollte sich das ändern?«

»Vielleicht macht mir ein bisschen Angst, wie hervorragend es sich entwickelt.«

Erstaunt von seinem neuerlichen Vertrauen überdenke ich kurz meine Worte. Schaue nach vorn und entdecke die Feuerwache.

Ich deute dorthin. »Ich wohne gleich hinter der Feuerwehr.«

»Okay.« Er drosselt das Tempo und hält dahinter am Straßenrand.

Dort löse ich den Sicherheitsgurt und wende mich ihm zu. »Also, wenn du in solchen Dingen gleichermaßen eine neutrale Meinung hören möchtest, darfst du dich gern an mich wenden. Auch privat, ich habe jederzeit ein offenes Ohr.«

Lance lächelt sanft. »Danke, das weiß ich sehr zu schätzen.«

»Aber nicht, dass es in Therapiestunden ausartet.«

Ich drohe ihm spielerisch mit dem erhobenen Zeigefinger.

»Jawohl, Ma'am!« Er hebt zwei Finger an die Stirn und salutiert.

»Gut. Dann wünsche ich dir noch ein schönes Restwochenende.«

»Dir auch.«

Ich öffne die Tür und setze Cleo auf den Gehweg. Steige aus, werfe die Tür zu und nehme meinen Rucksack von ihm entgegen. »Und danke nochmal fürs Mitnehmen.«

»Immer gern. Bis Montag.«

»Ja.« Ich trete zurück, hebe zum Gruß die Hand.

Er nickt, schiebt den Hebel auf D und fährt davon.

Ich sehe ihm nach, stoße einen Seufzer auf und tauche in das Gefühl, das sich in mir ausbreitet.

Auch wenn die Zeit mit ihm nur stellenweise unbeschwert war, ich habe seine Gesellschaft genossen. Ganz privat und ohne irgendwelche Kolleginnen oder Kollegen um uns herum.

Inklusive Herzklopfen, Kribbeln und heißer Sehnsucht.

Doch wohin wird uns das führen?

Einem noch besseren Arbeitsverhältnis?

Oder sogar einer Freundschaft?

Dieser Gedanke versetzt mir einen leichten Stich, doch ich unterdrücke das.

Ich sollte mit dem zufrieden sein, was sich entwickelt, anstatt irgendwelchen Fantasien oder melancholischen Schwärmereien nachzuhängen.

Und einen guten Freund kann ich, weiß Gott, gebrauchen.

Kapitel 8 – Lance

Auch wenn ich mich noch nicht durchringen konnte, meine Mutter zu kontaktieren – das Gespräch mit Cassidy hat mir geholfen, mich ein wenig zu sortieren.

Außerdem muss ich mich erst an den Gedanken gewöhnen, sie nach dieser langen Zeit zu treffen. Die Narben aufzureißen und all den Schmerz noch einmal durchzumachen.

Und das wäre in der aktuellen Situation des Unternehmens verheerend. Wir stecken bis über sämtliche Ohren in Arbeit, da kann ich es mir nicht leisten, gedanklich und emotional in der Vergangenheit festzustecken.

Zu allem Überfluss stehen an den kommenden Wochenenden zusätzliche Termine an, nicht nur die Einweihungsparty bei Rafe oder das unliebsame Thanksgiving, das ich wie immer allein verbringen werde.

Nein, da kommen Wohltätigkeitsveranstaltungen aller Art auf uns zu.

Nicht gerade mein bevorzugter Schauplatz, um Kontakte zu pflegen und zu knüpfen. Lieber strecke ich meine Fühler bei Preisverleihungen oder Verbandstreffen aus. Bahne bei allerlei Partys die Gespräche und Verträge für unsere Kunden an.

Deshalb nehme ich Rafes kurzfristige Absage für die Spendengala am Samstag auch nur zähneknirschend hin.

»Dafür schuldest du mir was.«

Er klopft mir auf die Schulter. »Ich weiß, Bro. Aber ich habe total verdrängt, dass Hopes Betreuung diesen Elternabend veranstaltet. Da darf ich auf keinen Fall fehlen.«

»Schon okay.«

»Hast du nicht irgendeine Bekannte, die du anrufen und mitnehmen kannst?«

»Zu einem Geschäftstermin? Sorry, aber da hat keine von ihnen etwas zu suchen. Außerdem würden sie das als positives Signal missverstehen.«

»Hm, dann musst du wohl allein hin, tut mir leid.« Rafe verzieht entschuldigend das Gesicht.

»Ich werde es überleben.«

»Davon gehe ich aus. Okay, dann mache ich mich mal wieder an die Arbeit.« Damit dreht er sich um und verlässt mein Büro.

Ich wende mich wieder der Aussicht zu, genieße meinen Kaffee.

Im Vorraum werden Stimmen laut, Cassidy und Olivia, die aus ihrer Mittagspause zurückkommen. Sie scherzen und lachen, doch ich kann nicht verstehen, worum es geht.

Automatisch denke ich an Samstag zurück.

Wie gut mir das Gespräch mit Cassidy getan hat, wie wohl ich mich mit ihr gefühlt habe, frei und unbeschwert.

Ja, ich bin absichtlich nach *Lands End* gefahren, wie die beiden Wochenenden zuvor. Bin in der Hoffnung durch den Park gejoggt oder spazieren gegangen, sie zu treffen. Um halbwegs unauffällig ihr Angebot annehmen zu können, mir alles von der Seele zu reden. Während der Arbeitszeiten hat sich das nämlich nie ergeben.

Allerdings ist mir auch bewusst, dass ich nicht nur deswegen ihre Nähe gesucht habe. Ich fühle mich immer öfter zu ihr hingezogen. Fantasiere von ihr, will ihren Duft aufsaugen, sie berühren.

Zum Glück erstarrt sie nicht mehr, sobald ich das tue, und manchmal habe ich sogar das Gefühl, dass sie mit mir flirtet, nur ein kleines bisschen.

Oder bilde ich mir das ein?

Ist es reines Wunschdenken?

Auf jeden Fall war ich froh, zu hören, dass sie keinen Verehrer hat.

Und ihr Ex muss ein absolutes Arschloch sein.

Zu gern würde ich wissen, was da vorgefallen ist. Denn wenn der Schmerz auf ihrem Gesicht oder in ihren Worten durchblitzt, habe ich das Gefühl, etwas davon zu spüren. Und ich möchte ihn lindern, Cassidy trösten. Irgendwie.

Was genauso verrückt ist wie das Verlangen nach ihr, das von Woche zu Woche stärker wird.

Meine Assistentin zu vögeln, wäre gleichwohl eine verdammt schlechte Idee, das bringt im Nachhinein nur Probleme mit sich.

Außerdem ist sie eher nicht der Typ für unverbindlichen Sex oder eine Affäre mit ihrem Chef, sie würde mehr wollen und erwarten.

Und das kann ich ihr nicht geben.

Schon deshalb wäre es das Beste, mich von ihr fernzuhalten.

Ich seufze, schließe die Augen und kneife mir mit Zeigefinger sowie Daumen in die Nasenwurzel.

Ach, Fuck, so langsam artet das in ein ähnlich aufwühlendes Chaos aus wie der Scheiß mit meiner Mutter.

Unvermittelt klopft es hinter mir und ich drehe mich um.

Cassidy steht lächelnd neben der offenen Tür und sieht in grauer Stoffhose sowie fließender rosafarbener Bluse so aufregend aus, dass ein heißes Kribbeln aus meinem Bauch aufsteigt.

»Wir sind wieder da. Möchtest du einen Kaffee?«

Ich hebe meine linke Hand mit der Tasse in ihr Blickfeld. »Ich war so frei.«

Sie schnalzt mit der Zunge, schüttelt den Kopf. »Da ist man einmal in der Mittagspause und er wird übermütig.«

Meine Mundwinkel wandern automatisch nach oben, auch ihr Humor wirkt unglaublich anziehend auf mich.

Ob sie im Bett genauso frech ist?

Schon die Vorstellung davon treibt mein Blut südwärts.

Fuck!

»Okay. Falls du sonst etwas brauchst, melde dich.« Sie wendet sich ab.

Eine Idee schießt durch meinen Kopf. »Warte.«

Mit gehobenen Brauen schaut sie mich an. »Ja?«

»Ich hätte tatsächlich eine dringende Bitte an dich.«

»Das klingt aber ernst.«

Ich wiege den Kopf. »Zumindest würdest du mir aus einer blöden Situation helfen.«

Cassidy kommt herüber, bleibt vor mir stehen und runzelt die Stirn. »Worum gehts?«

»Übermorgen ist eine wichtige Spendengala, zu der Rafe und ich das erste Mal eingeladen wurden. Sehr wichtig für die Agentur, perfekt zum Netzwerken.«

»Okay, und was hat das mit mir zu tun?«

»Rafe musste feststellen, dass er bereits anderweitige Verpflichtungen hat, mit Hope. Und ich hasse es, allein zu solchen Veranstaltungen gehen zu müssen. Würdest du mich begleiten?«

»Ich?« Sichtlich erstaunt reißt sie die Augen auf.

»Ja, du. Das wäre meine Rettung.«

»Ich weiß nicht ...«

»Du bist bereits verabredet.«

»Nein, das ist es nicht. Es kommt nur ziemlich überraschend.«

»Eigentlich bist du die logische Wahl, nach Rafe. Niemand außer dir ist so gut geeignet, die Agentur zu vertreten und perfekt zu repräsentieren. Und falls du tanzen kannst, könnten wir uns auch ein wenig amüsieren. Weißt du, mein Bro trampelt mir ständig auf die Füße.«

Im ersten Moment starrt sie mich nur an, dann lacht sie leise und meine Mundwinkel wandern nach oben. Doch schon schüttelt sie wieder den Kopf.

»Ich habe definitiv kein passendes Kleid für eine Spendengala.«

»Dann kauf dir eines und gib mir die Rechnung.«

»Die Buchhaltung zieht dir die Ohren lang.«

»Ich zahle es aus eigener Tasche, das ist es mir allemal wert.«

»Und wenn du mit einer Bekannten hingehst?«

Ich hebe eine Braue, schaue sie herausfordernd an. »Ich bitte dich! Sehe ich so aus, als ob ich meine Bekanntschaften nach ihrem Grips auswähle?«

»Sind dir smarte Frauen etwa zu gefährlich?«

»So ungefähr.« Ich zwinkere ihr zu. »Also. Tust du mir diesen Gefallen?«

Einige Sekunden erwidert sie meinen Blick und ich sehe das Zögern in ihren Augen.

Doch schließlich stößt sie die Luft aus, ihre Schultern sacken herab. »Einverstanden. Ich begleite dich zu dieser Gala.«

Ich stöhne erleichtert auf, strecke die Hand aus und drücke kurz ihren Oberarm. »Oh, Gott, ich danke dir.«

»Unter einer Bedingung. Nein, zwei.«

»Und welche wären das?«

»Samstagvormittag gehst du mit mir einkaufen, damit ich auf jeden Fall angemessen gekleidet bin. Und du briefst mich bis ins kleinste Detail.«

»Perfekt, so machen wir das.«

»Okay.« Noch einmal schüttelt sie den Kopf, wendet sich ab und verlässt mein Büro. »Worauf habe ich mich da bloß eingelassen?«

In meinem Bauch steigt erneut das heiße Kribbeln auf, doch ich schiebe es beiseite.

Das ist kein Casual Date, an dessen Ende wir im Bett landen und anschließend jeder seiner Wege geht. Das ist ein Geschäftstermin und ich bin gut beraten, mich regelmäßig daran zu erinnern.

*

Kurz vor zehn Uhr treffe ich am Samstagmorgen am bogenförmigen Haupteingang des *Westfield Centre* ein, doch Cassidy ist bereits da. In weiter Hose und dünnem Pullover steht sie neben der rechten Säule, hält sich am Riemen ihrer Handtasche fest und mustert skeptisch ihre Umgebung.

Mich entdeckt sie erst wenige Schritte vorher, strafft die Schultern und lächelt. »Guten Morgen.«

»Guten Morgen. Bereit für eine Runde Power-Shopping?«

Sie verdreht die Augen. »Bitte, quäl mich nicht unnötig. Lass es uns so schnell wie möglich über die Bühne bringen.«

»Dass ich so etwas noch erleben darf!« Ich hebe beide Hände, als wollte ich Gott preisen. »Eine Frau, die nicht gern shoppen geht.«

»Blödmann.« Sie boxt mir spielerisch in den Bauch.

Ich lache auf, zwinkere ihr zu. »Wie gut, dass ich uns bei *Bloomingdale's* einen Personal Shopper gebucht habe. Das sollte das Ganze beschleunigen.«

»Hoffentlich.«

Die vier doppelflügeligen Messingtüren des Centers werden geöffnet und die wartenden Kunden strömen hinein.

Wir folgen ihnen, durchqueren das unterste Level und betreten am anderen Ende das Luxus-Warenhaus. Gleich hinter dem Eingangsbereich weist ein Schild zum Service

Center und ich dirigiere Cassidy automatisch in besagte Richtung, eine Hand an ihrem unteren Rücken.

Am Tresen lächelt uns ein attraktiver junger Mann entgegen. »Guten Morgen, Madame, Sir. Wie kann ich Ihnen behilflich sein?«

»Guten Morgen. Mein Name ist Britton, ich habe Ihren Personal-Shopper-Service gebucht.«

»Einen Moment, bitte, ich schaue nach.« Er tippt etwas in seinen Computer, starrt angestrengt auf den Bildschirm. Kurz darauf hellt sich seine Miene wieder auf. »Ah, hier haben wir es ja. Meghan wird Ihnen heute zur Seite stehen, sie sollte jeden Moment hier sein.«

»Da bin ich schon.«

Wir wenden uns nach links, wo eine kurvige, etwas ältere Frau in einem schwarzen Hosenanzug aufgetaucht ist. Ihr schulterlanges schwarzes Haar wirkt wie ein Helm und umrahmt ein stark geschminktes, rundliches Gesicht, auf dem sich ein freundliches Lächeln ausbreitet. »Guten Morgen, Mr. Britton. Madame.«

»Guten Morgen, Meghan.«

Sie umrundet den Tresen, bleibt vor Cassidy und mir stehen. »Wobei darf ich Sie heute unterstützen?«

»Wir brauchen ein Abendkleid, für eine Wohltätigkeitsgala.« Ich sehe Cassidy an. »Was ist mit Schuhen und einer Handtasche?«

»Beides vorhanden. In Schwarz. Und ich würde auch ein Kleid in dieser Farbe bevorzugen.«

Meghan nickt. »Sie tragen Größe 8?«

»Ja.«

»Und haben Sie schon genaue Vorstellungen?«

»Elegant, nichts Aufgebauschtes. Kein übermäßiger Glitzer, keine Pailletten.«

Die Angestellte schürzt die Lippen. »Ich glaube, ich wüsste da etwas. Bitte, folgen Sie mir.«

Mit dem Aufzug fahren wir zwei Etagen höher, begeben uns in die entsprechende Abteilung. Dort halte ich mich im Hintergrund, während sie Cassidy einige Kleider zeigt, den passenden Stil abklärt.

Am Ende gehen wir mit einer Auswahl zu den Umkleidekabinen hinüber, vor dem es einen gemütlichen Wartebereich gibt, und ich lasse mich in einen der Sessel sinken.

»Ich bin sofort wieder bei Ihnen, Mr. Britton.« Die Beraterin geleitet Cassidy nach hinten, kehrt kurz darauf zurück und bietet mir ein Glas Champagner an.

»Nein, danke.«

»Dann vielleicht einen Kaffee?«

»Gern. Schwarz.«

»Kommt sofort.« Sie geht zum nahegelegenen Servicepoint, redet mit der jungen Frau dahinter und eilt umgehend wieder in den Umkleidebereich.

Dafür serviert mir die andere Mitarbeiterin eine Tasse Kaffee und ich blättere entspannt durch eines der bereitliegenden Luxus-Magazine.

Zwischendurch marschiert Meghan in die Abteilung, kehrt mit zwei weiteren Kleidern zurück. Und nicht lange danach tauchen beide wieder auf.

Die Beraterin geht mit einem Kleid zur Kasse, Cassidy bleibt vor mir stehen.

»Ich bin fertig.«

Erstaunt werfe ich einen Blick auf die Uhr. »Das war ja nur eine halbe Stunde.«

»Ich weiß eben, was ich will oder nicht.«

»Und für welches hast du dich entschieden?«

»Das siehst du heute Abend.«

Ich lache auf und erhebe mich, diese Frau ist der Hammer. »Okay, du bist der Boss.«

An der Kasse halte ich dem Mitarbeiter meine Kreditkarte hin, wende mich aber an Cassidy. »Brauchst du sonst noch etwas für heute Abend?«

»Nein.«

»Sicher?«

»Was soll das werden? Du kannst nichts davon zurückgeben.«

»Das ist mir bewusst.«

»Na, also.«

Ich nehme Beleg sowie Papiertasche entgegen und laufe mit ihr zum Ausgang. »Eigentlich hatte ich geplant, dich auch zum Lunch einzuladen, bei dem wir dann alles in Ruhe besprechen können. Aber dafür ist es noch zu früh.«

Sie grinst. »Sorry, ging nicht langsamer. Und ein Kaffee tut es auch.«

»Dann lass uns ein Café suchen.«

Wie auf jeder anderen Ebene befindet sich ein Lageplan des *Westfield Centre* neben den Rolltreppen. Auf dem suchen wir uns eine passende Lokalität, schlendern hin und machen es uns in einer der Nischen in Fensternähe gemütlich.

Sogleich eilt ein junger Mann herbei und ich bestelle Kaffee für uns, genauso wie eine Auswahl von französischen Macarons, die ich vorn in der Glasvitrine bemerkt habe.

»Welche Sorten?«

»Am besten von jeder eins.«

»Sehr gern.«

Er verschwindet Richtung Verkaufstresen und Cassidy mustert mich mit fragendem Blick.

»Ich dachte, du magst es eher herzhaft.«

»Ja, aber manchmal steht mir der Sinn nach dieser Leckerei. Und der Großteil ist eh für dich.«

Da lehnt sie sich zurück und kneift kurz die Augen zusammen. »Warum nur werde ich das Gefühl nicht los, dass du mich gnädig stimmen willst? Ist die Gala etwa eine dermaßen steife und unerträgliche Angelegenheit?«

»Keine Ahnung, wie gesagt, wir sind zum ersten Mal eingeladen. Sieh es einfach als Zeichen meiner Dankbarkeit für deine Begleitung.«

»Und was genau erwartest du von mir?«

»Meine Anforderungen sind eher unspezifisch, weil jede Veranstaltung anders ist. Repräsentiere mit mir die Agentur, mach die Leute neugierig und Werbung für uns. Ein bisschen Selbstmarketing eben. Wir wollen in alle Richtungen Kontakte knüpfen.«

»Okay, dann erzähl mir etwas über die Veranstaltung. Wer trifft sich da? Zu welchem Anlass? Und wo findet das Ganze überhaupt statt?«

»Im *Palace Hotel*.«

»Noble Adresse.«

»Dem Anlass entsprechend.«

Ich erzähle ihr alles, was ich über das traditionsreiche Event weiß, dessen Gästeliste sich wie das *Who's Who* der Stadt liest. Verdeutliche, was ich mir von der Teilnahme erhoffe, und welche Strategie wir uns überlegt haben.

Woraufhin eine Art Brainstorming entsteht und wir zusammen Ideen entwickeln. Dabei genießen wir Kaffee sowie Macarons und am Ende bin ich ein wenig entspannter. Offenbar gibt es einige Möglichkeiten, unsere Dienstleistung ohne aggressives Verkaufsgebaren zu präsentieren.

Ich habe es von Anfang an geahnt, Cassidy entpuppt sich als wahrer Glücksgriff.

Vielleicht auch für dich?

Persönlich? Nein, das habe ich mit dem Wechsel zu den *San Francisco Seals* aufgegeben.

*

Am Abend lasse ich den Fahrer des Limousinenservice vor Cassidys Apartmenthaus vorfahren und steige aus.

Da sie nirgends so sehen ist, betrete ich das Gebäude durch die Automatiktüren und orientiere mich.

Der Tresen des Portiers ist verwaist, dafür tummeln sich ein paar Leute in der Sitzgruppe der Eingangshalle, die mich neugierig mustern.

Ich ziehe mein Smartphone aus der Innentasche der Smokingjacke, entsperre das Display und rufe ihren Kontakt auf. Bemerke aus dem Augenwinkel eine Bewegung, hebe automatisch den Blick.

Und erstarre vor Ehrfurcht.

Oh, wow!

Am anderen Ende des Foyers befinden sich die Fahrstühle und Cassidy verlässt die linke Kabine, schreitet lächelnd auf mich zu.

Das schmale schwarze Kleid aus einem fließenden Stoff umschmeichelt ihren schlanken Körper und durch den Seitenschlitz blitzt immer wieder ihr Bein hervor. Oben herum ist der blickdichte Teil geschnitten wie bei einem schulterfreien Oberteil, mit V-Ausschnitt bis zwischen die Brüste. Von da an bedeckt eine feine Spitze mit dichteren Ornamenten Schultern und Dekolleté. Das Haar hat sie gelockt und hochgesteckt, an ihren Ohren schimmern Perlenohrringe.

Direkt vor mit bleibt sie stehen, hüllt mich mit ihrem Duft ein. Schwerer und sinnlicher als der, den sie im Büro trägt, dafür umso reizvoller.

In meinem Bauch breitet sich das Kribbeln aus, extrem heiß.

Fuck!

»Guten Abend.«

»Guten Abend.« Keine Ahnung, welcher Teufel mich reitet, doch ich ergreife ihre Hand und hauche einen Kuss auf den Handrücken, ohne den Blickkontakt zu unterbrechen. »Du siehst bezaubernd aus.«

Eine leichte Röte überzieht ihre Wangen und sie beißt sich auf die schimmernde Unterlippe. »Danke.«

»Wollen wir?« Ich lasse sie los, trete neben sie und deute auf zur Tür.

Sie nickt, schiebt den feinen Träger ihrer winzigen Abendhandtasche zurecht.

Wir verlassen das Gebäude und laufen zu der Limousine hinüber, ich halte ihr die hintere Tür auf. »Brauchst du Hilfe?«

Da lächelt Cassidy und dreht sich mit dem Rücken zum Wagen. »Nein, danke.«

Sie streicht das Kleid über ihrem Hintern glatt und setzt sich auf die Rückbank. Rafft den Stoff an ihren Beinen etwas zusammen und schwingt sie geschlossen hinein. Dann nickt sie mir zu und greift nach dem Sicherheitsgurt.

Beeindruckt neige ich kurz den Kopf und grinse. »Perfekt.«

Damit werfe ich die Tür zu, umrunde das Heck der Limousine und steige auf der anderen Seite ein.

Sobald ich den Gurt angelegt habe, startet der Fahrer den Motor und fährt los.

»Sieht ganz so aus, als wärst du weniger nervös als ich.«

Sie lacht leise. »Wenn du wüsstest! Aber mir hilft es immer, mich nur auf das Ziel zu konzentrieren, alles andere auszublenden.«

»Eigentlich auch meine Strategie.«

»Aber? Was ist heute anders?«

»Das Event an sich, dessen Stellenwert. Na ja, vermutlich legt sich das, sobald wir da sind und voll eintauchen.«

»Warst du früher, vor den Spielen, auch immer so angespannt?«

Ich schüttele den Kopf. »Nein, kein bisschen. Zum

einen hatte ich schon vor dem ersten Spiel bei den *Phillies* einige Jahre Erfahrung, nur die Zuschauerzahl hat sich gesteigert. Und auf der anderen Seite war ich viel zu sehr von mir selbst überzeugt, oft schon arrogant.«

»Interessant, dass dir das bewusst ist.«

»Ich habe in den letzten Wochen viel über die vergangenen 15 Jahre nachgedacht und ich glaube, es hat alles mit Dannys Tod und dem Fortgang meiner Mutter zu tun. Wenn ich mich deswegen nicht so extrem ins Baseballspielen reingehangen und entwickelt hätte, wäre meine Karriere vermutlich weniger steil verlaufen und mein Ego nicht so explodiert.«

»Ja, gut möglich. Aber warum hast du so früh aufgehört?«

»Früh?« Ich lache auf. »Meinen Zenit hatte ich definitiv überschritten. Und ich wollte nicht als Loser aufhören, überholt und gedemütigt von jüngeren Spielern.«

»Und die Idee mit eurer Agentur war super.«

»Aber sie ist nur zum Teil neu.«

»Ich weiß. Allerdings hängt der Erfolg immer von den Persönlichkeiten ab. Dem jeweiligen Netzwerk und Auftreten in der Öffentlichkeit. Doch das wisst ihr selbst am besten.«

»Ja, vermutlich. Wir gucken kaum nach rechts oder links, besinnen uns auf unser Können und Portfolio.«

»Marketingtechnisch genau die richtige Strategie.«

»Ein Lob von der Fachfrau? Ich fühle mich geschmeichelt.«

Cassidy verdreht die Augen, setzt einen überheblichen Gesichtsausdruck auf. »Ich habe dir schon bei unserem ersten Gespräch aufgezeigt, dass ich euch einen ordentlichen Mehrwert biete.«

»Und wenn es heute Abend gut läuft, nehme ich dich öfter zu solchen Veranstaltungen mit. Dann kann Rafe zu Hause bleiben.«

»Oh, Gott.«

»Hey! Willst du damit sagen, ich bin schwer zu ertragen?«

»Frag mich nach der Gala noch einmal.«

»Sehr wohl, Madame.«

Wir lachen zusammen, plaudern noch ein wenig und schließlich reiht sich unsere Limousine in der Schlange vor dem Nebeneingang des *Palace Hotels* ein.

Die Eingangspforte erstreckt sich bis zur ersten Etage und ist opulent gestaltet, mit viel Glas in schmiedeeisernen Rahmen sowie ebensolchen goldfarbenen Ornamenten. Die Türen stehen auf und davor liegt, bis zur Bordsteinkante, ein roter Teppich, flankiert von üppigen Pflanzen und Hotelangestellten.

Aus den Fahrzeugen vor uns steigen überwiegend Paare und zum Glück dauert es nicht lange, bis wir dran sind.

Zwei Pagen eilen herbei, öffnen uns die Autotüren und ich umrunde das Heck des Wagens. Dann halte ich Cassidy den Arm hin und sie hängt sich mit einem Lächeln bei mir ein.

Gemächlich laufen wir über den Teppich und durch die Tür. Dahinter erwartet uns ein Mitarbeiter, bittet uns um die Einladungen. Heißt uns willkommen und wünscht uns einen angenehmen Abend.

Wir gehen die weiße Marmortreppe hinauf und betreten ein elegant gestaltetes Foyer mit dickem Teppichboden sowie Wänden in Creme und Gold, in dem der Empfang stattfindet. Sogleich nähert sich eine Servicekraft mit einem Tablett voller Champagner und wir nehmen uns dankend je ein Glas.

Ich führe Cassidy zur Seite und halte ihr meines hin. »Auf einen erfolgreichen Abend!«

»Cheers!«

Sie stößt mit mir an und wir trinken einen Schluck.

»Okay. Auf ins Getümmel?«

Sie lächelt. »Los gehts!«

Also flanieren wir durch den Raum und ich halte nach bekannten Gesichtern Ausschau. Den Großteil habe ich schon in Presse, Fernsehen oder den sozialen Medien gesehen, doch der Eigner der *Seals* ist die erste Person, die ich wirklich kenne.

Wenn das kein perfekter Einstieg ist.

Ich lenke meine Assistentin in die entsprechende Richtung und beuge mich ein wenig zu ihr. »Wir gehen jetzt zu Don Buchanon, dem Eigner der *Seals*.«

»Kennt ihr euch persönlich?«

»Ja. Er ist sogar mit seiner Frau da.«

»Klingt, als sei das etwas Außergewöhnliches.«

»Hier vermutlich nicht, sie gehört schon seit Geburt an zur High Society der Stadt, so viel ich weiß. Aber mit dem Team und den internen Veranstaltungen hatte sie zu meiner Zeit kaum etwas zu tun. Da haben ihn seine Betthäschen begleitet.«

»Wie nett.«

»Scheint in ihren Kreisen üblich zu sein.«

»Dann bin ich froh, dass ich niemals ein Teil davon sein werde.« Ihre Missbilligung klingt deutlich durch und ich kann meine Zustimmung nur brummen, bevor Don uns entdeckt und sich ein Grinsen auf seinem Gesicht ausbreitet.

»Na, so was! Lance Britton, was machst du denn hier?«

»Don, guten Abend.«

Cassidy löst sich von meinem Arm und wir schütteln uns kräftig die Hand.

»Meine Frau Melody kennst du ja noch, oder?«

»Nur flüchtig. Guten Abend, Mrs. Buchanon.«

»Mr. Britton, wie geht es Ihnen?«

In einer eleganten Geste reicht sie mir die Hand.

»Ich kann nicht klagen, danke der Nachfrage. Und Ihnen?«

»Alles bestens.« Ihr Lächeln wirkt genauso falsch wie ihre Antwort.

»Und wer begleitet dich heute Abend?« Dons Blick wandert von Cassidys Gesicht abwärts, was in meinem Innern Ärger aufwallen lässt.

Wehe, er wird ihr gegenüber zudringlich.

»Das ist Cassidy Lucas, die Marketingfachfrau bei *Britton & Walker*. Cassidy, das ist Don Buchanon, ihm gehören die *San Francisco Seals*.«

»Schön, Sie kennenzulernen, Mr. Buchanon.«

»Die Freude ist ganz auf meiner Seite.«

Sie schütteln sich die Hände, er hält ihre einen Moment zu lange fest und ich sehe die bekannte Gier in seinen Augen.

Doch davon lässt Cassidy sich kein bisschen beeindrucken. Sie wendet sich seiner Frau zu. »Guten Abend, Mrs. Buchanon. Welch ein wunderschönes Kleid Sie tragen.«

Die lässt Cassidys Hand mit einem stolzen Lächeln los und streicht sich über die eingeschnürte Seite. »Nicht wahr? Maßgeschneidert von einer lokalen Designerin, Azzurra —«

»Also! Seid ihr privat hier? Als Paar?«

Genervt von seinem aufgeblasenen und unhöflichen Gehabe, zwinge ich mich zu einem Lächeln. Zu gern würde ich ihm eine Lüge auftischen.

»Heute Abend geht es nur um die Agentur, Don.« Ich fische eine Visitenkarte aus der Smokingjacke und reiche sie ihm. »Falls einer deiner Jungs einen verlässlichen Partner an seiner Seite braucht, sag gern Bescheid.«

Er nimmt das Kärtchen, schaut darauf hinab und runzelt die Stirn. »Walker ... ein Kollege von dir?«

»Ja, Rafe Walker.«

»Ah, ja. Von den *Eagles*.«

»Genau.«

»Hatte er nicht einen schweren Unfall? Wie geht es ihm?«

»Alles bestens. Er wäre zu gern ebenfalls hergekommen, doch er hatte dringende Verpflichtungen.«

»Robert ist heute Abend auch hier, er hätte sich gefreut.«

»Wunderbar, dann werde ich nach ihm Ausschau halten, wenn wir jetzt weitergehen. Wir sehen uns später.«

»Auf jeden Fall.«

Noch einmal huscht sein Blick zu Cassidy, weswegen ich demonstrativ ihre Hand ergreife und Mrs. Buchanon lächelnd zunicke.

Dann schlendern wir weiter, hinter eine Säule.

»Sorry, aber ich musste ihm einen Dämpfer verpassen.« Mit einem entschuldigenden Lächeln lasse ich ihre Hand los und nippe an dem Champagner, um dieses viel zu angenehme Gefühl zu vertreiben.

»Kein Problem.« Sie trinkt ebenfalls einen Schluck, schaut sich um. »Das ist aber auch ein schleimiger Kotzbrocken. Hält er sich für Trump?«

Ich lache leise. »Ja, so ungefähr.«

»Und wer ist Robert?«

»Der Eigner der *Eagles*, Rafes Team, bis zu jenem Unfall.«

»Der braucht auch eine Visitenkarte.«

»Auf jeden Fall. Wollen wir weiter?« Ich biete ihr meinen Arm an, sie hakt sich unter und wir ziehen weiter.

Robert McCarthy und seine Frau entdecke ich kurz darauf. Ich schätze beide auf Ende 40, ein stilvolles und sichtlich glückliches Paar. Sie sind in ein Gespräch mit zwei anderen Paaren vertieft, doch deren Gelächter nach einer Pointe nutze ich schließlich aus.

»Guten Abend, Mr. McCarthy. Darf ich kurz stören?« Ich werfe einen entschuldigenden Blick in die Runde.

Lächelnd wendet er sich uns zu. »Natürlich. Kennen wir uns?«

»Nein, noch nicht. Mein Name ist Lance Britton und ich führe mit Rafe Walker eine Agentur für Sportlermanagement, *Britton & Walker*.« Ich halte ihm eine Visitenkarte hin.

»Rafe!« Erfreut nimmt er sie entgegen. »Wie geht es ihm?«

»Bestens, gesundheitlich wie privat. Er war nur leider heute Abend verhindert, wegen seiner Tochter.«

»Er hat eine Tochter? Doch hoffentlich nicht von seiner Ex-Frau.«

»Nein. Ist eine längere Geschichte, die er Ihnen sicherlich gern persönlich erzählt. Sie sollten sich dringend mal treffen.«

Er deutet mit der Karte auf mich. »Da haben Sie gar nicht mal Unrecht. Und Sie sind Mrs. Britton?«

Cassidy löst sich von meinem Arm, wechselt das Glas in die linke Hand und schüttelt seine. »Oh, nein. Ich bin Cassidy Lucas und bei *Britton & Walker* für das Marketing zuständig.«

»Hey, Adam, eine Kollegin von dir.« Mr. McCarthy wendet sich einem der Männer zu, stellt ihn als Eigentümer und CEO einer großen lokalen Werbeagentur vor.

Und schon sind wir im Gespräch, tauschen Karten aus.

Lernen weitere Unternehmer kennen, die der Eigner der *Eagles* heranruft.

Erst als die Türen zum Ballsaal geöffnet werden, löst die Gruppe sich auf, und wir strömen mit den anderen Gästen in den *Grand Ballroom*.

»Oh, wow!«

Cassidys ehrfürchtiges Flüstern entlockt mir ein Schmunzeln und ich nutze die Gelegenheit, mich ebenfalls umzusehen.

Der luxuriös ausgestattete Saal ist in Creme, Gold sowie Rotbraun gehalten und die Farben wiederholen sich in dem modernen Teppichboden. Aus jeder Vertiefung der Kassettendecke hängen schmale Kronleuchter herab und sorgen zusammen mit den passenden Wandleuchtern für ein angenehmes Licht.

»Ja, das hat schon was«, gebe ich genauso leise zurück.

»Zu welchem Tisch müssen wir?«

Ich rufe mir den Sitzplan in Erinnerung, den wir mit den Einladungskarten bekommen haben. »Wenn ich es richtig im Kopf habe, dort drüben.«

Wir treiben mit dem Strom und gelangen schließlich zu unseren Plätzen, nur zwei Reihen vom Tanzparkett und dem Podium entfernt.

Die runden Tische sind mit bodenlangen, cremefarbenen Tischtüchern versehen und für acht Personen gedeckt. In der Mitte steht jeweils ein kugelförmiges Blumengesteck in Weiß und Gold, umrandet von einem Haufen eleganter Gläser mit kleinen Kerzen darin.

Ein anderes Paar ist bereits da und wir stellen uns einander vor, dann stoßen auch die restlichen vier Personen dazu.

Nachdem sämtliche Höflichkeiten ausgetauscht sind, ziehe ich Cassidy den Stuhl heraus und schiebe ihn ihr wieder heran. Nehme neben ihr Platz und schaue mich um. An den Nachbartischen sitzen einige für uns interessante Gäste.

Kellner verteilen frischen Champagner und kurz darauf gibt es eine Eröffnungsrede. Anschließend wird ein kleiner Gruß aus der Küche serviert und überall kommen Gespräche auf.

Während des Sechs-Gänge-Menüs mit den korrespondierenden Weinen und sonstigen Getränken sind wir an den Tisch gefesselt, genauso wie bei den Reden dazwischen und danach. Doch dann ist es Zeit für den lockeren Teil des Abends und die ersten Gäste wechseln die Plätze.

Stundenlang plaudern wir übers Business, hören uns Erfolgsgeschichten an, stellen die Agentur im besten Licht dar und knüpfen neue Kontakte.

Doch erst nach Mitternacht sitzen wir zum ersten Mal allein an einem Tisch.

»Falls ich am Montag nur einsilbig antworte, darfst du dich nicht wundern. Ich glaube, ich habe noch nie so viel am Stück geredet.« Cassidy schüttelt den Kopf und leert ihr Weinglas.

»Geht mir ähnlich. Aber du hast das wirklich hervorragend gemacht. Noch einmal vielen Dank für deine Unterstützung.«

»Gern geschehen.« Sie lächelt, und zwar so bezaubernd, dass ich meine Zurückhaltung vergesse.

Ich stehe auf, halte ihr die Hand hin. »Darf ich bitten?«

»Was hast du vor?« Sie legt ihre Hand in meine, erhebt sich.

»Na, was wohl? Tanzen.« Ich führe sie Richtung Tanzfläche.

»Oh! Ich dachte, das wäre ein Scherz gewesen.«

»Warum sollte es?«

»Keine Ahnung. Weil ich deine Assistentin bin?«

Auf dem Parkett ziehe ich sie in Tanzhaltung, lege die Hand auf ihren unteren Rücken und steige in den Rhythmus ein. »Ich sehe da keinen Zusammenhang.«

»Na ja, von meinen vorherigen Arbeitgebern kenne ich so etwas nicht. Ich glaube, die hätten sich allesamt eher einen Arm abgebissen, als mit ihren Mitarbeiterinnen zu tanzen.«

»Dass wir als Arbeitgeber eine positive Ausnahme sind, sollte dir inzwischen klar sein.«

»Stimmt.«

»Und persönlich kann ich da hoffentlich auch mithalten.«

Cassidy lacht leise und der Laut vibriert auf eine köstliche Weise durch meinen Bauch. »Kann schon sein.«

»Wie diplomatisch.«

»Ach, ich möchte nur dein Ego nicht allzu sehr anheizen.«

»Ich bitte dich! Das ist so groß, da fallen ein paar nette Worte kaum auf.« Ich führe sie in eine Solofigur und ziehe sie wieder an mich, diesmal ein wenig enger. »Obwohl ...«

»Ja?«

»Kommt vermutlich darauf an, wer sie ausspricht. Und ob sie ehrlich gemeint sind.«

»Stimmt. Nur leider kann man nicht immer einschätzen, ob sie Wahrheit oder Lüge sind.«

Mir entschlüpft ein Seufzen. »Das kenne ich zu gut. Es gibt leider zu viele Menschen, die einem etwas vormachen. Vor allem, um an ihr Geld zu kommen. Deswegen habe ich schnell gelernt, mich zurückzuhalten.«

»Oder sie wollen sich anderweitige Vorteile verschaffen. Und sei es nur die Zuneigung einer Person.«

»Also, ich mag dich. Beruflich wie privat. Und das sage ich absolut ohne Hintergedanken.«

Lügner!

Ich ignoriere die Stimme meines Verstandes und führe Cassidy erneut in eine Solofigur. Bemerke das verlegene Lächeln auf ihrem wunderschönen Gesicht, erwidere es und hole sie dicht an mich heran.

Sie ist größer als die meisten Frauen und ihre hohen Absätze reduzieren den Größenunterschied zwischen uns um ein weiteres Stück. Dadurch befindet sich ihre Schläfe fast auf Höhe meiner Lippen und ich muss unerwartet gegen den Drang ankämpfen, sie genau dort zu küssen. Stattdessen sauge ich ihren betörenden Duft ein und spüre den Empfindungen nach, die sie in mir auslöst.

Es fühlt sich viel zu gut an, sie in meinem Arm zu halten, ihr nah zu sein. Vor allem, da ihre Brüste mitunter meinen Oberbauch streifen und unsere Schenkel sich regelmäßig berühren. Kein Wunder, dass sich das erregende Kribbeln schon wieder heiß in mir ausbreitet und unanständige Bilder in meinem Kopf auftauchen.

Diesmal von ihr auf meiner Kücheninsel, dem Esstisch, der Couch.

Herrgott, ich muss mich zusammenreißen.

Deshalb rufe ich mir den Grund für unsere gemeinsame Anwesenheit ins Gedächtnis, wie wunderbar das Netzwerken geklappt hat, welch bemerkenswerte Arbeit sie im Allgemeinen leistet.

Woraufhin sich eine seltsame Zufriedenheit in meiner Brust ausbreitet und das Chaos in mir nur noch vergrößert.

Vielen Dank auch.

Fuck, was ist denn nur mit mir los?

Das hängt bestimmt alles mit dem Brief meiner Mutter zusammen, dem Wiedersehen vor unserem ehemaligen Haus.

Nach dem nächsten Song sollte ich sie zum Tisch zurückführen, ein letztes Glas mit ihr trinken und sie dann nach Hause fahren.

Ja, das wäre vernünftig.

Doch das bin ich nicht, kein bisschen.

Weil ich das Zusammensein mit ihr genieße.

Diesen Tanz.

Die Lässigkeit, die sich in den letzten Wochen zwischen uns entwickelt hat.

Und dass ich mich ihr anvertrauen kann, ohne negative

Konsequenzen befürchten zu müssen, aus welcher Richtung auch immer.

Deswegen behalte ich sie auf der Tanzfläche, einen weiteren Tanz, zwei, drei, keine Ahnung wie viele. Plaudere, scherze, lache mit ihr.

Bis die Band nach einem schnelleren Set eine kurze Pause ankündigt.

Cassidy streicht sich eine Haarsträhne aus dem Auge und lacht. »Puh, jetzt brauche ich erst einmal etwas zu trinken. Wollen wir an die Bar gehen?«

»Verdammt gute Idee.« Ich lege die Hand auf ihren unteren Rücken und dirigiere sie vom Parkett. Schlängele mich mit ihr zwischen den Tischen hindurch und hinaus ins Foyer.

Ein Teil der Gäste steht dort beisammen, trinkt und redet.

Wir stellen uns an der kurzen Schlange an und sie schaut sich neugierig um.

Schließlich beugt sie sich zu mir. »Vielleicht sollten wir eine Runde drehen und schauen, ob sich noch etwas ergibt.«

Kein Tanz mehr? Zu schade.

»Können wir gern machen.«

Wir rücken vor, das Paar vor uns nutzt eine Lücke am anderen Ende des Tresens und schon sind wir dran.

Eine Brünette mit hohem Zopf und goldener Fliege zur schwarzen Bluse, schätzungsweise um die 30, lächelt mich an. »Was darf es sein, Sir?«

»Ich nehme ein Bier. Und was möchtest du trinken? Noch ein Glas Wein?«

»Nein, ich habe Durst. Ein Was–«

Sie bricht abrupt ab und ich drehe mich irritiert zu ihr um.

Bleich und wie versteinert steht Cassidy da, starrt die

Servicekraft an. »Tonja!«

Mein Blick zuckt zurück zu der Brünetten, deren Gesichtszüge inzwischen ähnlich hart wirken. Statt des Lächelns presst sie die Lippen aufeinander, das Kinn trotzig erhoben.

Cassidy drängt sich gegen den Tresen, streckt die Hand nach der Frau aus und ich bemerke das Zittern. »Was tust du hier? Warum meldest du dich nicht?«

»Was möchten Sie trinken, Madame?«

»Madame?« Ihre Stimme bricht. »Wir sind doch —«

Die andere Frau wendet sich ab, holt ein Bier und stellt es mir mit ernstem Gesicht hin. »Bitte, Sir.« Dann tritt sie zur Seite und schaut die Gäste hinter uns an.

Cassidy stößt einen seltsamen Laut aus und krallt sich am Tresen fest, ohne die Servicekraft aus den Augen zu lassen. Im nächsten Moment zittert sie am ganzen Körper und ihre Knie scheinen nachzugeben.

Blitzschnell schlinge ich den Arm um ihre Taille, ziehe sie an mich und halte sie aufrecht. Wende mich an die Brünette. »Ein Wasser.«

Sie zögert.

»Sofort!«

Noch ein giftiger Blick zu Cassidy, dann dreht sie sich um und holt ein Glas Wasser. Knallt es mir auf den Tresen und kümmert sich um die nächsten Gäste.

Da ich nur eine Hand frei habe, nehme ich lediglich das Wasser und führe Cassidy weg, wobei sie sich schwer gegen mich lehnt. Halte nach einer Sitzgelegenheit Ausschau und finde vor dem hintersten Fenster eine freie Sitzbank.

Vorsichtig sinke ich mit ihr auf das Lederpolster, dem Foyer den Rücken zugewandt, und halte ihr das Wasser hin. »Hier, trink einen Schluck.«

Mit beiden Händen umschließt sie das Glas, führt es an

ihren Mund. Allerdings zittert sie so stark, dass ich Schlimmes befürchte und ihr lieber beim Trinken behilflich bin.

Nach ein paar Schlucken hebt sie den Kopf, folglich nehme ich ihr das Glas ab und stütze den Arm auf meinen Oberschenkel, streiche sanft über ihren Rücken.

Sie wirkt wie ein Häufchen Elend, so bleich, zitternd und zusammengesunken, wie sie dasitzt. Mit abwesendem Blick starrt sie vor sich hin, schlingt die Arme um sich und ich stelle schockiert fest, dass sich Tränen in ihren Augen sammeln.

»Hey, was ist denn los?« Ich beuge mich vor, suche ihren Blick. »Alles okay?«

Ruckartig bewegt sie den Kopf von einer Seite zur anderen.

»Kann ich dir irgendwie helfen?«

Wieder schüttelt sie den Kopf, presst die Lider zusammen und aus den Augenwinkeln lösen sich die ersten Tränen.

Fuck!

Hastig stelle ich das Glas neben der Sitzbank auf den Boden, springe auf und eile zur Herrentoilette.

Die beiden Männer vor dem Waschtisch, die sich zu mir umdrehen, ignoriere ich. Stattdessen reiße ich eine Box mit Papiertüchern von der Ablage und laufe zurück.

Ich setze mich neben sie, zupfe ein Taschentuch hervor und stecke es ihr in die Hände. Allerdings macht sie keinerlei Anstalten, etwas damit anzufangen. Also ziehe ich ein weiteres Papiertuch heraus und tupfe vorsichtig die Tränen von der mir zugewandten Gesichtshälfte. Beuge mich vor und wiederhole es auf der anderen Seite.

Da schluchzt Cassidy auf und ein neuer Schwall Tränen quillt hervor.

Einen Moment sitze ich hilflos da und schaue sie an. Dann lege ich ihr kurzentschlossen den Arm um die

Schultern, ziehe sie an mich.

Im ersten Moment versteift sie sich, doch schon kurz darauf wird ihr Körper weich, sinkt gegen meinen, und sie vergräbt das Gesicht an meiner Brust.

Demnach tue ich das Einzige, was mir einfällt. Ich lege die andere Hand um ihren Nacken, streichele mit dem Daumen unter ihrem Ohr entlang und presse meinen Mund auf ihr Haar. Halte sie, atme ihren Duft ein und kämpfe gegen den Tumult in meinem Innern an, den Kopf voller Fragen.

Mit der Zeit werden die Schluchzer weniger und übergangslos geht ein Ruck durch ihren Körper. Sie setzt sich auf, drückt sich das Taschentuch nacheinander auf die Augen und schnäuzt sich. Meine Arme sinken nutzlos herab.

»Ich möchte nach Hause.«

»Natürlich.« Ich angele das Smartphone aus der Innentasche, schicke dem Fahrer über die App eine Nachricht. »Der Wagen sollte in ein paar Minuten da sein.«

»Okay. Können wir draußen warten? Ich brauche frische Luft.«

»Kein Problem. Möchtest du noch etwas trinken?« Schnell beuge ich mich zu dem Wasserglas und hebe es vom Boden auf, reiche es ihr.

»Danke.« Cassidy leert es in einem Zug, gibt es mir zurück und trocknet sich noch einmal das Gesicht.

Ich stehe auf, halte ihr den Arm hin und sie hakt sich unter. So führe ich sie zum Ausgang, reiche unterwegs einem Kellner das Glas. Wir laufen die Marmortreppe hinab, über den roten Teppich zum Bordstein und treten zur Seite.

Zwei weitere Paare warten bereits auf ihren Wagen und Cassidy dreht ihnen den Rücken zu. Auch will sie sich von mir lösen, doch ich halte ihre Hand auf meinem Arm fest.

Sie sieht mich an, die Stirn gerunzelt.

»Was war das da gerade?«

»Nichts.« Schon wendet sie den Kopf wieder ab.

Sanft umfasse ich ihr Kinn und drehe ihr Gesicht zu mir.

»Hey«, raune ich und suche ihren Blick. Doch was ich schließlich in ihren Augen erblicke, wirkt wie eine riesige Faust in meiner Brust, die alles zerquetscht.

Sie sind voller Schmerz und Trauer.

In mir breitet sich der Wunsch aus, sie zu beschützen.

Ihr diese verfluchte Last abzunehmen.

Und gleichzeitig möchte ich sie küssen, bis sie den ganzen Scheiß vergisst.

Sie ficken, bis nur noch ich ihr Denken beherrsche.

Fassungslos kämpfe ich gegen das Verlangen an, besinne mich auf die Situation.

»Wer ist diese Tonja?«

»Ist doch egal.«

»Nein, ganz im Gegenteil.«

»Bitte, Lance, ich —«

»Mr. Britton?«

Verärgert drehe ich mich um, erblicke unsere Limousine und den Fahrer daneben.

Ich stoße die Luft aus und nicke.

Nehme Cassidys Hand, führe sie zu ihrer Tür, die der Chauffeur aufhält, und helfe ihr auf die Rückbank. Dann umrunde ich den Wagen und steige auf der anderen Seite ein.

Der Fahrer rutscht hinter das Lenkrad, lässt den Motor an. »Wohin zuerst?«

»In die Folsom Street.«

Er nickt, fährt los und ich atme tief durch.

Und weil ihr Apartment nur eine Meile entfernt ist, knüpfe ich direkt wieder an.

»Also, raus damit. Wer ist diese Frau? Und warum warst du so schockiert?«

Sie schweigt.

»Du hast mir neulich zugehört, ich biete dir das Gleiche an. Das hilft, weißt du?«

Nichts.

Seufzend stütze ich den Ellbogen auf die Tür, das Kinn gegen die Hand, und schaue zum Fenster hinaus. Nehme ihren Geruch an meinen Fingern wahr, von ihrem Nacken.

Fuck, sie riecht göttlich.

Ob sie genauso schmeckt? Ich möchte überall von ihr kosten.

»Tonja war mal meine beste Freundin. Bis vor ein paar Monaten.«

Ihre Stimme klingt brüchig, was erneut durch meine Brust schneidet, und ihr Gesicht gleicht inzwischen einer Maske.

»Was ist passiert?«

»Wenn ich das wüsste!«

»Kein Streit oder so etwas?«

»Nein, nur ...« Sie stockt.

»Ja?«

»Etwas, das nichts mit ihr zu tun hat.«

»Und worüber du nicht mit mir reden willst.«

Cassidy schüttelt den Kopf.

»Okay. Aber wenn du doch einmal das Bedürfnis hast ...«

»Danke.« Das Lächeln wirkt gequält und meinem Blick weicht sie aus.

Kurz darauf biegt der Chauffeur in ihre Straße ab, hält vor ihrem Wohnhaus und ich löse den Sicherheitsgurt.

Da legt sie eine Hand auf meine. »Mach dir keine Umstände, ich schaffe das allein.«

»Das hat nichts mit Umständen zu tun, ich —«

»Gute Nacht.« Sie löst ihren eigenen Gurt und nimmt ihre Tasche, steigt aus und wirft die Tür zu.

Ich sehe ihr nach, wie sie den Gehweg überquert. Den Rücken durchgestreckt und mit hoch erhobenem Kopf. Dann verschwindet sie durch die Automatiktür und ich stoße die Luft aus.

Was, zum Teufel, ist da vorgefallen?

Kapitel 9 – Cassidy

Ich komme damit klar. Wie immer.

Was bleibt mir anderes übrig?

Diesmal ist es sogar einfacher, verflüchtigt sich das absolute Tief bis Sonntagabend und lässt nur einen bitteren Nachgeschmack zurück.

Vermutlich, weil ich den Hass in Tonjas Augen gesehen habe.

Zwar ist das noch immer kein Grund für ihr urplötzliches Schweigen nach meiner Trennung von Ryan, aber jetzt weiß ich wenigstens, dass ich jegliche Hoffnung aufgeben kann.

Zur Ablenkung gehen Mara und ich abends zusammen Gassi in einem nahegelegenen kleinen Park. Lassen die Hunde in dem extra eingezäunten Areal frei laufen und machen es uns so lange auf der Bank gemütlich.

Da sie die einzige Außenstehende ist, die von meiner Trennung und den dazugehörigen Umständen weiß, bringe ich sie auf den neuesten Stand und schüttele am Ende den Kopf.

»Du glaubst gar nicht, wie peinlich mir das Ganze ist. Dass mir das ausgerechnet vor meinem CEO passieren musste.«

»Weil du vor ihm Schwäche gezeigt hast?«

»Nein. Ja. Auch.«

Sie lacht leise. »Okay, erklär es mir.«

Deshalb erzähle ich ihr von Lance, damals und heute, wie es sich entwickelt hat.

»Hast du dich in ihn verliebt?«

Verzweifelt stoße ich die Luft aus, zucke mit den Schultern. »Als ich jung war, habe ich total für ihn geschwärmt. Da wäre ich auf jeden noch so kleinen Flirt eingestiegen. Dann ist Ryan in meinem Leben aufgetaucht und ich habe mich nur noch auf ihn konzentriert. Lance habe ich total vergessen.«

»Und was fühlst du heute, wenn du in seiner Nähe bist?«

»Herzklopfen. Und ja, ich fühle mich zu ihm hingezogen. Mit jeder Woche mehr. Meine Hormone spielen praktisch verrückt.«

»Klingt aufregend.«

Ich starre sie entgeistert an. »Aufregend? Spinnst du? Er ist der CEO, ich bin nur seine Assistentin.«

»Aber es klingt nach mehr.«

»Unmöglich.«

»Und wenn es nur um Sex geht?«

»Du meinst, es ist etwas rein Körperliches?«

»Kann doch sein.«

»Damit habe ich keine Erfahrung. Und ich weiß auch nicht, ob ich so etwas will.«

»Er anscheinend schon.«

»Meinst du? Er hat doch gar keinen Annäherungsversuch gemacht.«

»Manchmal äußert sich so etwas in kleinen Gesten und unbestimmtem Verhalten. Und wenn ich alles zusammenzähle, was du geschildert hast ...«

»Vielleicht hast du recht. Aber mehr? Nein. Er ist überzeugter Single und verheimlicht das auch nicht.«

»Okay, das mag sein. Aber ich denke, er fühlt dir gegenüber auch eine gewisse Anziehungskraft.«

»Du meinst, weil er mir sein Herz ausgeschüttet hat?«

»Ja, und wegen der Einladung zur Gala.«

»Na ja, seine sonstigen Bekannten wären wohl

ungeeignet gewesen, schließlich war das eine Art Geschäftstermin.«

Mara schnaubt. »Wer's glaubt!«

»Hm.« Ich verschränke die Arme vor der Brust, richte den Blick nach innen.

»Denk noch einmal ganz genau über diese ganzen Details nach. Und dann zähle eins und eins zusammen.«

Eine Weile grübele ich darauf herum, doch überzeugt bin ich nicht.

Ach, verdammt, ich war schon immer schlecht darin, menschliches Verhalten richtig zu deuten.

Sonst hätte ich mich vermutlich eher von Ryan getrennt. Zumindest nach dem zweiten Mal.

»Selbst wenn es so wäre – Sex mit dem Vorgesetzten bringt nur Probleme mit sich. Vermutlich reduziert er mich danach nur noch auf eine Bettgeschichte und meint, ich müsste die Beine breit machen, sobald er mit den Fingern schnippt. Und das will ich auf keinen Fall.«

»Im Zweifel musst du ihm das sagen.«

Tja, muss ich wohl.

Und dann ist er angepisst, unser gutes Verhältnis ist dahin und ich bin gezwungen, mir schon wieder einen anderen Job zu suchen.

Scheiße, daran möchte ich gar nicht denken.

Es ist zum Verrücktwerden, wie negativ es sich seit fast einem Jahr entwickelt.

Wann hört das endlich auf?

Später sitze ich vor dem Fernseher und der Film flimmert regelrecht an mir vorbei, weil ich mich gedanklich im Kreis drehe. Was mich am Ende dermaßen nervt, dass ich beschließe, keine Grübeleien mehr zuzulassen.

Zur Hölle, ich bin es leid, mich davon herunterziehen zu lassen.

Deshalb krame ich in meinem Gedächtnis, was ich aus

meiner Psychotherapie noch weiß. Nach Methoden, aus unerwünschten Gedankenkarussells auszusteigen. Und vor dem Einschlafen probiere ich direkt eine davon aus.

Zum Glück geht es mir am Montagmorgen besser und ich fahre mit dem Vorsatz in die Agentur, alles unter den Tisch fallen zu lassen, was Samstagnacht vorgefallen ist.

Ich fühle mich gut, es ist nichts passiert.

Entsprechend munter erwidere ich Lances Begrüßung, weiche seinem forschenden Blick aus und stehe auf. »Kaffee kommt sofort.«

Kurz darauf stelle ich ihm die Tasse auf den Schreibtisch, lächele ihn an. »Und? Wie war dein Sonntag?«

Er runzelt die Stirn, mustert mich und zuckt schließlich mit den Schultern. »So wie immer. Und bei dir?«

»Herrlich entspannt. Ich habe ausgeschlafen, gefaulenzt und war dann nachmittags noch mit Mara und ihrem Hund spazieren.«

»Ist das deine Nachbarin, die bei Bedarf auf Cleo aufpasst?«

»Genau.«

»Wie lange seid ihr schon befreundet?«

Sind wir das? Vermutlich. Außer ihr habe ich niemanden mehr.

»Seit Cleo bei mir ist, denke ich. Vorher sind wir uns nur selten begegnet.«

»Kennt sie deine Geschichte?«

Die Art, wie er mich ansieht, ist seltsam. Er wirkt besorgt, interessiert, aber auch wachsam. Eine ungewöhnliche Mischung für einen Vorgesetzten.

Weshalb mein Herz gleich wieder losrast.

Schluss mit der Schwärmerei für ihn, reiß dich zusammen!

»Ja.«

Lance atmet tief durch. »Gut. Dann hast du dich wegen Tonja wenigstens jemandem anvertraut.«

Er nimmt die Tasse und lächelt, wirkt erleichtert. »Übrigens sollten wir Rafe später von unserem erfolgreichen Einsatz auf der Gala berichten.«

Ich blinzele überrascht. »Oh, klar, kein Problem. Ich wollte eh die Visitenkarten einscannen und mit entsprechenden Kommentaren versehen. Hast du sie dabei?«

»Natürlich.« Seine Hand verschwindet hinter den Monitoren aus meinem Sichtfeld und taucht mit einem Umschlag wieder auf. »Alles hier drin.«

Ich nehme ihn entgegen. »Super, dann mache ich mich direkt an die Arbeit.«

*

Im Laufe der Woche normalisiert sich alles wieder und meine Laune steigt mit jedem Tag.

Mit Tonja habe ich zwangsläufig abgeschlossen, insofern lasse ich keinerlei Grübelei aufkommen. Außerdem läuft die Zusammenarbeit mit Lance unverändert gut, keine besorgten Blicke oder ähnliche Bemerkungen mehr. Und die Herzklopfen-Schwärmerei vergeht bestimmt auch bald.

Alles Gründe, mich auf die Einweihungsparty bei Rafe und Leslie zu freuen. Das wird ein herrlich entspannter Abend unter lieben Kolleginnen und Kollegen mit der jeweiligen Begleitung.

Ich habe sogar Lust, mich herauszuputzen. Vermutlich hat mich die Spendengala letzte Woche auf den Geschmack gebracht, denn ich habe mich schön, stark und selbstbewusst gefühlt.

Deshalb schlüpfe ich in zartrosa Spitzendessous und ein schmales Maxikleid mit Trägern. Der fließende rosa Stoff ist mit einem Motiv aus Palmenblättern versehen, weiß im Stoff und als zusätzlicher Print in Roségold. Dazu kombiniere ich hochhackige weiße Sandalen und eine kurze weiße Jeansjacke. Stecke mein Haar locker hoch, lege mein Lieblingsparfüm auf sowie dezenten Schmuck in Roségold an.

Statt einer Handtasche verstaue ich das Wichtigste in den Jackentaschen und lege sie mir über den Arm, nehme Cleo an die Leine und bringe sie zu Mara.

Die mustert mich erst einmal mit anerkennendem Blick. »Schön wie eine Göttin.«

Ich lache verlegen und reiche ihr Cleos Leine. »Du übertreibst.«

»Von wegen! Und ich wünsche dir eine wundervolle Party. Tanze, lache und hab so viel Spaß wie möglich. Du hast es dir verdient.«

»Danke. Wann soll ich meine Süße morgen abholen?«

»Mach dir keine Gedanken, von mir aus kann sie bis morgen Abend bleiben. Dann gehen wir zusammen unsere Runde und du kannst mir alles erzählen.«

»Okay, so machen wir das. Hab du auch einen schönen Abend.«

»Danke. Bis morgen.«

Lächelnd wende ich mich ab und laufe zum Fahrstuhl.

Auf dem Gehweg werfe ich einen Blick auf die Uhr, ich bin mal wieder zu früh. Olivia und ihr Mann werden erst in einer Viertelstunde hier sein.

Also schlendere ich am Gebäude entlang, schaue durch die Fenster der angrenzenden Cocktailbar. Von der Decke hängen Papierlaternen mit asiatischen Schriftzeichen und die Tische im vorderen Bereich sind hübsch dekoriert.

Hm, Mara hat mal erzählt, dass sich ein Besuch dort lohnt. Die Drinks seien originell und das Sushi zum Niederknien.

Ich glaube, ich werde sie demnächst hierhin einladen. Als Dankeschön, dass sie mir oft bei Cleo zur Seite steht.

Und weil sie meine Freundin ist.

Hinter mir erklingt eine Hupe und ich drehe mich überrascht um.

Erblicke Olivia, die mir durch das offene Beifahrerfenster eines roten SUVs zuwinkt, und eile lächelnd hinüber.

»Hey, da seid ihr ja schon.«

»Überpünktlich, weißt du doch.«

Ich steige hinter ihr ein, stelle mich ihrem Mann vor und lege den Sicherheitsgurt an. Dann geht es gutgelaunt rüber nach Outer Sunset.

Etwa eine halbe Stunde später parken wir ein Stück weiter die Straße hinauf, denn vor dem Haus ist kein Platz mehr frei. Wir laufen zurück und je näher wir kommen, desto mehr Partygeräusche hören wir, Musik, Stimmen, Gelächter.

Ich beuge mich zu meiner Kollegin. »Sind wir spät dran?«

»Eigentlich nicht. Aber ich könnte mir vorstellen, dass ein paar Leute aus der Verwaltung unbedingt zu den Ersten gehören wollten.«

Auf dem Weg zur Tür mustere ich das weiße zweistöckige Haus mit dem grau gerahmten riesigen Fenster in der ersten Etage. Der Raum dahinter ist beleuchtet und vom Gehweg aus sind einige Personen zu erkennen, die beieinanderstehen, vermutlich im Gespräch. Vom Erdgeschoss ist lediglich ein weiß-graues Garagentor zu sehen, vor dem ein dunkelblauer Van parkt.

Ich folgte Olivia und ihrem Mann die Treppe zum Haupteingang hinauf, wo meine Kollegin auf den Klingelknopf drückt. Kurz darauf wird die Tür geöffnet und Rafe lächelt uns entgegen.

»Hallo, zusammen! Immer rein mit euch!« Er heißt seine Assistentin mit einer Umarmung willkommen, ihren Mann mit Händeschütteln und Schulterklopfen.

Ich lächele unsicher, wie ich mich verhalten soll. »Guten Abend.«

»Hallo, Cassidy. Schön, dass du da bist.« Auch mich umarmt er auf eine herzliche Weise, weist dann in das offene Wohnzimmer, wo Olivia und ihr Mann mit lautem Hallo die bereits anwesenden Leute begrüßen.

»Kurz für euch zur Info! Getränke gibt es heute Abend an der Bar hier und unten im Garten. Dort findet ihr dann auch das Barbecue.«

Ich nicke automatisch, schaue mich neugierig um.

Auf der rechten Seite ist eine kleine Bar aufgebaut, die von einem Mann in passender Kleidung betreut wird, und ganz links befindet sich die offene Küche. Der Boden ist mit hellem Holz ausgelegt, die Möbel in Wohnzimmer sowie Küche sind in verschiedenen Grautönen, Weiß und Schwarz gehalten. Sehr elegant, ohne große Schnörkel und trotzdem gemütlich.

»Kriegen wir eine Führung?« Olivia sieht ihren Chef fragend an.

»Gern. Sobald Leslie mit dem ersten Grüppchen zurück ist.«

Es klingelt erneut und diesmal ist es Phyllis, unsere Empfangsmitarbeiterin, zusammen mit ihrer festen Freundin. Wir machen uns bekannt, kurz darauf erscheint Leslie aus dem Erdgeschoss, ein paar Kolleginnen und Kollegen aus der Buchhaltung im Schlepptau.

Sie begrüßt uns und schon winkt Rafe uns heran. »Okay, dann fangen wir auf dem Dach an.«

Wir folgen ihm die Treppe aus hellem Holz hinauf, um die Ecke, und betreten durch eine offen stehende Luke das Dach.

»Wow, ist das schön!« Olivia spricht voller Ehrfurcht das aus, was auch mir im ersten Moment einfällt, als ich die große Terrasse überblicke. Die Holzfläche ist rundum mit einem Geländer aus Metall, Holz und Drahtseilen eingegrenzt an dessen Rändern jede Menge Grünpflanzen verschiedener Größen verteilt sind. Außerdem laden diverse Loungemöbel zum Verweilen und Relaxen ein.

Wir schlendern umher und am westlichen Geländer, hebe ich den Blick. Mir stockt der Atem. Von hier aus ist der Sonnenuntergang spektakulär, denn über die Häuserreihen hinweg schaue ich zum Pazifik, in dem sich der Feuerball spiegelt.

»Der Hammer!«

»Nicht wahr?«

Überrascht schaue ich nach links, wo Rafe sich zu mir gesellt hat. »Ich glaube, allein deswegen hat Leslie sofort Ja gesagt.«

»Kann ich gut verstehen. Ich würde jeden Tag hier sitzen und zeichnen oder lesen.«

»Wir wechseln noch zwischen Garten und Dach, weil wir uns nicht entscheiden können.« Er zwinkert mir zu, dreht sich zu den anderen um. »Habt ihr unseren Ausblick schon bewundert?«

Natürlich drängen sie alle heran und zeigen ähnliche Begeisterung.

Über den Eingangsbereich der ersten Etage geht es schließlich ins Erdgeschoss und in den herrlich gemütlichen Wintergarten.

Ich mustere die große L-förmige Couch und die beiden gemütlichen Sessel auf einem pastellbunten Teppich, entdecke neben den verschiedenen Pflanzen die hübsche Dekoration aus Bildern, Lichterketten, Windlichtern und Laternen auf Tischchen sowie Regalen. Eine kühle Brise streicht durch die offenen Türen und bringt die Kerzen zum Flackern.

Lächelnd schüttele ich den Kopf. »Jetzt verstehe ich auch, warum ihr euch nicht entscheiden könnt. Ein richtiges Paradies habt ihr euch hier geschaffen.«

»Danke.«

Am Ende laufen wir in den Garten, wo ein Haufen Tische und Stühle stehen, um allen Gästen Platz zum Essen zu bieten. Außerdem gibt es ein Büfett neben dem Barbecue-Grill und die bereits erwähnte zweite Bar.

Darüber hinaus beschallt eine Hi-Fi-Anlage den freien Teil der Steinterrasse mit Popmusik, sodass ich davon ausgehe, dass hier später getanzt werden soll.

»Ein wirklich wunderschönes Haus habt ihr euch ausgesucht.« Olivia seufzt und hängt sich bei ihrem Mann ein. »Und die Einrichtung passt perfekt zu euch.«

»Vielen Dank.« Rafe deutet eine Verbeugung an. »Okay, das wars auch schon mit der Führung. Von jetzt an seid ihr auf euch allein gestellt und könnt euch überall bewegen, wo die Türen unverschlossen sind. Habt viel Spaß!«

Wir bedanken uns und während er ins Haus zurückgeht, holen wir fünf uns erst einmal etwas zu trinken.

Haus und Garten füllen sich schnell mit sämtlichen Mitarbeitenden von *Britton & Walker* sowie Lance und bald stehen wir alle im Außenbereich beisammen. Ein Getränk in der Hand lauschen wir Rafes und Leslies' kurzer Begrüßungsrede, erheben am Schluss unsere Gläser auf einen schönen Abend und trinken.

»Okay, dann erkläre ich das Büfett für eröffnet und gebe nur eine Bitte vor. Die ersten zwei Stunden keine Unterhaltung mit den direkten Kolleginnen oder Kollegen.«

Woran wir uns halten, weil es keinerlei Problem darstellt.

Ich genieße es sogar, mal ausgiebiger mit den anderen zu plaudern, mehr über sie zu erfahren.

Dumm nur, dass Lance zwischendurch immer wieder meine Aufmerksamkeit auf sich zieht. Sei es durch sein

Lachen oder weil mein siebter Sinn mich dazu nötigt, zu ihm zu sehen, und ich verfluche mich dafür.

Später löst sich ein Teil auf, verstreut sich im Haus und es gibt immer wieder neue Gelegenheiten und Gespräche. So wie mit Leslie, die ich im Wintergarten treffe.

Wir plaudern über das Haus und ihren Umzug, die verklemmten Nachbarn und ihre Arbeit bei einer Stiftung. Außerdem fragt sie mich nach meinen ersten Wochen bei der Agentur aus, der Spendengala letzte Woche und ob ich Vanessas Fruchtblasen-Drama einigermaßen überstanden habe.

Ach, diese Frau ist einfach toll. So natürlich und bodenständig.

Und sie verleitet mich dazu, einen Shot namens *Lemon Drop* mit ihr zu trinken.

Mmh, lecker.

Nicht lange, und die Party nimmt an Fahrt auf. Es wird getanzt, getrunken, gelacht.

Zur Feier des Tages genehmige ich mir sogar den einen oder anderen Cocktail. Vergesse erst einmal all meine Sorgen, genieße das Fest und gehe auch mit Kolleginnen auf die Tanzfläche.

Zu vorgerückter Stunde wird die Musik ein wenig ruhiger und ich hole mir ein Wasser an der Bar, will einen Moment verschnaufen. Von dort aus beobachte ich die Paare auf der Tanzfläche.

Bei »Adore You« von Harry Styles gesellen sich auch Rafe und Leslie Hand in Hand zu ihnen. Eng aneinandergeschmiegt wiegen sie sich zum Takt. Ab und zu bewegen sich ihre Lippen, verziehen sie sich zu einem verliebten Lächeln, und schließlich lehnt er den Kopf mit geschlossenen Augen gegen ihren.

Auf meinem Gesicht breitet sich ein verträumtes Lächeln aus, sie sind perfekt miteinander.

»Schönes Paar, oder?«

Überrascht schaue ich Lance an, der neben mich getreten ist und die beiden ebenfalls betrachtet.

»Ja, tatsächlich.« Ich sehe wieder hinüber.

»Sie passen perfekt zusammen, auch mit Hope.«

»Mh-hm.«

Wir schweigen zusammen, der nächste Song beginnt.

»Möchtest du auch?«

Wieder wende ich mich ihm zu. »Was denn?«

»Na, tanzen.«

»Ach, ich weiß nicht.«

»Warum? Nach der Spendengala sind wir doch bestens im Training.«

Ich deute mit meinem Drink auf die Tanzfläche. »Aber da tanzen nur Paare.«

»Oh, ich bitte dich!« Er schüttelt den Kopf, nimmt mir das Glas ab und stellt es mit seinem auf den nächsten Tisch. Dann ergreift er meine Hand und führt mich auf die Tanzfläche.

Natürlich leiste ich keinen Widerstand.

Weil ich es letzte Woche bis zur letzten Sekunde genossen habe, mit ihm zu tanzen. Ihm nah zu sein, seinen Duft einzuatmen, die unbeabsichtigten Berührungen zu spüren, trotz eines angemessenen Abstands.

Und sobald er mich in Tanzhaltung zieht, ist all das wieder da.

Breitet sich diese Schwäche in meinem Körper aus, begleitet von einem wachsenden Prickeln und dem üblichen Herzklopfen.

In mir steigt Wehmut auf, die Sehnsucht nach ein wenig Glück in meinem Leben.

Nein, stopp!

Heute lasse ich mir die Laune auf keinen Fall vermiesen.

Ich werde Maras Wunsch befolgen und Spaß haben. Nicht mehr, nicht weniger.

*

Mitten in der Nacht schleiche ich mich mit einem Wodka-Orangensaft auf die Dachterrasse, um mir den Sternenhimmel anzusehen, bevor ich nach Hause fahre.

Weil außer mir niemand hier ist, setze ich mich auf eine Seite der L-förmigen Couch und nehme einen ordentlichen Schluck. Stelle das Glas auf den niedrigen Tisch und strecke mich rücklings aus, falte die Hände auf meinem Bauch und schaue hinauf.

Aus dem Garten tönen gedämpfte Musik und nur noch ein Teil der Stimmen herauf. Ansonsten ist es in der Umgebung beinahe totenstill, was ich umso mehr genieße, während ich die Sterne auf mich wirken lasse.

Himmel, in Momenten wie diesen fühle ich mich winzig und unbedeutend. Bekommen die Umstände und mein Leben eine vollkommen andere Dimension.

Was sind schon meine Probleme im Vergleich zum unvergleichlichen Universum?

Vor allem mit diesem herrlich leichten Gefühl im Kopf.

Ich suche den Himmel nach Sternbildern ab, identifiziere aber nur den kleinen Bären. Krame in meinem Gedächtnis und meine, ein längeres Gebilde zu erkennen, in dessen Bogen der Bär hineinragt.

Wie hieß das Bild noch? Drache?

Ja, genau, und ein Stückchen weiter unten, dieses unförmige Rechteck, das muss der Kopf sein.

Hat uns der Astronomielehrer damals eigentlich erzählt, wer für die Konstellationen und ihre Namen verantwortlich ist? Aus welcher Mythologie sie kommen?

Egal, sie sind wunderschön und majestätisch und lösen

in mir immer ein Gefühl von Demut aus. Für die Unendlichkeit der Zeit und des Raums.

Moment, haben nicht vor einiger Zeit Wissenschaftler den Beweis dafür gefunden, dass der Kosmos sich ausdehnt? Es folglich mal einen Anfang gegeben hat?

Dann muss es doch auch ein Ende geben, oder?

»Sieh an! Zwei Dumme, ein Gedanke.«

Mit einem Schrei und wild klopfendem Herzen fahre ich hoch, drehe mich um und erblicke Lance, der neben dem anderen Arm der Couch steht. Dann lache ich erleichtert auf. »Scheiße, hast du mich erschreckt.«

»Tut mir leid.«

»Was tust du überhaupt hier?«

»Ich hatte anscheinend denselben Gedanken wie du, ich wollte mir die Sterne ansehen.« Er deutet mit einem Finger zum Himmel.

Ich stoße die Luft aus, plumpse in die Polster zurück und fuchtele mit der Hand herum. »Bitte, tu dir keinen Zwang an.«

Er lacht leise. »Bist du betrunken?«

»Höchstens ein wenig angeheitert. Warum?«

»Weil ich dich so noch nicht erlebt habe.«

Ich höre, dass er etwas auf dem Tisch abstellt. Merke, dass die Polster der Couch sich bewegen, unter einem Gewicht nachgeben.

»Ja, manchmal tut ein bisschen Alkohol ganz gut, um die bösen Erinnerungen und Gedanken für ein paar Stunden auszublenden.«

»Wie weise.« Seine Stimme ist ganz nah an meinem Kopf.

Ob er sich ebenfalls hingelegt hat?

Vor meinem inneren Auge erscheint ein Luftbild von uns, wie wir Kopf an Kopf auf dieser Couch liegen und zum dunklen Himmel aufschauen.

Macht er das öfter? Und wenn ja, wo?

»Wie wohnst du eigentlich? Hast du auch eine Terrasse, von der aus man die Sterne betrachten kann?«

»Ja, zu meinem Apartment gehört eine Dachterrasse, aber drumherum ist es viel zu hell, als dass man mehr erkennen könnte als die Venus oder ein paar der hellsten Sterne.«

»Schade.«

»Finde ich auch.«

»Am Mile Rock Beach, wo es keine Strandpromenade oder Laternen gibt, ist die Sicht bestimmt herrlich.«

»Oder auf der anderen Seite, im Erholungsgebiet Golden Gate.«

»Gibt es da eigentlich einen Campingplatz oder so etwas?«

»Keine Ahnung. Warum?«

»Na, von da aus muss der Ausblick der Wahnsinn sein, ohne den ganzen Lichtsmog drumherum.«

»Da könntest du recht haben.«

»Ich glaube, das schaue ich mal nach. Und dann fahre ich ein Wochenende rüber, nur Cleo und ich.«

»Sonst gibt es niemanden, den du dabeihaben möchtest?«

Ich schnaube. »Sehr witzig. Wen denn?«

»Stimmt, du hast ja keine Verehrer.«

»Ganz genau. Ich mache mir mein Leben selbst schön.«

»Gute Einstellung.«

»Du hältst es doch ähnlich, oder?«

Er lacht leise. »Ja, könnte man so sagen.«

»Warum?«

»Wie – warum?«

»Na, warum hast du nur Bekannte und keine Freundin?«

Einen Moment bleibt es still und ich finde mich damit

ab, dass ich darauf keine Antwort erhalten werde.

»Weil ich nicht das Gleiche erleben will, was ich bei meinen Eltern gesehen habe. Darum will ich auch keine Kinder.«

Ich höre seiner Stimme an, wie sehr ihn das bedrückt.

»Du kannst doch nicht davon ausgehen, dass dir ein ähnliches Drama widerfährt.«

»Ich will überhaupt kein Drama erleben, nicht einmal das kleinste.«

Ich runzele die Stirn. »Und wegen alledem hast du der Liebe abgeschworen?«

»Vielleicht kann ich auch gar nicht lieben.«

»Das ist Bullshit. Jeder kann lieben.«

»Nein, ich nicht. Ich habe nicht die leiseste Ahnung davon, wie sich Liebe anfühlt.«

Lance klingt so nüchtern, dass sich mein Herz schmerzhaft zusammenzieht.

»Das tut mir leid.«

»Und du? Hast du dieses Gefühl schon einmal erfahren?«

Mir entschlüpft ein Schnauben. »Zumindest habe ich das geglaubt. Und dann wurde ich eines Besseren belehrt.«

»Hat das mit deinem Noch-Ehemann zu tun?«

»Mh-hm.«

»Das tut *mir* leid.«

»Du kannst ja nichts dafür.«

»Ich weiß. Aber ich habe schon ein- oder zweimal bemerkt, dass es dich quält. Und was auch immer dir passiert ist, du hast es nicht verdient.«

Mein Blick richtet sich nach innen. »Nein, das hat niemand.«

»Kann ich etwas tun, um den Schmerz zu lindern?«

Mein Herz stolpert, schlägt umso schneller weiter.

Ob es mir helfen würde, mit ihm zusammen zu sein?

In einer richtigen Beziehung?

Nein, diese Gedanken sind müßig, er hat gerade selbst zugegeben, dass keine Frau das je von ihm erwarten darf.

»Ich wüsste nicht, was.«

»Ich weiß, das klingt vielleicht seltsam, aber ... falls du mal eine Umarmung brauchst ...«

Aus meinem Bauch steigt ein heißes Kribbeln auf und ich stelle mir genau das vor.

Wie er mich umarmt.

Streichelt, küsst, erforscht.

Mit mir schläft.

Nein, heißen Sex mit mir hat.

Panikartig presse ich die Lider zusammen, vertreibe das Bild.

»Oder einen Freund ...«

Ich räuspere mich. »Das weiß ich sehr zu schätzen, danke.«

Wir verfallen in Schweigen, was unerwarteterweise kein bisschen unangenehm ist.

Meine Gedanken wandern umher, landen schließlich bei unserem Gespräch in *Lands End*.

»Hast du eigentlich deine Mutter schon kontaktiert?«

»Nein.«

»Warum nicht?«

»Ehrlich gesagt habe ich mich noch nicht getraut.«

Ich höre das Lächeln in seiner Stimme und muss selbst schmunzeln.

»Schäm dich.«

»Mir fehlt noch immer der letzte Schubs.«

»Dann schreib ihr wenigstens.«

»Mal sehen.«

»Willst du sie überhaupt wiedersehen?«

»Eigentlich schon. Denke ich.«

»Na, also! Nutz die Chance, bevor du bereust, es nicht

getan zu haben.«

»Hast du diesen Tipp selbst schon einmal befolgt?«

Mir entfährt ein bitterer Laut. »Nein. Aber es gibt ein oder zwei Dinge, die ich inzwischen bereue. Die auch hätten gutgehen können. Deswegen ist es ja totaler Blödsinn, Dinge zu vermeiden, weil man Angst vor negativen Konsequenzen hat.«

»Irgendwie mag ich deinen Optimismus.«

»Habe ich von meiner Granny geerbt.«

Ohne diese positive Grundeinstellung hätte ich vermutlich längst aufgegeben.

»Stammst du eigentlich aus San Francisco?«

»Nein, Philadelphia.«

»Da habe ich vor den *Seals* gespielt.«

»Ich weiß.« Die Erinnerung an unser *Meet and Greet* schiebt sich in meinen Kopf und ich öffne den Mund, um ihm davon zu erzählen.

»Fliegst du Thanksgiving nach Hause?«

Ich blinzele, kehre zum eigentlichen Thema zurück und denke mit einer Mischung aus Wehmut und Verbitterung an das vorletzte Erntedankfest.

Der Versuch, ein Baby zu bekommen, war zum ersten Mal gescheitert, und die Stimmung entsprechend schwermütig. Diesmal wäre es garantiert um einiges schlimmer.

»Dieses Jahr nicht, ich brauche ein bisschen Abstand.«

»Mein Vater braucht den ständig, an solchen Tagen geht es ihm besonders schlecht.«

»Das heißt, seit dem Tod deines Bruders feierst du Thanksgiving ganz allein?«

»Manchmal treffe ich mich mit Freunden, so wie letztes Jahr mit Rafe. Dieses Jahr kommen Leslies Eltern zu Besuch und ich bin auch eingeladen, aber da möchte ich lieber nicht stören.«

»Triff dich mit deiner Mutter, das ist die Gelegenheit.«

Er seufzt. »Du bist ganz schön hartnäckig.«

»Wenn man Menschen zu ihrem offensichtlichen Glück zwingen muss, ja.«

Mich überwältigt ein Gähnen, weswegen ich schnell den Handrücken vor meinen Mund halte.

Lance lacht leise. »Dito.«

Grinsend setze ich mich auf. »Dann müssen wir wohl beide ins Bett.«

Im nächsten Augenblick wird mir bewusst, wie zweideutig das klingt, und Hitze schießt mir in die Wangen. Um es zu überspielen, greife ich nach meinem Glas und trinke von meinem Wodka-Orangensaft.

»Willst du nach Hause?« Er setzt sich ebenfalls auf.

»Mal sehen, wie schnell ich ein Uber bekomme, vielleicht reicht es noch für einen Absacker.«

Wir stehen auf und nehmen unsere Getränke vom Tisch. Laufen zur Luke und die Treppe hinunter.

»Was hältst du davon, wenn wir uns einen Wagen teilen? Deine Wohnung liegt für mich praktisch auf dem Weg.«

»Das hast du schon in *Lands End* gesagt.«

»Weil es stimmt.«

»Wo wohnst du denn?«

»Pacific Avenue, nur ein Stück nordöstlich von der Agentur entfernt.«

Vor der offenen Küche bleibe ich stehen, sehe ihn mit gehobener Braue an. »Das ist ein Umweg.«

»Quatsch, der kleine Schlenker nach Süden!« Er schüttelt den Kopf und läuft weiter. Ich folge ihm ins Erdgeschoss und in den Garten, wo er direkt auf die Bar zusteuert.

Okay, dann werde ich ihm mal nicht widersprechen.

Dort angekommen wendet er sich mir zu. »Was wollen wir denn trinken?«

»Ich habe vorhin einen leckeren Shot probiert, *Lemon Drop*.«

Er nickt und bestellt zwei der besagten Shots. Stellt die Bierflasche ab und zückt sein Smartphone. Wischt, tippt.

Kurz darauf steckt er es wieder weg. »Der Wagen ist in einer Viertelstunde hier.«

»So schnell?«

»Ich habe ein normales Taxi bestellt.«

Der Barkeeper stellt uns die Schnapsgläser hin, wir stoßen miteinander an und trinken den Inhalt auf ex.

»Da könnte ich mich reinlegen.« Ich lecke mir über die Lippen.

Da Lance schweigt, sehe ich ihn an.

Und erwische ihn dabei, dass er mir auf den Mund starrt.

Ein heißes Prickeln schießt durch meinen Körper.

Unvermittelt schaut er auf.

Lächelt schief, irgendwie verlegen.

Prostet mir mit seinem Bier zu und trinkt.

Verwirrt leere ich mein Glas und stelle es auf dem Tresen ab.

Habe ich mir das gerade nur eingebildet?

»Wollen wir dann schon mal Tschüs sagen?«

»Ja, klar.«

Ich gehe an den Tischen entlang, verabschiede mich bis Montag und bleibe am Ende vor Rafe und Leslie stehen, die extra aufgestanden sind.

»Noch einmal herzlichen Dank für die Einladung, es war toll.«

»Das freut mich. Schön, dass du hier warst.« Leslie umarmt mich zum Abschied.

»Hast du dir schon ein Taxi bestellt?«

Ich nicke Rafe zu, bevor wir uns ebenfalls umarmen. »Lance ist so nett, mich mitzunehmen.«

Als wir uns voneinander lösen, bemerke ich den misstrauischen Blick, mit dem er seinen Freund und Partner ansieht.

»Willst du nicht noch etwas bleiben?«

»Sorry, ich bin total k. o.«

»Hm. Schade.«

»Trotzdem wünsche ich euch allen noch viel Spaß.« Lance klopft ihm auf die Schulter, zieht Leslie in eine Umarmung.

Die tätschelt seinen Rücken, löst sich von ihm und lächelt mir zu. »Kommt gut nach Hause. Und habt einen entspannten Sonntag.«

»Danke, euch auch.« Ich drehe mich zu den anderen um, winke ein letztes Mal in die Runde und folge meinem Boss ins Haus.

Oben hält er mir die Haustür auf, wir laufen die Stufen hinunter und zum Gehweg.

Da wir ziemlich genau zwischen zwei Masten stehen, ist die Beleuchtung eher spärlich, und bis auf die schwachen Partygeräusche ist es sehr still.

Weswegen ich automatisch die Stimme senke. »Wie lange noch?«

»Moment ...« Er zückt sein Handy. »Noch drei Minuten, sagt die App.«

Eine kühle Brise weht die Straße hinauf und ich verschränke fröstelnd die Arme vor der Brust.

»Ist dir kalt? Willst du meine Jacke?«

Er macht Anstalten, sie auszuziehen, doch ich hebe abwehrend eine Hand.

»Danke, geht schon.«

»Bist du sicher? Die Jeansjacke wärmt doch nicht.«

Ich lache leise. »Ja, bin ich. Alles okay, war nur ein kurzes Kältegefühl.«

Von der nächsten Querstraße schwenkt ein Paar

Scheinwerfer in die Straße, kommt fast lautlos näher. Kurz darauf hält ein Tesla vor uns am Bordstein und Lance öffnet mir die hintere Tür.

Beim Anschnallen nenne ich dem Fahrer meine Adresse und los gehts.

Lance dreht sich ein wenig in meine Richtung. »Weißt du, was ich an Philadelphia immer gehasst habe?«

Irritiert runzele ich die Stirn. »Nein?«

»Die extremen Temperaturunterschiede. Im Winter bitterkalt, im Sommer so heiß, dass man auf dem Infield beinahe einen Hitzeschlag bekommt.«

»Stimmt, das hiesige Klima ist definitiv angenehmer.«

»Ich erinnere mich da an einen Vorfall, in meinem zweiten Jahr bei den *Phillies* ...«

Er unterhält mich mit Anekdoten aus seinen ersten Profi-Jahren und ich kann kaum aufhören zu lachen. Kein Wunder, dass die knapp 20 Minuten wie im Flug vergehen.

Das Taxi hält vor der noch geöffneten Bar neben meinem Apartmenthaus und ich ziehe das Bargeld aus meiner Jackentasche, löse den Sicherheitsgurt.

Der Fahrer nennt uns über die Schulter hinweg den Preis. »Möchten Sie bar zahlen oder soll es von der hinterlegten Kreditkarte abgebucht werden, Mr. Britton?«

»Von der Kreditkarte. Aber wir fahren gleich weiter.«

»Okay.«

Schnell halbiere ich die Summe, runde auf und halte Lance die Scheine hin.

Er runzelt die Stirn, sein Blick gleitet vom Geld zu meinen Augen. »Was ist das?«

»Na, mein Anteil. Schon vergessen? Wir wollten uns das Taxi teilen.«

Da schaut er aus dem Fenster, mich an und lächelt. »Weißt du was? Ich habe eine bessere Idee.«

»Ach ja?«

»Dafür lädst du mich auf einen Absacker ein.« Mit dem Kopf deutet er zum *Dragon Horse*.

Ich stoße ein Seufzen aus, kann mir aber ein Schmunzeln nicht verkneifen. »Okay, wenn es denn sein muss.«

Er grinst, zieht einen 5-Dollar-Schein aus meinem Bündel und hält ihm den Fahrer hin. »Wir fahren doch nicht weiter.«

»Vielen Dank, Sir.«

Der Schein wechselt den Besitzer, wir steigen aus und gehen zum Eingang der Bar.

Lance öffnet mir die Tür und ich betrete den asiatisch dekorierten Raum. Die Hälfte der Tische ist besetzt und die ausgelassene Stimmung übertönt sogar fast die Musik.

Auf dem Weg zur Theke bewundere ich die Zeichnung eines Drachen, der sich über eine komplette Wand erstreckt. Auf der anderen Seite sind es Sumoringer und gleich dahinter erstrecken sich mehrere Kühlschränke voll diverser Flaschen mit asiatischen Schriftzeichen darauf.

Am Tresen sind in der Mitte drei Plätze frei und wir setzen uns auf die altmodischen Barhocker mit Lehne, die aus Holz sowie orangefarbenem Leder gefertigt sind.

Auf der Theke liegt die Getränkekarte bereit und ich blättere zu den Mixgetränken, schiebe sie in die Mitte.

Gemeinsam schauen wir darauf und weil er mir so nah ist, kann ich mich kaum auf die Zutaten der Haus-Cocktails konzentrieren. Trotzdem stelle ich fest, dass die Alkoholika fast ausschließlich aus dem asiatischen Raum stammen, ihren Namen nach zu urteilen.

Sobald ich meine Wahl getroffen habe, schaue ich mich neugierig um.

Ja, hierhin muss ich Mara demnächst unbedingt einladen.

»Guten Abend. Was darf ich Ihnen bringen?«

Überrascht über eine sehr tiefe Stimme drehe ich mich

um und erblicke den asiatischen Barkeeper, der trotz weißem Hemd und schwarzer Latzschürze aussieht, wie man sich einen alternden Samurai vorstellt. Gesichtszüge wie gemeißelt, das lange, strähnenweise ergraute Haar im Nacken zu einem Zopf gebunden und über den Lippen sowie auf dem Kinn ein schmales Bärtchen.

Ich lächele. »Für mich einen *Mogura*, bitte.«

»Und ich nehme einen *Heaven and Earth*.«

Der Barkeeper nickt lediglich, entfernt sich ein paar Schritte und sammelt einige Flaschen aus den Regalen hinter sich zusammen.

»Coole Location. Und dabei von außen so unscheinbar.« Lance sieht sich ebenfalls um.

»Finde ich auch. Bevor Olivia mich abgeholt hat, habe ich tatsächlich das erste Mal einen Blick hineingeworfen und überlegt, Mara hierhin einzuladen. Das Sushi soll grandios sein.«

Da schüttelt er sich. »Ich hasse Fisch.«

»Echt?« Ich lache verblüfft.

»Ja, schon immer. Ich bin eben ein typischer Fleischfresser. Was die Trainer und Team-Ärzte gar nicht gern gesehen haben.«

»Aber du isst hoffentlich ausreichend Obst und Gemüse.«

Ein Grinsen breitet sich auf seinem Gesicht aus. »Höre ich da eine gewisse Sorge?«

Ich hebe eine Braue. »Natürlich. Wenn du tot umfällst, muss ich mir einen neuen Job suchen. Das ist das Letzte, worauf ich gerade Lust habe.«

»Du wirst lachen, etwas Ähnliches hat man uns bei den *Seals* auch oft gesagt. Denkt an eure Gesundheit, einen gesunden Körper. Davon hängen nicht nur euer Erfolg und euer Einkommen ab, sondern auch die Jobs vieler Mitarbeiter.«

»Und? Hatten sie Erfolg damit?«

Er zuckt mit den Schultern. »Fisch habe ich trotzdem nicht gegessen.«

Wir lachen zusammen und bedanken uns kurz darauf für die Cocktails.

Meinen serviert der Barkeeper in einem roten Becher, der wie ein stilisierter asiatischer Drache in sitzender Position geformt ist.

Lance hält mir das Kristallglas zum Anstoßen hin, danach probieren wir beide.

Ich löse die Lippen vom Trinkhalm, lasse den Geschmack in meinem Mund wirken und schnappe nach Luft. »Oh, wow!«

»Oh ja, das ist eine gute Mischung. Noch so etwas, was man im Profi-Sport nicht so gern sieht.«

»Klingt nach verdammt wenig Spaß.«

»Von wegen!«

Mit Anekdoten von manch einer Party mit Teamkollegen bringt er mich erneut zum Lachen. Berührt mich hin und wieder, wenn er die Pointe oder etwas besonders Witziges erzählt.

Und mit jedem Mal steigern sich Kribbeln, Herzklopfen, Unruhe.

Am Ende erzählt er mir von Fan-Events, weshalb ich mir schließlich ein Herz fasse.

»Ich glaube, bei der Gelegenheit muss ich dir etwas beichten.«

Seine Brauen schießen nach oben. »Ach ja?«

»Wir sind uns schon einmal begegnet, nachdem du zu den *Seals* gewechselt bist. Ich war bei dem ersten *Meet and Greet* mit dem neuen Team.«

»Und das sagst du mir erst jetzt?«

Ich zucke mit den Schultern, lächele verlegen. »Ich habe mich nicht getraut. Nachher denkst du noch, ich stalke dich. Oder will mir irgendeinen Vorteil erschleichen.«

»Quatsch!«

»Wenn du meinst ...«

»Hast du denn mit Beginn des Studiums deine Vorliebe gewechselt und bist Fan der *Seals* geworden?«

Ich lache. »Nein, ich war Fan von *dir*.«

»Von mir!«

»Ja, klar. Ich bin immer mit meinem Dad zu den Spielen der *Phillies* gegangen und fand dich da schon super, Fan-Events haben uns aber nie interessiert. Als du jedoch nach San Francisco gekommen bist, musste ich dich einfach treffen. Vielleicht erinnerst du ja noch an meine blöde Bemerkung, dass deine Freundin, von der du dich vor dem Wechsel getrennt hast, nicht zu dir gepasst hat.«

Da stutzt er, neigt den Kopf zur Seite und mustert mich nachdenklich. »Ja, ich glaube, da ist eine dunkle Ahnung.«

Wieder zucke ich mit den Schultern. »Tja, dieses vorlaute Fan-Girl war ich.«

»Na ja, vorlaut hin oder her – du hattest recht.«

»Hast du damals auch gesagt.«

Er lacht leise. »Echt witzig, wie klein die Welt ist.«

»Und wie! Vor allem, weil ich in jener Zeit total für dich geschwärmt habe. Und dann bist du auf einmal mein Boss.«

Unvermittelt schießt Hitze durch meinen Körper und ich beiße mir auf die Lippe.

Oh. Mein. Gott!

Kann ich nicht einmal den Mund halten?

Scheiß Alkohol.

»Soso. Du hast für mich geschwärmt.«

Der neckende Unterton in seiner Stimme steigert mein Herzklopfen erneut, weswegen ich den Blick abwende und an meinem Trinkhalm sauge.

Leider ertönt kurz darauf in gurgelndes Geräusch.

Verdammt!

»Trinken wir noch einen?«

Ich schüttele den Kopf, schaue ihn kurz an. »Sorry, aber ich höre lieber auf, solange ich noch klar denken kann.«

»Gute Einstellung.«

Auch er leert sein Glas und ich rufe den Barkeeper heran, um die Rechnung zu bezahlen. Danach verlassen wir die Bar, bleiben ein paar Schritte weiter stehen und ich wende mich ihm zu.

»Soll ich noch warten, bis dein Taxi hier ist?«

»Ich glaube, ich gehe zu Fuß, so weit ist es ja nicht. Es sei denn ...«

»Ja?«

Sein Gesichtsausdruck verändert sich und aus heiterem Himmel sieht er mich mit einem Blick an, der das heiße Kribbeln in meinem Schoß entfacht.

»Es sei denn, du möchtest das hier genauso wenig schon beenden wie ich.«

Seine warme, tiefe Stimme vibriert durch meinen Bauch und in meinem Innern bricht Chaos aus, kochen all meine Gefühle für ihn hoch.

»Lance, ich ...«

»Ja?«

»Ich ...« Mir versagt die Stimme, ich schlucke.

Er tritt näher, streicht mir eine Haarsträhne hinters Ohr, die sich aus meiner Frisur gelöst hat. Sein Blick wandert zu meinen Lippen, dann wieder hoch, und ich meine, ein ähnliches Verlangen in seinen haselnussbraunen Augen zu erkennen.

»Sag mir einfach die Wahrheit, Cassidy.«

»Hm?« Meine Stimme gehorcht mir kaum noch.

»Fühlst du auch diese Anziehung?«

Großer Gott, was soll ich jetzt tun?

»Du bist mein Boss.« Selbst in meinen Ohren klingt das Argument belanglos.

»Vergiss das.«

»Aber ich ...«

»Du musst keine Nachteile fürchten, falls du das meinst. Weder bei einer negativen noch bei einer positiven Antwort.«

Verzweifelt presse ich die Lider zusammen, kämpfe mit mir selbst.

Da umfasst er mit beiden Händen mein Gesicht und mein Körper erschauert.

Ich reiße die Augen wieder auf.

»Nach den letzten Stunden kann ich nicht mehr schweigen, Cassidy. Ich will dich. Mit jeder Woche mehr. Und falls es dir ähnlich ergeht, bleibt diese Nacht einfach unser Geheimnis.«

Klare Regeln.

Aber kann ich mich darauf einlassen? *Will* ich das überhaupt?

»Oder sag Nein, ich werde es akzeptieren.«

Wenn das mal so einfach wäre.

Eine Zeitlang beobachtet er mich schweigend, streicht schließlich mit den Daumen über meine Wangen. »Bitte, sag etwas. Irgendwas.«

Also hole ich tief Luft und folge meinem Herzen. »Küss mich.«

In seinem Blick lodert das Verlangen auf, er beugt sich zu mir und ich schließe die Augen. Erwarte seinen Mund mit wild hämmerndem Herzen.

Dann berühren seine Lippen endlich die meinen, jagen mir den nächsten Schauer über die Haut.

Er übt leichten Druck aus und öffnet sie.

Ich folge, empfange seine Zunge mit meiner und als sie aufeinandertreffen, trifft es mein Lustzentrum mit voller Wucht. Meine Brüste ziehen sich zusammen, bis die Nippel hart sind, und mein Schoß pocht so heftig vor Sehnsucht, dass ich ein Aufstöhnen nicht verhindern kann.

Gott, dieser Kuss ist so gut!

Doch Lance vertieft ihn sogar noch, geht auf Tuchfühlung.

Eine Welle der Lust schwappt durch meinen Körper, meine Knie werden weich und ich kralle die Finger in seine Jacke.

Scheiße, ja, ich will ihn genauso sehr.

Wenigstens diese eine Nacht.

Auch wenn ich danach noch mehr leide.

Nach einer gefühlten Ewigkeit hebt er den Kopf und ich öffne die Augen, sehe die unausgesprochene Frage in seinen.

Mein Körper und mein Herz schreien Ja, deshalb löse ich seine Hände von meinem Gesicht. Halte eine fest und führ ihn zu meinem Apartmenthaus.

Schweigend durchqueren wir das Foyer, fahren hinauf und gehen zu meinem Apartment. Und sobald die Tür leise ins Schloss fällt, gibt es kein Halten mehr.

Beinahe gleichzeitig treten wir aufeinander zu, schlingen die Arme umeinander und versinken in einem leidenschaftlichen Kuss.

Wir streifen uns gegenseitig die Jacken ab und lassen sie zu Boden fallen.

Ich öffne die Knöpfe seines Hemdes, während seine Hände über meinen Rücken und bis zum Hintern wandern. Wieder hoch und über die Seiten.

Dort findet er den Reißverschluss meines Kleides und zieht ihn auf.

Eilig strecke ich die Arme, schiebe ihm das Hemd über

die Schultern und er lässt mich los, um es ganz auszuziehen. Dabei lösen wir kurz die Lippen voneinander, schauen uns an.

Atemlos, hungrig.

Ich lege die Hände auf seinen trainierten Bauch, bewundere seine noch immer starken Arme. Spreize die Finger, gleite hinauf zu seiner leicht behaarten Brust und schaue ihnen dabei zu.

Und für einen Moment überkommen mich Ehrfurcht und Panik.

Ich bin dabei, mit einem anderen Mann als Ryan ins Bett zu gehen.

Dem Schwarm meiner frühen Studentenzeit.

Und er ist, verdammt noch einmal, mein Boss.

Doch dann beugt Lance sich zu mir und küsst meinen Hals. Knabbert und leckt an der empfindlichen Haut. Widmet sich in gleicher Weise meinem Nacken.

Lustvolle Blitze schießen in meine Brüste und zwischen meine Beine. Feuern das Verlangen an, lösen sämtliche Bedenken in Luft auf.

Er streift mir die Träger des Kleides über die Schultern, wühlt die Finger in mein Haar und löst die Spangen.

Ohne den Halt auf meinen Schultern beginnt das Kleid zu rutschen, deshalb senke ich die Arme und wackele ein wenig mit den Hüften, bis es zu Boden gleitet.

Nach der letzten Klammer fällt mein Haar herab und er richtet sich auf. Nimmt meine Hand, tritt zurück und ich steige aus dem Stoff.

»Du bist so schön.« Sein ehrfürchtiger Blick wandert meine Beine hinauf, über das Spitzenhöschen und den BH, der meine harten Nippel kaum verbirgt. Trifft auf meine Augen. »So wunderschön.«

Ein Lächeln zupft an meinen Mundwinkeln und ich genieße den Schub für mein Selbstbewusstsein.

»Wo ist dein Schlafzimmer?«

»Dort.« Ich deute mit dem Finger über meine Schulter.

Lance zieht mich in seine Arme, küsst mich, hebt mich hoch.

Automatisch umschlinge ich ihn mit Armen und Beinen, presse mich an ihn, erwidere das erregende Spiel seiner Zunge.

Doch dann löst er seinen Mund von meinem und trägt mich vorsichtig ins Schlafzimmer.

Was ich dazu nutze, über seinen Hals zu züngeln und an seinem Ohrläppchen zu knabbern.

Er stöhnt auf und seine Finger graben sich tiefer in mein Fleisch.

Kurz darauf stellt er mich vor dem Bett auf den Boden, geht zum Nachttisch und schaltet die Lampe ein.

Sobald er wieder vor mir steht, greife ich nach dem Bund seiner Jeans und ziehe ihn zu mir heran.

Wir küssen und streicheln einander, ohne Eile.

Befreien uns gegenseitig von den letzten Kleidungsstücken.

Dann dirigiert er mich zu einer Ecke des Bettes, darauf hinunter und rücklings auf die Matratze.

Mit Küssen und Lecken wandert er tiefer, über meinen Hals zu meinen Brüsten. Nimmt einen Nippel in den Mund, saugt und knabbert daran. Die andere nimmt er in die Hand, knetet sie, reibt mit dem Daumen kräftig über die harte Spitze.

Ich winde mich unter ihm, wimmernd vor Lust. Wühle die Finger in sein Haar, halte mich daran fest. Und lasse ihn auch nicht los, als er endlich tiefer gleitet.

Er streichelt außen über meine Schenkel hinab, spreizt meine Knie noch weiter und küsst die empfindlichen Innenseiten. Und je näher er meinem Schoß kommt, desto stärker pulsiert die Lust durch meinen Körper.

Atemlos hebe ich den Kopf und beobachte, wie Lance vor dem Bett kniet, meine Lippen mit den Fingern teilt und seinen Mund auf mein pochendes Fleisch senkt.

Seine Zunge gleitet von meiner Pussy zu meiner Klit.

Umspielt sie, mal hart, mal zart.

Saugt hingebungsvoll daran.

Ich kralle die Finger in die Bettdecke, stöhne und jammere lauter, je weiter er mich Richtung Höhepunkt treibt. Und als er auch noch mit einem Finger in mich eindringt, mich von innen reibt, ist es um mich geschehen.

Mein Kopf fällt auf die Matratze, ich halte die Luft an und komme.

Er stößt einen animalischen Laut aus, eine Art Knurren, das durch meinen Schoß und Bauch vibriert. Küsst sich höher, zwischen meinen Brüsten hindurch.

Keuchend umfasse ich seinen Kopf, ziehe ihn höher und küsse ihn. Rieche und schmecke meine Lust an ihm, möchte ihn verschlingen und bohre die Fersen hinten in seine Beine.

»Warte. Nur einen Moment.« Er löst sich von mir, steht auf und greift nach seiner Jeans. Zieht seine Brieftasche hervor, nimmt ein Kondom heraus und wirft sie beiseite.

Voller Lust gleitet mein Blick über seinen drahtigen Körper und ich schaue ihm dabei zu, wie er schnell das Folienpäckchen aufreißt und das Gummi über seine Härte rollt.

Dann stellt er sich breitbeinig über die Bettecke. Spreizt meine Beine und schiebt die Knie ein Stückchen höher. Legt die Hand auf meinen Bauch und umspielt mit dem Daumen meine empfindlichste Stelle, reibt ein wenig tiefer.

Und endlich umfasst er seinen Schwanz, setzt die Spitze an meine Pussy und dringt behutsam in mich ein.

Ich beiße mir auf die Lippe, kann das Stöhnen jedoch nicht unterdrücken.

Oh, Gott!

Da hebt er den Blick und hält meinen fest, während er sich zurückzieht und kraftvoll wieder in mich stößt.

Noch einmal.

Und noch einmal.

Lance ergreift meine Knöchel und fickt mich. Erst langsam, dann schneller.

Variiert auf köstliche Weise das Tempo und beugt sich gelegentlich zu mir herab.

Umfasst mit einer Hand meinen Nacken, küsst mich.

Massiert mit der anderen Hand meine Brust, zwirbelt den Nippel und schaukelt dabei fest über meinen Schoß.

Sein würziger Duft füllt meine Nase und sein Keuchen oder kehliges Stöhnen steigern mein Verlangen nach ihm. Bis ich meine, vor Lust beinahe zu vergehen.

Wieder richtet er sich auf, packt meine Schenkel, stößt kräftiger in mich.

Ich schließe die Augen, drücke den Kopf in die Matratze und kippe das Becken. Spanne sämtliche Muskeln in meinem Schoß an, wimmere um Erlösung.

Meine Hand wandert automatisch zu meiner Lustperle, umspielt sie.

Da legte er seine Hand neben meine, schiebt den Daumen ein Stückchen tiefer und reibt über meine geschwollenen, inneren Schamlippen.

Zischend sauge ich die Luft ein, bäume mich auf.

Ja.

Gleich.

Alles in mir schwillt an, das süße Ziehen breitet sich bis in meine Zehen und Finger aus. Mein Atem stockt.

Im nächsten Moment halte ich die Luft an, erstarre und explodiere.

Lance knurrt, tief in der Kehle, hält inne.

Nur, um mich wenige Sekunden später umso schneller

zu ficken und kräftig zu reiben, von meiner Klit bis zu seinem Schwanz und zurück.

Ich komme erneut und diesmal folgt er mir zum Höhepunkt. Presst sein Becken gegen meines, pulsiert tief in mir, und ich spanne die Muskeln um ihn herum an.

Woraufhin er aufstöhnt, sich vorbeugt und neben mir aufstützt. Mit der anderen Hand umfasst er meinen Kopf, küsst mich, stöhnt in meinen Mund. Nimmt mich mit sanften langen Stößen, schaukelt erneut über meine empfindlichste Stelle.

Ich schlinge Arme und Beine um ihn, halte ihn fest, erwidere den Kuss, beinahe verzweifelt. Es fühlt sich an, als würde ich zerfließen, mit ihm verschmelzen. So unglaublich gut.

Und in mir breitet sich die Erkenntnis aus.

Mara hat recht, ich habe mich längst in ihn verliebt.

Woraufhin mein Herz aufjault und ich voller Wehmut die Finger in sein Haar wühle.

Ich will ihn nicht gehen lassen, nie wieder.

Aber ich muss. Mehr als diese eine Nacht bekomme ich nicht.

Großer Gott, wie soll ich das überstehen?

Wie soll ich Montag im Büro so tun, als wäre nichts gewesen?

Das kann ich nicht.

Eine bleierne Schwere senkt sich über mich.

Schließlich hält Lance inne und auch der Kuss verklingt.

Ich gebe seine Hüften frei, sein Haar.

Woraufhin er den Kopf hebt, ich ihn ansehe.

Sein Lächeln – das besonders charmante, welches er mir schon einige Male gezeigt hat – ist wie ein Stich ins Herz.

Trotzdem zwinge ich mich, es zu erwidern.

Schließe die Augen und seufze.

Meine Aufmerksamkeit verlagert sich zu meinem Schoß, wo er sich langsam zurückzieht und mit jedem Zentimeter ein Gefühl des Verlusts in mir hervorruft.

Dann steht er auf, tappt ins Bad und ich schlinge die Arme um mich.

Rolle mich auf die Seite, möchte mein Herz schützen und trösten.

Doch erfreulicherweise setzt nun ziemlich schnell die Wirkung des Alkohols ein und ich treibe mit einem letzten tröstenden Gedanken in den Schlaf.

Eines Tages werde auch ich das Glück finden.

Kapitel 10 – Lance

Verfolgt mich Cassidys verführerischer Duft jetzt schon bis in meine Träume?

Fuck, nein!

Mit einem Schlag ist alles wieder da.

Die Einweihungsparty bei Rafe, unsere Tänze und das Gespräch unter dem Sternenhimmel. Die Heimfahrt, ein Absacker in der Bar und dann ...

Auf meinem Gesicht breitet sich ein Lächeln aus und ich öffne die Augen.

Die Zimmerdecke ist in Dämmerlicht getaucht, was bedeutet, dass ich schon länger hier bin als sonst für mich üblich.

Ich drehe den Kopf nach links und da liegt sie, mir zugewandt, nur zum Teil von der Bettdecke verhüllt. Halb auf der Seite, den Kopf auf ihrem angewinkelten Arm. Halb auf dem Bauch, ein Knie hochgezogen und den anderen Arm um ein Kopfkissen geschlungen. Das lange blonde Haar fällt ihr über Rücken und Schultern, bis auf ein paar Strähnen, die sich nach vorn verirrt haben. Ihr Gesicht wirkt im Schlaf friedlich und entspannt, trägt noch immer das Make-up des gestrigen Abends.

Um Cassidy nicht zu wecken, drehe ich mich behutsam auf die linke Seite. Betrachte ihre Brauen mit dem Knick in der äußeren Hälfte. Die langen getuschten Wimpern, die auf ihren Wangen ruhen. Die süße Nase sowie den Schwung ihrer Lippen mit dem fast schon scharf geschnittenen Amorbogen und der volleren Unterlippe.

Und, Fuck, wie diese Lippen küssen können!

Letzte Nacht hat sie ihre sonstige Zurückhaltung vollkommen abgelegt und mir gezeigt, wie viel Leidenschaft in ihr steckt.

Zu schade, dass sie bereits eingeschlafen war, als ich aus dem Bad zurückgekommen bin. Gern hätte ich weiter mit ihr geplaudert und eine zweite Runde eingeläutet.

Vermutlich habe ich mich nur deswegen zu ihr gelegt, sie und mich zugedeckt. Aus Hoffnung, sie würde noch einmal erwachen. Stattdessen bin ich dann wohl genauso schnell eingeschlafen.

Und jetzt?

Ein Teil von mir möchte hierbleiben. Sie wachküssen, ausgiebig lecken und ficken. Diese sinnlichen Laute hören, die sie beim Sex von sich gibt. Ich will sie spüren, Haut an Haut, ihre Finger in meinem Haar, die Nägel in meinem Rücken und ihre Beine um meine Hüften.

Sogleich fluten Bilder meinen Kopf, treiben noch mehr Blut südwärts.

Doch mein Verstand hält dagegen.

Es ist besser, wenn ich jetzt gehe.

Wie immer.

Wie *versprochen*.

Folglich rolle ich mich schweren Herzens aus dem Bett, schleiche mit meinen Klamotten hinaus und ziehe die Tür mit einem leisen Klicken ins Schloss. Dann tappe ich ins Bad.

Im Eingangsbereich ihrer Wohnung ziehe ich die restliche Kleidung an, sehe mich neugierig in der offenen Küche und dem gemütlichen Wohnzimmer um. Hebe ihre Jacke sowie das Kleid auf und hänge beides ordentlich über einen der Stühle am Esstisch.

Nach einem letzten Blick verlasse ich ihr Apartment, schließe auch diese Tür so leise wie möglich und laufe zum Fahrstuhl.

Auf dem Gehweg angekommen, empfangen mich diverse Vogelstimmen und so viel Licht, dass ich das Smartphone hervorziehe. Schon fast sieben Uhr.

Wenigstens bin ich vor ihr aufgewacht, konnte mich aus dem Staub machen und auf diese Weise unangenehme Momente vermeiden.

Eigentlich wärst du jetzt viel lieber bei ihr.

Bullshit!

Ich rufe Google Maps auf, lasse mir den Fußweg zu meinem Apartment anzeigen und laufe los.

Auf den Straßen herrscht nur wenig Verkehr, ziemlich normal für einen Sonntagmorgen, und ich genieße es. Meine Gedanken fließen ungehemmt dahin, doch zu meiner Überraschung kehren sie schon bald zum gestrigen Abend zurück.

Ich habe wirklich versucht, auf Distanz zu bleiben. Die ganze Arbeitswoche über und auch auf der Party. Aber dann habe ich sie an der Tanzfläche stehen sehen, mit diesem seltsamen Blick auf Rafe und Leslie. Irgendwie wehmütig, sehnsüchtig, aber auch erfreut. Und das hat etwas in mir berührt.

Kein Wunder also, dass ich sie zum Tanzen aufgefordert habe.

Oder ihr zur Dachterrasse gefolgt bin.

Ihr angeboten habe, das Taxi zu teilen.

Und statt ihres Anteils lieber einen Absacker mit ihr trinken wollte.

Weil ich das Ende hinauszögern wollte.

Trotzdem hatte ich nie und nimmer geplant, diese Nacht mit ihr zu verbringen.

Dieses Verlangen wurde erst nach ihrem Geständnis so stark, dass ich mich nicht mehr dagegen wehren konnte.

Unfassbar, oder? Wir sind uns schon einmal begegnet.

Sie hat sogar für mich geschwärmt.

Tja, und plötzlich hat alles einen Sinn ergeben.

Vermutlich fühlt es sich deshalb so falsch an, nach Hause zu gehen.

Ich ignoriere die Stimme meines Verstands, schiebe das seltsame Gefühl in meinem Bauch beiseite und lenke meine Gedanken absichtlich in die entgegengesetzte Richtung, auf Berufliches.

Zu meinem Leidwesen taucht Cassidy auch dort auf.

Natürlich. Sie ist meine Assistentin und inzwischen Teil von fast jedem Vorgang.

Und zum ersten Mal zweifele ich daran, dass ich ab morgen so tun kann, als ob nichts gewesen wäre.

Selbstverständlich stehe ich zu meinem Wort, sie hat keine Nachteile oder sonstige Konsequenzen zu befürchten. Aber kann ich die intimen Bilder aus meinem Kopf verbannen, wenn ich sie ständig um mich habe?

Kann ich sie ansehen, ohne mich an ihren Duft oder ihren Geschmack zu erinnern?

Oder wie sie auf meinem Schwanz zum Höhepunkt gekommen ist?

Ich atme tief durch, recke das Kinn.

Verflucht, ja! Ich kann und werde.

Punkt.

Entschlossen beschleunige ich meinen Schritt. Lasse zur Ablenkung den Blick schweifen und die relative Ruhe zwischen den Wohn- und Geschäftshäusern auf mich wirken.

Der Sonntag liegt in all seiner Pracht vor mir, keine Termine oder Verabredungen. Wonach steht mir heute der Sinn?

Unvermittelt steigt mir der Duft von Kaffee sowie Backwaren in die Nase und ich spüre es erneut. Stärker sogar.

Geh zurück!

Ein Stück weiter vorn kommt zwischen all den geschlossenen Läden ein junger Mann mit Rucksack und einem Kaffeebecher in der Hand durch eine offen stehende Tür, schwenkt in meine Richtung.

Hinter ihm bleibe ich automatisch stehen, sehe in das kleine, warm beleuchtete Deli. Bis auf die Verkäuferin ist es leer und ich habe freien Blick auf den niedrigen Verkaufstresen mit der verglasten Auslage.

Dort liegen goldbraune Croissants, die ich nicht nur riechen, sondern beinahe schmecken kann. Und Bagels, pur oder belegt, Donuts, Muffins, Sandwiches.

Da mir das Wasser im Mund zusammenläuft, trete ich ein.

Die Verkäuferin, die gerade einen glänzenden Beutel aufreißt, schaut lächelnd auf. »Guten Morgen, Sir! Ich bin sofort für Sie da.«

»Guten Morgen. Und machen Sie sich keinen Stress!«

Sie dreht sich um, hebt den Beutel an und kippt den Inhalt in einen Behälter.

Das Rascheln der Kaffeebohnen ist unverkennbar, genauso wie der Duft.

Ich atme tief ein und wie schon auf der Straße wallt die Sehnsucht in mir auf.

Geh zurück!

Trotzig schiebe ich die Hände in die Taschen, erfühle rechts einige Metallklammern und sehe vor mir, wie ich sie aus Cassidys Haaren ziehe. Wie ihr Kleid zu Boden gleitet und sie nur noch in rosafarbenen Spitzendessous vor mir steht.

Geh zu ihr!

Nein, das kann und will ich ihr nicht antun.

Außerdem würde sie es missverstehen, mehr erwarten, trotz allem.

Doch etwas in meiner Brust gibt keine Ruhe.

Erinnert mich daran, was sich zwischen uns entwickelt hat. Wie gut ich mit ihr reden kann, wie weh mir ihr Leid tut. Dass ich sie beschützen möchte, in ihrer Nähe zur Ruhe komme.

Mir wird heiß und kalt.

Ist das möglich?

Will ich mehr als einmaligen Sex?

Wie kann das sein? Meine letzte Affäre ist schon einige Jahre her und damals habe ich mir geschworen, auch das nie wieder zuzulassen.

Ich gehe tiefer in mich, spüre meinen Empfindungen nach.

Nein, da ist noch etwas anderes.

Vertrauen, Wohlgefühl, eine gewisse ... ja, Verbundenheit.

Ist es das, was mich gerade so stark zu ihr hinzieht?

Mehr noch als das Knistern?

»Bitte, Sir, was darf es sein?«

Aus meinen Überlegungen gerissen, blinzele ich erschreckt und starre sie einen Augenblick unentschlossen an.

Dann übernimmt mein Bauchgefühl die Führung.

»Ich nehme ein süßes und ein herzhaftes Croissant, je zwei Muffins und Donuts. Dazu einen großen Kaffee und einen großen Cappuccino, beides extra heiß.«

»Zum Mitnehmen?«

»Ja, bitte.«

Die Verkäuferin nickt, packt das gewünschte Gebäck in eine Schachtel. Für die Kaffeebecher stellt sie eine Papphalterung bereit und begibt sich zur Kaffeemaschine.

Drei Minuten später verlasse ich das Deli und marschiere strammen Schrittes zu Cassidys Apartmenthaus zurück, mit kurzem Halt in einer Drogerie. In der wachsenden Gewissheit, dass ich das Richtige tue, und voller

Vorfreude auf einen Tag mit der Frau, die mich mehr fasziniert als alle Bekanntschaften der letzten Jahre zusammen.

Deswegen stehe ich am Schluss mit klopfendem Herzen vor ihrer Tür, drücke die Klingel und warte auf eine Reaktion. Doch es dauert einige Zeit, bis ich meine, etwas zu hören. Oder habe ich mir das nur eingebildet?

Ich klingele erneut und kurze Zeit später öffnet sich endlich die Tür.

Mit zerzaustem Haar, barfuß und bekleidet mit einem viel zu großen ausgewaschenen Shirt steht Cassidy da und starrt mich irritiert an.

»Lance?«

Lächelnd hebe ich Schachtel und Kaffeebecher. »Ich habe Frühstück dabei.«

»Aber ... du hast doch gesagt ...«

»Ich weiß. Darf ich trotzdem hereinkommen?«

Sie überlegt, kaut von innen an ihrer Unterlippe. Nickt schließlich und tritt zur Seite.

Erleichtert laufe ich zum Esstisch, stelle alles darauf ab und hänge meine Jacke über die nächste freie Stuhllehne. Öffne die Schachtel und verteile die Becher. »Ich hoffe, der Kaffee ist noch heiß.«

Neben mir bleibt sie stehen. »Welcher ist meiner?«

Ich deute darauf und sie nippt vorsichtig daran.

»Perfekte Trinktemperatur.« Sie setzt sich auf den Stuhl, zieht die Schachtel mit den Backwaren zu sich heran und nimmt sich einen Donut mit Schokoladenüberzug.

Ich nehme auf dem Stuhl gegenüber Platz, trinke von meinem Kaffee und beobachte, wie sie herzhaft in das Gebäck beißt.

Sie kaut zweimal, schließt die Augen und stößt einen genussvollen Seufzer aus, der mir bis in den Unterleib schießt.

»Gott, ist der lecker.«

Mein Mund verzieht sich zu einem breiten Grinsen. »Wie gut, dass ich diese und ähnliche Geräusche schon letzte Nacht zu hören bekommen habe. Sonst wäre ich jetzt eifersüchtig.«

Da hält sie inne, hebt die Braue und schaut mich herausfordernd an. Schweigt aber und isst ein weiteres Stück.

Ich trinke von meinem Kaffee, nehme mir das herzhafte Croissant und beiße ein Ende ab. Es ist so zart und buttrig, dass es auf der Zunge vergeht. »Ich glaube, das wird mein neues Lieblings-Deli.«

Cassidy klappt den Deckel hoch, liest den Firmenaufdruck. »Das ist keine zehn Minuten entfernt.«

»Stimmt.«

»Da bist du ja nicht weit gekommen.«

Ich seufze übertrieben. »Ja, ganz furchtbar. Ich musste ständig an dich denken.«

»Hattest du Angst, dass ich nichts zu essen im Haus habe?« Sie schiebt sich den Rest Donut in den Mund und nimmt sich das andere Croissant.

»Schlimmer.«

Ihre Braue wandert erneut nach oben. »Etwa, dass ich in mein Kissen weine, weil du weg bist?«

Der bissige Unterton in ihrer Stimme versetzt mir einen Stich und meine Mundwinkel sacken herab. »Klingt, als hieltest du mich für ein arrogantes Arschloch.«

»Da wir uns erst wenige Wochen kennen, würde ich mir ein solches Urteil niemals erlauben. Außerdem weiß ich gar nicht, wie du in solchen Angelegenheiten tickst. Oder was du in diesem Zusammenhang über mich denkst.«

Ich schüttele den Kopf, entscheide mich für die Wahrheit.

»Du bist stark. Ich denke, du kommst mit unverbindlichem Sex klar, wenn du weißt, worauf du dich einlässt.«

»Aber?«

»Kein Aber. Hierbei geht es nur um mich. Es hat sich falsch angefühlt, zu gehen. Ich wollte bei dir sein. Nicht nur für Sex.«

Sie starrt mich ungläubig an. »Ist dir bewusst, was du da sagst?«

Ich verziehe das Gesicht. »Ich weiß nur, dass ich nicht dagegen ankomme. Was mich genauso sehr verwirrt wie das, was ich in deiner Nähe empfinde. Es ist so ... neu und seltsam.«

»Bleibt die Frage, wie es weitergehen soll.«

»Guter Punkt.« Ich sehe ihr geradewegs in die Augen. »Kommt auf dich an.«

»Mich?« Cassidy hebt die Brauen.

»Ja, dich. Erinnerst du dich, was ich dir gestern Abend erzählt habe?«

»Du meinst, wegen deiner emotionalen Vorbelastung und Unerfahrenheit in Sachen Liebe?«

»Genau. Ich würde es gern locker angehen, ohne irgendwelche Vorgaben oder Erwartungen. Schauen, wohin es uns führt. Aber bist du ebenfalls zu diesem Experiment bereit? Vielleicht ist ja noch ein Rest deiner Schwärmerei für mich vorhanden.«

Sie lehnt sich zurück, atmet tief ein. »Mehr als mir lieb ist.«

»Aber du hast Angst.«

»Ja.«

»Weil ich dein Boss bin?«

»Klingt, als würdest du mir das übel nehmen. Es nicht verstehen.«

»Wie ich bereits sagte, du hättest niemals Konsequenzen zu befürchten.«

»Wie kannst du das so früh behaupten? Warst du schon einmal in einer solchen Situation?«

»Nein.«

»Na, also. Was, wenn dein lockeres Experiment nicht funktioniert? Wir werden garantiert mal privat streiten. Beeinflusst es dann Arbeitsklima und deine bisherige Wertschätzung für meine Arbeit? Oder du hast keinen Bock mehr und kehrst zu deinem alten Verhaltensmuster zurück. Feuerst du mich dann?«

Ja, ich kann ihre Bedenken nachvollziehen, sie sind keineswegs aus der Luft gegriffen. Trotzdem fühlt es sich an wie eine Faust, die sich um meine Eingeweide schließt.

»Außerdem will ich auf keinen Fall wie ein Betthäschen behandelt werden, das auf Kommando die Beine breit macht.«

Innerlich zucke ich zusammen. »Diese harten Worte habe ich wohl verdient.«

»Ich bin nur ehrlich.«

»Ziemlich ungewohnt.«

Da schmunzelt sie zum ersten Mal. »Das glaube ich dir gern. Aber so bin ich nun einmal. Und das erwarte ich inzwischen auch von anderen Menschen.«

In mir steigt eine Ahnung auf. »Hat es zufällig mit deiner ehemaligen Freundin zu tun? Oder dem, was du mit deinem Ex erlebt hast?«

Sofort sacken ihre Mundwinkel wieder herab. »Der sollte für einen Oscar nominiert werden.«

»Erzähl mir davon.«

»Wozu?«

»Weil ich den manchmal durchscheinenden Schmerz in deinen Augen kaum ertragen kann. Ich möchte ihn lindern, dich verstehen, kennenlernen.«

Cassidy neigt den Kopf zur Seite, mustert mich und schweigt.

Bis ich auffordernd die Brauen hebe. »Also?«

»Okay, wir schließen einen Deal.«

»Der da lautet?«

»Ich erzähle dir meine Leidensgeschichte, dafür antwortest du deiner Mutter und schlägst ihr ein Treffen vor.«

Hitze schießt durch meinen Körper und ich richte mich mit einem Ruck auf. »Das nenne ich knallhart.«

»Ich verlange nichts Unmögliches und du hast selbst gesagt, du brauchst lediglich einen Schubs.« Sie nimmt ihren Becher und trinkt einige Schlucke, ohne mich aus den Augen zu lassen.

»Würde es dir ähnlich viel abverlangen, mir deine Geschichte zu erzählen?«

Ein tonloses Lachen bricht aus ihr hervor. »Und ob!«

»Dann bin ich dabei.« Ich strecke ihr über den Tisch die Hand entgegen, sie schlägt ein.

»Abgemacht.«

»Doch zuerst ...«

Lächelnd stehe ich auf, gehe zu ihr und drehe sie samt Stuhl zu mir herum. Beuge mich zu ihr, umschlinge ihre Taille und hebe sie hoch.

Begleitet von einem überraschten Laut klammert sie sich mit Armen und Beinen an mir fest. »Was hast du vor?«

»Das, was ich gleich nach dem Aufwachen hätte tun sollen.« Damit trage ich sie ins Schlafzimmer und kicke die Tür zu.

*

»Okay. Du bist entspannt, angezogen und einen zweiten Kaffee hast du auch. Redest du jetzt mit mir?«

Cassidy verzieht das Gesicht, boxt mir mit der freien Hand auf den Oberarm. »Das ist nicht lustig.«

Wir sitzen mit einer Tasse Kaffee auf ihrer Couch, ihre Beine liegen quer über meinem Schoß, und ich betrachte nachdenklich ihr ungeschminktes Gesicht.

Nach dem Sex hat sie sich zu nackt gefühlt, um über ihre Vergangenheit zu sprechen. Ist praktisch ins Bad geflüchtet, um das Make-up zu entfernen. Dabei hat sie dermaßen verkrampft gewirkt, dass ich mir ein Kondom geholt und sie unter die Dusche geschoben habe.

Ich habe sie eingeseift, ihr das Haar gewaschen.

Sie massiert, geküsst. Umgedreht und gefingert, von hinten gefickt.

Und am liebsten hätte ich gleich wieder von vorn angefangen.

Weil es mein Verlangen nach ihr kein bisschen gelindert hat, ganz im Gegenteil.

Mit einem Blinzeln kehre ich in die Situation zurück. »Nein, das stimmt. Aber vielleicht wird es ein wenig leichter, wenn du darüber redest.«

»Ich weiß nicht einmal, wo ich anfangen soll.« Sie umklammert ihre Tasse mit beiden Händen, führt sie zum Mund und trinkt mehrere Schlucke.

»Bei deinem Ex-Mann?«

»Wir sind noch nicht geschieden. Leider.« In ihrer Stimme mischen sich Hass und Schmerz.

»Wie habt ihr euch kennengelernt?«

»Im zweiten Jahr am College, bei einer Party. Es hat drei Monate gedauert, bis ich mich auf Ryan eingelassen habe, aber von da an waren wir unzertrennlich. Nach dem Studium sind wir zusammengezogen, haben zwei Jahre später geheiratet und mit der Familienplanung angefangen.«

»So früh?«

Cassidy zuckt mit den Schultern. »Uns ging es gut, es hat sich richtig angefühlt.«

»Aber es hat nicht geklappt.«

Sie schnaubt. »Wie man es nimmt.«

»Wie meinst du das? Hat er dich betrogen und anderweitig ein Kind gezeugt?«

»Nein. Oder zumindest weiß ich nichts davon. Inzwischen würde ich ihm alles zutrauen.«

»Was ist denn passiert?«

»Ich wurde schwanger, aber ich habe das Kind in der fünften Woche verloren.«

Mir wird heiß. »Das tut mir leid.«

»Danke, aber dabei ist es nicht geblieben. Es war eine schwere Zeit, trotzdem haben wir uns davon nicht unterkriegen lassen. Ryan hat mich davor bewahrt, in ein schwarzes Loch zu fallen. Mich motiviert, mich verwöhnt und alles Erdenkliche getan, damit es mir gutgeht. Wir haben das Thema sogar gemieden, stattdessen mehr Aufregung in unser Sexleben gebracht. Seiner Meinung nach.«

»Hat er dich zu irgendetwas gezwungen?«

»Nein. Mich nur indirekt beeinflusst und verführt, meine Grenzen auszutesten. Darin war er wirklich gut, schließlich hat er Wirtschaftspsychologie studiert.«

Der bittere Unterton in ihrer Stimme sorgt dafür, dass sich mein Magen verkrampft.

Was hat der Kerl mit ihr angestellt?

Ich schiebe die freie Hand in das weite Bein ihrer Yogahose, umfasse ihre Wade und streichele sie mit dem Daumen.

»Auf jeden Fall haben wir es ein paar Monate später wieder versucht. Mit demselben Ergebnis.«

»Scheiße.«

»Kann man so sagen.« Sie verzieht das Gesicht, leert ihre Tasse und stellt sie auf dem Couchtisch ab. Dann schlingt sie die Arme um sich, zieht die Schultern hoch.

»Die Wochen danach waren furchtbar. Diesmal hat

Ryan mich nicht aufgefangen. Im Gegenteil, er hat darauf bestanden, dass ich mich untersuchen lasse. Bei mir hat die Ärztin nichts Auffälliges gefunden, also hat sie ihn zu einem Arztbesuch ermuntert, aber das hat er mit einem verächtlichen Blick abgeblockt. Danach ist er mir erst einmal aus dem Weg gegangen. Hat sich mit seinen oder unseren Freunden getroffen, während ich mit Hilfe einer Therapie wieder auf die Beine gekommen bin. Irgendwann wurde es schließlich besser. Wir haben uns zusammengerauft, wieder angenähert, von vorn angefangen.«

In mir steigt ein mieses Gefühl auf. »Aber es hat nicht funktioniert.«

»Oh, erst einmal schon. Ryan war anscheinend wieder der Alte. Der Mann, in den ich mich verliebt, den ich geheiratet habe. Wir waren glücklich, haben das Leben genossen, das Thema Baby erst einmal auf Eis gelegt, sind verreist. Tja, und dann wurde ich schwanger. Mit jeder Woche, die verstrich, wuchs die Zuversicht in mir, die Hürde von drei Monaten zu überstehen. Wir haben uns gefreut, geplant, Einkaufslisten erstellt, uns nach einem Haus umgesehen. Vor allem ging es mir gut, das war bei den ersten beiden Malen anders. Anfang der 9. Schwangerschaftswoche stand schließlich die nächste reguläre Untersuchung an und ich war total aufgeregt, schließlich sollte man da spätestens den Herzschlag des Babys im Ultraschall sehen können.«

Unvermittelt füllen sich ihre Augen mit Tränen, ihr Blick verliert sich. »Aber da war nichts. Meine Gynäkologin tat unbesorgt, allein ihre Augen sagten etwas anderes, als wir einen neuen Termin vereinbarten. Eine Woche später wollte sie es erneut versuchen, doch dazu kam es nicht. Zwei Tage später wurde ich von heftigen Bauchkrämpfen heimgesucht, auch Blutungen. Also rasten wir ins Krankenhaus und erfuhren von meiner dritten

Fehlgeburt in nicht einmal zwei Jahren.«

Etwas in meiner Brust zieht sich schmerzhaft zusammen, es muss grauenvoll für sie gewesen sein.

Ich stelle meine Tasse auf dem Tisch ab, strecke die Arme nach Cassidy aus und ziehe sie auf meinen Schoß. Drücke ihren Kopf an meine Schulter, küsse ihre Stirn, halte sie. »Es tut mir so leid.«

Da schluchzt sie auf, verbirgt das Gesicht an meiner Brust und krallt die Finger in meine Arme.

Also halte ich sie fester, wiege sie sanft und spüre dem Schmerz nach, der sich in meine Eingeweide wühlt. Einem Gefühl, das nicht nur aus ihrem Leid besteht, sondern auch aus meinem eigenen. Allein der Gedanke, mal einen solchen Verlust erleiden zu müssen, macht mich fertig.

Und bestärkt meinen Entschluss, kinderlos zu bleiben.

Mit der Zeit versiegen die Schluchzer, doch der Knoten in meiner Brust wird immer fester. Ein Detail hat sie noch nicht erwähnt.

»Was war mit deinem Mann?«

»Oh, der hatte nichts Besseres zu tun, als mir die Schuld daran zu geben.«

»Wie bitte?«

»Ja, er hat mich als unfähig beschimpft, ich sei keine richtige Frau. Hat mir sogar an den Kopf geworfen, ich hätte nachgeholfen, um ihn damit zu treffen. Und noch viele gemeine Dinge mehr.«

»Unglaublich. War das der Grund für eure Trennung?«

Sie seufzt und schmiegt sich enger an mich. »Ja. Sobald ich aus dem Krankenhaus entlassen worden bin, habe ich Ryan gesagt, dass ich die Scheidung will. Alles Weitere eingeleitet. Und damit brach die Hölle über mich los. Ich musste von null anfangen, vor allem finanziell, und feststellen, dass unsere Freunde zu ihm hielten.«

»Alle?«

»Ja, alle. Erst da ist mir bewusst geworden, dass sich auch meine beste Freundin in den letzten Wochen und Monaten zurückgezogen hatte. Keine Treffen mehr, kein Besuch im Krankenhaus, totale Funkstille. Natürlich habe ich versucht, sie zu erreichen, doch sie hat mich blockiert.«

»Du hättest zu Hause oder bei ihrem Arbeitsplatz auf sie warten können.«

»Das hatte ich vor. Allerdings habe ich dann Post bekommen, von Ryans Scheidungsanwalt. Ich solle ihn und seinen Freundeskreis in Ruhe lassen, damit wir einen richtigen Schlussstrich ziehen können.«

»Wow, das ist ja mal eine Nummer.«

»Es hat mir noch einmal den Boden unter den Füßen weggezogen.«

»Kann ich mir vorstellen.«

»Und ich habe mich noch nie so einsam und verlassen gefühlt, wie in jenen Tagen. Insgesamt waren das die schlimmsten Monate meines Lebens.«

»Und wie bist du da wieder herausgekommen?«

»Ich habe Cleo gefunden. Und in Mara eine Freundin.«

Ich seufze, drücke ihr einen Kuss aufs Haar. »Jetzt ergibt auch deine Bemerkung von neulich einen Sinn. Von wegen Streunerin.«

»Dass du dich daran erinnerst …«

»Vor allem erinnere ich mich an den Schmerz in deinen Augen, nicht nur bei jener Gelegenheit.«

»Ehrlich gesagt hätte ich nie vermutet, dass dir so etwas auffällt.«

»Nur bei Menschen, die ich mag. Die mir wichtig sind.«

Da legt sie den Kopf in den Nacken und schaut mich an. »Bin ich das?«

Ich lächele schief. »Keine Ahnung, wie das so schnell passieren konnte, aber ja, das bist du.«

Cassidy legt eine Hand an meine Wange, streicht mit

dem Daumen darüber. »Danke.«

Einen gefühlt unendlichen Augenblick lang sehen wir uns in die Augen und die sonderbare Verbundenheit wallt in mir auf.

Ob die zu einem Teil aus unseren schmerzhaften Erfahrungen resultiert?

Weil uns Verluste geprägt und uns das auf einem besonderen Level zusammenführt haben?

Was auch immer – das, was mich zu ihr hinzieht, bekommt dadurch auf jeden Fall eine vollkommen neue Bedeutung. Eine, die mich zur Ruhe bringt, die Verwirrung auflöst.

Deshalb beuge ich mich vor, küsse sie zärtlich und genieße diese neue Ebene.

Hebe schließlich den Kopf und mustere sie. »Und wie fühlst du dich jetzt?«

»Schwer zu sagen, aber es tut auf jeden Fall gut, es nicht mehr geheim halten zu müssen.«

»Na ja, das ist auch kein Thema, das man in der Kollegschaft oder mit den Vorgesetzten teilt.«

Ein winziges Lächeln umspielt ihre Mundwinkel. »Nein.«

Ich nehme ihre Hand von meiner Wange, drücke einen Kuss in die Innenfläche. »Wie wäre es mit einem Spaziergang? Und ich lade dich zum Lunch ein.«

»Versuchst du etwa, mich einzuwickeln?«

»Wie kommst du darauf?«

»Weil du noch deinen Teil unserer kleinen Abmachung einlösen musst.«

Mein Magen verkrampft sich, ich verziehe theatralisch das Gesicht. »Verdammt.«

Cassidy sieht mich so strafend an, dass ich abwehrend die Hand hebe.

»Hey, so war das nicht gemeint.«

»Lance, ich kann mir vorstellen, wie unangenehm es für dich ist. Dass du verwirrt bist, Angst hast, was auch immer. Aber so schwierig ist das nicht. Eine E-Mail, zwei oder drei Sätze, ein Treffen vereinbaren, mehr musst du in diesem Moment nicht tun.«

»Nur den ersten Schritt.«

»Genau.«

»Du sagst das so einfach.«

Da steht sie auf, geht zum Esstisch. Kehrt mit meinem Smartphone zurück, setzt sich im Schneidersitz neben mich und hält es mir hin. »Ich bin bei dir.«

»Du machst mich fertig.« Es sollte überzogen klingen, lustig. Stattdessen kommen die Worte mit einem leichten Zittern über meine Lippen.

Anstelle einer Antwort schiebt sie das Telefon ein Stück weiter in meine Richtung. »Hast du ihre Kontaktdaten schon gespeichert?«

Ich nicke, nehme das Handy und entsperre das Display. Rufe den Kontakt auf.

Mom.

Kein Bild, nur die übliche, anonyme Silhouette.

Ihre Mobilfunknummer und E-Mail-Adresse.

»Was soll ich schreiben?«

»Dass du dich treffen möchtest. Inklusive Termin.«

»Und wann soll das sein?« Leicht überfordert starre ich sie an.

»Wie wäre es in drei Wochen? Da ist Thanksgiving vorbei und du musst nicht befürchten, dass sie dich einlädt. Außerdem solltest du entweder einen neutralen Ort wählen oder einen, an dem du dich wohlfühlst, ihr Auftauchen aber nicht als Eindringen in dein Privatleben empfindest.«

Ein Lächeln breitet sich auf meinem Gesicht aus. »Hast du dir etwa im Vorfeld schon Gedanken dazu gemacht?«

»Ein klitzekleines bisschen.«

»Danke dafür.«

Cassidy stößt mit der Schulter gegen meine. »Jetzt mach schon.«

Ihre Stimme ist so sanft, dass mir ganz warm ums Herz wird.

»Ich glaube, du bist echt toll.«

»Du glaubst?« Sie lacht auf. »Vielen Dank auch.«

»Verzeihung. Du bist natürlich der Hammer.«

»Schon besser.« Sie grinst. »So, und jetzt los.«

»Ich muss mir doch erst Gedanken über das Treffen machen.«

»Dann hör auf, es hinauszuzögern.«

Ich seufze schwer, starre auf mein Smartphone und überlege. »Okay, dann ... lade ich sie am besten ins *Waterfront* ein.«

»Am Embarcadero?«

»Genau.«

»Gehst du oft dorthin?«

»Nein, eher selten. Aber sie haben eine große Terrasse und direkt am Wasser fühle ich mich wohl. Ich jogge fast jeden Morgen bis zum Ende von Pier 7.«

»Klingt nach einer guten Wahl.«

»Soll ich sie zum Essen einladen?«

»Also, ich würde eine Uhrzeit zwischen Lunch und Dinner ausmachen. Vielleicht so um 14 oder 15 Uhr. Ihr könnt etwas trinken, reden, euch beschnuppern. Außerdem vermute ich, dass ihr beide viel zu nervös seid, um zu essen.«

Ich lächele sie an. »Du bist nicht nur der Hammer, sondern auch verdammt schlau.«

»Deswegen hast du mich doch eingestellt, oder?«

»Das war Rafe.«

Sie schnippst mit den Fingern. »Mist.«

»Aber es ist einer der Gründe, warum ich dich behalten habe.« Ich zwinkere ihr zu, widme mich wieder meinem Smartphone und tippe auf die E-Mail-Adresse meiner Mutter. »Okay, also ganz neutral, ja?«

»Nicht *zu* neutral.«

»Oh, Himmel! Kannst du es mir vielleicht diktieren?«

»Wie wäre es mit ... *Hallo, Mom. Ich denke, es ist an der Zeit, über alles zu reden.* Und dann Ort, Datum, Zeit. Und dass du einen Tisch auf deinen Namen reservierst.«

»Ja, das klingt gut.« In die Betreffzeile tippe ich das Wort *Treffen*, dann den vorgeschlagenen Text in das entsprechende Feld.

Da schießt mir ein Gedanke durch den Kopf. »Was ist, wenn sie da aus irgendeinem Grund nicht nach San Francisco kommen kann?«

»Biete ihr für diesen Fall an, dass du nach St. Louis kommst. Oder hättest du ein Problem damit?«

»Nein.«

Sie nickt.

»Okay, dann ist die Mail fertig.«

»Schick sie ab.«

»Meinst du wirklich?«

Ihre Braue wandert nach oben und sie streckt die Hand nach meinem Telefon aus. »Soll ich?«

Einen Moment denke ich ernsthaft darüber nach, doch dann schüttele ich den Kopf und schaue auf das Display hinab. Atme tief durch und tippe auf *Senden*.

Sogleich ploppt die Bestätigung auf und mein Herz rast los.

»Fuck.«

»Was ist?«

»Jetzt könnte ich einen Schnaps gebrauchen.«

Cassidy grinst. »Ich habe Wodka im Kühlschrank.«

»Her damit.«

Sie nickt, steht auf und geht in die Küche.

Ein letzter Blick auf mein Handy, dann schalte ich es aus, lege es auf den Tisch und folge ihr.

Sie hat bereits zwei kleine Gläser eingeschenkt und hält mir eines hin. »Auf dich. Ich bin stolz auf dich, dass du diese Chance wahrnimmst.«

Ich nehme den Wodka, proste ihr zu. »Und auf dich, die faszinierendste Frau, die mir je begegnet ist.«

»Schleimer!«

»Ich sage nur die Wahrheit.«

»Dann will ich das mal durchgehen lassen. Cheers.«

Wir stoßen an, kippen den Schnaps auf ex und stellen die Gläser auf die Arbeitsfläche. Dann ziehe ich sie in meine Arme und lächele.

»Wie wäre es jetzt mit einem Spaziergang?«

Sie schlingt mir die Arme um den Hals, stellt sich auf die Zehenspitzen. »Wie lautet die Alternative?«

»Sex. Du darfst dir sogar einen Ort wünschen.«

Da zieht sie meinen Kopf zu sich herab und murmelt: »Mach den Tisch frei.«

*

»Guten Morgen, Ladys!«

»Morgen, Lance.«

Ich nicke Olivia zu, schaue zu Cassidy und kann mir ein breites Lächeln nicht verkneifen.

Heute trägt sie ihr Haar offen. So wie ich es mir gewünscht habe.

»Guten Morgen, Lance.« Sie streicht sich eine Strähne hinters Ohr, wirft mir einen vielsagenden Blick zu.

Bestens gelaunt marschiere ich in mein Büro, werfe das Jackett über die Stuhllehne und schalte den PC ein.

Drehe mich um, trete ans Fenster und genieße wie

jeden Morgen die Aussicht.

Kurz darauf höre ich ihre Schritte hinter mir, taucht sie neben mir auf und hält mir eine Tasse Kaffee hin. »Hier, bitte.«

»Danke.« Ich lege die Finger um den Porzellanbecher, berühre ihre und genieße die Sekunde, bevor sie ihre Hand zurückzieht. »Schon irgendwelche dringenden Neuigkeiten?«

»Nein.« Ein Schmunzeln, dann dreht sie sich um und verlässt mein Büro.

Natürlich sehe ich ihr nach. Starre auf ihren Arsch und wie er sich unter dem engen Rock bewegt. Und mein Schwanz zuckt begeistert.

Fuck, wie sehr ich sie letzte Nacht vermisst habe.

Ich atme tief durch, wende mich wieder dem Ausblick zu und trinke von meinem Kaffee. Lenke meine Gedanken auf die anstehenden Termine und Aufgaben, schließlich wartet heute eine Menge Arbeit auf mich und das erfordert meine volle Konzentration. Also setze ich mich an den Schreibtisch und gebe mein Passwort ein.

Im Vorraum begrüßen unsere Assistentinnen meinen Partner, der am Ende in meiner offen stehenden Bürotür auftaucht. »Guten Morgen.«

Ich lächele. »Morgen, Bro. Und? Habt ihr euch von der Party erholt? Wann sind die letzten gegangen?«

Rafe macht ein paar Schritte in den Raum hinein. »Ich glaube, gegen vier. Im Bett waren wir erst nach fünf.«

»Und wann musstet ihr Hope von ihrer Freundin abholen?«

»Gar nicht. Sie wurde abends gebracht, nach einem Tag im Zoo.«

»Perfekt.«

»Ja, war ziemlich angenehm.«

»Ich hoffe, ihr habt die Zeit für euch genutzt.«

Ich wackele vielsagend mit den Augenbrauen.

Seltsamerweise reagiert er weder mit Augenrollen noch mit einer passenden Antwort. Nein, er schürzt die Lippen und guckt ernst.

Ich runzele die Stirn. »Stimmt etwas nicht?«

Da sieht er zur Tür, wo Olivia mit seinem Kaffee auftaucht. Geht hinüber, nimmt ihn mit einem Dank entgegen und schließt die Tür hinter ihr.

In meinem Bauch breitet sich ein unangenehmes Gefühl aus. »Was ist los?«

Rafe kommt herüber, nimmt auf dem Stuhl vor meinem Schreibtisch Platz. »Sag du es mir.«

Sofort schießen meine Gedanken zu Cassidy, aber nein, davon kann er nichts wissen. »Ehrlich gesagt weiß ich nicht, worauf du anspielst.«

Ohne mich aus den Augen zu lassen, nippt er an seinem Kaffee und ich kann förmlich sehen, wie es in seinem Kopf rattert. Er am Ende eine Entscheidung trifft und die Tasse sinken lässt.

»Entschuldige, wenn ich dich so direkt frage. Du weißt, dass es sonst nicht meine Art ist.«

»Ja?«

»Hast du nach unserer Party für neue Sex-Momente gesorgt?«

Ich hebe überrascht die Brauen, öffne den Mund.

»Mit Cassidy?«

Hitze schießt durch meinen Körper, ich fühle mich seltsam ertappt. »Wie kommst du darauf?«

»Du hast dir ein Taxi mit ihr geteilt.«

»Ja, und?«

»Es war ziemlich offensichtlich. Zumindest für mich. Und Leslie hat es auch bemerkt.«

»Was denn?«

»Wie du sie ansiehst.«

Ich schlucke. »Wie ... sehe ich sie denn an?«

»Sehnsüchtig. Begierig.«

Innerlich erstarre ich. »Ah, ja.«

»Komm schon, sag mir die Wahrheit. Hast du sie gefickt?«

Mein Kinn zuckt nach oben, ich presse die Lippen aufeinander.

Mein Freund und Partner seufzt, schüttelt den Kopf. »Ich habe schon geahnt, dass es passieren würde.«

»Wieso?«

»Weil sie dich ebenfalls ab und zu mit einem gewissen Blick anschaut. Kurz bevor Vanessas Fruchtblase geplatzt ist, ist mir das zum ersten Mal aufgefallen.«

»Vor mir hat sie es gut versteckt.«

»Und trotzdem bist du mit ihr im Bett gelandet.«

»Nicht nur da.«

Rafe verdreht die Augen. »Verschone mich mit den Details, okay? Viel wichtiger ist es, wie es jetzt weitergehen soll. Wird sie damit klarkommen, dass du kein Typ für Beziehungen bist?«

»Vielleicht muss sie das gar nicht.«

Da reißt er die Augen auf. »Kannst du das bitte wiederholen? Ich glaube, ich habe mich verhört.«

Ich lächele schief, zucke mit den Schultern. »Irgendwie ist es mit ihr total anders.«

Kurz fasse ich ihm zusammen, was sich entwickelt hat, in mir vorgeht.

»Das sind ja ganz neue Töne!«

»Ich weiß.«

»Woher kommt das?«

»Da fragst du genau den Richtigen. Ging es dir mit Leslie nicht ähnlich?«

»Willst du mir damit sagen, du hast dich in Cassidy verliebt? Ich hätte nicht gedacht, dass es diesen Begriff in deinem Wortschatz gibt.«

Abwehrend hebe ich die Hände. »Jetzt übertreib mal nicht! Mehr als das, was ich dir gerade geschildert habe, kann ich über meine Gefühle selbst nicht sagen. Wir werden sehen, wie es sich entwickelt.«

»Was für dich definitiv einen riesigen Schritt bedeutet. Aber gut, warten wir es ab. Hauptsache, es beeinflusst weder eure Jobs noch das Arbeitsklima.«

»Wir wollen es auf jeden Fall privat halten.«

»Ich bin gespannt, ob euch das gelingt.«

»Davon gehe ich aus.«

»Und was danach passiert.«

»Danach?«

»Wenn ihr nicht mehr zusammen seid.«

»Sorry, aber daran verschwende ich gerade keinen einzigen Gedanken.«

»Schon klar, aber vielleicht solltest du das.«

Seine Worte fühlen sich an wie ein Tiefschlag. »Was willst du damit sagen?«

»Dass du unsere Firma im Hinterkopf behalten sollst. Egal, was mit euch läuft.«

»Klingt, als würdest du es mir nicht gönnen.«

»Ich wünsche dir alles Glück dieser Erde, Lance. Weil du es verdient hast. Aber so lange du dir über deine Gefühle nicht im Klaren bist und das mit Cassidy für dich nichts Ernstes ist, bitte ich dich, deine Position und die damit verbundene Verantwortung zu bedenken.«

Ich stoße die Luft aus, lehne mich zurück. »Eine solche Ansprache hat mir schon seit Ewigkeiten keiner mehr gemacht.«

»Dann war es vielleicht an der Zeit.« Lächelnd zwinkert er mir zu, nimmt seine Tasse und steht auf. »Denk einfach darüber nach.«

»Okay.«

Er nickt, wendet sich ab und geht ein paar Schritte, dreht sich aber noch einmal um. »Oh, und nur, damit du es weißt. Ich hätte kein Problem damit, meine Wette mit Leslie zu verlieren.«

»Welche Wette?«

»Sie ist der Meinung, es hätte dich erwischt.«

Fassungslos starre ich ihn an, bis er nickt und mein Büro verlässt.

Dann schüttele ich den Kopf und widme mich wieder meiner Arbeit.

Welch ein Unsinn!

Kapitel 11 – Cassidy

Eigentlich habe ich gedacht, ich bin stark und kann der Versuchung widerstehen.
Allerdings habe ich nicht damit gerechnet, dass es zur Folter mutieren würde.
In der ersten Woche beschränkt es sich auf heiße Blicke und verstohlene Berührungen, damit komme ich gut klar. Vor allem, weil sich auf diese Weise eine Art Spannung aufbaut, die köstliche Vorfreude auf das Wochenende bei Lance.
Als ich Mara davon erzähle, bietet sie mir sogar mit einem breiten Lächeln an, sich um Cleo zu kümmern. Damit wir ungestört sind, uns nur aufeinander konzentrieren können.
Oh, und das tun wir, in aller Ausführlichkeit.
Sein Apartment ist riesig, elegant und luxuriös eingerichtet. Im ersten Moment wirkt es ziemlich einschüchternd auf mich, immerhin wird mir dadurch bewusst, dass er reich ist. Nichts Außergewöhnliches nach einer so erfolgreichen Baseball-Karriere.
Zugegebenermaßen habe ich diese Tatsache bisher verdrängt, denn es war mir gleichgültig. Unter anderem, weil Lance kein eingebildeter Schnösel ist, der mit seinem Geld hausieren geht.
Am Samstagabend sitzen wir jedoch mit einem Drink auf der Dachterrasse, die viel zu groß ist für eine Person. Satt von ausgiebigem Sex und einem exzellenten Abendessen, das wir unter seiner Leitung gekocht haben.
Die Aussicht auf die Wolkenkratzer im Financial

District und die Bay Bridge ist grandios, wirkt aber zunehmend desillusionierend. Und zum ersten Mal kommen Zweifel in mir auf.

Haben wir eine reelle Chance? Eigentlich bewegen wir uns in verschiedenen Welten.

Wie weit reichen seine Gefühle für mich?

Kann er vielleicht wirklich nicht lieben?

Hat er mich bald satt und wird mir das Herz brechen?

Das hättest du dir eher überlegen sollen.

Nein, da gab es nichts zu bedenken, diese Entscheidung hat mein Herz für mich getroffen. Und ich kann mir kaum vorstellen, dass ich mich ohne Gefühle auf ihn oder dieses Experiment eingelassen hätte. Nicht einmal auf eine heiße Nacht.

Deswegen werde ich unsere Zweisamkeit genießen, so lange sie andauert. Auch wenn ich weniger locker an die Sache herangehen kann als er.

Entweder das oder ich muss es sofort beenden. Und das bringe ich nicht übers Herz. Dafür ist er mir schon zu tief unter die Haut gegangen.

Möglicherweise fühlt er ja ähnlich, so wie er sich in der zweiten Woche verhält.

Die Blicke häufen sich, werden intensiver. Und ich habe Angst, dass die vermehrten Berührungen irgendwann auffliegen.

Am Mittwoch muss ich die Mittagspause verschieben, weil ich bis 14 Uhr ein wichtiges Angebot abgeben soll. Schließlich ist morgen Thanksgiving und unser Geschäftspartner will es sich vorher ansehen. Damit bin ich gerade fertig, da biegt Lance um die Ecke.

Erstaunt sehe ich auf. »Nanu, schon fertig mit dem Termin?«

»Ja, wir waren uns schnell einig. Muss am Feiertag liegen, heute wollen alle keine Zeit verschwenden.« Vor meinem Schreibtisch bleibt er stehen, sieht sich um und beugt sich zu mir. »Sind wir allein?«

Ich schmunzele. »Ja, aber nicht mehr lange.«

Da ergreift er meine Hand, zieht mich sanft aus dem Bürostuhl und dahinter hervor. Führt mich durch sein Büro in sein privates Bad, schließt die Tür hinter uns.

In der nächsten Sekunde küsst er mich, umfasst meine Taille und drängt mich gegen den Waschtisch.

»Du fehlst mir so sehr«, murmelt er an meinen Lippen, streicht meine Seiten hinauf, reibt mit den Daumen über meine Brustspitzen. »Jede verdammte Minute.«

»Gott, ja!« Ich schlinge die Arme um seinen Hals, drücke mich an ihn. »Aber morgen ist Thanksgiving, dann haben wir vier Tage für uns, wenn du willst.«

»Oh, und ob ich das will. Und dich, jetzt und hier.« Seine Hände wandern über meine Hüften hinab, fangen an, den Stoff meines Rocks zusammenzuraffen.

Mein Herz rast los und ich stemme die Hände gegen seine Brust. »Nein, Lance, das ist keine gute Idee.«

»Fuck, ich weiß.« Er hält inne, lehnt die Stirn an meine und sieht mir in die Augen. »Es fällt mir nur so unglaublich schwer. Hast du mich verhext?«

Mir entschlüpft ein leises Lachen und ich lege die Hände um sein Gesicht. »Beruhigend, dass es nicht nur mir so geht.«

Lance seufzt, gibt mir einen zärtlichen Kuss und richtet sich auf. »Okay, dann vertagen wir das Ganze.«

»Genau.« Ich drehe mich zum Spiegel um, streiche den Rock glatt und überprüfe mein Aussehen.

Unvermittelt lehnt er sich von hinten an mich, drückt mir einen Kuss auf die Wange und lächelt mich im Spiegel an. »Übrigens habe ich eine Überraschung für dich.«

Ich halte inne, erwidere seinen Blick. »Ach, ja? Und die wäre?«

Doch er schnalzt mit der Zunge. »Also wirklich! Bis morgen wirst du dich bestimmt gedulden können.«

»Wer weiß? Muss ich mich denn irgendwie vorbereiten?«

»Ja, du packst eine Tasche für vier Tage und was Cleo alles für diese Zeit braucht. Nimm auch feste Schuhe und eine warme Jacke mit. Ich hole dich um zehn Uhr ab.«

»Klingt ziemlich geheimnisvoll.«

»Das war meine Absicht.« Damit tritt er zurück, richtet seine Krawatte und zupft Hemd sowie Jackett zurecht. »Warte einen Moment, ich schaue, ob die Luft rein ist.«

»Okay.«

Lance verlässt das Bad und ich horche auf seine Schritte, die kurz darauf zurückkommen.

»Keiner da, du kannst herauskommen.«

Ich verdrehe die Augen, schlängele mich an ihm vorbei. »Ich hasse Geheimnistuereien.«

»Ich auch. Warst du schon in der Mittagspause?«

Ohne meinen Weg zum Schreibtisch zu unterbrechen, schüttele ich den Kopf und hebe die Stimme. »Nein, ich bin gerade erst mit dem Angebot fertig geworden. Bin aber jetzt weg.«

»Alles klar, bis gleich.«

In dem Moment kehrt Olivia aus ihrer Pause zurück, ich zucke zusammen und komme abrupt zum Stehen. Das Herz klopft mir bis zum Hals hinauf und ich presse die Hand auf mein Dekolleté. »Scheiße, hast du mich erschreckt!«

Lachend läuft sie zu ihrem Schreibtisch. »Schlechtes Gewissen, oder was?«

Hitze schießt mir ins Gesicht, weswegen ich eilig hinter meinem Schreibtisch verschwinde und meinen Bildschirm sperre. »Ja, genau. Weil ich vom Feierabend geträumt habe.«

Sie lacht auf. »Das tue ich schon seit heute Morgen, ist also vollkommen legitim.«

Ich stimme mit ein, bücke mich nach meiner Tasche. »Okay, dann mache ich auch schnell Pause. Ich habe einen Bärenhunger.«

»Mach dir keinen Stress, heute Nachmittag wird eh nicht mehr viel passieren. Die sind alle schon auf dem Weg zu ihren Familien.«

»Und wann fahrt ihr nach Bakersfield?«

»Morgen früh um vier, wie immer. Da sind die Straßen noch leer.«

»Dann gehts ja. Trotzdem bin ich froh, dass ich dieses Jahr zu Hause bleibe. Die vier Tage Ruhe und Entspannung kommen mir sehr gelegen. Nur das ganze leckere Essen werde ich vermissen.«

Wie zur Bestätigung knurrt mein Magen und Olivia lacht auf.

»Hau ab und füttere das Raubtier, bevor es über unsere Kekse herfällt.«

»Zu Befehl, Madame.« Ich salutiere grinsend und laufe los. »Bis gleich.«

*

Um Viertel vor zehn am nächsten Morgen klingelt mein Handy und ich nehme das Gespräch atemlos an, ohne hinzusehen. »Ja, bitte?«

»Hey, meine Schöne. Soll ich hochkommen? Brauchst du Hilfe?«

Ich stoße einen erleichterten Seufzer aus. »Du bist meine Rettung.«

»Bin schon unterwegs.«

Ich lege auf und schiebe das Smartphone in meine Handtasche. Checke noch einmal, ob ich alles habe, und schaue zu Cleo, die vor ihrem Körbchen sitzt und mich beobachtet. »Scheiße, das muss ja auch noch mit.«

Es klopft an der Tür und ich eile hin, um zu öffnen. »Guten Morgen.«

»Guten Morgen.« Lächelnd beugt Lance sich zu mir und begrüßt mich mit einem sanften Kuss.

Sogleich durchströmt mich eine gewisse Ruhe und ich atme tief durch.

»Was soll ich tragen?«

Ich hole Cleos Körbchen, drücke es ihm in die Hände und deute auf die Taschen mit Futter, Leckerchen, Spielzeug. »Der Hund braucht mehr als ich.«

»Ich glaube, mit einem Kleinkind wäre es noch schlimmer. Ich habe das schon einige Male bei meinen Nachbarn beobachtet, wenn die in den Urlaub fahren, nehmen sie ihren halben Hausstand mit. Und die Nanny.« Er klemmt sich Cleos Schlafstätte unter den Arm, schultert eine der Taschen und ergreift die andere.

Ob ich mir je Gedanken darüber machen muss?

Verärgert schiebe ich das beiseite und lege Cleo die Leine an. Schwinge mir die Handtasche über die Schulter und schnappe mir den Koffer. Dann verlassen wir mein Apartment, ich schließe ab und folge ihm zum Fahrstuhl.

Über den Gehweg laufen wir zu seinem Roadster, dessen Verdeck heute geschlossen ist. Packen alles, was passt, in den Kofferraum und verstauen den Rest hinter den Vordersitzen.

Meinen schiebe ich zurück und animiere Cleo, sich zwischen meinen Füßen zusammenzurollen. Zum Schluss lege ich ebenfalls den Sicherheitsgurt an und sehe ihn erwartungsvoll an. »Okay, kann losgehen. Wohin auch immer.«

Lance lächelt, startet den Motor und fährt los. »Bist du etwa neugierig?«

»Nicht doch! Wo denkst du hin?«

Schon einen guten Block weiter meldet sich die Stimme das Navigationsgeräts. »An der nächsten Kreuzung links abbiegen.«

Um den Union Square herum geht es weiter nach Nordwesten. Auf dem hochgelegenen Parkway durch den Presidio Park und über die Golden Gate Bridge weiter nach Norden. Dabei lauschen wir dem Radioprogramm, plaudern und grinsen zwischenzeitlich über Cleos leises Schnarchen.

Leider schreckt sie direkt hoch, sobald wir den Highway verlassen und auf der Landstraße weiterfahren. Hinter einem kleinen Ort führt sie stetig und kurvenreich bergauf, was meinen Hund noch unruhiger werden lässt. Also nehme ich sie auf den Schoß und betrachte mit ihr die Natur.

Schließlich werden die Wälder immer dichter, rücken an die Straße heran, die wir uns mittlerweile mit einigen Motorradfahrern teilen.

»Wo sind wir hier?«

»Rate doch mal.«

Ich rufe mir eine Art Landkarte ins Gedächtnis und versuche, unseren bisherigen Weg nachzuverfolgen. Hinter der Golden Gate Bridge befindet sich das nationale Schutzgebiet Golden Gate, aber daran sind wir vorbeigefahren. Und was schließt sich an?

Unvermittelt führt die Straße aus dem Gehölz hinaus, macht eine Kurve und vor uns eröffnet sich ein grandioses Panorama. Wald auf verschiedenen Anhöhen bis zum Pazifik. Und da fällt es mir ein.

»Muir Woods!«

»Ganz genau.«

Ich lache auf. »Hier wollte ich schon als Studentin hin.«

»Woran ist es gescheitert?«

»Frag mich etwas Leichteres. Aber wie bist du

ausgerechnet auf Muir Woods gekommen?«

»Unser Gespräch unter dem Sternenhimmel.«

»Das hast du dir alles gemerkt?«

»Tja.«

Positiv erstaunt schüttele ich den Kopf, halte aber gleich wieder inne. »Moment! Du willst jetzt aber nicht auf einen Campingplatz, oder? Darauf bin ich keinesfalls eingestellt.«

»Ich und Campingplatz?« Lance lacht leise. »Sorry, das geht gar nicht! Ich bevorzuge einen gewissen Grundkomfort.«

»Ja, deine Vorlieben sind mir bekannt.«

»Dann freu dich auf eine gemütliche Unterkunft.«

»Und wie lange bleiben wir hier?«

»Nur bis morgen, ab da sind sie an den Wochenenden ausgebucht.«

Nach zwei weiteren Kurven mit perfekter Aussicht, auch Richtung Osten, geht es ein Stück geradeaus und steil bergauf, hinab, wieder hinauf. Und schließlich erreichen wir einen größeren Aussichtspunkt mit Parkfläche, von dem aus man vermutlich auch zu einem Wanderweg gelangt. Dort bremst er, biegt nach rechts ab und sofort auf einen weiteren Parkplatz.

»Wir sind da.« Er schaltet den Motor aus, öffnet den Sicherheitsgurt.

Neugierig werfe ich einen Blick durch die Windschutzscheibe, kann aber nur ein mehrfach verwinkeltes Holzdach entdecken. Ich folge ihm nach draußen und gehe mit Cleo erst einmal zum nächstgelegenen Grünstreifen, wo sie an Wiese und Büschen schnuppert, sich erleichtert.

Lance hat inzwischen sämtliches Gepäck ausgeladen und neben das Auto gestellt. Wir teilen alles untereinander auf und laufen zum Eingang, über dem der Schriftzug *Muir Woods Lodge* prangt.

Wie immer lässt er mir den Vortritt und ich schlängele mich durch die Tür, bleibe aber zwei Schritte weiter gleich wieder stehen.

»Das ist ja der Hammer!« Verblüfft betrachte ich die jeweils zwei Baumstämme zu beiden Seiten, die sich bis zur etwa zwanzig Fuß hohen Decke erstrecken.

»Das sind jetzt aber keine tragenden Pfeiler, oder?« Skeptisch schaut er ebenfalls nach oben.

»Nein, da brauchen Sie keine Angst zu haben.«

Wir senken die Köpfe und folgen der Stimme bis zu einem kleinen hölzernen Empfangstresen. Von dort lächelt uns eine kleine ältere Dame mit grauem Dutt entgegen. »Willkommen in der *Muir Woods Lodge*.«

»Vielen Dank.«

Lächelnd stellen wir unser Gepäck ab und Lance stützt sich auf die Holztheke. »Ich hatte reserviert, Britton, eine Nacht.«

»Ja, es liegt alles bereit.« Sie hakt den Namen in einem aufgeschlagenen Reservierungsbuch ab, neben dem ein Schlüssel mit hölzernem Anhänger wartet. Legt ihm einige Papiere zur Unterschrift hin, reicht ihm den Schlüssel und deutet zu einer Treppe hinter uns. Erklärt uns den Weg zum Zimmer, die Zeiten für Abendessen sowie Frühstück und wünscht uns einen romantischen Aufenthalt. »Ach ja, und falls sie Hilfe mit dem Kaminfeuer benötigen, wählen Sie auf dem Haustelefon einfach die eins.«

»Danke.« Erneut nehmen wir das Gepäck auf, laufen die Treppe hinab und halten uns an die Wegbeschreibung.

Am Ende des Ganges gelangen wir zu einer Tür, auf der die 1 prangt. Dahinter öffnet sich ein weiter Raum mit Holzdecke, großem Dachfenster und offenem Kamin. An der gegenüberliegenden Wand stehen zwei gemütliche Ohrensessel vor einem Panoramafenster, daneben führt eine Glastür hinaus auf einen hölzernen Balkon mit passender Bestuhlung. Das Schönste aber ist das riesige Himmelbett mit weißer Spitzenbettwäsche und einem Aufbau aus Baumstämmen sowie Ästen, dessen Baldachin und geraffte Schals aus goldbraunem Brokat gefertigt sind.

»Du meine Güte.« Bei dem Anblick kann ich nur ehrfürchtig flüstern.

»Gefällt es dir?«

Lächelnd drehe ich mich zu ihm um. »Es ist bezaubernd. Wie hast du das gefunden?«

»Reiner Zufall.« Er stellt das Gepäck rechts vor dem Schrank ab, geht zum Fenster und legt das Körbchen neben der schmalen Kommode vor die Wand.

Ich lasse Cleo von der Leine und schaue ihr zu, wie sie das Zimmer erkundet, wende mich an Lance. »Wollen wir die Koffer auspacken oder einfach nur offen liegenlassen?«

»Definitiv Option B. Alles andere lohnt sich nicht.« Er kommt zu mir, schlingt mir die Arme um die Taille und zieht mich an sich. »Und was möchtest du heute als Erstes machen? Das Bett einweihen oder einen Spaziergang machen?«

Lachend lege ich ihm die Arme um den Hals. »Einen Spaziergang, so lange das Wetter gut ist.«

»Na, dann los!«

*

Am frühen Abend schlendern wir in den Restaurantbereich, erfrischt aber hungrig.

Nach den Stunden im Wald haben wir uns ein Nickerchen und eine Dusche gegönnt. Und Cleo schläft immer noch.

Nun knurrt sogar mein Magen und Lance lacht leise.

»Hey!« Ich rucke an seiner Hand. »Hast du etwa keinen Hunger?«

»Oh, doch! Auf ein riesiges Stück Fleisch.«

»Muss ich jetzt Angst haben?«

Da beugt er sich zu meinem Ohr und raunt: »Von deinem Fleisch koste ich später.«

Seine Worte lösen in meinem Schoß ein heftiges Pochen aus, mein Kopf reagiert mit wilden Fantasien von uns und dem Himmelbett.

Vorbei an der Bar betreten wir den kleinen Speiseraum, in dem sämtliche Tische elegant eingedeckt sind, inklusive Blumen und Kerzen. Außerdem knistert in dem offenen Kamin in der Ecke ein Feuer und verleiht dem Raum Gemütlichkeit.

Ein Kellner begrüßt uns, geleitet uns zu einem der Zweiertische in der Nähe des Kamins, reicht uns die Menükarten. Dann geht er wieder und ich sehe mich verlegen um. »Sind wir etwa die Einzigen?«

»Ich glaube, nicht. Vermutlich nur die Ersten.«

»Auf jeden Fall ist es sehr romantisch hier.«

»Ja, ein netter Nebeneffekt.«

Ich hebe eine Braue. »Nebeneffekt? Klingt ja verdammt sachlich.«

»Herrje, so war das nicht gemeint.« Er rollt mit den Augen, lacht leise. »Ich habe nur nach einem gemütlichen Ort gesucht, von wo aus wir uns die Sterne ansehen können.«

»Was ich auch total romantisch finde, du nüchterner Großstadt-Single.«

»Da muss ich aber mal protestieren. Ich habe sehr wohl Emotionen, wie du weißt, und als Single würde ich mich seit zwei Wochen auch nicht mehr betrachten.«

»Nein? Hm, daran muss ich mich dann wohl erst einmal gewöhnen.«

»Tu das, meine Schöne.«

Wir lächeln uns an und ich genieße das Herzklopfen,

das er so oft in mir auslöst. Und neuerdings auch mit diesem Kosenamen. Folge aber seinem Beispiel und widme mich der Speisekarte. Erst einmal brauche ich Nahrung.

In Gesellschaft mehrerer Paare verspeisen wir ein entspanntes Abendessen mit fünf Gängen und leckerem Wein. Reden, lachen, halten Händchen.

Stunden später kehren wir in unser Zimmer zurück, ziehen uns noch einmal warm an und ich nehme Cleo an die Leine. Zusammen verlassen wir die Lodge, vor der die einzige Laterne weit und breit steht, und gehen erneut zum Wanderpfad hinüber.

Im Licht der Taschenlampe, die Lance aus dem Hotelzimmer mitgenommen hat, laufen wir zur nächstgelegenen Bank, setzen uns und schalten sie ab.

Schon hüllt uns die Nacht ein und ich sehe zum schwarzen Himmel auf, an dem unzählige Sterne funkeln. Und mit jeder Sekunde, die meine Augen sich an die Dunkelheit gewöhnen, scheinen es mehr zu werden.

Schließlich stoße ich die Luft aus. »Wow.«

»Ja, absolut großartig.« Er nimmt meine Hand, schiebt seine Finger zwischen meine.

Schweigend sitzen wir da, Cleo zu unseren Füßen, und ich hänge meinen Gedanken nach. Lasse mein bisheriges Leben an mir vorbeiziehen, die guten und die schlechten Zeiten, und stelle mir vor, dass meine drei Babys dort oben sind.

Sternenkinder.

Mein Herz wird schwer, doch seltsamerweise fühle ich mich in diesem Moment, mit Lance an meiner Seite, stark genug. Ich halte die Trauer aus, lasse mich nicht davon erdrücken und fühle eine gewisse Zuversicht.

Ich werde mit alldem leben können, glücklich werden. Und sobald die Scheidung vollzogen ist, kann ich hoffentlich neue Träume zulassen.

So viele wundervolle Orte gibt es auf dieser Welt zu entdecken.

So viele Dinge, die ich noch nie getan habe.

Als Studentin hatte ich sogar eine Bucket-List, vielleicht sollte ich bei Gelegenheit eine neue erstellen. Mit allem, was ich in meinem Leben erleben und erreichen möchte. Um mein Glück nicht aus den Augen zu verlieren.

Welche Träume Lance wohl hat?

Wir reden über so viel, aber nicht über konkrete Ziele oder Ähnliches.

Weshalb ich mich schließlich räuspere. »Darf ich dich etwas fragen?«

»Natürlich.«

»Was möchtest du in deinem Leben noch erreichen? Oder erleben?«

»Oh, zu den Sternen reisen wäre toll.«

Ich schnaube. »Bleib doch mal ernst.«

Sein leises Lachen klingt seltsam in der konturlosen Nacht. »Also, ehrlich gesagt möchte ich die Agentur in den nächsten zehn Jahren so weit ausbauen, dass Rafe und ich uns zur Ruhe setzen können. Dann will ich reisen, das Leben genießen.«

»Als ob du das auf Dauer könntest! Du bist doch ein Workaholic, lebst für eure Firma.«

»Ja, aber dann wäre es mal wieder an der Zeit, die Prioritäten anzupassen, sich neu auszurichten.«

Die Frage nach seinen persönlichsten Wünschen liegt mir auf der Zunge, die nach einer Familie. »Und auf was?«

»Keine Ahnung, was da kommt. Vielleicht eine Frau.« Er hebt meine Hand an seinen Mund, küsst den Handrücken.

Das warme Glücksgefühl breitet sich in meiner Brust aus, doch es hat einen Beigeschmack.

Kein Wort von einer Familie.

Er will keine Kinder, hast du das schon vergessen?

Nein. Aber womöglich ändert sich das, wenn er wieder Kontakt zu seiner Mutter hat.

Hoffentlich verliert er dann diese Angst vor Bindung, Zukunft und Verlust. Davor ist nämlich kein Mensch sicher.

»Und wovon träumst *du* so?«

Schon klopft mir das Herz bis zum Hals hinauf.

Wer weiß, wie er reagiert, wenn ich jetzt ehrlich bin.

Stößt er mich von sich?

Trotzdem entscheide ich mich für die Wahrheit. »Nun ja, ich wünsche mir einen besonderen Menschen in meinem Leben, bei dem mein Herz gut aufgehoben ist. Der Ehe habe ich auch noch nicht abgeschworen und vielleicht darf ich eines Tages ein Kind haben. Ansonsten gäbe es da einige Orte, die ich gern sehen würde. Zum Beispiel Paris, London, Tokyo, Sidney, Hawaii.«

»Hm, da kenne ich ein tolles Hotel und eine Vulkantour zum Kilauea habe ich auch schon gemacht.«

»Wow, das klingt aufregend.«

»War es.« Wovon Lance mir in aller Ausführlichkeit erzählt.

Von da aus wandert das Gespräch zu vielen anderen interessanten Orten und Erfahrungen, doch schließlich laufen wir zum Hotel zurück, weil es zu kalt wird.

Gedankenversunken halte ich seine Hand, hänge all den Worten nach und am Ende wird mir klar, dass er das Thema Hochzeit oder Kinder geflissentlich ignoriert hat. Woraufhin sich eine gewisse Traurigkeit anschleicht, die ich gleich wieder beiseite dränge.

Nein, diese Hoffnung werde ich niemals aufgeben. Unter Umständen gelingt es mir ja, seine Meinung zu ändern. Im Laufe der Zeit, wenn die Gefühle sich vertiefen und wir erkennen, dass wir zusammengehören.

Bei diesem Gedanken überspringt mein Herz einen Schlag, rast dafür umso schneller weiter.

Wow, das kommt unerwartet.

Und verdammt früh, aber ... empfinde ich es wirklich so?

Ja, womöglich hat das Schicksal uns gerade wegen unserer Vergangenheit zueinander geführt. Damit wir gemeinsam heilen, füreinander da sind, uns gegenseitig auffangen und stützen.

Diese Vorstellung lässt etwas in mir anschwellen, vor Glück und Sehnsucht.

Weswegen ich seine Hand nehme und ihn zum Bett führe, sobald er Jacke, Schuhe und Socken ausgezogen hat. Weil er es liebt, barfuß zu laufen.

Ich lege die Hände auf seine Brust und dränge ihn rückwärts, bis er mit den Beinen gegen die Matratze stößt und sich hinsetzt. Erwidere sein erwartungsvolles Lächeln, knöpfe aufreizend langsam Cardigan sowie Bluse auf und genieße den lodernden Blick, mit dem er mich verschlingt.

»Du kannst ebenfalls ein wenig Vorarbeit leisten.« Ich deute mit dem Kinn auf ihn, woraufhin er sich den Pullover über den Kopf streift und zu Boden wirft. Mit fliegenden Fingern sein Hemd öffnet, auszieht und hinterherschickt.

Obenrum nur noch im BH gehe ich zu ihm, stütze ein Knie neben ihm auf die Matratze, halte mich an seinen Schultern fest und schwinge das andere Bein über seinen Schoß. Seine Hände landen auf meinen Seiten, gleiten meinen Rücken hinauf, ziehen mich näher.

Ich beuge mich zu ihm, streiche mit den Lippen über seine, bitte mit der Zunge um Einlass. Aus seiner Kehle steigt ein lustvoller Laut auf und er öffnet den Mund. Seine Zunge dringt vor, verwickelt meine in einen leidenschaftlichen Tanz und aus meinem Bauch kocht Verlangen hoch. Automatisch rutsche ich höher, kippe das Becken und reibe mich an seiner wachsenden Erregung.

Lance stöhnt auf, packt meine Hüften und presst mich fester gegen seinen Schwanz. Knabbert an meiner Unterlippe, saugt an meiner Zunge.

Und zuckt aus heiterem Himmel zusammen.

Irritiert hebe ich den Kopf. »Ist irgendetwas?«

»Nein, schon gut.« Er streckt sich nach meinem Mund, küsst mich.

Wieder geht ein Ruck durch seinen Körper und ich sehe ihn stirnrunzelnd an.

»Was ist denn?«

»Da war etwas an meinem Fuß.«

Ich drehe mich um, schaue hinab und fange an zu grinsen.

Cleo schnuppert an seiner Sohle, schleckt sogar seinen großen Zeh ab.

Woraufhin er den Fuß mit einem überraschten Laut zurückzieht.

»Cleo?«

Sie schaut mich mit unschuldigem Hundeblick an.

»Ins Körbchen.«

Es dauert ein paar Sekunden, doch dann folgt sie meiner Anweisung. Geht ins Körbchen, rollt sich dort zusammen und sieht zu uns herüber.

Ich wende mich Lance zu, der sie beobachtet. Lege die Hände um sein Gesicht und drehe es zu mir um. »Hier bin ich.«

Auf seinem Gesicht breitet sich ein verlegenes Lächeln aus. »Sorry.«

Wir küssen uns weiter, streicheln einander und er zieht mir den BH aus. Leckt und knabbert an meinem Hals, gleitet tiefer, nimmt einen Nippel in den Mund.

Ein Blitz schießt mir zwischen die Beine, heizt meine Lust an, und er steigert es mit Zähnen und Saugen.

Nur lassen seine Bemühungen ohne Vorwarnung merklich nach, wirken unkonzentriert, und auch seine Härte schwillt ab.

Irritiert wühle ich die Finger in sein Haar, zwinge ihn sanft, den Kopf zu heben und mich anzusehen. »Stimmt etwas nicht?«

Da dreht er den Kopf und ich folge seinem Blick zu Cleo, die uns noch immer anstarrt.

Er seufzt, legt die Hände auf meine Hüften und sieht mich an. »Es tut mir leid, ich ... ich kann nicht. Nicht, wenn sie uns beobachtet.«

Mit verlegenem Gesichtsausdruck presst er die Lider zusammen, senkt den Kopf.

Macht Anstalten, mich von seinem Schoß zu heben.

Allerdings stemme ich mich dagegen, lege die Hände an seine Wangen und mein Herz in meine Stimme. »Hey. Sieh mich an.«

Er tut es und ich erkenne, wie peinlich ihm das Ganze ist.

»Es gibt nichts, was dir leidtun müsste.«

»Doch, das —«

»Nein.« Ich küsse ihn zärtlich, schaue ihm tief in die Augen. »Du hast recht, es ist ziemlich seltsam. Deswegen werden wir ab sofort darauf achten, dass wir hundertprozentig allein sind.«

»Und was machen wir *jetzt?*«

»Etwas anderes.«

»Schade, dass im Bad zu wenig Platz ist.«

Ich lache leise, streiche ihm durchs Haar. »Stimmt.«

»Verdammt. Ich habe mich darauf gefreut.«

»Wir haben noch viel andere Male vor uns.«

»Fuck, ja!«

Er beugt sich vor, küsst die Wölbungen meiner Brüste. »Ich kriege einfach nicht genug von dir.«

»Umso besser.« Ich drücke ihm einen Kuss auf die Lippen, erhebe mich und steige von seinem Schoß.

Nacheinander gehen wir ins Bad, kuscheln uns in Slip und T-Shirt unter die Bettdecke.

Lance zieht mich an sich. »Weißt du, was ich gern mal sehen würde?«

»Na?«

»Wie du bei unserem *Meet and Greet* ausgesehen hast. Gibt es Bilder aus der Zeit?«

»Du wirst lachen, das Foto von uns habe ich noch am selben Tag bei Facebook gepostet.«

»Wirklich? Kannst du es mir zeigen?«

»Klar, warte.« Ich rolle mich zum Nachtisch, nehme mein Handy und setze mich auf. Rücke bis zur Wand zurück, schiebe mir das Kissen in den Rücken und entsperre mein Display.

Er setzt sich direkt neben mich, stellt einen Fuß auf und legt den Arm auf seinem Knie ab, schaut mir über die Schulter.

Ich öffne die App und reiße die Augen auf, die Flut an Benachrichtigungen ist riesig.

»Da war wohl jemand schon Ewigkeiten nicht mehr in sozialen Netzwerken unterwegs.«

»Sieht ganz so aus.« Leise lachend schüttele ich den Kopf, tippe auf den Bereich mit meinen Fotos und scrolle all die Jahre zurück. »Ah, hier ist es.«

Mit einem Tippen füllt es das Display und ich drehe es etwas in seine Richtung.

Himmel, wie jung, unbelastet und glücklich ich darauf wirke!

»Verdammt, ich hätte dich auf ein Date einladen sollen.«

»Ja, schade, du hast keinerlei Anstalten gemacht. Du warst einfach nur total süß und ich habe vor Nervosität gezittert. Oh, und du hast damals schon so gut gerochen.«

»Vermutlich nur halb so gut wie du.« Er wühlt die Nase in mein Haar, küsst meine Schläfe und ich schließe für einen Augenblick die Augen.

Mein Smartphone vibriert und ich öffne sie wieder. Erhasche noch einen Blick auf die aktuelle Benachrichtigung, bevor sie vom Bildschirm verschwindet.

Ryan Lucas hat ein neues Foto eingestellt.

Alles in mir verkrampft sich, doch ich komme nicht dagegen an. Tippe auf die Glocke, woraufhin sich eine Liste öffnet, und auf die oberste Information.

Die Ansicht wechselt zu Ryans Beitrag, zeigt besagtes Foto.

Und mir entgleisen sämtliche Gesichtszüge.

»Wer ist das?« Lance beugt sich näher vor. »Warte mal, ist das nicht diese Tonja? Die aus dem *Palace Hotel*?«

Statt einer Antwort stoße ich einen gequälten Laut aus, aus meinem Bauch steigt ein Zittern auf.

»Hey, was ist?«

»Das ...«

»Ja?«

»Er ...«

»Cassidy, was ist denn los?« Er legt die Hand an meine Wange, will mein Gesicht zu sich drehen, doch ich komme nicht vom Anblick dieses glücklichen Paares los.

»Wer ist der Kerl?«

»Ryan.«

»Ryan wer?«

Ich schlucke mehrmals, bevor ich das Zittern so weit unter Kontrolle habe, dass ich sprechen kann. »Mein Ex. Nein, *Noch*-Ehemann.«

»Was?«

Seine Hand gleitet von meiner Wange, er schaut auf das Foto. »Und er ist mit deiner ehemals besten Freundin zusammen, die nichts mehr mit dir zu tun haben will?«

»Sieht ganz so aus, oder?«

»Meinst du, da lief schon vorher was?«

»Keine Ahnung.«

»Was für ein mieses Stück Scheiße. Du bist total fertig wegen der Fehlgeburten und er hat nichts Besseres zu tun, als dir die Schuld zu geben und deine Freundin zu ficken?«

Ich presse die Lippen aufeinander und zucke mit den Schultern. Kämpfe gegen die Tränen an, die in meinen Augen brennen. »Ich verstehe das nicht.«

»Komm her.« Sanft legt er mir den Arm um die Schultern, zieht mich an sich.

»Das will einfach nicht in mein Hirn. Was geht da vor?« Fassungslos schüttele ich den Kopf und die ersten Tränen rinnen über meine Wangen.

Genervt wische ich sie weg, rufe Ryans Profil auf und sehe mir die Fotos an, die er in den vergangenen Monaten gepostet hat.

Er lacht auf jedem Bild, wie ich es aus der Zeit vor unserer Krise kenne. Feiert mit den Freunden, die sich von mir abgewendet haben. Und das erste eindeutige Bild von ihm und Tonja hat er bereits wenige Wochen nach unserer Trennung hochgeladen. Vermutlich, um mir einen Tiefschlag zu verpassen. Immerhin hat er mich nicht entfreundet.

»Du Arschloch!« Wütend tippe ich auf die Schaltfläche *Freund*, darunter auf *als Freund entfernen* und lese mit Genugtuung die Bestätigung. Dann werfe ich das Handy von mir, es prallt von der Matratze ab und fällt auf den Boden.

Lance dreht sich zu mir, legt auch den anderen Arm um mich und drückt mich sanft an seine Brust. »Willst du es rauslassen? Schreien? Toben?«

»Ich möchte ihm die Fresse polieren.«

»Okay.«

»Und den Schwanz abschneiden.«

Er saugt zischend die Luft ein »Aua.«

»Sie hat einfach meinen Platz eingenommen, obwohl sie genau weiß, was bei uns passiert ist. Wie kann ihr das egal sein?« Ich schluchze auf, kralle mich in sein Shirt.

»Und was ist mit unserem Freundeskreis? Hat Ryan ihnen Lügen aufgetischt, damit sie sich für ihn entscheiden? Ja, das muss es sein, anders kann ich mir ihr Verhalten nicht erklären. Aber was?«

»Ich wünschte, ich wüsste es.«

»Kann ich ihn nicht verklagen? Wegen Verleumdung? Übler Nachrede?«

»Damit kenne ich mich leider nicht aus. Hattest du denn irgendwelche Nachteile dadurch? Finanziell, beruflich, was auch immer?«

»Ich habe eine teure Psychotherapie gebraucht, reicht das nicht?«

»Wohl kaum für eine Klage.«

»Scheiße, ich möchte ihm das so gern heimzahlen. Aber wie?«

Er lacht leise. »Ich glaube, da bin ich der falsche Ansprechpartner. Rache ist nicht so meins.«

Ich lege den Kopf in den Nacken, schaue ihn an. »Aber was würdest du tun, wenn das jemand mit dir gemacht hätte?«

Da lächelt er schief und zuckt mit den Schultern. »Vermutlich würde ich mich ärgern, es dann aber abhaken. Das sind nie und nimmer richtige Freunde.«

»Ich habe das nicht verdient.«

»Das hat niemand, Cassidy.« Sanft streicht er mir über die Wange, wischt die Tränen fort.

Verzweifelt stoße ich die Luft aus, die Anspannung

lässt ein wenig nach. »Ich weiß. Es tut nur so verdammt weh. Er hat mir alles weggenommen, obwohl ich ihm nie etwas getan habe. Und er selbst macht einfach weiter wie bisher. Als ob er mich nie geliebt hat.«

»Vielleicht hat er das auch nicht. Oder es sich nur eingebildet. Bis nichts mehr so gelaufen ist, wie er sich das vorgestellt hat.«

In Gedanken reise ich in die Vergangenheit mit Ryan. Erinnere mich an unser Kennenlernen und einige Punkte unserer Beziehung, die Hochzeit, wie er sich nach den Fehlgeburten verändert hat.

»In gewisser Weise solltest du froh sein, dass ihr kein Kind bekommen habt und sein wahres Gesicht erst danach zum Vorschein gekommen ist. Stell dir nur vor, du stündest jetzt als Alleinerziehende da. Oder noch schlimmer – er hätte dir das Kind weggenommen.«

Großer Gott, inzwischen würde ich ihm ein solches Verhalten tatsächlich zutrauen.

»Ja, vermutlich hast du recht.«

»Es tut mir so leid.« Lance küsst meine Stirn, und ich schließe die Augen.

»Mir auch.«

»Was kann ich tun, damit du dich besser fühlst? Ein Feuer anzünden? Sollen wir uns auf den Balkon setzen und die Sterne beobachten? Soll ich eine Flasche Wodka besorgen?«

Mir entschlüpft ein Glucksen. »Nein. Das hier ist genau das Richtige.«

Damit schmiege ich mich enger an ihn, schließe die Augen und atme tief seinen Duft ein.

Ja, hier gehöre ich hin.

Kapitel 12 – Lance

»Bitte sehr, Madame, guten Appetit.«

Ich stelle Cassidy den Teller hin und setze mich ihr gegenüber. Lege mir die Serviette auf den Schoß und beobachte ihr Gesicht.

Mit aufgerissenen Augen bestaunt sie ihre Portion *Eier Benedict*, für die ich die Sauce Hollandaise sogar frisch im Wasserbad aufgeschlagen habe.

»Wow, du bist echt der Wahnsinn. Das sieht toll aus.« Sie nimmt das Besteck zur Hand, schneidet sich ein mundgerechtes Stück von dem pochierten Ei auf krossem Frühstücksspeck und Toastbrötchen ab. Schiebt es sich in den Mund und kaut. Zwei Sekunden später schließt sie die Augen und seufzt voller Genuss auf. »Umwerfend.«

»Perfekt.« Lächelnd mache auch ich mich über das Frühstück her.

»Und das Kochen hast du dir selbst beigebracht?«

»Zum Teil. Es hat mit einem Gourmet-Kochkurs in Philadelphia angefangen.«

»Aber warum? Ich meine, du hast von Anfang an viel Geld verdient, du kannst dir *alles* leisten.«

»Ja, aber auch das wird irgendwann langweilig und aufwendig. Vor allem, wenn du dir ständig die Presse vom Leib halten musst. Oder die Freundin diesen ganzen Aufriss schon voraussetzt. Ich wollte auch zu Hause richtig gut essen, am liebsten barfuß und in Jogginghose. Wissen, was drin ist. Experimentieren. Wann immer mir danach ist.«

»Und deine jeweilige Haushälterin?«

»Ich wollte nie, das sie für mich oder mein Essen parat

steht, das wäre vermutlich in einen 24-Stunden-Dienst ausgeartet.«

Da lacht sie auf und schüttelt den Kopf. »Du bist wirklich kein bisschen, wie normale Leute sich einen Millionär vorstellen.«

»Hey, auch Millionäre sind nur Menschen.«

»Mich wundert nur, dass du überhaupt die Muße zum Kochen findest, bei der Zeit, die du in die Agentur investiert.«

»Ja, meistens bleibt dafür nur mal ein Abend zwischendurch oder das Wochenende, wenn überhaupt. Manchmal habe ich auch keinen Bock und gehe essen oder lasse mir etwas liefern. Aber das Kochen wirkt auf mich herrlich entspannend und wenn ich dich damit verwöhnen kann, macht es gleich doppelt so viel Spaß.«

»Du bist echt süß, weißt du das?«

»Oh, bitte! Süß!«

»Was? Nicht männlich genug?«

»So ungefähr.« Ich zwinkere ihr zu, esse den nächsten Bissen.

»Wie wäre es mit toll? Nein, unglaublich!«

»Hör auf, sonst werde ich gleich rot.«

»Bist du keine Komplimente gewohnt?«

»Nicht solche, nein.«

»Vielleicht, weil du bisher keine Frau nah genug an dich herangelassen hast, um dich wirklich kennenzulernen.«

»Mag sein. Was allerdings vollkommen irrelevant war, weil es keine gab, die ich näher kennenlernen *wollte*.«

»Heißt das, ich darf mich geschmeichelt fühlen?«

»Und ob!«

»Oh, danke, Sir!« Cassidy hebt die Hände ein Stück, deutet eine Verbeugung an und verdreht die Augen.

Doch dann lächeln wir uns an und in meiner Brust wird es mal wieder warm vor Glück.

Auf der gestrigen Rückfahrt nach San Francisco war sie dermaßen still, dass ich mir schon Sorgen gemacht habe, ob sie in ein schwarzes Loch fällt. Was mich aufgrund der Erkenntnisse über ihren Noch-Ehemann kaum verwundert hätte.

Doch ich habe alles dafür getan, sie auf andere Gedanken zu bringen, auf uns zu konzentrieren. Damit wir eine schöne Zeit zusammen haben. Und es hat funktioniert.

Ich esse den letzten Bissen, schiebe den Teller beiseite und ziehe das Schälchen mit Obstsalat heran, den sie zubereitet hat. »Hast du einen Wunsch, was wir heute unternehmen wollen?«

»Gute Frage. Wir könnten in den Veranstaltungskalender schauen.«

»Also, ich habe neulich gesehen, dass im *Ferry Building* wieder dieser vorweihnachtliche Pop-Up-Kunstmarkt stattfindet, nennt sich *Creativity Explored*. Und da du ja selbst zeichnest ...«

»Super Idee, so etwas *liebe* ich.«

»Okay, dann sollten wir uns gleich direkt auf den Weg machen, der dauert immer nur bis zum frühen Nachmittag.«

»Mh-hm.« Sie schluckt den Bissen hinunter. »Warst du schon mal auf diesem Markt? Was wird dort angeboten?«

»Nein, aber sie werben damit, dass sämtliche Einnahmen bei den jeweiligen Künstlern bleiben.«

»Das ist nur fair.«

»Finde ich auch.«

Nach dem Frühstück räumen wir alles auf, starten die Spülmaschine und verabschieden uns von Cleo. Sie bleibt zu Hause, denn sie hasst große Menschenansammlungen. Und weil mein weitläufiges Apartment ihr Unbehagen zu bereiten scheint, darf sie im geschlossenen Gästezimmer die Hundeseele baumeln lassen, Cassidys Wanderschuhe neben sich.

Das *Ferry Building* beherbergt einen riesigen Feinschmeckermarkt und der Pop-Up-Markt ist in dessen südlichem Teil aufgebaut. Dort schlendern wir zwischen Läden und Ständen umher, probieren die verschiedensten Leckereien. Betrachten Zeichnungen und Keramiken, handgefertigte weihnachtliche Grußkarten, Briefpapier, Bücher und unzählige künstlerische Geschenkideen oder Dekorationsgegenstände.

Untermalt wird das Ganze von einzelnen Musikern, die zwischendrin auf verschiedenen Instrumenten spielen und damit für eine angenehme Stimmung sorgen.

Am Ende kehren wir für einen späten Snack in eines der Restaurants ein. Essen, trinken und überlegen uns die Abendgestaltung.

»Einverstanden, wir machen einen gemütlichen Filmabend. Aber was wollen wir essen?«

Cassidy zuckt mit den Schultern. »Wie wäre es mit schnöder Pizza?«

»Okay, ich kenne einen guten Italiener, der auch liefert. Heute habe ich keine Lust mehr auf Kochen.«

»Das kann ich doch übernehmen. Zufällig mache ich eine verdammt gute Pizza.«

»Aber nur, wenn ich dich zwischendurch vernaschen darf.«

»Na, du hast ja Gelüste.«

Lächelnd beuge ich mich über den Tisch. »Oh, ja! Ich stelle mir gerade vor, wie du in meiner Küche stehst und Hefeteig knetest. Nackt bis auf eine Latzschürze und dein Arsch ist mit Mehl bestäubt.«

»Wie das wohl dahin kommt.«

»Es könnte sein, dass die Spuren in etwa meiner Hand entsprechen.«

»Ach, ja?«

»Mh-hm. Du könntest auch einfach weiterarbeiten, während ich dich ficke und deine Brüste massiere.«

Sie hebt eine Braue, kommt mir entgegen. »Als ob ich mich noch auf einen bescheuerten Teig konzentrieren könnte, wenn du in mir bist.«

Das Prickeln in meinem Bauch breitet sich aus, wird heißer. »Fuck, ich liebe Dirty Talk mit dir.«

»Dann sollten wir jetzt gehen und Taten folgen lassen.«

»Darf ich dir unterwegs noch ein paar schmutzige Sachen ins Ohr flüstern?«

»Uuh, jaa!«

Ich knurre leise, sehe mich nach dem Kellner um und rufe ihn mit einem Fingerzeig heran.

Danach trinken wir aus, schnappen uns die Taschen und stehen auf. Zwischen den Tischen hindurch schlängeln wir uns zum Ausgang, wo ich möglichst unauffällig nach ihrem Hintern greife.

Cassidy stößt ein unterdrücktes Quietschen aus, macht einen Satz nach vorn und wirft mir über die Schulter hinweg einen vorwurfsvollen Blick zu. »Lass das.«

»Was denn?« Mit Unschuldsmiene grinse ich sie an.

Doch sie schüttelt nur den Kopf, wendet sich wieder nach vorn.

Und prallt im nächsten Moment mit jemandem zusammen.

Ich sehe auf, sie fährt mit einem erschreckten Laut zurück.

»Oh, verdammt, tut mir leid!«

Dann erstarrt sie genauso wie ich.

Vor uns stehen ausgerechnet die beiden Personen, die ich vor zwei Tagen das erste Mal zusammen gesehen haben, auf einem Foto bei Facebook.

Fuck.

Ich strecke die Hand nach ihr aus, aber es ist bereits zu spät.

»Sieh mal einer an! Die beiden verlogensten Menschen der ganzen Stadt geben sich ausgerechnet hier die Ehre.«

Auch Ryan und Tonja sind überrascht, doch die fängt sich als Erste.

Hängt sich bei Cassidys Noch-Ehemann ein und will ihn an uns vorbei ins Restaurant bugsieren.

Cassidy stellt sich ihnen in den Weg, schaut von ihr zu ihm. Auf ihrem Gesicht spiegeln sich Wut und Schmerz. »Oh nein, wir klären das jetzt.«

»Was willst du klären? Alles, was ich dir noch zu sagen habe, teile ich dir über meinen Anwalt mit.« Ryans Miene wirkt wie versteinert.

»Schön für dich. Ich sage dir lieber ins Gesicht, was für ein mieser Wichser du bist.«

Er läuft rot an, reißt den Mund auf, doch Cassidy fährt fort.

»Was hast du unseren Freunden erzählt, damit sie mich fallen lassen?«

»Die Wahrheit.«

»Wahrheit? Wohl eher Lügen.«

»Wenn hier einer lügt, bist du das.«

»Ach, ja? Und worüber?«

Da hebt Tonja das Kinn. »Du hast ihm vorgespielt, eine Familie gründen zu wollen. Dabei kannst du das gar nicht und hast es ihm verheimlicht. Uns allen. Wie konntest du das tun?«

»Wie bitte?« Cassidy starrt sie an. »Das hat er euch erzählt?«

»Ja, und auch, wie mies du ihn behandelt hast. Du hast ihm die alleinige Schuld gegeben.«

»Spinnst du? Es war genau anders herum.« Anklagend deutet Cassidy auf Ryan. »Du wolltest dich nicht untersuchen lassen. Du hast *mir* die Schuld gegeben. Mich beim dritten Mal nicht mal im Krankenhaus besucht.«

»Weil ich es nicht mehr ertragen konnte, was du mir antust. Wenn Tonja nicht gewesen wäre ...«

Cassidy richtet sich mit einem Ruck auf, strafft die Schultern. »Ich habe dich geliebt.« Ihre Stimme klingt erstickt.

»Ich dich auch.«

»Nein, sonst hätten wir es zusammen durchgestanden. Stattdessen hast du mein Leben zerstört.«

Nun laufen ihr Tränen über die Wangen und sie wischt sie mit einer verärgerten Geste beiseite. »Du bist abgehauen und hast mich mit allem allein gelassen. Hast du überhaupt eine Ahnung davon, wie sich das anfühlt? Immer noch?«

Ihre Worte versetzen mir einen Stich und ein unangenehmer Gedanke schießt durch meinen Kopf.

Was ist, wenn ihre Gefühle für ihn noch immer vorhanden sind?

Ryan schluckt sichtlich. »Ich weiß nur, dass du mich um meine Träume von einer Familie betrogen hast. Und das werde ich dir niemals verzeihen.«

»Meinst du, ich hätte die Fehlgeburten mit Absicht herbeigeführt? Warum hätte ich das tun sollen?«

»Wenn du wüsstest, wie oft ich mir diese Frage gestellt habe.«

Sie starren sich an und ich beobachte ihre Gesichter, fassungslos über Ryans Worte.

Glaubt der Kerl eigentlich, was er da sagt?

Ich kenne Cassidy erst knappe zwei Monate, aber den Schmerz, den ich in ihren Augen gesehen habe, immer wieder, selbst in unbeobachteten Momenten, den hat sie nicht gespielt. Und garantiert auch nicht vorsätzlich herbeigeführt. Niemals.

Erneut wischt sie ihre Tränen beiseite. »Dieser Traum war auch meiner, aber das hast du anscheinend vergessen.«

Da presst er die Lider zusammen, schüttelt den Kopf. »Spar dir deine Worte, ich glaube dir schon lange nicht mehr.« Dann sieht er ihr noch einmal in die Augen. »Es ist vorbei und das ist auch gut so. Also lass uns in Ruhe, ein für alle Mal.«

Damit gehen sie an Cassidy vorbei.

Die bewegungslos dasteht und ins Leere starrt.

Ich trete zu ihr, ergreife ihre Hand und führe sie aus dem Restaurant. Durch das Gebäude zum Haupteingang und hinaus.

Die knappe halbe Meile zu meinem Apartment legen wir schweigend zurück und ich versuche, Ordnung in das seltsame Gefühlschaos in meinem Innern zu bringen. Doch kaum fällt die Tür hinter uns ins Schloss, geht sie zum Esstisch. Sinkt quer auf einen Stuhl, schlägt die Hände vors Gesicht und schluchzt.

Hin- und hergerissen zwischen Mitgefühl und Ungewissheit stelle ich unsere Tüten ab. Gehe zu ihr, hocke mich vor sie und lege die Hände auf ihre Knie.

»Hey. Vergiss den Kerl. Er ist es nicht wert, dass du ihm auch nur eine Träne nachweinst.«

»Du verstehst das nicht. Wir hatten uns ein gemeinsames Leben aufgebaut und dann ...« Sie zuckt mit den Schultern, wischt sich über die Wangen und Augen.

Aus der Ungewissheit wird ein mieses Gefühl und es breitet sich wie ein Lauffeuer in mir aus. »Was soll ich denn daran nicht verstehen?«

»Na ja, du hast so etwas noch nie erlebt.«

»Na und? Meinst du etwa, ich bin ein gefühlloser Klotz?«

»Nein, ich —«

Das Gefühl verwandelt sich in eine abscheuliche

Befürchtung. »Oder willst du mir vielleicht etwas anderes damit sagen?«

Cassidy runzelt die Stirn, schaut mich irritiert an. »Was meinst du?«

Zweifel schießen heiß in meine Brust, ich stehe auf. »Sag mir die Wahrheit, Cassidy. Liebst du ihn noch?«

Ein kaum wahrnehmbares Zögern, dann erst öffnet sie den Mund.

Da explodiert bereits roter Nebel in meinem Kopf und ich weiche zwei Schritte zurück.

Wer bin ich eigentlich für sie? Zweite Wahl? Ein Zwischendurch-Mann?

»Nein, Lance, ich liebe ihn nicht mehr.« Sie steht auf, folgt mir.

Ich schüttele den Kopf und kämpfe gegen den Tornado in meiner Brust an, der alles in mir zu zerreißen droht. »Warum trauerst du ihm dann nach?«

Direkt vor mir bleibt sie stehen, ringt die Hände. »Das tue ich doch gar nicht, verdammt noch mal.«

»Für mich sieht es aber ganz danach aus.«

»Nein! Mir ist nur klargeworden, dass ich endgültig mit Ryan abgeschlossen habe. Dieser Teil meines Lebens ist vorbei.«

Wir starren uns an und etwas in mir reagiert dermaßen über, dass bei mir eine Sicherung durchbrennt.

Ich umfasse ihren Kopf mit beiden Händen und küsse sie voll wütender Leidenschaft.

Was sie umgehend erwidert.

In mir kocht rasende Begierde hoch und ich reiße sie an mich. Lege all die Emotionen, die in mir verrückt spielen, in diesen Kuss. Massiere grob ihre Brust, packe mit der anderen Hand ihren Arsch, presse sie gegen meinen anschwellenden Schwanz, und ihr lustvolles Stöhnen vibriert durch meinen Körper.

Unvermittelt zerrt Cassidy an meinem Hemd, beißt in meine Unterlippe. »Fick mich, Lance. Sofort.«

Mir entschlüpft ein kehliges Knurren und ich löse mich von ihr. Packe ihre Hand, führe sie zur Kücheninsel und fege mit dem anderen Arm die Dekoschale hinunter. Schon prallen unsere Lippen und Zähne wieder aufeinander. Öffne ich ihre Jeans, zerre sie mit dem Slip ihre Beine hinab und befreie sie von dem Stoff.

Ich drücke sie rücklings gegen die Kücheninsel, knie ich mich hin und vergrabe das Gesicht in ihrem Schoß. Lege mir eines ihrer Beine über die Schulter, packe ihre Arschbacken und schiebe die Zunge zwischen ihre schlüpfrigen Lippen.

Sie kämpft um ihr Gleichgewicht, hält sich mit einer Hand an der Marmorplatte fest. Gräbt die Finger in mein Haar, kippt das Becken und stöhnt laut. »Scheiße, ja. Leck mich.«

Und das tue ich, wild und mit größter Hingabe, denn mein Körper hat längst die Führung übernommen. Ich spiele mit ihrer Klit und sauge kraftig daran. Dringe mit zwei Fingern in ihre Pussy ein, tiefer, schneller. Immer wieder, gegen den Rhythmus ihrer Hüften.

Bis ihre Beine zittern und mein Schwanz fast meine Hose sprengt.

Hastig richte ich mich auf und küsse sie, stecke ihr die Finger mit ihrem eigenen Saft in den Mund und halte ihren lustvollen Blick fest, während sie hingebungsvoll daran lutscht und saugt. Ihre Hand bemerke ich erst, als sie in meine offene Hose greift und meinen Schwanz umschließt. Und damit ist es mit meiner Beherrschung vorbei.

Ich packe ihren Nacken, küsse sie, rau und zügellos. Kralle die Finger in ihr Haar, drücke meinen Schwanz gegen ihre Hand. Doch sie gleitet tiefer, umfasst meine Eier, massiert sie, stöhnt in meinen Mund.

Mit einem Ruck löse ich mich so weit von ihr, dass ich sie umdrehen kann. Lege die Hand auf ihren Rücken, drücken sie auf die Arbeitsplatte herunter und streife mir Jeans und Pants über den Hintern. Noch einmal schiebe ich die Finger zwischen ihre Beine, die geschwollenen Lippen.

Fuck, sie ist so feucht und schlüpfrig, nur für mich.

Also umfasse ich meinen Schwanz und setze die Spitze an ihre Pussy. Grabe die Finger in ihre Arschbacken und dringe mit einem kräftigen Stoß in sie ein.

Sie wirft den Kopf in den Nacken und wimmert, drängt sich gegen mich.

Ich presse mein Becken gegen ihres, bis ich mich vollkommen in ihr versenkt habe. Packe ihr Haar, wickele es um meine Hand und ficke sie.

»Oh, Gott, ja. Ja!«

Mit den Knien drücke ich ihre Beine zusammen, sie wird enger und ich verlangsame das Tempo, um sie in langen tiefen Stößen zu nehmen.

»Nein, bitte! Fick mich ... härter. Ich will es ... dreckig.«

Natürlich komme ich ihrem Wunsch nach.

Weil ich es genauso will.

Weil ich verrückt nach ihr bin.

Und sie ganz für mich allein will.

Hemmungslos hämmere ich in sie und ihre Muskeln schließen sich immer fester um meinen Schwanz. Wir keuchen und stöhnen, sie presst die Hände gegen die Arbeitsfläche und stemmt sich gegen mich.

Kurz darauf kommt ihr Atem nur noch abgehackt und ich bringe die Hand von ihrem Arsch zu ihrem Schoß. Finde ihre Klit, umkreise sie, reibe sie, immer schneller.

Im nächsten Moment stockt sie, explodiert auf meinem Schwanz und schreit ihren Orgasmus hinaus.

Wenige Stöße später folge ich ihr zum Höhepunkt.

Halte nur kurz inne, um in sie zu pumpen. Ficke und massiere sie weiter, lasse sie eine zweite Welle reiten.

Danach beuge ich mich über sie, stütze mich zu ihren Seiten auf die Unterarme und küsse ihren Nacken.

Langsam segeln wir hinab, unsere Atmung beruhigt sich und schließlich wird mir bewusst, dass der Nebel in meinem Kopf verschwunden ist. Genauso wie das Chaos in meiner Brust.

Mit einem erleichterten Seufzer umfasse ich ihr Kinn und drehe es zur Seite, damit ich sie über ihre Schulter hinweg zärtlich küssen kann. Und da mein geschrumpfter Schwanz aus ihr hinauszugleiten droht, greife ich zwischen uns.

Irritiert taste ich umher, richte mich auf.

Wo ist denn das Kondom?

Vorsichtig ziehe ich mich zurück und mit jedem Zoll wird mir heißer.

»Fuck! Ich habe das Kondom vergessen.«

»Was?« Cassidy drückt sich hoch, dreht sich um und starrt auf meinen Schwanz, der, glänzend von unser beider Lust, in meiner Hand liegt.

»Verhütest du irgendwie?«

Wir sehen uns an, sie schüttelt den Kopf.

»Ich mache noch immer eine Hormontherapie. Mein Zyklus ist das reinste Chaos, aber ich hatte Anfang der Woche kurz meine Periode.«

»Okay.« In meiner Brust breitet sich Erleichterung aus, doch in meinem Hinterkopf schleicht sich leise Panik an.

Sie lächelt, aber es hat einen traurigen Zug. »Mach dir keinen Kopf, ich kenne das schon. Und es hat von Mal zu Mal länger gedauert, bis alles wieder normal war.«

Beruhigt dränge ich das beiseite, umfasse ihr Gesicht und küsse sie sanft.

Sie hat recht, kein Grund zur Sorge.

*

»Ich wünschte, du würdest mitkommen.«

Und am besten meine zitternde Hand halten.

Cassidy schiebt sich zwischen mich und den Spiegel, rückt meine Krawatte zurecht, streicht die Schultern meines Jacketts glatt und umfasst meine Oberarme.

»Du schaffst das, Lance. Mach dir nicht so viele Sorgen.«

Verzweifelt schaue ich in ihre wunderschönen schilfgrünen Augen. »Du hältst mich für ein Weichei, oder?«

Da legt sie die Hände an meine frisch rasierten Wangen und lächelt sanft. »Nein. Viele Menschen ersticken ihre Emotionen, wenn die sie zu überwältigen drohen. Du hingegen versteckst sie nicht.«

Nein, vor ihr ist das seltsamerweise unmöglich.

»Und das ist gut so, glaub mir.«

»Bis zum letzten Todestag meines Bruders hatte ich damit kein Problem.«

»Schon möglich. Aber das kurze Wiedersehen mit deiner Mutter und ihr Brief sind der Beweis dafür, dass da etwas in dir brodelt. Du brauchst dringend einen Abschluss. Deswegen ist dieses Treffen ja so wichtig.«

Ich umfasse ihre Finger, löse sie von meinem Gesicht. »Würdest du trotzdem mitkommen?«

»Lance, ich würde da nur stören. Und wer weiß, ob das deiner Mutter überhaupt recht wäre. Ich bin eine Fremde.«

»Dann zumindest bis zu Pier 7. Du könntest dort zeichnen und einen Kaffee trinken.«

Sie lacht leise. »Klingt, als wolltest du mir was verkaufen.«

»Ich möchte dich wenigstens in meiner Nähe wissen. Ich *brauche* dich.«

In ihren Augen leuchtet etwas auf und schließlich seufzt sie. »Okay, Cleo und ich kommen mit, suchen uns auf Pier 7 eine Bank.«

»Ich danke dir.« Erleichtert beuge ich mich zu ihr, küsse sie.

»Gut, dann packe ich schnell ein paar Sachen zusammen.« Mit einem Lächeln wendet Cassidy sich ab und läuft aus dem Schlafzimmer.

Ich drehe mich ein letztes Mal zum Spiegel, um mein Outfit zu kontrollieren, atme tief durch und gehe in die Küche. Nehme Smartphone, Brieftasche sowie Schlüssel aus der Schale auf der Kücheninsel und stecke sie ein.

Kurze Zeit später verlassen wir mein Apartment, machen uns Hand in Hand auf den Weg und meine Gedanken verselbständigen sich. Kehren zu einer ihrer Bemerkungen zurück, die früher auf mich zugetroffen hätte.

Ja, bisher habe ich mich nur auf meine Karriere oder die Agentur konzentriert, wodurch es kein Problem war, unangenehme Gefühle zu ignorieren oder zu verdrängen. Wobei Methoden wie exzessives Training, Partys und gelegentliche Sex-Abenteuer sich als sehr hilfreich erwiesen haben. Auch, um sie so selten wie möglich aufkommen zu lassen.

Davon abgesehen hat es nie eine Person in meinem Umfeld gegeben, der ich mich hätte anvertrauen wollen, wenn es wirklich einmal erforderlich gewesen wäre. Weil ich immer auf Äußerlichkeiten reduziert worden bin. Es haben nur meine Leistungen für das Team und die Karriere gezählt, scheiß auf persönliche Befindlichkeiten.

Demnach ist es ungewöhnlich, dass jemand dermaßen viel Verständnis für mich aufbringt. Und ich glaube, jede andere Frau hätte mich mit den Auswirkungen meiner Familiengeschichte allein gelassen.

Weil du bei allen auf Oberflächlichkeit geachtet hast. Von beiden Seiten.

Stimmt. Nach den Enttäuschungen der ersten Beziehungen – mit Weibern, die ausschließlich meinen Ruhm und mein Geld wollten – habe ich gelernt, Abstand zu halten. Und schnell zu erkennen, ob eine Frau ebenfalls nur Lust auf ein sexuelles Erlebnis hat. Wobei mir ziemlich egal war, ob sie wussten, wer ich bin, oder sich vor allem deshalb darauf einließen.

Cassidy hingegen habe ich direkt vertraut und ich bereue es keine Sekunde.

Noch so eine überraschende Erkenntnis.

Allerdings ist mir genauso bewusst, dass es niemals dazu gekommen wäre, wenn Rafe sie nicht als meine Assistentin eingestellt hätte. Sie ist weder oberflächlich noch eine Frau, die sich Oberflächlichkeit gefallen lässt. Dementsprechend hätten wir uns auf normalem Weg vermutlich niemals näher kennengelernt.

Eine Vorstellung, die ein verdammt unangenehmes Gefühl in mir hervorruft.

Die Fußgängerampel am Embarcadero zeigt rot, wir bleiben stehen und ich kehre in die Gegenwart zurück. Schaue die Frau an meiner Seite an und lächele.

Sie erwidert es, drückt meine Hand und vermittelt mir damit eine beruhigende Gewissheit.

Auch wenn ich das Gespräch mit meiner Mutter allein führen muss – sie ist bei mir. Jetzt, später und mental.

Wir überqueren die Straße, gehen ein paar Schritte bis zum Außenbereich des Restaurants und stoppen. Automatisch suche ich die besetzten Tische nach dem Gesicht meiner Mutter ab, vergeblich.

Cassidy stellt sich vor mich, löst ihre Hand aus meiner und legt sie an meine Wange. »Ich denke an dich, drücke dir die Daumen.«

»Danke.«

»Bis später.« Ein sanfter Kuss, dann tritt sie zurück. Lächelt mir noch einmal aufmunternd zu, läuft mit Cleo durch das warme Sonnenlicht Richtung Pier 7 und hält erst einmal an dem Verkaufswagen an.

Kurz darauf zieht sie mit einem großen Becher Kaffee weiter und ich sehe ihr mit einem breiten Lächeln nach.

Manchmal glaube ich, was Kaffee angeht, ist sie noch schlimmer als ich.

Dann erinnere ich mich daran, weswegen ich hier bin, straffe die Schultern und gehe zum Durchgang des mit Glaswänden geschützten Sitzbereichs.

Am Empfangspult warte ich, bis eine der Servicekräfte heraneilt.

»Guten Tag, Sir, wie kann ich Ihnen helfen?«

»Ich habe einen Tisch reserviert, Britton, zwei Personen.«

Sie schaut auf ihrem Tablet-PC nach. »Ah, ja, hier. Bitte, folgen Sie mir.«

Hinter ihr laufe ich zum Mittelgang und zu einem freien Tisch.

»Bitte sehr, Sir. Darf ich Ihnen schon etwas zu trinken bringen oder möchten Sie erst in die Getränkekarte schauen?«

Ich ziehe den Stuhl heran und setze mich mit Blick zum Empfangspult. »Einen Kaffee, bitte.«

»Gern.«

Sie dreht sich um, geht ins Gebäude und mein Blick wandert weiter zu den anderen Tischen. Dann hinaus aufs Hafenbecken und zum historischen Fährschiff auf der linken Seite, das man nach der Restauration nun für Events aller Art mieten kann.

Am Ende drehe ich mich um und schaue zu Pier 7 hinüber.

Versuche, Cassidy dort irgendwo zu erkennen, doch natürlich gelingt es mir nicht.

Abrupt steigt eine Art Fluchtdrang in mir auf und ich setze mich verärgert wieder gerade hin, falte die Hände vor mir auf dem Tisch.

Wie jämmerlich! Ich sollte mich dringend zusammenreißen.

Erfreulicherweise serviert mir die Kellnerin kurz darauf den Kaffee und ich trinke einen Schluck. Schaue ihr erneut nach, bis zum Empfangspult.

Im nächsten Moment vergisst mein Herz einen Schlag, hämmert dafür umso schneller los, und ich schlucke gegen den Kloß an, der sich in meiner Kehle bildet.

Sie wechselt ein paar Worte mit einer Frau, von der ich nur die Grundfarbe ihrer Kleidung und die dunklen, halb ergrauten Haare erkenne. Und von der ich weiß, dass sie meine Mutter ist.

Die Servicekraft führt sie in meine Richtung und ich registriere den neuen Haarschnitt, stufig, fedrig, bis zu den Schultern. Wie elegant sie gekleidet ist, cremefarben von den Schuhen bis zur Jacke und Handtasche. Und dass ihr schmales Gesicht noch immer all ihre Emotionen widerspiegelt.

Nervosität, Angst und Freude.

Wenige Schritte, bevor sie meinen Tisch erreichen, stehe ich auf und versuche, Herr über meine Emotionen zu werden.

Fuck, wie soll ich sie überhaupt begrüßen?

Da hält die Kellnerin an und deutet auf den Platz mir gegenüber. »Bitte sehr, Madame. Darf ich Ihnen auch schon etwas zu trinken bringen?«

Meine Mutter lächelt sie an. »Einen grünen Tee, bitte.«

»Natürlich.« Sie geht und meine Mutter tritt an den Tisch.

Einen Moment schauen wir uns nur an und mir wird zum ersten Mal bewusst, dass es ihre Augen sind, die mich jedes Mal aus dem Spiegel anschauen.

»Lance.« Der Unterton ihrer warmen Stimme, voller Erleichterung und Schwermut, löst in meinem Innern ein seltsames Gefühl aus, das ich nicht in Worte fassen kann.

Weswegen ich mich räuspere. »Hallo, Mom. Bitte, setz dich doch.«

Kurz presst sie die Lippen aufeinander, nickt und schiebt sich den Stuhl zurecht. Nimmt Platz und hängt ihre Handtasche über die Stuhllehne.

Erst jetzt wird mir klar, dass ich noch stehe, also drücke ich die Krawatte an meinen Bauch und folge eilig ihrem Beispiel.

Wieder sehen wir uns einen Augenblick stumm an und die Fragen drängen aus meinem Kopf und meinem Herzen Richtung Mund. Doch ich beiße mir auf die Zunge, um das zu verhindern.

Unvermittelt breitet sich ein scheues Lächeln auf ihrem Gesicht aus und ich sehe Tränen in ihren Augen glitzern.

In meiner Brust regt sich Widerstand.

»Ach, Lance, du glaubst gar nicht, wie dankbar ich dir bin, dass du diesem Treffen zugestimmt hast.«

Ich hebe das Kinn. »Dein Brief und die Bitte kamen ziemlich überraschend.«

»Ja, das kann ich mir vorstellen. Keine Ahnung, ob ich es bei einer anderen Entwicklung jemals übers Herz gebracht hätte, aber die Begegnung vor unserem ehemaligen Haus hat sämtliche Wunden wieder aufgerissen.«

»Bei mir auch.« Verärgert über meine offenen Worte presse ich die Lippen aufeinander.

Sie nickt und ihr Lächeln nimmt einen gequälten Zug an. »Das konnte ich selbst durch die Scheibe erkennen.«

»Wundert dich das? Nachdem, was du uns damals

angetan hast?« Die Worte sind mir schneller entwischt, als ich die Zähne zusammenbeißen kann, und leider auch viel zu laut.

Ich erwidere die pikierten Blicke einiger anderer Gäste mit einem mentalen »Fickt euch!«, stoße die Luft aus und schaue meine Mutter an. »Tut mir leid.«

»Schon gut, ich kann es verstehen. Deswegen bin ich ja froh, dass du mir diese Chance gibst. Du musst mir nicht verzeihen und mich nach diesem Treffen auch nie wiedersehen, wenn du nicht willst. Aber ich wollte nicht auf dem Sterbebett bereuen, dir nie meinen Teil der Wahrheit erzählt zu haben.«

Eine Schockwelle rast durch meinen Körper. »Sterbebett? Bist du krank?«

Sie schüttelt den Kopf. »Nein, es ist alles in Ordnung.«

»Okay. Und was meinst du mit deinem Teil der Wahrheit?«

»Nun, ich ...« Sie hält inne, sieht zu der Kellnerin auf, die ihr den Tee in einem eleganten bauchigen Glas auf einem kleinen Tablett serviert, und bedankt sich. Taucht den Filter mit losem Tee ins dampfende Wasser und erwidert meinen fragenden Blick.

»Zum einen gehe ich davon aus, dass dein Vater kein einziges gutes Haar an mir gelassen hat. Und zum anderen kennt auch er nicht alle meine Beweggründe.«

»Ehrlich gesagt hat Dad kaum etwas darüber verlauten lassen, was nach Dannys Tod passiert ist. Ich weiß von der Identifizierung im Krankenhaus, den Vorbereitungen für die Beerdigung. Natürlich eurem Schmerz, den Tränen und dass ihr kaum miteinander geredet habt. Wovon ich während der Beisetzung und der anschließenden Feier zu Hause nichts bemerkt habe. Und dann bist du nach meiner Abreise zusammengebrochen, hast zwei Tage geheult, geschrien und niemanden an dich herangelassen.«

Mom nickt, presst Lippen sowie Lider aufeinander und die ersten Tränen laufen über ihre Wangen. Woraufhin sie blinzelt, nach ihrer Handtasche greift und ein Taschentuch hervorzieht, mit dem sie sich Augen und Gesicht trocknet.

»Tja, und einen Tag später hast du zwei Koffer gepackt und bist ohne ein Wort gegangen. Die Scheidungspapiere ein Jahr später haben Dad dann den Rest gegeben.«

Irritiert sieht sie mich an. »Was meinst du damit?«

Ich schnaube verächtlich. »Willst du mir erzählen, du wusstest nicht, was du Dad damit antust? Du hast ihn damals zerstört und er hat sich nie wieder davon erholt.«

»Eigentlich habe ich gedacht ...«

»Was? Dass er einfach weitermacht und sich eine neue Frau sucht?«

»Ja. Und mir Versagen vorwirft. Als Mutter, Frau, was auch immer.«

»Pah! Es ist genau anders herum. Er gibt *sich* die alleinige Schuld. Daran, dass er Dannys Tod nicht verhindern konnte. Weder mit Verboten noch mit einer strengeren Erziehung. Und dass er dich mit alledem so sehr enttäuscht hat, dass du gegangen bist. Dabei weiß er genau, wann du zum Grab kommst, und ich wette, er steht jedes Mal da und heult, während er dich beobachtet. Weil er nicht nur einen Sohn, sondern auch die Liebe seines Lebens verloren hat. Mit jedem Jahr sinkt er tiefer in dieses schwarze Loch, akzeptiert seine beschissenen Lebensumstände als Strafe und nimmt keinerlei Hilfe von mir an. Ganz im Gegenteil, er ignoriert meine Existenz. Obwohl ich immer wieder aufs Neue versuche, ihm die Schuldgefühle auszureden. Für ihn bin ich anscheinend gleich mitgestorben. Weißt du, wie beschissen sich das anfühlt? Von einem Tag auf den anderen vollkommen allein dazustehen?«

»Ich hatte keine andere Wahl.«

»Wie bitte?« Die Wut in mir brodelt hoch wie bei einem Vulkan und ich habe alle Mühe, mich zurückzuhalten. »Natürlich hattest du eine Wahl. Die hat man *immer*! Aber selbst wenn du Dad nicht mehr ertragen konntest, womit habe *ich* es verdient, verlassen zu werden? Was habe ich dir getan?«

»Nichts, Lance.« Ihre Stimme klingt erstickt und ihre Augen schwimmen in Tränen.

»Warum bist du dann abgehauen?«

»Ich wurde von Panik erdrückt. Einer total irrationalen Angst, die ich nur sehr langsam und dank einer einfühlsamen Therapeutin in den Griff bekommen habe.«

»Wovon redest du, verflucht noch einmal?«

»Ich hatte Angst, euch beide ebenfalls sterben zu sehen.«

Ihre Worte wirken wie der Baseball, den ich mal als jugendlicher Catcher abbekommen habe, weil ich auf der Position vollkommen ungeeignet war. Er hat meinen Solarplexus getroffen, mir sämtliche Luft aus den Lungen getrieben und einen solchen Schmerz verursacht, dass ich im ersten Moment nicht einmal mehr einatmen konnte.

Danach habe ich mir geschworen, einer der besten Pitcher zu werden und noch härtere Bälle zu werfen.

Ich blinzele, hole stoßartig Luft. »Aber ... das ist doch kein Grund, zu gehen.«

»Für mich gab es keinen anderen Ausweg, Lance. Ich konnte den Gedanken nicht ertragen, euch beide zu überleben. Die Vorstellung davon, euren Tod hinnehmen zu müssen, war jeden Tag und jede Minute da. Bilder eurer leblosen Gesichter. Visionen, wie ihr vor meinen Augen ertrinkt, verbrennt, in die Tiefe stürzt. Das alles hat mich überfordert, fertiggemacht, bis in den Schlaf verfolgt und mir Alpträume beschert. Es war die reinste Qual und sie hat mich von innen aufgefressen. Ich habe sogar ernsthaft überlegt, mir das Leben zu nehmen. Und damit es nicht dazu kommt, bin ich gegangen. Lieber wollte ich euch nie wiedersehen.«

»Das ist doch ...« Ich fahre mir mit beiden Händen durchs Haar, suche nach dem richtigen Wort.

»Bullshit? Quatsch? Ja, für Außenstehende mag das so erscheinen, aber für mich ...« Mom schüttelt den Kopf, sieht auf ihr Teeglas hinab und zieht hastig den Teefilter heraus. Sie legt ihn in dem dafür vorgesehenen Schälchen ab, umschließt das Glas mit beiden Händen und nippt vorsichtig an dem Heißgetränk.

Um mich zu sammeln, umfasse ich meine Tasse und trinke von meinem Kaffee. Er ist nur noch lauwarm, weswegen ich den Mund verziehe, doch ich nehme einen weiteren Schluck.

Meine Mutter lacht leise. »Das machst du schon, seid du als Teenager angefangen hast, Kaffee zu trinken.«

Ich runzele die Stirn. »Was meinst du?«

Sie deutet mit dem Kinn auf meine Tasse. »Den Henkel ignorieren. Eigentlich hätte ich erwartet, dass du diese Eigenart abgelegt hast.«

Ein Schmunzeln setzt sich in meinen Mundwinkeln fest. »Stimmt. Nein, diese Angewohnheit ist geblieben. Aber bei Geschäftsterminen gebe ich mir die größte Mühe.«

Da sieht sie mir in die Augen und ihr Lächeln erinnert mich an früher. »Ich bin sehr stolz darauf, was du erreicht hast. Auch nach deiner Karriere als Profisportler.«

»Du hast das verfolgt?«

»Ja, ich konnte nicht anders. Du warst ständig im Fernsehen, der Zeitung, dem Internet. Aber meine Therapeutin hat dahingehend ebenfalls gute Arbeit geleistet. Ich habe die Angst im Griff, lasse nicht zu, dass sie mich beherrscht.«

»Aber sie ist nicht weg.«

»Nein. Vermutlich wird sie mich bis an mein Lebensende begleiten.«

»Ist das nicht ... deprimierend?«

»Ein wenig, ja.«

»Bemerkenswert, dass du es unter diesen Umständen über dich gebracht hast, mich zu kontaktieren und zu treffen.«

»Der Wunsch, dich wiederzusehen, war in dem Moment da, als wir uns vor dem Haus begegnet sind.«

»Und was ist mit Dad?«

»Was meinst du?«

»Möchtest du dich nicht auch mit ihm aussprechen? Ihm wenigstens die Wahrheit sagen? Ich weiß ja nicht, was deine neue Familie davon hält, aber —«

»Ich habe keine neue Familie, Lance. Niemand kann und wird euch je ersetzen.«

In mir keimt Hoffnung auf.

Bekomme ich womöglich meine Eltern zurück?

Noch kann ich nicht verzeihen oder gar vergessen, was meine Mutter getan hat. Aber ich kann nachvollziehen, wie schlimm sich die Panik für sie angefühlt haben muss, dass sie keinen anderen Ausweg gesehen hat.

Das Bild meines Vaters taucht in meinem Kopf auf, wie ich ihn das letzte Mal in St. Louis verlassen habe, und ich schlucke. »Dad hat seitdem auch niemand Neues in sein Leben gelassen. Ich glaube, er liebt dich noch immer. Schon deswegen hat er die ganze Wahrheit verdient, findest du nicht?«

»Und trotzdem hasst er mich dafür, was ich getan habe.«

»Vielleicht. Oder auch nicht. Wie gesagt, er hat mich aus seinem Leben ausgeschlossen. Ich habe keine Ahnung davon, was in ihm vorgeht.«

Mom weicht meinem Blick aus und schaut eine Weile zum Hafenbecken hinüber.

Sie ist vollkommen in Gedanken versunken und ich betrachte ihr Gesicht. Lese die Emotionen, die sich darauf spiegeln. Dieselben wie vorhin, als sie zu mir an den Tisch gekommen ist.

»Was meinst du? Kriegst du es hin, ihn zu treffen? Wegen deiner Angst, meine ich.«

»Ich weiß es nicht. Diese Vorstellung verursacht mir ziemliches Herzklopfen.«

Ich lächele hoffnungsvoll. »Möglicherweise aus einem positiven Grund.«

Kurz legt sie beide Hände an ihre Stirn, sieht mich an und in ihren Augen erkenne ich ein gewisses Bedauern. »Ich glaube, darüber muss ich erst einmal nachdenken. Vor allem, weil die Situation anders ist, als ich all die Jahre gedacht habe.«

»Das kann ich verstehen. Aber wenn du dich bereit dazu fühlst, gibt es einen einfachen Weg, Dad zu treffen.«

»Ach, ja?«

Ich nicke. »Wie gesagt, er weiß, wann du Dannys Grab besuchst, deshalb gehe ich davon aus, dass er immer vor dir da ist. Du musst nur mal eine halbe Stunde früher dort auftauchen.«

»Okay.«

»Oder ich kündige meinen Besuch an und dann sage ich dir Bescheid, wann wir zum Friedhof fahren.«

»Das würdest du tun? Nach alledem?«

Ich zucke mit den Schultern. »Seit Dannys Tod habe ich mir nichts sehnlicher gewünscht als meine Eltern zurück zu bekommen. Egal, ob als Paar oder getrennt. Einen Versuch ist es demnach allemal wert, auch wenn es vielleicht nicht funktioniert.«

Unvermittelt streckt sie den Arm aus, ergreift meine

linke Hand und drückt sie. Ihre Wärme wirkt tröstlich und mir wird bewusst, dass die Hälfte meines Wunsches womöglich schon in Erfüllung gegangen ist.

Folglich erwidere ich den Druck und auf ihrem Gesicht breitet sich ein Lächeln aus.

»Dann werde ich alles daransetzen, dir diesen Wunsch zu erfüllen.«

»Danke, Mom.« Mir fällt ein Felsbrocken vom Herzen und mit einem Mal scheint alles möglich zu sein. Das hier könnte einige Dinge verändern.

»Nein, ich danke *dir*. Ohne deine Bereitschaft zu diesem Treffen wäre noch alles beim Alten.«

Ich lächele schief. »Ich glaube, daran hat eine bestimmte Person den größten Anteil. Ohne sie wäre ich vermutlich stur geblieben, aus verletzter Eitelkeit.«

»Ist diese Person vielleicht die junge Frau, von der du dich vorhin verabschiedet hast?«

Meine Brauen schießen nach oben. »Hast du uns beobachtet?«

»Nur ein Zufall, ehrlich. Ich bin ein bisschen spazieren gegangen, weil ich viel zu früh da war.«

Ich schüttele den Kopf. »Bist du bei der Polizei? Oder Privatdetektivin geworden? Ich habe dich nirgends bemerkt.«

Da lacht sie auf. »Nein. Wie gesagt, reiner Zufall. Wer ist sie? Deine Frau? Oder Freundin?«

»Nun, das ist ein bisschen kompliziert. Und alles noch ganz frisch.«

»Erzählst du mir trotzdem davon?«

»Aber nur, wenn du mir ebenfalls von deinen letzten 15 Jahren berichtest.«

»Sehr gern.«

»Gut, dann bestellen wir uns noch etwas zu trinken.«

Kapitel 13 – Cassidy

»Großer Gott!«

Mit einem Schrei zucke ich zusammen, fahre herum und Cleo springt auf, bellt zweimal.

Lance steht hinter mir, zwei Kaffeebecher in den Händen und lächelt mich verlegen an. »Scheiße, tut mir leid. Ich dachte, du hast mich bemerkt. Weil du halb in meine Richtung geguckt hast.«

Ich stoße die Luft aus. »Nein, ich war in Gedanken.«

»Und ich habe schon gedacht, es hat mit der Zeichnung zu tun.« Er umrundet die Bank, nimmt neben mir Platz und reicht mir einen davon. Dann neigt er den Kopf zur Seite und betrachtet die Skizze seines Gesichts. »Wann war das?«

»Als wir uns vorhin verabschiedet haben.«

»Dein Ernst? Ich schaue ja richtig blöd aus der Wäsche. Als ob ich mir jeden Moment in die Hose mache.«

Mir entschlüpft ein Lachen. »Na, du musst es ja wissen. Ich hätte eher gesagt, man sieht dir deine Nervosität und Zerrissenheit an.«

»Hm.« Noch einmal mustert er sein Porträt, lehnt sich zurück und nippt an seinem Kaffee. »Und wo warst du nun in Gedanken? Weit weg?«

»Nur im *Waterfront*.« Ich klappe das Zeichenbuch zu. »Wie ist es gelaufen?«

»Gut, glaube ich.«

»*Glaubst* du?«

»Na ja, es kommt immer auf die Sichtweise und Erwartungen an.«

»Okay, dann erzähl mir davon. Alles.«

Wir trinken unseren Kaffee und ich lausche seinen Schilderungen. Stelle mir vor, wie sie einander gegenübersitzen, seine Mutter Tränen vergießt und er genauso aufgewühlt ist.

Logischerweise erinnere ich mich in diesem Zusammenhang daran, was er mal über Beziehungen gesagt hat. Dass er keinerlei Drama erleben möchte, erst recht keines wie er es bei seinen Eltern gesehen hat, und sie deswegen vermeidet.

Trotzdem hat er sich auf mich eingelassen und unter Umständen macht ihm der Gedanke an etwas Ernstes ja auch bald keine Angst mehr.

So wie die Vorstellung von eigenen Kindern.

Aber bis dahin muss einiges passieren, was seine Familie angeht.

»Und wie seid ihr verblieben?«

Lance zuckt mit den Schultern. »Ich denke, Mom wird das Gespräch mit Dad suchen. Weil sie ihn noch genauso liebt wie er sie.«

»Du hattest erzählt, sie waren wie Seelenverwandte, oder?«

»Genau. Man hat es ihnen angesehen und sie haben es gezeigt. Eine große Ausnahme in meinem damaligen Freundeskreis.«

»Kann ich mir vorstellen. Wollt ihr euch denn in absehbarer Zeit erneut treffen?«

»Wir haben noch nichts Konkretes ausgemacht, aber wenn sie und Dad sich einander annähern, wollen wir uns an Weihnachten zusammenfinden. Nicht als klassische Feier mit Kitsch und Geschenken, eher zu einem gemeinsamen Essen oder so, in einem Hotel.«

»Klingt nach einem guten Mittelweg. Keine Zwänge, nichts übereilen.«

»Ja, so habe ich mir das auch gedacht. Und ich würde mich freuen, wenn du mich begleitest.«

Ich reiße die Augen auf. »Bist du verrückt geworden? Deine Familie findet gerade wieder zusammen, da hat deine Bettgeschichte nichts verloren.«

»Ach, meine Schöne.« Mit einem Seufzen ergreift er meine freie Hand, denn meine Zeichenutensilien habe ich längst zusammengepackt. Legt sie auf seinem Schenkel ab und schiebt seine Finger zwischen meine. »Du warst von der ersten Nacht an nicht nur eine Bettgeschichte, das weißt du doch.«

»Okay, dann eben eine lockere Beziehung. Trotzdem braucht ihr die Zeit für euch, ohne Außenstehende.«

»Wenn du nicht gewesen wärst, wäre es nie so weit gekommen. Das habe ich auch meiner Mutter erzählt.«

»Und wie hat sie reagiert?«

»Ich soll dir unbekannterweise Danke sagen. Und ich glaube, sie würde dich gern kennenlernen.«

»Vielleicht ergibt sich ja demnächst eine Gelegenheit dazu. Wenn ihr wieder eine Familie seid. Und falls du das überhaupt möchtest.«

»Ich denke, schon.«

»Du *denkst*?«

»Hey! Das ist alles total neu für mich. Sowohl in Sachen Beziehung als auch von der Tatsache her, dass ich vielleicht bald wieder Eltern habe. Das mit meiner Mutter ist schon mal auf einem guten Weg und ich hoffe sehr, dass mein Vater dadurch wieder auf die Beine kommt. Dass er mich aus seinem Leben ausgeschlossen hat, ist zum Kotzen. Aber mitansehen zu müssen, wie er zerfällt, macht es doppelt schlimm.«

»Stimmt.«

Mit dem Daumen streichelt er über meinen Handrücken, schaut nachdenklich auf unsere Hände hinab.

»Und was hast du an Weihnachten vor, wenn du nicht nach St. Louis mitkommen willst?«

»Mal sehen. Im Zweifel mache ich es mir mit Cleo gemütlich. Oder vielleicht sogar mit Mara, sie hat auch niemanden mehr.«

»Was ist mit deinen Eltern?«

Ich seufze, sehe aufs Wasser hinaus. »Keine Ahnung. Vorletztes Jahr war es an Thanksgiving schon scheiße, wie mitleidig sie mich angesehen haben, nach der ersten Fehlgeburt. Wie soll es da erst werden, da ich nun in Trennung lebe und drei Fehlgeburten hinter mir habe?«

»Meinst du, Ryan hat ihnen etwas Ähnliches erzählt wie euren Freunden?«

Mir wird heiß und kalt. »Gute Frage. Ich würde es ihm auf jeden Fall zutrauen.«

»Du solltest mit deinem Scheidungsanwalt sprechen und ihm das Treffen schildern.«

»Ich habe ihr eine E-Mail geschrieben. Sie versucht, eine vorzeitige Scheidung zu erwirken.«

»Das wäre schon mal etwas. Auch wenn der Wichser einen Denkzettel verdient.«

»Wenn mir etwas einfällt, womit wir es ihm heimzahlen können, sage ich dir Bescheid.«

»Gute Idee. Und davon habe ich auch eine.«

»Ja?«

»Wir gehen jetzt zu mir und ich koche uns ein richtig schönes Abendessen.«

»Hört sich gut an, so langsam bekomme ich nämlich Hunger.«

»Auf was hast du Appetit?«

»Irgendetwas mit Fleisch.«

Da lacht er auf, hebt meine Hand an seinen Mund und drückt einen Kuss auf den Handrücken. »Das ist genau die richtige Einstellung.«

*

Die drei Wochen bis zu den Weihnachtsfeiertagen sind dermaßen mit Terminen und Arbeit gefüllt, dass sie beinahe wie im Flug vergehen.

Lance und Rafe reisen kreuz und quer durch das Land, unter anderem zu Wohltätigkeitsveranstaltungen. Um neue Kunden zu gewinnen und Verträge abzuschließen, denn alle wollen ihre Schäfchen vor dem Superbowl beziehungsweise dem Spring Training der Baseball-Liga ins Trockene bringen. Und da Rafe eine kleine Familie hat, übernimmt Lance sogar die Wochenenden.

Dadurch sehen wir uns erst vier Tage vor Weihnachten wieder und wir müssen uns stark zurückhalten, uns nicht kurz in seinem privaten Bad zu verstecken, um wenigstens einen Kuss auszutauschen.

Immerhin fährt er nach Feierabend mit zu mir, sodass wir ausgiebig Wiedersehen feiern können. Tägliche Telefonate sind eben nicht dasselbe.

Zwei Tage vor dem Feiertag findet in der Agentur die Weihnachtsfeier statt, eine gemütliche Stehparty bei Fingerfood und Punsch. Gleich zu Beginn gibt es einen offiziellen Teil, in dem die beiden CEOs ihren Angestellten für ein grandioses Jahr danken. Und sie informieren uns über die positiven Entwicklungen der letzten Monate, die sich voraussichtlich im kommenden Jahr fortsetzen werden.

Später kuscheln Lance und ich nackt in meinem Bett, damit Cleo nicht dazwischenfunken kann, und spinnen die Ideen weiter. Bis hin zu dem neuen Tätigkeitsbereich für mich.

»Was allerdings einen entscheidenden Nachteil für uns beide hätte.«

Ich streiche versonnen mit den Fingerspitzen durch sein Brusthaar. »Welchen?«

»Wir würden uns weniger sehen. Und ich müsste mir schon wieder eine neue Assistentin suchen. Wo du dich doch gerade erst perfekt eingearbeitet hast.«

»Was ist mit Vanessa?«

»Sie will frühestens nach einem Jahr wieder arbeiten gehen, mehr weiß ich nicht.«

»Lass uns doch erst einmal schauen, wohin die Reise wirklich geht.«

»Das tun wir, aber Rafe und ich wollen auch entsprechend vorbereitet sein. Weißt du, neulich hat der erste Eishockeyspieler angefragt und wir überlegen ernsthaft, unser Portfolio auszubauen.«

»Ihr habt doch gar keine Ahnung davon.«

»Nur rudimentär. Weswegen wir bereits unsere Fühler ausstrecken.«

»Wollt ihr einen neuen Partner aufnehmen?«

»Nein, höchstens jemanden einstellen.«

Ich seufze. »Himmel, das wäre kein Job für mich, weitreichende unternehmerische Entscheidungen treffen.«

»Aber du bereitest den Weg dafür vor.«

Leise Zweifel steigen in mir auf, verbinden sich mit einem Gedanken, den ich von Anfang an hatte. »Ehrlich gesagt habe ich Angst, dass die Kolleginnen und Kollegen über mich herziehen werden, wenn ich diesen neuen Job übernehme. Vor allem, wenn unsere Beziehung unbeabsichtigt bekannt werden sollte. Dann wird es heißen, ich habe mich hochgeschlafen.«

»Rafe und ich wissen es besser.«

»Schön und gut, aber das hilft mir nicht auf der Mitarbeiterebene.«

»Dann machen wir eine interne Stellenausschreibung, ein Auswahlverfahren, aus dem ich mich heraushalte.«

»Ich glaube, das reicht nicht.«

»Sondern?«

»Wir müssten es früh genug offiziell machen, dass wir zusammen sind. Wenn es nämlich hintenrum herauskommt und sich Gerüchte verbreiten, wird es noch viel schlimmer für mich. Außerdem darf ich auch keinerlei Vorteile genießen oder Ähnliches. Nicht einmal früher gehen.«

»Das ist doch jetzt auch nicht der Fall.«

»Herrgott, nimmst du meine Bedenken eigentlich ernst?«

Lance wälzt sich halb auf mich, sieht mir in die Augen. »Natürlich tue ich das. Deswegen frage ich mich gerade, ob du lieber auf den Job verzichten willst, der sich dir vermutlich bald bietet.«

»Nein! Das ist eine grandiose Chance.«

»Na, siehst du. Und was erwartest du dann von mir?«

Verlegen streiche ich seine starken Oberarme hinauf, in denen ich mich so geborgen fühle. Nehme meinen gesamten Mut zusammen. »Vielleicht habe ich ja Angst, dass du unsere Beziehung in der Agentur nicht öffentlich machen willst.«

Erstaunt hebt er eine Braue. »Und wie kommst du darauf?«

Ich zucke mit den Schultern.

»Traust du mir nicht? Oder meinen Gefühlen?«

»Was empfindest du denn für mich? Wir reden nie darüber.«

»Eigentlich habe ich gedacht, ich zeige dir bei jeder Gelegenheit, was du in mir auslöst.« Lächelnd senkt er den Kopf und knabbert an meinem Hals, küsst sich über mein Dekolleté zu meiner Brust und umfasst die andere mit seiner Hand.

Sogleich kochen Lust und Verlangen in mir hoch, ich

schließe machtlos die Augen. »Du weichst mir aus.«

»Wie käme ich dazu?« Er beißt sanft in meinen Nippel, saugt kräftig daran und ich stöhne auf. Seine Hand wandert über meinen Bauch, zu meinem Schoß und mein Knie fällt automatisch zur Seite.

Seine Lippen streichen wieder höher, über meinen Hals. Sein Finger findet meine noch immer sensible Klit, umkreist sie sanft, und mein Verstand löst sich langsam in Luft auf.

»Du bist das Beste, was mir je passiert ist«, raunt er in mein Ohr und dringt mit dem Finger in mich ein. Gleitet heraus, reibt mich, wieder hinein.

Ich erschauere, klammere mich an seine Schultern.

»Ich bin süchtig nach dir, Cassidy.«

Er küsst mich, hebt den Kopf und wartet, bis ich ihn ansehe. »Ich will dich. Brauche dich. Und es ist mir scheißegal, was andere darüber sagen.«

Ohne Vorwarnung intensiviert Lance sein Fingerspiel, schiebt zwei Finger in meine Pussy, reibt mit einem weiteren über meine Lustperle.

Meine Hüften zucken ihm entgegen und ich spanne sämtliche Muskeln an.

Sein Schwanz liegt prall und schwer auf meinem Bauch. Ich lege die Hand darum, massiere ihn und wühle die andere in sein Haar. Ziehe ihn zu mir herab und küsse ihn voller Leidenschaft.

Verdammt, ich will ihn in mir spüren.

Nicht nur jetzt, immerzu. Vor allem, wenn er in meiner Nähe ist.

Und mein Herz sehnt sich in jeder einzelnen Minute nach ihm.

»Warte einen Moment.« Ein Flüstern, ein Kuss, dann löst er sich von mir. Kniet sich auf die Matratze, nimmt sich ein Folienpäckchen vom Nachttisch und ich schaue ihm voller Begierde dabei zu, wie er das Kondom über seine Härte rollt.

Automatisch lecke ich mir über die Lippen, in wenigen Sekunden darf ich ihn erneut genießen.

Er schiebt sich zwischen meine Beine, beugt sich vor, doch ich setze mich auf.

»Leg dich hin.«

Ein Lächeln breitet sich auf seinem Gesicht aus und er dreht sich neben mir auf den Rücken, lässt mich nicht aus den Augen.

Ich schwinge ein Bein über seinen Bauch und stütze mich auf seiner Brust ab. Beuge mich zu ihm hinab, küsse ihn. Rutsche ein Stückchen tiefer, greife zwischen uns und dirigiere seine Schwanzspitze an meinen Eingang, seine Hände auf meinen Beinen. Dann sehe ich ihm tief in die Augen, senke mich auf ihn und nehme ihn Stück für Stück in mich auf.

Gott, das fühlt sich so gut an!

Ich stöhne auf, spreize die Schenkel weiter, um ihn ganz in meiner Pussy zu versenken.

Lance gräbt die Finger in meinen Hintern, streicht meinen Rücken hinauf und übt leichten Druck aus. Er hebt den Kopf, als ich ihm entgegenkomme, und unsere Lippen finden für einen weiteren Kuss zueinander.

Ich schmiege mich an ihn, einen Unterarm neben seiner Schulter, den anderen auf seiner Brust und die Hand an seinem Gesicht. Schaukele langsam vor und zurück, reibe mich gleichzeitig an ihm.

Mit einem kehligen Stöhnen packt er mein Haar, bewegt die Hüften sanft gegen meinen Rhythmus.

Von dieser doppelten Stimulation angetörnt richte ich mich auf und reite ihn, steigere auch mal das Tempo. Nehme seine Hände und lege sie um meine Brüste, massiere sie mit ihm zusammen. Genieße es, wie er meine

Nippel kneift und damit zusätzliche Blitze in mein Lustzentrum abfeuert.

Mein Kopf fällt in den Nacken, ich schließe die Augen. Mir entschlüpft ein Wimmern und ich reibe mich kräftiger an ihm. Beuge mich schließlich wieder vor und ficke ihn.

Sein Stöhnen und das Verlangen in seinen Augen stacheln mich weiter an, doch unvermittelt packt er meine Hüften und hält mich fest. Hebt das Becken und nimmt mich mit kurzen, schnellen Stößen.

Das süße Ziehen breitet sich aus, von meinem Schoß bis in meine Finger und Zehen, und alles in mir schwillt an. Schnell setze ich mich auf und schaukele kräftig vor und zurück, ohne dass er innehält. Ich kann kaum noch atmen, rase auf den Höhepunkt zu.

Da legt er die Hand auf meinen Bauch und den Daumen auf meine geschwollene Perle. Er umkreist sie, reibt mich.

Meine Lider fallen zu, meine Nägel graben sich in seinen Bauch.

Dann hebe ich ab, halte den Atem an und explodiere.

Ich jammere und stöhne, komme ein zweites Mal.

Zusammen mit Lance.

Er presst das Becken gegen meines und ich fühle, wie sein Schwanz in mir pulsiert. Ich spanne sämtliche Muskeln an, schaukele sanft vor und zurück.

Und er setzt sich auf, umschlingt mich, presst mich an sich, küsst mich.

Ich lege die Arme um seinen Nacken, wühle die Finger in sein Haar und spüre dem Pochen in meinem Schoß nach.

Hier an seiner Brust, in seinen Armen, fühle ich mich sicher, aufgehoben, geliebt.

Und was fühlt er?

Ein feiner Stich fährt mir ins Herz, doch ich verdränge

das. Ich will jetzt nicht darüber nachdenken, dass es für mich offenbar viel mehr ist als für ihn. Mich nicht damit trösten, dass sein Verhalten eine andere Sprache spricht.

Lieber klammere ich mich an die Hoffnung, dass er mir bald seine wahren Gefühle gesteht.

*

Zwischen Weihnachten und Silvester halte ich die Stellung im Büro, denn ich habe durch meine kurze Firmenzugehörigkeit nur wenige Urlaubstage in diesem Jahr. Die werde ich direkt im Januar nehmen, wenn Olivia, Rafe und Lance wieder da sind.

Der hat kurzfristig beschlossen, noch ein paar Tage in St. Louis zu bleiben, nachdem das Familientreffen an Weihnachten positiv verlaufen ist. Natürlich fehlt er mir, doch ich freue mich umso mehr für ihn, dass seine Eltern wieder aufeinander zugehen und sie gemeinsam die vergangenen Jahre aufarbeiten.

Da keine Kundentermine stattfinden, ist auch Phyllis im Urlaub, und in der Verwaltung nutzen lediglich zwei Kollegen die Zeit, um die Jahresabschlussarbeiten vorzubereiten. Entsprechend ruhig ist es in der Agentur und ich lasse im Hintergrund YouTube-Musik-Videos laufen. Auf diese Weise gehen mir die Arbeiten gleich doppelt so leicht von der Hand.

Der letzte Arbeitstag des alten Jahres beginnt genauso, ich genieße Kaffee sowie Musik und erledige zügig meine Aufgaben.

Doch keine zwei Stunden später melden sich leichte Unterleibsschmerzen und ich verziehe genervt das Gesicht. Die Hormonbehandlung habe ich letzte Woche abgeschlossen und ausgerechnet jetzt kündigt sich meine

Periode an? Lance kommt morgen zurück und übermorgen wollen wir Silvester feiern.

Na, wenigstens habe ich diesbezüglich mit Hygieneartikeln vorgesorgt.

Ich schlucke eine krampflösende Tablette, doch mit der Zeit wird es schlimmer und die Schmerztablette hilft genauso wenig.

Zu diesem Zeitpunkt steigt das erste Mal ein mieses Gefühl in mir auf, aber ich versuche, mich davon nicht einschüchtern zu lassen. Als sich jedoch Übelkeit einstellt und mein Bauch empfindlich auf Druck reagiert, schrillt die erste Alarmglocke in meinem Hinterkopf.

Irgendetwas stimmt hier nicht.

Die Erinnerungen an die drei Fehlgeburten explodieren in meinem Kopf, überwältigen mich mit den schlechtesten Emotionen und in meiner Brust breitet sich ein dumpfer Schmerz aus.

Nein, das ist unmöglich, Lance und ich haben immer ein Kondom –

Wie ein Schock trifft mich ein Flashback.

Der Besuch des Kreativmarktes im Ferry Building, das Essen am Ende, die Begegnung mit Ryan und Tonja. Der emotionale Wortwechsel, der Streit mit Lance, der Sex.

Ohne Verhütung.

»Oh, mein Gott!« Verzweifelt lege ich die Hand auf meinen Bauch, Tränen schießen mir in die Augen und die Panik droht, mich zu überwältigen.

Nein, verdammt, ich muss ruhig bleiben.

Und zum Arzt fahren.

Ich greife nach meinem Handy, wähle die Nummer meiner Gynäkologin und bekomme nur eine Bandansage zu hören.

Wegen Urlaub geschlossen.

»Scheiße, Scheiße, Scheiße.«

Okay, dann bleibt mir nur die Notaufnahme.

Eilig speichere ich die letzte Arbeit ab, schließe sämtliche Anwendungen und fahre meinen Computer herunter. Rufe in der Verwaltung an und sage Bescheid, dass ich zum Arzt muss, weil ich mich nicht gut fühle, und mache mich auf den Weg.

Allerdings komme ich nur bis über die nächste Straße, bevor mich der nächste Krampf aufhält und ich das Gefühl habe, zu bluten.

Mein Herz hämmert los und ich laufe langsam zum nächsten Baum, um mich daran festzuhalten. Vornübergebeugt stehe ich da und versuche, bedacht in den Bauch zu atmen. Schweiß steht mir auf der Stirn und mein Körper wird von heißen sowie eiskalten Wellen überspült.

»Alles in Ordnung, Ma'am? Kann ich Ihnen helfen?«

Ich hebe den Kopf und schaue den jungen Mann in der Kleidung eines Paketdienstes an. »Nein. Würden Sie mir ein Taxi rufen? Ich muss ins Krankenhaus.«

Seine Brauen schießen nach oben. »Da rufe ich wohl besser die 911.«

Schon zieht er ein Telefon hervor, wählt die Nummer und nach einem kurzen Wortwechsel hält er es mir ans Ohr. »Hier, Sie sollen sagen, welche Beschwerden Sie haben.«

Kurz presse ich die Augen zusammen. »Hallo?«

»Hier ist der Notruf, bitte schildern Sie ihre Beschwerden.«

Was ich tue, inklusive meiner gynäkologischen Vorgeschichte.

»Okay, der Wagen ist gleich bei Ihnen. Bitte geben Sie mir noch einmal den Anrufer.«

Kraftlos nicke ich ihm zu. »Sie sind dran.«

Dann lehne ich mich an den Baum und schließe die Augen.

Die Sekunden und Minuten dehnen sich zu einer halben Ewigkeit, in der der junge Mann mir beruhigend über den Rücken streicht.

Endlich höre ich Sirenen, kommen sie näher und halten neben mir an. Kurz darauf steht ein Sanitäter vor mir, stellt sich vor und erzählt mir, worüber ihn die Einsatzzentrale informiert hat.

Aufgrund der Schmerzen bin ich nur eingeschränkt aufnahmefähig, aber das meiste verstehe ich. Also bestätige ich die Details und er bittet mich, ihm die Beschwerden zu beschreiben und zu zeigen, wo genau es wehtut.

Schon taucht eine rollbare Trage neben mir auf und die Sanitäter helfen mir hinauf. Schnallen mich fest, schieben mich in den Krankenwagen, die Türen knallen zu. Ein neuer Krampf überwältigt mich und ich verziehe das Gesicht, stöhne auf vor Schmerz.

Erst recht, als der Sanitäter meinen Unterbauch abtastet.

Verdammte Scheiße noch mal!

Weil er schweigt, sehe ich ihn an, und sein Gesicht sagt mir alles. Dafür brauche ich keine Worte.

Vor mir öffnet sich ein schwarzes Loch, saugt mich hinein und mein Herz zersplittert in tausend Scherben.

Ich starre an die Decke, blind vor Tränen, die über meine Wangen laufen, und alles in mir wird schwer.

Warum?

Verzweifelt klammere ich mich an dieses eine Wort, während der Krankenwagen mit Sirene durch die Straßen rast. Ich mit der Trage aus dem Wagen gehoben und in die Notaufnahme gerollt werde.

Auch die Krankenschwester, die mir einen Venenkatheter legt und Blut abnimmt, kann ich nur stumpf ansehen. Genauso wie den Arzt, der nach geringer Wartezeit zu mir kommt.

Er stellt mir medizinische Fragen, untersucht mich vaginal mit einem Ultraschallstab. Bekommt ein Blatt Papier hereingereicht und runzelt die Stirn. »Seltsam.«

Ich blinzele. »Was ... was ist denn mit mir? Habe ich wieder eine Fehlgeburt?«

»Der HCG-Wert in Ihrem Blut sagt, Sie sind schwanger, aber ich kann gar keinen Embryo sehen.« Vorsichtig zieht er den Stab heraus, entfernt das mit Gel bestrichene Kondom und steckt ihn in die Halterung zurück. Setzt einen anderen Kopf auf, spritzt Gel darauf und streicht meinen Unterbauch damit ein.

Mit leichtem Druck fährt er über meine Haut, wobei ich die Zähne zusammenbeißen muss, um nicht laut aufzustöhnen. Schallt erst die eine, dann die andere Seite. Schließlich dreht er den Monitor in meine Richtung und deutet darauf. »Sie haben Flüssigkeit im Bauchraum, daher die Schmerzen.«

»Was bedeutet das?«

Der Arzt nimmt das Gerät von meinem Bauch, reicht mir ein paar Tücher und säubert den Schallkopf. »Wir werden Sie schnellstmöglich operieren und sehen, woher die Flüssigkeit kommt. Aber es war gut, dass Sie sofort hergekommen sind. «

In mir steigt Panik hoch. »Und was passiert jetzt genau?«

»Wir machen eine Laparoskopie, minimalinvasiv. Ein kleines Loch hier.« Er zeigt auf meinen Bauchnabel. »Und zwei hier unten.« Er berührt zwei Stellen auf meinem Unterbauch, knapp über der Scham.

»Aber ... was könnte die Ursache sein?«

»Alles Mögliche, deswegen ist es erst einmal wichtig, dass wir eingreifen, bevor Ihr Leben womöglich auf dem Spiel steht. Vorher schicke ich eine Schwester vorbei, damit Sie vorbereitet werden und später auf der Station aufgenommen werden können. Falls Sie jemanden benachrichtigen möchten, der Ihnen das Nötigste für den Aufenthalt packen und vorbeibringen kann, tun Sie das schnellstmöglich. Ihre Handtasche wird in Verwahrung genommen und Sie haben vorerst keine Gelegenheit mehr dazu.«

Ich schlucke. »Okay.«

»Gut, dann sehen wir uns gleich.« Er schiebt das Ultraschallgerät aus meiner Kabine, zieht den Vorhang zu und ich bin wieder allein.

Meine Gedanken schießen wild umher, schüren meine Angst und aus meinem Innern steigt ein Beben auf. Zusammen mit dem starken Drang, zu heulen, schreien und um mich zu schlagen.

Reiß dich zusammen, ruf Mara an.

Mit zitternden Fingern säubere ich mich behutsam von dem Gel, stehe auf und ziehe mich wieder an. Angele vorsichtig nach meiner Handtasche, hole das Smartphone heraus und rufe die Kontaktliste auf.

Da die recht kurz ist, muss ich nicht weit scrollen und ich will schon darauf tippen, als ich Lances Namen darüber erblicke. Die dumpfe Vorahnung kehrt zurück, die nächsten Tränen schießen in meine Augen und ich öffne eilig Maras Kontakt, halte mir das Telefon ans Ohr.

»Hey, Süße. Hast du schon Feierabend?«

»Nein, Mara, ich bin im Krankenhaus.«

»Was ist passiert? Bist du verletzt?«

Ich schluchze auf. »Ich habe Flüssigkeit im Bauch und der Arzt will per Bauchspiegelung herausfinden, was da los ist. Kannst du mir eine Tasche für einige Tage bringen? Und dich um Cleo kümmern?«

»Natürlich? Wo bist du denn?«

»Im *Van Ness Campus Hospital*.«

»Station? Zimmer?«

»Weiß ich noch nicht, ich muss direkt operiert werden.«

»Himmel, das hört sich ja furchtbar an.«

»Ich melde mich danach bei dir, okay?«

»Ja, natürlich. Soll ich jemanden anrufen? Deine Eltern? Lance?«

»Nein, niemanden.«

»Aber er wird sich Sorgen machen.«

»Bitte, ich kann und will niemanden sehen. Bis ich weiß, was los ist. Außerdem ist Lance in St. Louis und kann eh nichts tun. Also versprich mir, es für dich zu behalten.«

Sie zögert, stößt schließlich die Luft aus. »In Ordnung. Wir reden später.«

»Ich danke dir. Für alles.«

»Das ist doch selbstverständlich, Cassidy. Wir sind Freundinnen!«

»Trotzdem.«

»Jetzt sieh erst einmal zu, dass du gesund wirst. Bis dann.«

»Ja, bis dann.« Wir legen auf, ich schalte mein Telefon aus und werfe es in meine Handtasche.

Kurz darauf wird der Vorhang zur Seite gezogen und eine Schwester trifft ein, um die Aufnahmeformalitäten zu erledigen. Zum Schluss muss ich einige Unterlagen unterschreiben, von denen ich kaum etwas verstanden habe, und OP-Kleidung anziehen. Meine Sachen werden direkt auf die Station gebracht, ich werde mit dem Bett aus der Notaufnahme gerollt.

Der Weg erscheint mir unendlich lang und mein Hirn hat viel Zeit, in Chaos und Panik zu verfallen. Weswegen ich nervlich ziemlich am Ende bin, als ich im Operationssaal ankomme.

Zitternd und heulend liege ich da und werde verkabelt.

Die Anästhesistin spritzt mir ein Beruhigungsmittel,

von dem mir schwummrig wird, und redet beruhigend auf mich ein. »Gleich werden Sie einschlafen und wenn Sie wieder aufwachen, ist alles vorbei und wieder in Ordnung.«

Wieder in Ordnung? Nein, bestimmt nicht.

Alles vorbei? Ja, vermutlich.

Die Ärztin stülpt mir eine Atemmaske auf. »Das ist Sauerstoff, bitte ruhig und tief atmen. Und denken Sie an etwas Schönes.«

Vor meinem inneren Auge taucht Lance auf und mein Herz zieht sich vor Leid zusammen.

Dann erhalte ich das Narkosemittel und bevor ich in Schwärze versinke, ist da nur noch ein Gedanke.

Vorbei.

*

»Haben Sie denn keinen Hunger, Ms. Lucas?«

Ich schüttele den Kopf, ohne die Schwester anzusehen, blicke stattdessen aus dem Fenster.

Sie seufzt, verlässt aber mit dem unberührten Frühstückstablett das Zimmer.

»Darf ich fragen, was es bei dir war?«

Überrascht drehe ich mich zu meiner Bettnachbarin auf der Türseite des Zimmers um. Eine zierliche Asiatin, die ich bisher kein Wort habe sprechen hören. Weder nach meiner Rückkehr aus dem OP bis zum Schlafengehen, noch heute früh.

Das dritte Bett ist leer, denn die ältere Frau wurde vor dem Frühstück zur Operation abgeholt.

Ich räuspere mich. »Eine Eileiterschwangerschaft. Und du?«

»Fehlgeburt, 8. Schwangerschaftswoche.«

»Habe ich auch schon dreimal mitgemacht.« Ich verziehe gequält das Gesicht, wir schauen uns mitfühlend an und ich spüre eine tröstliche Verbundenheit.

»Ich bin übrigens Ahri.« Sie streckt mir die Hand entgegen und ich schüttele sie über den Zwischenraum hinweg.

»Cassidy. Schöner Name, woher stammt der?«

»Korea.«

»Ah.« Ich nicke. »Wie lange bist du schon hier?«

»Zwei Tage, morgen soll ich entlassen werden.«

»Ist doch super. Bist du verheiratet?«

Ein Lächeln breitet sich auf ihrem Gesicht aus, nimmt aber schnell einen traurigen Zug an. »Ja, seit Juni. Das Baby sollte unser Glück krönen.«

»Euer Wunsch wird sich bestimmt noch erfüllen.«

»Und *dein* Mann? Kommt er dich heute besuchen?«

Sofort ziehe ich sämtliche Mauern wieder hoch. Schüttele den Kopf, schlinge die Arme um mich und wende mich ab.

Zum Glück versteht Ahri mein Verhalten und lässt mich in Ruhe.

Allerdings zweifele ich daran, ob es gut ist, mit meinen Gedanken allein zu sein.

Den zerstörerischen Selbstvorwürfen, qualvollen Schuldgefühlen, chaotischen Vorstellungen.

Ich wünschte, ich könnte all das für ein paar Stunden abstellen.

Im Laufe des Vormittags wird der dünne Schlauch aus dem Bauchraum entfernt und die Schwester hilft mir, mich zu waschen sowie bequeme Sachen anzuziehen. Auch der Arzt schaut vorbei, um mit mir noch einmal im Detail über die Operation zu sprechen. Zum Glück haben sie schnell festgestellt, wo das Problem lag, und konnten den Eileiter retten, ohne Komplikationen. Er erklärt mir, was das für meine Fruchtbarkeit bedeutet, wie ich mich die nächsten Wochen verhalten soll, und kündigt mir einen Dr. Riley an, der mir helfen soll, den ganzen Scheiß zu verarbeiten.

Als ob das so einfach wäre.

Nach dem Mittagessen, das ich wieder nicht anrühre, bekommt Ahri Besuch von ihrem Mann und die andere Patientin schläft nach der Operation.

Ob ich vielleicht mal ein paar Schritte laufen sollte? Möglicherweise gibt es ja eine Bibliothek oder eine Kapelle, in der ich eine Weile allein sein kann.

Da ertönt ein Klopfen, die Tür wird geöffnet und eine rundliche Frau mit braunem Kurzhaarschnitt, die vom Alter her meine Mutter sein könnte, kommt herein. Sie grüßt Ahri mit einem Nicken, steuert auf das Fußende meines Bettes zu und bleibt dort stehen.

»Hallo, Ms. Lucas. Ich bin Dr. Riley, die Psychotherapeutin der gynäkologischen Station.«

»Hallo.«

»Das Krankenhaus bietet ein kostenloses Erstgespräch für alle Frauen an, die wie Sie einen Verlust erlitten haben. Was halten Sie davon? Haben Sie Redebedarf?«

»Ich weiß nicht ...« Ich habe eine Therapeutin, doch die ist bis Anfang Januar im Urlaub, und Dr. Rileys Angebot klingt gerade sehr verlockend.

Sie neigt den Kopf und lächelt. »Ja, ich denke, Sie haben einiges auf dem Herzen. Lassen Sie uns doch einen Kaffee trinken und sehen, was davon Sie gern loswerden möchten.«

Ich überlege kurz und nicke. Alles ist besser, als es mit mir allein ausmachen zu müssen. »Okay.«

»Wunderbar. Brauchen Sie Hilfe beim Aufstehen?« Sie tritt an die Seite meines Bettes, hält mir die Hand hin.

»Danke, aber ich versuche es erst einmal allein.«

»Wie Sie möchten.«

Ich schiebe mich langsam aus dem Bett und stehe auf, spüre in meinen Bauch hinein.

Soweit alles okay, es ziept nur ein wenig an den Nähten.

Wir schlendern aus dem Zimmer, ein Stück den Gang hinunter und biegen hinter dem Schwesterntresen ab. Gelangen in einen verlassenen, gemütlich eingerichteten Wartebereich mit diversen Sitzgruppen und einer Kaffeeecke, auf die wir als Erstes zusteuern.

Mit zwei Tassen Cappuccino gehen wir zu zwei Sesseln am Fenster hinüber, zwischen denen ein kleiner Tisch steht, und setzen uns. Dann nehme ich einen Schluck und seufze. »Der ist gut.«

»Kein Vergleich zu dem Kaffee, der zum Essen serviert wird, nicht wahr?«

»Keine Ahnung, ich habe noch nichts davon getrunken.«

»Und auch keinen Bissen angerührt, seitdem Sie hier sind.«

»Nein.« Ich verziehe das Gesicht. Trinke von dem Cappuccino und stelle die Tasse wieder ab.

»Warum nicht?«

»Ich kriege einfach nichts runter, ich bin total fertig.«

»Ich habe mich natürlich im Vorfeld über Ihre Vorgeschichte informiert, drei Fehlgeburten. Klingt nach einer sehr harten Zeit.«

»Oh, ja.«

»Erzählen Sie mir davon. Was es mit Ihnen gemacht hat, Ihrer Beziehung.«

Einen Moment lang starre ich aus dem Fenster auf den Wohnkomplex, der einen halben Block umfasst und die besten Jahre bereits hinter sich hat. Sammele meine Gedanken, konzentriere mich auf meine Geschichte. Dann berichte ich Dr. Riley von Ryan und mir. Vom Kennenlernen bis zur letzten Begegnung nach Thanksgiving.

Am Ende schüttelt sie den Kopf. »Eine Entwicklung, von der ich leider immer wieder höre, zu oft. Aber dass Ihr

Freundeskreis nur ihm glaubt ...« Sie schnaubt verächtlich.

»Trotzdem bin ich froh, dass ich endlich die Wahrheit weiß.«

»Ja, wir brauchen solche Klarheiten.«

Tja, wenn ich die mal für mich hätte.

Ich leere meine Tasse, verändere meine Sitzhaltung.

»Und habe ich das richtig verstanden? Sie haben inzwischen eine neue Liebe gefunden, von der auch das Baby gewesen wäre?«

In meiner Brust zieht sich etwas schmerzhaft zusammen. »Liebe ist ein großes Wort.«

»Wie würden Sie es bezeichnen?«

»Als komplizierte, lockere Beziehung.« Selbst mir fällt auf, wie bitter meine Stimme klingt.

»Inwiefern kompliziert?«

Also erkläre ich ihr die Sachlage, schildere, wie aus einer Nacht ein bisschen mehr geworden ist. Wiederhole Lances eigenen Worte hinsichtlich ernsthafter Beziehungen und Kindern.

»Und was empfinden Sie für ihn?«

Ich schaue sie an und lächele schief. »Ich habe mich Hals über Kopf in ihn verliebt, sonst hätte ich mich nicht darauf eingelassen. Nicht einmal auf die ursprünglich einzige Nacht.«

»Weil Sie früher schon für ihn geschwärmt haben.«

»Ja, vermutlich.«

»Haben Sie ihn denn mal auf seine Gefühle angesprochen?«

»Ja, zuletzt vor Weihnachten, doch da ist er mir wieder gekonnt ausgewichen.«

»Und wie fühlen Sie sich damit?«

Ich seufze, verschränke die Arme. Endlich kann ich all die Gedanken aussprechen, die mir immer häufiger durch den Kopf geistern. »Hin- und hergerissen. Gewisse

Empfindungen hat er ja zugegeben und dass er mehr wollte als nur eine Nacht, ist ungewöhnlich und ein Fortschritt für ihn. Auf der anderen Seite bleibt er genau dort stehen und tut so, als ob wir uns nicht längst weiterentwickelt hätten. Keine Ahnung, ob er es ignoriert oder ihm das nicht bewusst ist. Oder er dem keinerlei Bedeutung beimisst.«

»Was genau meinen Sie mit Weiterentwicklung?«

»Na ja, abgesehen von der sexuellen Ebene sind wir auch so gern zusammen. Er hat gesagt, er fühlt sich wohl in meiner Nähe, und mir geht es genauso. Unsere Gespräche haben an Tiefe gewonnen, in vielerlei Hinsicht. Und was unsere jeweilige Vergangenheit angeht, stärken wir einander.«

»Was genau hat er für Sie getan?«

»Er hat mich dazu gebracht, mich ihm zu öffnen. Weil er das Leid in meinen Augen gesehen hat und verstehen wollte, woher es kommt. Es hat wirklich gutgetan, ihm davon zu erzählen. Und dass er in den beschissensten Momenten an meiner Seite war, wenn auch nur durch Zufall. Das hat es für mich leichter gemacht, ich habe mich nicht mehr so einsam gefühlt.«

»Glauben Sie, Sie haben für ihn das Gleiche bewirkt?«

»Zumindest etwas Ähnliches. Nach dem ersten Treffen mit seiner Mutter schien er erleichtert, gelöst. Und er hat sich sehr auf das Familientreffen an Weihnachten gefreut. Wir haben sogar einige Male telefoniert und ich konnte seiner Stimme anhören, dass er glücklich ist. Weil er seine Familie zurückbekommt. Und das hat meine Hoffnungen bestärkt.«

»Welche Hoffnungen?«

»Dass er seine Angst vor ernsten Beziehungen verliert, sich vielleicht sogar Kinder wünscht. Aber das werde ich wohl nie herausfinden.«

»Wie meinen Sie das?«

Verzweifelt kaue ich auf meiner Lippe und überlege, wie ich in Worte fassen soll, was seit unserer letzten Nacht in mir vorgeht.

»Machen Sie sich keine Gedanken um eine passende Formulierung, sprechen Sie es einfach aus.«

Also hole ich tief Luft und überwinde mich. »Ich glaube, dass ich mir selbst etwas vorgemacht habe. Wenn ich ihn auf seine Gefühle anspreche, weicht er mir aus und meint, er würde sie mir doch zeigen. Dann sagt er, ich sei das Beste, was ihm je passiert ist, er sei süchtig nach mir. Er will und braucht mich.« Ich sehe die Therapeutin an. »Aber ich glaube ihm das nicht, verstehen Sie? Weil er nur von der körperlichen Ebene spricht und diese auch in den Fokus schiebt. Vielleicht ist ihm mein emotionaler Ballast ja zu viel geworden. Oder er will sich auf seine Familie konzentrieren, statt auf mich. Auch wenn er meinte, ich sollte ihn an Weihnachten dorthin begleiten. Auf persönlicher, tieferer Ebene ist das gerade sein einziges Anliegen. Natürlich verstehe ich das, er hat 15 Jahre aufzuarbeiten, aber ...« Hilflos zucke ich mit den Schultern.

»Es war auch schon Thema, unsere Beziehung im Büro offiziell zu machen. Aber da wird er genauso wenig aktiv. Mit mir will er nur Spaß haben. Vermutlich so lange der Sex gut ist. Wenn ich ihm jetzt erzählen würde, dass ich von ihm schwanger war, es verloren habe ... er würde es beenden, das weiß ich.«

»Das heißt, Sie wollen ihn nicht darüber informieren?«

»Nein.«

»Ist das ihm gegenüber nicht unfair?«

»Unfair? Ist es etwa fair, mich hinzuhalten? Nein, er wird nie davon erfahren. Was soll das bringen? Stellen Sie sich vor, es wäre alles gutgegangen und ich müsste ihm eröffnen, dass er Vater wird. Von dem Tag an würde ich mit allem allein dastehen. Diese Sache hier hat mir die Augen geöffnet, so weh es mir tut. Wir haben keine gemeinsame Zukunft.«

»Wollen Sie ihm nicht wenigstens die Möglichkeit geben, sich dazu zu äußern?«

»Um auf meinem zerstörten Herzen herumzutrampeln? Nein, danke.«

»Sie haben sich eine ziemlich festgefahrene Meinung gebildet.«

In mir wallt Widerstand auf. »Ich habe Ihnen doch ganz genau erklärt, wie ich dazu komme. Ich habe versucht, mit ihm zu reden, aber da kommt nichts. Und das will ich einfach nicht mehr. Es geht mir so schon beschissen genug.«

»Vielleicht würde er seine Meinung ändern, wenn er von dem Kind wüsste. Das tun viele Männer an einem solchen Scheideweg.«

»Und im gleichen Atemzug muss ich ihm sagen, dass meine Chance auf eigene Kinder nun auf unter 50 Prozent gesunken ist. Mein Körper ist unfähig, ein Krüppel, und es wird Zeit, das zu akzeptieren, meinen Kinderwunsch zu begraben.«

Ein fetter Kloß schnürt mir die Kehle zu, Tränen brennen in meinen Augen und ich sehe hastig wieder aus dem Fenster.

»Ms. Lucas, es tut mir in der Seele weh, wie Sie von sich denken.«

Ich kämpfe gegen den aufsteigenden Schluchzer an, zucke nur mit den Schultern.

Wenn Sie wüsste, was sonst noch in meinem Kopf vorgeht, würde sie mich vermutlich in eine Klinik einweisen lassen.

»Haben Sie eine Therapeutin?«

Ich nicke, atme gegen die dunklen Wolken an, die mich

einzuhüllen drohen.

»Bitte, vereinbaren Sie schnellstmöglich einige Stunden bei ihr, Sie machen mir große Sorgen.«

Tja, wenn ich mir das mal leisten könnte.

Also reiße ich mich zusammen, recke das Kinn und schaue sie an. »Das hatte ich ohnehin vor.«

»Gut.« Dr. Riley seufzt, schüttelt den Kopf. »Es tut mir so unsagbar leid, was Sie alles durchmachen mussten und dass es so viele Zweifel in Ihnen hinterlassen hat. Jeder Mensch hat sein ganz persönliches Glück verdient.«

Wieder nicke ich, doch in meinem Innern sieht es vollkommen anders aus.

Bei mir macht das Schicksal oder Gott oder was auch immer eine Ausnahme.

Für mich gibt es kein Glück, das habe ich inzwischen verstanden.

Es wäre nur schön gewesen, das nicht auf diese übertrieben harte Tour lernen zu müssen.

Wie auch immer, von nun an bleibe ich allein, mit Cleo.

Und vermutlich muss ich mich ebenfalls damit abfinden, mir bald wieder einen neuen Job suchen zu müssen. Je nachdem, wie gut Lance mit der Trennung umgehen kann.

Nun, mir bleibt nur abzuwarten, wie es sich entwickelt. Und im Zweifel, weitere Konsequenzen zu ziehen.

Vor meinem geistigen Auge taucht Lance auf, sein charmantes Lächeln, vermeintlich glückliche Momente, die wir hatten, und mein Herz jault auf.

Vor Schmerz und Sehnsucht.

Doch ich bringe es zum Schweigen.

Was mir mit meinem Verstand nicht gelingt, denn sein letzter Einwand brennt sich förmlich in mein Hirn.

Und wie gut wirst du mit dieser Trennung umgehen, wenn ihr euch weiterhin jeden Tag seht?

Kapitel 14 – Lance

»Der gewünschte Teilnehmer ist leider nicht erreichbar.«

Stirnrunzelnd nehme ich das Telefon vom Ohr, unterbreche die Verbindung und werfe einen Blick auf die Anzeige über dem Kofferband. Gleich soll es losgehen.

Aber wo, zum Teufel, ist Cassidy?

Seit gestern Abend versuche ich, sie zu erreichen, und bekomme immer nur dieselbe Computeransage zu hören.

Hoffentlich ist ihr nichts passiert.

Sogleich steigt Sorge in mir auf, verdirbt mir die Vorfreude.

Ich habe sie so sehr vermisst und kann es kaum erwarten, sie endlich wiederzusehen. Sie zu spüren, Haut an Haut. Sie zu küssen, zu riechen, zu schmecken.

Und ich muss ihr so viel erzählen. Von meinen Eltern, wie die Familie wieder zusammenwächst. Was es für mich bedeutet und in mir auslöst.

Später nehme ich meinen Koffer vom Band, verlasse den Flughafen und fahre mit dem Taxi nach Hause. Rufe sie von unterwegs erneut an, mit demselben Ergebnis.

Ist ihr Akku leer?

Will sie mich nicht sehen?

Mein Magen verkrampft.

Nein, wieso sollte sie? Wir haben am Donnerstag noch telefoniert, es gab keinen Streit oder Ähnliches.

Oder ... hat sie etwa einen anderen?

Eine Schockwelle rast durch meinen Körper, schlägt wie eine Abrissbirne in meiner Brust ein.

Fuck, nein, das kann nicht sein.

Sie hat doch gesagt, dass sie sich in mich verliebt hat.

Hat sie das?

Ich denke eingehend darüber nach, lasse unsere gemeinsamen Zeiten Revue passieren. Doch als ich schließlich in meinem Apartment ankomme, muss ich mir eingestehen, dass sie nie ein solches Wort ausgesprochen hat.

Fuck.

Trotzdem – sie ist keinesfalls der Typ, sich einfach den nächsten Kerl zu schnappen, mit dem sie ins Bett geht. Oder habe ich mich so sehr geirrt?

Mein Magen krampft sich zusammen, mir wird heiß.

Ist sie kein bisschen besser als die Weiber vor ihr, die mich enttäuscht haben? Bin ich ein riesiger Vollidiot und habe mich von meinen Gefühlen für sie blenden lassen?

Diese Vorstellung macht mich beinahe wahnsinnig.

Warum ist sie dann nicht wenigstens so ehrlich und macht mit mir Schluss?

Unzählige Gedanken und Gefühle treiben mich den restlichen Tag um. Und mit jedem Anrufversuch wird es schlimmer, es verfolgt mich sogar bis in den kaum vorhandenen Schlaf.

Früh am Silvestermorgen wälze ich mich schließlich total groggy aus dem Bett, ziehe meine Sportsachen an und gehe joggen. Versuche, ein bisschen Ordnung in das Chaos zu bringen.

Was mir zumindest so viel bringt, dass ich beschließe, Cassidy zur Rede zu stellen. Und ich könnte mich dafür in den Hintern treten, dass ich das nicht längst getan habe.

Nach dem Duschen schlüpfe ich in Jeans, Shirt, Kapuzenjacke sowie Sneakers und fahre zu ihr. Bleibe erst mal vor dem Apartmentgebäude stehen und schaue an der Fassade hinauf.

Was wird gleich passieren?

Ein ungutes Gefühl steigt in mir auf, doch ich atme tief durch und marschiere auf die Tür zu.

Ich will Gewissheit. Jetzt.

Die Türen gleiten vor mir auseinander, ich nicke der Dame am Empfang zu und laufe zu den Fahrstühlen. Fahre in die vierte Etage hinauf, gehe zu ihrem Apartment und bleibe mit wild hämmerndem Herzen vor der Tür stehen.

Ich versuche, meine Atmung zu beruhigen, und lausche. Höre nichts.

Nehme sämtlichen Mut zusammen und klingele.

Warte. Lausche.

Nichts.

Ich klingele noch einmal.

Klopfe.

Erneut, lauter.

Den Gang hinauf ertönt das Ping der Fahrstuhltüren und eine Frau tritt heraus, zwei Hunde an der Leine.

Einer davon ist Cleo.

Mein Herz stolpert, mein Magen krampft sich zusammen, und ich wende mich der Frau zu.

Beobachte, wie sie wenige Türen entfernt stehenbleibt und ihre Key-Card hervorzieht.

»Entschuldigen Sie!«

Sie schaut zu mir, auf Cassidys Tür, und über ihr Gesicht huscht ein trauriger Ausdruck. »Ja, bitte?«

Entschieden gehe ich zu ihr. »Sind Sie zufällig Cassidys Nachbarin, die sich öfter mal um Cleo kümmert? Mara?«

»Ja, die bin ich. Warum?«

Die Hunde schnuppern an meinen Beinen und Cleo springt an mir hoch, wie sie es sonst tut, damit ich sie zur Begrüßung kraule.

Statt sie zu beachten, deute ich zu Cassidys Apartment. »Wissen Sie, wo Cassidy ist? Ich bin Lance. Ihr Freund.«

Sie atmet tief ein, nickt. »Ja, das weiß ich.«

Sofort rast mein Herz los. »Wo ist sie? Ich versuche seit gestern, sie zu erreichen.«

»Das darf ich Ihnen nicht sagen.«

»Was?« Verwirrt runzele ich die Stirn. »Das verstehe ich nicht. Was ist denn los? Ist etwas passiert?«

»Auch darüber darf ich nicht mit Ihnen sprechen.«

»Aber das ...«

Sie legt mir eine Hand auf den Arm. »Es tut mir so leid. Ich würde es Ihnen unglaublich gern sagen, aber ich habe es ihr versprochen.«

»Versprochen?« Fassungslos starre ich sie an. »Sie ist bei einem anderen Mann, oder?«

Ihre Brauen heben sich. »Glauben Sie das wirklich?«

Ich zögere. »Was soll ich denn sonst glauben? Warum redet sie nicht mit mir?«

»Bitte, Lance, Sie müssen selbst mit ihr sprechen.«

»Und wie? Wann?«

»Sobald sie wieder ins Büro kommt.«

»Aber das sind noch ein paar Tage, sie hat Urlaub genommen.«

»Ich weiß.«

In meinem Innern zieht sich alles vor Schmerz zusammen und ein Stich fährt mir in die Brust.

Mara nimmt die Hand fort, ihre Augen sind voller Mitgefühl. »Es tut mir leid. Alles Gute.« Damit wendet sie sich ab, öffnet ihre Tür und verschwindet in ihrem Apartment.

*

»Mann, siehst du beschissen aus. Was ist passiert?« Rafe schließt die Haustür und tritt zu mir.

»Wenn ich das wüsste!«

Er runzelt die Stirn, mustert mich eingehend.

»Es ist zwar noch früh am Tag, aber ... brauchst du einen Drink?«

»Gute Idee. Und einen Kaffee.«

»Okay.«

Ich folge ihm in die offene Küche, setze mich auf einen der Hocker und sehe ihm zu, wie er zwei Tassen unter den Vollautomaten stellt. Ihn startet und zum Barwagen im Wohnbereich geht. Von dort kehrt er mit einem Glas zurück, das daumenbreit mit einer honigfarbenen Flüssigkeit gefüllt ist. Stellt es vor mir ab und läuft zur Maschine.

Ich lege die Finger um den Tumbler, führe ihn an die Nase und sauge den Duft von Karamell, Vanille und Gewürzen auf. Trinke einen Schluck von Rafes Lieblingstequila, behalte den Añejo einen Moment im Mund und lasse ihn dann meine Kehle hinabrinnen. Im Magen angekommen verbreitet der Agavenschnaps ein mildes Brennen, von dem eine angenehme Wärme zurückbleibt.

»Wollen wir nach oben gehen? Da sind wir ungestört, Leslie und Hope sind im Garten.«

Ich blicke auf und in das besorgte Gesicht meines Freundes. Nehme ihm eine Tasse ab und nicke.

Hintereinander betreten wir die Dachterrasse und ich sehe zum Horizont hinüber.

Der Himmel ist bedeckt von hellgrauen Wolken, die mit dem Wind ziehen, und der Pazifik scheint genauso aufgewühlt zu sein wie ich.

Rafe deutet auf die L-förmige Couch, auf der Cassidy und ich vor wenigen Wochen noch gelegen und den Sternenhimmel betrachtet haben, und wir setzen uns.

Verdammt, ich war ihr damals schon verfallen.

Ich trinke einen großen Schluck Tequila, stelle das Glas auf dem Tisch ab und lehne mich mit dem Kaffee zurück. Nippe daran und starre vor mich hin, denke immer wieder an Maras Worte.

»Also, raus damit. Was hat dir den Boden unter den Füßen weggezogen? Ist in St. Louis etwas Schlimmes passiert?«

»Nein, das … waren ein paar wirklich gute Tage.« Ich lächele matt. »Meine Eltern lieben sich anscheinend noch immer und wollen einen zweiten Anlauf wagen. Ganz langsam, Schritt für Schritt.«

Rafe schlägt mir auf den Oberschenkel, drückt ihn freundschaftlich. »Das klingt toll, Bro. Und konntet ihr zusammen ein paar der Punkte aufarbeiten, die dich all die Jahre belastet haben?«

»Ja, tatsächlich. Wir haben praktisch alles durchgesprochen, angefangen beim Morgen von Dannys Todestag. Unsere Gefühle geschildert, ihren Einfluss auf unser weiteres Leben.«

»Heißt das, deine Angst vor ernsthaften Beziehungen und dass sie in einem Drama enden könnten, haben sich in Luft aufgelöst?«

»Das nicht, aber um einiges abgeschwächt.«

»Und wie fühlt es sich an?«

»Unglaublich erleichternd. Vor allem aber habe ich erkannt, wie wichtig es in einer Beziehung ist, zu reden und ehrlich zueinander zu sein. Seine Gefühle auf keinen Fall zu verstecken, wie gut oder schlecht sie auch sein mögen.«

»Warum sollte man gute Gefühle voreinander verbergen? Das macht doch überhaupt keinen Sinn.«

Mein Blick richtet sich nach innen, wandert zu meiner letzten Nacht mit Cassidy. »Nein, nicht wirklich. Aber manchmal hat man eventuell Angst, den anderen mit seinen Gefühlen zu überfahren. Oder ist sich unsicher, was der andere empfindet.«

»Oder auch man selbst?«

Ich blinzele, schaue ihn an. »Ja, das ganz besonders.«

»Das heißt, du hast eingesehen, dass du dich in Cassidy verliebt hast.«

»Ja. Leider habe ich selbst die harte Tour nicht sofort verstanden und brauchte erst intensive Gespräche mit meinen Eltern.«

»Das musst du mir genauer erklären.«

»Na ja, zum einen war da diese Begegnung mit Cassidys Noch-Ehemann.« Ich fasse es ihm kurz zusammen. »Ich war dermaßen durcheinander, dass ich mit ihr gestritten habe. Weil ich gedacht habe, sie liebt ihn trotz alledem. Obwohl wir zusammen sind und sich so viel zwischen uns entwickelt hat.«

»Du warst eifersüchtig.«

»Und wie! Ich habe regelrecht rot gesehen, weil meine Gefühle mich überfahren haben. Der Gedanke, ich könnte sie verlieren, hat mir riesige Angst gemacht. Gleichzeitig wollte ich das auf keinen Fall akzeptieren, sondern der einzige Mann in ihrem Leben sein und dass sie genauso für mich empfindet.«

»Und das ist dir erst in St. Louis so richtig bewusst geworden?«

Ich lächele schief. »Verdammt traurig, oder? Ich bin Mitte 30 und musste mir erst einmal von meinen Eltern erklären lassen, was Liebe ist. Dass man keine Chance gegen diese Gefühle hat, egal, wie groß die Angst davor ist. Oder wie sich überhaupt der Weg dorthin anfühlt.«

»Einen Teil davon haben dein Kopf und dein Herz früh genug selbst begriffen, sonst hättest du dich nicht auf Cassidy eingelassen.«

»Was ich nicht einmal vor mir selbst zugegeben habe.«

»Nach dem Scheiß, den du erlebt hast, absolut verständlich.« Er trinkt von seinem Kaffee, legt den Fußknöchel auf dem anderen Knie und die Unterarme auf den Schenkeln ab. »Davon kann ich ein eigenes Lied singen.«

Ich nicke, starre zu den Wolken hinauf.

Erinnere mich an den Thanksgivingabend in den Muir Woods.

»Und jetzt hast du es Cassidy gesagt und musstest feststellen, dass sie nicht das Gleiche für dich empfindet.«

»Ich bin zu spät gekommen.«

»Wie meinst du das?«

Voller Qual schildere ich ihm, was ich von ihrer Nachbarin erfahren habe.

»Vermutlich hat sie einen Anderen.«

»Das glaube ich nicht.«

»Woher willst du das wissen? Du kennst sie doch kaum.«

»Im Gegensatz zu dir, ja. Trotzdem sagt mein Bauchgefühl mir, dass etwas anderes dahintersteckt.«

»Mir geht es genauso, aber was sollte das sein? Ich kann es mir nur auf diese Weise erklären.«

»Keine Ahnung. Erwidert sie deine Gefühle vielleicht nicht?«

»Ich glaube, dann hätte sie das längst gesagt. Nein, sie hat schon ein- oder zweimal angemerkt, dass ich nicht ausspreche, was ich für sie empfinde. Und dass wir unsere Beziehung in der Agentur nicht länger verheimlichen sollen.«

»Was hast du dazu gesagt?«

»Ich bin ihr ausgewichen, habe es anderweitig angedeutet.« Was ich ihm zitiere.

»Herrgott, Lance, das kann alles bedeuten. Vor allem, dass du nur an Sex mit ihr interessiert bist.«

»Wie genau hast *du* gemerkt, dass du dich in Leslie verliebt hast?«

Rafe lacht leise, fährt sich mit einer Hand durchs Haar und auf seinem Gesicht breitet sich ein glücklicher Ausdruck aus. »Na ja, sie ist mir gleich unter die Haut gegangen. Hat meine Gedanken erfüllt, auch die dreckigen. Ich wollte an ihrem Leben teilhaben, ein Teil davon sein. Und ich habe ziemlich schnell nach einem Haus für uns gesucht, in New York.«

»Aber wie hast du ihr gesagt, dass du etwas für sie empfindest?«

»Oh, da hat Hope ein wenig nachgeholfen.« Er erzählt mir, wie seine Tochter sie morgens im Bett erwischt hat – und beide sich nicht mehr herausreden konnten. »Also haben wir beschlossen, ein gemeinsames Leben zu wagen. Und sobald Hope weg war, habe ich Leslie gesagt, dass ich sie auch sehr lieb habe.«

Auf meinem Gesicht breitet sich ein Lächeln aus. »Deine Maus ist wirklich süß. Ich glaube, sie hat mich sofort um den kleinen Finger gewickelt.«

»Und wie! Das merken wir jedes Mal.«

In mir kocht ein Gefühl hoch, das mich seitdem immer wieder mal überfällt, und diesmal kann ich es nicht länger zurückhalten. »Seitdem Hope bei dir ist, ich euch als Familie beobachte und Zeit mit ihr verbringe, denke ich tatsächlich manchmal darüber nach, wie es wohl wäre, ein eigenes Kind zu haben.«

»Sag das noch mal!«

Ich zucke mit den Schultern. »Ich kann es mir ja selbst kaum erklären. Am Anfang hat es mich genervt und ich habe Cassidy gegenüber nicht nur betont, dass ich keine feste Beziehung will, sondern auch keine Kinder. Und als sie mir ihre Geschichte erzählt hat, von den Fehlgeburten, ihrem Kinderwunsch und dem Scheiß, den ihr Noch-Ehemann mit ihr abgezogen hat ... das hat meine ursprüngliche Entscheidung gestärkt.«

»Okay, warte. Das klingt nach einer harten Zeit für Cassidy.«

»War es, aber behalte das bitte für dich, ja?«

»Selbstverständlich. Und ... was hat das mit *dir* gemacht?«

»Es hat mich echt mitgenommen, davon zu hören. Ich weiß nicht, ob ich es aushalten könnte, sie dermaßen leiden zu sehen, wenn wir in einer solchen Situation wären. Aber weißt du was? Davon lässt sie sich kein bisschen unterkriegen, sie träumt weiterhin davon, den Richtigen zu finden und eine Familie mit ihm zu gründen.«

»Und das bist nicht du?«

»Vor ein paar Wochen hätte ich das noch verneint, aber inzwischen ... Ach, egal, anscheinend ist es vorbei.«

»Willst du sie wirklich so schnell aufgeben? Vielleicht hat sie nur ein Problem damit, dass du ihr Boss bist. Du weißt, wie gemein Kolleginnen und Kollegen sein können, wenn sie von solchen Beziehungen erfahren.«

»Ich habe ihr gesagt, wir finden eine Lösung, aber sie hat sich nicht ernstgenommen gefühlt.«

»Oh, Mann, du solltest dringend an deiner Überzeugungskraft arbeiten.«

»Siehst du? Ich habe auf ganzer Linie versagt. Offenbar soll es einfach nicht sein.«

»Lance.« Rafe stellt den Fuß zurück auf den Boden und beugt sich zu mir, einen Arm auf seinem Oberschenkel abgestützt. »Ich kann schlecht beurteilen, ob ihr zusammengehört oder nicht. Allerdings sehe ich, dass ihr euch guttut, ihr heilt durch einander und miteinander. Und du hast selbst gesagt, sie sei das Beste, was dir je passiert ist. Also – gib sie nicht auf!«

»Herrgott, wie soll ich überhaupt um sie kämpfen, wenn sie regelrecht vor mir flüchtet?«

»Tja, ich befürchte, da musst du wirklich in den sauren Apfel beißen und warten, bis sie wieder ins Büro kommt.«

»Super!« Ich rolle mit den Augen. »Und wie soll ich die verbleibenden Tage überstehen? Ich drehe ja jetzt schon fast durch.«

»Fangen wir damit an, dass wir in den Garten gehen und Hope dich bezirzt.«

Ich lache auf. »Bezirzt? Welch altmodisches Wort.«

»Aber absolut passend für das, was sie mit dir macht. Sie bezaubert dich, verdreht dir den Kopf und sorgt dafür, dass du nicht klar denken kannst. Geschweige denn an deine Probleme.«

»Okay, Bro, lass es uns versuchen.«

Wir nehmen unsere Getränke, gehen in die erste Etage hinunter und ich stelle das leere Glas neben dem Spülbecken ab. Dann tauschen wir Tassen gegen Bierflaschen und laufen weiter in den Garten.

»Schau mal, wen ich dir mitgebracht habe, Hope!«

Rafes Tochter liegt bäuchlings auf einer Liege neben Leslie, sieht auf und strahlt mich an. »Onkel Lance!«

»Komm her, Süße!« Ich drücke Rafe mein Bier in die Hand und gehe mit ausgebreiteten Armen auf sie zu.

Sie springt auf und stürmt zu mir, während ihr Vater am Kopfende des Tisches Platz nimmt und unsere Flaschen abstellt.

Lachend fange ich sie auf, wirbele sie herum und sie quietscht vor Freude. Am Ende klemme ich sie mir unter den Arm, gehe zu Leslie und beuge mich für einen Wangenkuss zu ihr hinab.

»Na, Mr. Britton? Wie steht es mit meiner Wette?« Sie grinst mich an.

»Ich befürchte, du hast gewonnen.«

»Ha!« Sie deutet mit ausgestrecktem Finger auf Rafe. »Du weißt, was das bedeutet.«

Der verdreht die Augen. »Jaja.«

»Wann kommt ihr mal zusammen zu uns? Wie wäre es mit einem Barbecue nächste Woche?«

Mir sackt das Herz in die Hose.

»Daraus wird leider nichts.«

»Woran hapert es?«

»Lass mich runter!« Hope strampelt, also stelle ich sie wieder auf den Boden und sie läuft zu ihrer Liege. Schnappt sich ihr Glas und saugt an dem Trinkhalm, bis es laut blubbert.

»Mist. Bin gleich wieder da.« Fröhlich hüpft sie ins Haus.

Leslie setzt sich auf, klopft mit der flachen Hand auf das Fußende ihrer Liege. »Setz dich und erzähl mir davon.«

Also nehme ich Platz und fasse ihr die Story so knapp wie möglich zusammen, damit Hope nicht mithört, wenn sie zurückkommt.

Danach seufzt sie. »Scheiße, die Arme! Ich wünsche niemandem, so etwas durchmachen zu müssen. Aber es hat sie geprägt und ich vermute, dass es zwischen euch so kommen *musste*. Bis auf die aktuelle Situation.«

»Wie meinst du das?«

»Na ja, sie ist eine starke, selbstbewusste Frau. Und starke Menschen haben nie eine einfache Vergangenheit. Außerdem ist sie genau das, was du brauchst. Beziehungsweise alle erfolgreichen Männer, die zielorientiert sind, Beharrlichkeit und innere Kraft besitzen. Ihr habt Ansprüche, vor allem an die Frau an eure Seite. Auch wenn euch das vielleicht nicht bewusst ist. Aber es bestätigt, warum eure bisherigen Beziehungen gescheitert sind.«

»Hm, klingt logisch.«

»Natürlich ist das logisch! Du und Rafe, ihr habt beide gesagt, sie waren nur eure Anhängsel und versessen auf euer Geld, euer Ansehen. Eine starke Frau ist mit dir zusammen, weil sie es will.«

»Oder eben nicht.«

Leslie streicht mir über den Rücken. »Ich drücke dir die Daumen, dass sich alles auflöst. Zum Guten. Ich habe euch zwar nur auf unserer Party erlebt, aber ihr seid toll zusammen.«

Ich presse die Lippen aufeinander und nicke.

»Willst du zur Ablenkung vielleicht heute Abend wiederkommen? Hopes Freund Jonathan übernachtet hier, der könnte mehr männliche Gesellschaft gebrauchen.«

»Das ist lieb von dir, aber ich glaube, ich bleibe lieber zu Hause und gucke mir das Feuerwerk von der Dachterrasse aus an.«

»Okay. Aber unsere Tür steht dir immer offen, das weißt du.«

»Danke.«

»Onkel Lance, ich muss dir unbedingt etwas erzählen!« Hope kommt zurück, in der Hand das aufgefüllte Glas.

»Ach, ja? Und was?« Ich drehe mich zu ihr um und sehe ihr dabei zu, wie sie das Getränk auf dem kleinen Tisch abstellt und sich im Schneidersitz auf ihre Liege setzt.

Schon bombardiert sie mich mit Neuigkeiten aus der Schule sowie ihrem Freundeskreis und ich komme aus dem Grinsen gar nicht mehr heraus.

Himmel, in dem Alter war das Leben herrlich unbeschwert. Auch wenn es einem keineswegs so vorkam.

Auf diese Weise nimmt sie mich vollkommen in Beschlag, was ich gern zulasse. Auch bleibe ich zum Lunch und erst, als Hope mit ihrem Freund Jonathan beschäftigt ist, leere ich mein letztes Getränk und seufze.

»Ich denke, ich werde euch jetzt verlassen und mir einen ruhigen Filmabend machen.«

Rafe grinst mich an. »Und? Hat die Hope-Therapie geholfen?«

»Ja, sieht ganz so aus. Danke dafür.«

»Immer gern.«

Wir stehen auf, umarmen uns zum Abschied und

klopfen einander auf die Schultern.

»Rutscht gut rein und lasst euch von den Kids nicht auf den Köpfen herumtanzen.«

Als Nächstes umarme ich Leslie, die mich fest drückt. »Wäre es übertrieben, dir auch einen schönen Jahreswechsel zu wünschen?«

»Nein, alles gut.« Ich löse mich von ihr und lächele gezwungen.

»Okay. Und was Cassidy angeht, hältst du uns auf dem Laufenden, ja?«

»Rafe wird es als Erster mitbekommen, denke ich. Positiv wie negativ.«

»Na, super! Ich tauge wohl nur noch als Sorgenfresser.«

Zur Antwort drücke ich seine Schulter. »Bis übermorgen.«

Damit gehe ich durch das Haus, die Vordertreppe hinab und zu meinem Wagen.

Der Verkehr rüber zum Embarcadero ist trotz des besonderen Tages mörderisch. Doch anstatt mich darüber aufzuregen, wähle ich Musik von einer meiner Lieblingsbands. Die stammt sogar aus meiner Heimatstadt und ihre alternative Rockmusik begleitet mich seit meinem Highschool-Abschlussjahr. In guten wie in schlechten Zeiten, mit Powersongs und Balladen.

So wie der, die zuletzt gespielt wird.

Nur ein kurzer Song, aber voll dunkler Poesie, die einen Nerv trifft, tief in mir drin.

Entsprechend nachdenklich verlasse ich die Tiefgarage Richtung Straße, gehe zum *Old Ship Saloon* an der Ecke, doch der ist wegen einer privaten Silvesterparty geschlossen. Schade.

Demnach laufe ich zurück, vorbei an dem Brautmodengeschäft nebenan, in dem all die weißen Kleider auf den Schaufensterpuppen ohne Kopf und Extremitäten gleich erscheinen.

Wenige Schritte vor dem Hauseingang ziehe ich meine Key-Card hervor, schaue auf und mein Blick bleibt an der letzten Puppe hängen.

Der Schock trifft mich mitten in die Brust, zwingt mich, stehenzubleiben, und mit einem Mal ist mein Mund staubtrocken.

Das Brautkleid ist dem Abendkleid, das ich Cassidy für die Spenden-Gala gekauft habe, dermaßen ähnlich, dass ich sie automatisch darin vor mir sehe. Ohne Schleier, nur mit einem Diadem im hochgesteckten Haar und einem halbkugelförmigen Strauß aus weißen Rosen in den Händen. Und sie strahlt über das ganze Gesicht, während sie auf mich zukommt. Den Mittelgang entlang, je eine Handvoll Gäste auf beiden Seiten.

Fuck!

Eilig kneife ich die Augen zusammen, bis das Bild verschwindet, und eile zum Eingang. Heute Abend brauche ich definitiv mehr als einen Drink, um sie aus meinem Kopf zu verbannen.

Wenigstens für ein paar Stunden.

Kapitel 15 – Cassidy

Gegen das, was ich nach zwei Wochen des neuen Jahres empfinde, war meine Nervosität am ersten Arbeitstag bei *Britton & Walker* ein Scheißdreck.

Auf dem Weg dorthin schlottern mir die Knie, selbst auf dem Sitzplatz im Bus.

Und im Fahrstuhl ist mir so schwindelig, dass mir übel wird.

Lance wird mit mir sprechen wollen, da gibt es kein Entkommen. Allerdings bin ich mir unsicher, ob ich hoffen soll, es schnellstmöglich hinter mich bringen zu können. Danach wird das Arbeitsklima vermutlich in arktische Gefilde abstürzen.

Auf der anderen Seite will ich keinesfalls bis zum Feierabend dasitzen und darauf hinzittern. Es war schon schlimm genug, mich krank zu melden und meinen Urlaub erst anschließend zu nehmen. Eine gesundheitlich notwendige, aber quälende Verzögerung des Endes.

Oh, Gott! Und was ist, wenn er heute gar nicht da ist?

Oder mich bis nächste Woche schmoren lassen will?

Es vielleicht sogar nie anspricht?

Nein, dann muss ich selbst das Gespräch suchen. Irgendwie.

Oben angekommen setze ich ein Lächeln auf und marschiere zum Eingang. Öffne die Tür und strahle die Kollegin am Empfang an. »Guten Morgen, Phyllis. Frohes neues Jahr.«

»Dir auch, Cassidy! Hast du zu wild gefeiert? Du siehst erschöpft aus, trotz Urlaub. Oder bist du noch krank?«

»Nein, ich habe nur schlecht geschlafen, alles gut.« Ich laufe vorsichtig weiter, in den Vorraum zu den Büros der CEOs.

Olivia steht bereits an ihrem Schreibtisch, über die Tastatur gebeugt, und ich gehe direkt zu ihr.

»Guten Morgen, liebste Lieblingskollegin. Happy New Year!«

Sie richtet sich mit einem Lächeln auf und schließt mich in die Arme. »Dir auch ein frohes neues Jahr. Bist du wieder fit? Und wie waren die Urlaubstage?«

»Ja, danke. Bis auf die letzte Nacht erholsam.«

»Stimmt, du siehst müde aus. War denn vor dem Jahreswechsel viel los?«

»Ach, überhaupt nicht. Ich hatte Zeit, für die anstehenden Entwicklungen ein paar grundlegende Dinge anzugehen.« Ich eiere zu meinem eigenen Arbeitsplatz, stelle die Handtasche ab und starte den Computer.

»Ist es nicht krass, was sich hier gerade tut?«

»Und wie!«

Wir gehen zusammen in die Küche, kochen uns Kaffee und ich frage sie nach ihrem Weihnachtsfest aus.

Zurück am Schreibtisch dauert es nicht lange, bis schwere Schritte und Männerstimmen unsere CEOs ankündigen, und mein Herz überschlägt sich beinahe.

Ich sehe auf, als Rafe und Lance gut gelaunt um die Ecke biegen. Sie begrüßen uns freundlich wie immer, wünschen mir beide ein frohes neues Jahr und gehen in ihre Büros.

Wieder laufen Olivia und ich in die Küche, machen unseren Vorgesetzten Kaffee und bringen sie ins jeweilige Büro.

Im Gegensatz zu sonst sitzt Lance an seinem Schreibtisch, bereits auf seinen Bildschirm konzentriert, und ich stelle ihm die Tasse hin.

»Hier, bitte.«

»Danke, Cassidy!« Er umfasst den Becher von der henkelfreien Seite, wirft mir einen Blick zu. »Du hast keine Übergabe-E-Mail geschrieben. Nichts passiert, wovon ich wissen müsste?«

Ich straffe die Schultern. »Nein, es war sehr ruhig.«

»Mh-hm. Und wie waren deine freien Tage nach der Krankmeldung? Hast du dich erholt?« Er sieht auf und hinter seiner freundlichen Maske sehe ich die Fragezeichen in seinen Augen.

Weswegen ich schnell auf seine Brauen schaue. »Alles super, danke der Nachfrage.« Dann setze ich ein Lächeln auf, drehe mich um und kehre an meinen Arbeitsplatz zurück.

Erste Hürde geschafft.

Kaum sitze ich auf meinen Bürostuhl, spült eine riesige Welle der Schwäche über mich hinweg und ich presse kurz die Lider aufeinander.

Reiß dich zusammen, aus den Latschen kippen kannst du zu Hause!

Der Tag läuft gut, wie in den ersten Wochen, und ich kann mich bis zur Mittagspause auf meine Arbeit konzentrieren. Doch je näher der Feierabend rückt, desto zerstreuter werde ich.

Weil ich diese Ungewissheit kaum aushalte.

Kurz vor fünf schaue ich zum tausendsten Mal auf die Uhr rechts unten am Bildschirm, beiße mir auf die Lippe.

Soll ich mich einfach verabschieden und gehen?

Ihn um ein kurzes Gespräch bitten?

»Cassidy?«

Ich zucke zusammen, schaue zu seiner offen stehenden Bürotür und wie immer löst seine Stimme das Kribbeln in meinem Bauch aus.

»Ja?«

»Kommst du bitte mal?«

»Natürlich.« Das Herz sackt mir in den Magen und ich erhebe mich mit wackeligen Beinen, stakse zu seinem Büro und zwei Schritte hinein.

Lance steht am Fenster, wendet sich mir zu. »Schließ bitte die Tür.«

Sofort rast mein Puls los und ich schlucke verkrampft, während ich seinem Wunsch nachkomme. Das Klicken hallt in meinem Kopf wider.

Dennoch atme ich tief durch, straffe die Schultern und drehe mich um. Laufe langsam auf ihn zu. »Was gibt es denn?«

Er hebt die Braue, spielt mit den Kiefermuskeln und deutet schließlich auf den Stuhl vor seinem Schreibtisch.

Wenige Schritte davor bleibe ich stehen, falte die Hände vor meinem Schoß. »Danke, ich stehe lieber.«

Einen Moment mustert er mich, schiebt die Hände in seine Hosentaschen. »Ich würde gern verstehen, was vor Silvester passiert ist. Warum wolltest du mich nicht sehen? Nicht mit mir reden?«

»Das geht dich nichts an.«

»Ach, nein? Mein letzter Wissenstand war, dass wir eine Beziehung führen.«

Ich atme tief ein, recke das Kinn. »Genau das ist der Punkt. Ich bin nicht bereit, Gefühle in eine sogenannte Beziehung zu investieren, die von dir aus keine Zukunft hat.«

Seine Brauen schießen nach oben. »Interessant, was du mir unterstellst.«

»Das ist keine Unterstellung. Wir waren zuletzt vor Weihnachten an diesem Punkt, du hättest dich eindeutig dazu äußern können. Stattdessen bist du unverbindlich geblieben. Und damit gebe ich mich nicht mehr zufrieden.«

Er schluckt und sein Adamsapfel hüpft über dem

offenen Hemdkragen. »Hast du einen Anderen?«

Mir entfährt ein Schnauben. »Dein Ernst?«

»Was soll ich denn sonst glauben, verflucht noch einmal! Von einem Tag auf den anderen änderst du einfach deine Meinung. Stellst mich vor vollendete Tatsachen und ignorierst mich.«

»Es ist besser so.«

Lance beißt die Zähne so fest aufeinander, dass seine Kiefermuskeln hervortreten. »Ehrlich gesagt hätte ich ein solch mieses Verhalten niemals von dir erwartet.«

Seine Worte versetzen mir einen heftigen Stich, treiben mir Tränen in die Augen.

Und meine Nerven gehen mit mir durch.

»Hätte ich mir denken können, dass du in dieselbe Bresche schlägst. Nur weil ich es beende, bevor es mir endgültig das Herz bricht, bin ich die Dumme, ja? Du bist doch nur beleidigt, weil du von nun an auf den Spaß verzichten musst.«

Da reißt er die Hände aus den Taschen und flehentlich in die Höhe. »Dann sag mir doch endlich, wo du warst, Herrgott noch mal!«

»Im Krankenhaus!«

Wir halten beide schockiert inne.

Verwirrt runzelt er die Stirn. »Bist du krank?«

»Nein.«

»Hör auf, mich anzulügen. Du hast dich vor Silvester sogar eher abgemeldet, weil es dir nicht gut ging.«

»Ich bin. Nicht. Krank.«

»Was ist es dann?«

»Nichts.«

»Cassidy!«

»Nein. Die Diskussion ist beendet.« Ich wirbele herum, marschiere zur Tür und reiße sie auf. Bemühe mich um eine neutrale Miene und versuche, gegen das Ziehen in meinem Bauch anzuatmen.

»Alles in Ordnung?«

Verdammt!

Ich bemühe mich um ein Lächeln. »Ja, natürlich. Ich mache dann jetzt Feierabend, bin für heute durch.«

Olivia hebt die Brauen. »Okay.«

Hastig bringe ich meinen Arbeitsplatz in Ordnung, fahre den Computer herunter und schnappe mir meine Tasche. »Bis morgen.«

Meine Stimme zittert und die ersten Tränen laufen mir über die Wangen, doch ich tue einfach, als ob nichts wäre. Verlasse das Büro, steige in den Fahrstuhl und fahre ins Erdgeschoss.

Ich schaffe es gerade noch bis auf den Gehweg, dann zersplittert mein Herz ein weiteres Mal und ich breche in lautes Schluchzen aus.

*

»Bist du sicher, dass es der richtige Weg ist?«

Ich stelle das Cocktailglas ab und erwidere Maras Blick, zucke mit den Schultern. »Keine Ahnung. Was hätte ich sonst tun sollen?«

Sie verschränkt die Unterarme auf dem Tisch, beugt sich vor. »Lance die Wahrheit sagen.«

»Du weißt, warum ich das nicht tun konnte.«

»Bullshit! Du hättest ihn erleben sollen, als er Silvester vor deiner Tür stand. Vollkommen fertig vor Sorge um dich.«

»Dann hätte er im Krankenhaus mit mir Schluss gemacht. Oder mich erst ein bisschen bedauert und dann fallen gelassen.«

»Woher willst du das wissen?«

Ich seufze verzweifelt, reibe mir mit beiden Händen

übers Gesicht und spüre schon wieder die hochsteigenden Tränen, den Kloß in meinem Hals. »Ich kann das einfach nicht mehr, Mara. So sehr ich ihn auch liebe. Ich will keinen Mann, der nicht zu seinen Gefühlen steht und keinen Bock auf etwas Ernstes geschweige denn Ehe oder Kinder hat. Und mir ist meine Lebenszeit zu schade, darauf zu warten und zu hoffen.«

»Deswegen hätte ich es ihm genau so gesagt. Und wenn es nur dazu gedient hätte, ihm eins reinzuwürgen, aus deiner Sicht.«

»So bin ich nicht.«

Meine Freundin seufzt. »Nein, das weiß ich. Aber ihr habt beide Schuld an der Schwangerschaft, also hättet ihr es auch zusammen durchstehen können.«

»Okay, vermutlich hätte es ihm leidgetan und er hätte mich getröstet. Aber auf sein mitleidiges Gesicht wollte ich auf jeden Fall verzichten.«

»Was hast du gegen ehrliches Mitgefühl?«

»Gar nichts. Ja, vielleicht hätte er es wirklich so empfunden. Trotzdem hätte er an diesem Punkt realisiert, dass es eben keine lockerleichte Beziehung mehr ist. Das wars.«

Kopfschüttelnd schaut Mara zum Fenster hinaus und ich starre auf die gegenüberliegende Wand mit dem gezeichneten Drachen, weiter zur Bar.

Vor neun Wochen hat das Schicksal genau hier seinen Lauf genommen.

Nur sechs davon waren wir zusammen.

Oder sieben, wie man es eben rechnet.

Trotzdem fühlt es sich an wie Monate, intensive Zeiten voller Sex und Drama. Details, die uns enger zusammengeschweißt haben.

Habe ich gedacht.

»Ich habe nur versucht, mein Herz zu schützen«, flüstere ich.

Da ergreift Mara meine Hand und drückt sie. »Das verstehe ich doch, Liebes. Ich denke nur, dass es besser gewesen wäre, ehrlich zu bleiben.«

Ich presse die Lider zusammen, kämpfe gegen die Tränen an. »Ich wollte nicht in seinen Augen lesen, was ich mir selbst vorwerfe. Dass ich ein Krüppel bin. Eine unvollständige Frau mit zu viel emotionalem Ballast für eine lockere Beziehung.«

»Wie bitte? Was sind denn das für Gedanken?«

Hastig angele ich ein Taschentuch aus meiner Handtasche, tupfe mir die Augen trocken. »Tut mir leid, eigentlich sollte das ein lustiger Abend werden. Als Dankeschön, dass du immer für mich da bist und mich auch mit Cleo unterstützt.«

»Und ich habe mich auch sehr über die Einladung gefreut. Aber wenn sich bei dir Depressionen einstellen, wäre es viel wichtiger, dir Hilfe zu holen.«

»Meiner Therapeutin habe ich schon eine E-Mail geschickt, sie ist nächste Woche wieder im Dienst.«

»Das ist gut.«

»Du glaubst gar nicht, wie satt ich diese Gedanken habe, nach jedem Krankenhausaufenthalt sind sie schlimmer geworden.«

»Doch, ich kann das sehr gut nachvollziehen. Ich hatte genauso mit depressiven Phasen zu kämpfen, wenn auch aus anderen Gründen.«

»Hatte das mit einem Mann zu tun?«

Sie lächelt schief und nickt. »Toxische Beziehung, ganz fies.«

»Oh, Gott.« Ich lege meine Hand über ihre. »Das tut mir so leid.«

»Ist zum Glück seit vielen Jahren vorbei. Und seitdem bin ich allein sehr glücklich.«

»In diese Richtung habe ich mich auch entschieden.«

»Cassidy, du bist noch zu jung, um allein zu bleiben. Du solltest das Leben genießen.«

»Anscheinend hält das Leben aber nichts davon.«

Sie zögert sichtlich, stößt schließlich die Luft aus. »Darf ich dir trotzdem etwas sagen?«

»Natürlich.«

»Gerade wegen dem, was ich durchgemacht habe, konnte ich viele Erfahrungen sammeln, meine Menschenkenntnis schärfen. Und mein Bauchgefühl sagt mir, dass Lance viel für dich empfindet, auch wenn er ein Problem damit hat, es zuzugeben. Deshalb möchte ich dich bitten, ihm eine Chance zu geben, falls er noch einmal mit dir reden will.«

»Mara —«

»Sag ihm wenigstens die Wahrheit und schau, wie er reagiert. Was hast du schon zu verlieren? Nichts. Im Gegenteil, du kannst nur gewinnen.«

»Ich weiß nicht, ob ich das durchstehe.«

»Natürlich schaffst du das! Du bist stark.«

»Nur fühlt es sich gerade kein bisschen danach an.«

»Dann habe ich vielleicht eine Idee für dich. Es gibt da eine YouTuberin, deren Videos mir in den letzten Jahren viel gebracht haben. Inneren Fokus, Frieden, Ausgeglichenheit. Probier sie am Wochenende aus, fahr nach *Lands End*, geh spazieren, sofern du das schaffst. Finde zu dir selbst zurück. Und sammele Kraft für ein zweites Gespräch, das diesmal *du* vorgibst. Auf diese Weise behältst du eine gewisse Kontrolle, kannst dich darauf vorbereiten.«

»Hm, klingt gut. Wäre zumindest einen Versuch wert.«

»Ganz genau. Also, versprichst du mir, es durchzuziehen?«

Ich lache leise. »Ich verspreche, es zu versuchen. Und morgen früh fange ich gern direkt mit den Videos an.«

»Das ist doch schon mal was.« Mara tätschelt mit der anderen Hand meine obere. »Wäre doch gelacht, wenn wir aus dir nicht wieder den lebensfrohen, optimistischen Menschen machen, der sich gerade hinter all der Trauer versteckt.«

*

Da meine Freundin mich mit der Idee dieser Videos angefixt hat, schaue ich mir noch am selben Abend besagten Kanal an und bin begeistert.

Bei einer riesigen Platte mit grandiosem Sushi haben wir uns ausgiebig darüber ausgetauscht, wofür die YouTuberin steht, was sie vermittelt, woraus sich ihr Programm entwickelt hat. Und schon da spricht etwas in mir darauf an, möglicherweise mein Optimismus.

Außerdem habe ich die Stunden mit ihr sehr genossen, endlich wieder ein gemütlicher Frauenabend. Wir haben uns sogar vorgenommen, das von nun an regelmäßig zu machen. Wie bei Freundinnen üblich.

Ein unglaublich gutes Gefühl, das mich die schlechten Gedanken eine Zeit lang vergessen lässt.

Danach sitze ich bis in die Nacht auf der Couch, den Laptop vor mir, und schaue mir die Videos an. Notiere mir Eindrücke, Ideen, nehme wichtige Einsichten für mich mit. Und mache sogar die erste Einschlafmeditation.

Keine Ahnung, ob es daran liegt, aber am Samstag wache ich ausgeruht auf und stelle bei der morgendlichen Gassirunde fest, dass mein Inneres weniger aufgewühlt ist. Wodurch ich umso motivierter gleich beim Frühstück mit dem nächsten Video weitermache.

Und nach ein paar Stunden beschließe ich, mit Cleo nach *Lands End* zu fahren. Um Maras Tipps zu befolgen, das Erlernte umzusetzen.

Deshalb packe ich wie immer einen Rucksack mit unseren Sachen und mache mich mit meinem Hund auf den Weg.

Da ich mich noch nicht fit genug fühle für die übliche Runde, gehe ich direkt zum Mile Rock Beach hinunter. Schlendere mit Cleo zwischen all dem Gestein und den daraus erschaffenen Gebilden umher. Lausche der Brandung, sammele Steine, ergänze Steintürmchen. Hänge meinen Gedanken nach und befolge einige Tipps aus den Videos.

Und überraschenderweise hilft es mir tatsächlich, besser mit dem quälenden Chaos klarzukommen. Sogar die Vorstellung von einem zweiten Gespräch mit Lance macht mir weniger Angst.

Schließlich laufen wir weiter und ich richte mich nach einer weiteren Anleitung, mache daraus einen meditativen Spaziergang, im Hier und Jetzt. Nehme die Natur, andere Menschen und meine Gedanken wahr. Lasse sie ziehen. Und langsam lichtet sich der schwarze Nebel.

Auch die Aussicht auf die Bucht und die Golden Gate Bridge kann ich genießen. Und wer weiß, vielleicht gelingt es mir ja, etwas Positives zu zeichnen, wenn ich mich am *Eagles Point* niederlasse.

Kurz vor dem halbrunden Platz kommt uns eine kleine Gruppe entgegen, der ich ausweichen muss, und kurzzeitig verliere ich meinen Hund aus den Augen.

»Cleo? Hierher!« Ich beschleunige meine Schritte, hebe suchend den Blick.

In der nächsten Sekunde stolpert mein Herz, überschlägt sich, galoppiert los.

Denn Lance steht vor der ersten Bank, Cleo auf dem Arm, und schaut mir entgegen.

Das Chaos in meiner Brust will sich erneut einstellen, doch ich atme dagegen an, während ich langsam auf ihn zugehe, ihn ungläubig betrachte.

Was will er hier?

Zum Glück wirkt er weder wütend noch vorwurfsvoll.

Eher ... unglücklich und nervös.

Drei Schritte vor ihm bleibe ich stehen, stoße die Luft aus. »Bist du extra hergekommen?«

»Ja, ich ...« Er setzt Cleo auf dem Boden ab, richtet sich wieder auf, schaut mir in die Augen.

Und in mir bricht heiße Sehnsucht aus, denn was ich in seinen haselnussbraunen Iriden sehe, verwirrt mich.

Nein, das bilde ich mir nur ein.

Er schluckt sichtlich. »Können wir bitte noch einmal in Ruhe reden? Es gibt da ein oder zwei Dinge, die ich wissen muss. Verstehen will.«

Sogleich baut sich mein Widerwille auf, ich kann das nicht, ich will nicht mehr leiden.

Doch ich erinnere mich genauso an Maras Bitte, ihm eine Chance zu geben.

Also nehme ich all meinen Mut zusammen, springe über meinen Schatten und nicke. »Wollen wir uns setzen?«

»Okay.«

Wir gehen zur ersten Bank, setzen uns und ich bemerke, dass wir ganz allein sind.

Ist das jetzt gut oder schlecht?

Herrgott, hast du etwa Angst vor ihm?

Nein, mein Verstand hat recht. Vermutlich wird er mich anschreien, vielleicht sogar beleidigen, aber er würde mir nie im Leben etwas tun. Da spricht lediglich die Depression in meinem Kopf.

Ich setze den Rucksack ab und rufe Cleo zu mir, fülle ihren Wassernapf. Dann stecke ich die leere Flasche wieder ein, lehne mich zurück und sehe ihn an.

Wie er dasitzt, mit hängenden Schultern vornübergebeugt und die Ellbogen auf die Knie gestützt.

Wie er seine Hände knetet, während er vor sich hinstarrt.

Sein Anblick versetzt mir einen heftigen Stich und mein Herz jault auf, will sich in seine Arme werfen.

Kurz presse ich die Lider zusammen, schiebe das beiseite und sammele mich.

Doch wie anfangen?

Unvermittelt dreht er den Kopf, unsere Blicke finden und verhaken sich.

Scheiße, ich vermisse ihn so sehr, dass es wehtut.

Er schaut weg, räuspert sich, richtet sich auf.

Sieht mich wieder an. »Als du im Krankenhaus warst ...«

Mein Herz hämmert los. »Ja?«

»Du hattest eine Fehlgeburt, oder?«

Schockiert reiße ich Augen und Mund auf. »Wo – woher weißt du das?«

»Oh, Fuck!« Mit einem gequälten Laut schließt er die Augen, fährt sich durchs Haar, krallt die Finger hinein.

»Genaugenommen war es eine Eileiterschwangerschaft, aber ... Lance, woher weißt du das?«

Da lässt er die Hände sinken, guckt mich mit schmerzerfülltem Gesichtsausdruck an und ich entdecke die Tränen in seinen Augen. »Ich habe es mir zusammengereimt. Scheiße, es tut mir so leid, Cassidy.«

Er ergreift meine Hand, hebt sie an seinen Mund und presst die Lippen auf meinen Handrücken. »Ich bin schuld daran, dass du schon wieder so etwas durchmachen musstest. Weil ich die Kontrolle verloren und das Kondom vergessen habe.«

Mit erstickter Stimme schließt er die Augen und ein Tropfen rinnt aus seinem Augenwinkel, über die Lachfältchen, seine Wange. Seine Atmung geht schwer und zittrig, als ob ein riesiges Gewicht auf ihm lastet, und seine hängenden Schultern beben schubweise.

Sein Leid trifft mich mitten ins Herz und tief in der Seele.

Tränen schießen mir in die Augen und ich blinzele sie fort. Schlucke gegen den Kloß an, der in meiner Kehle wächst, und lasse für eine Weile meinen eigenen Schmerz noch einmal zu.

Zum Glück spendet der Gedanke daran, dass der Himmel um ein Sternenkind reicher ist, mir ein wenig Trost. Genauso wie die Erleichterung darüber, dass es ihm keineswegs egal ist, was ich erlebt habe.

Schließlich senkt er den Arm auf seinen Oberschenkel, legt auch die andere Hand um meine. »Verzeih mir.«

»Ich ...« Mir versagt die Stimme.

»Warum hast du es mir nicht gesagt? Mich nicht angerufen?«

»Weil ich nicht wollte, dass du mit mir Schluss machst, wenn du davon hörst.«

»Was? Wie kommst du auf diesen Mist?«

»Du wolltest doch nur eine lockere Beziehung. Um Himmels willen kein Drama.«

»Und da entscheidest du einfach, mich auszuschließen? Ich wäre für dich da gewesen!«

»Das hätte das Ganze nur verzögert.«

»Wovon redest du?«

»Du hast selbst gesagt, du willst keine Kinder, nichts Ernstes.«

»Aber es wäre auch mein Baby gewesen. Und ich hätte es haben wollen.«

»Spar dir die mitleidigen Sprüche.« Verletzt wende ich den Blick ab, will ihm meine Hand entziehen, doch er hält sie eisern fest.

»Das sind keine Sprüche. Ich weiß, was ich zu dir gesagt habe, da oben auf Rafes Dachterrasse. Und eigentlich war es damals schon gelogen, aber ich habe es mir erst später eingestanden. Vermutlich *zu* spät.«

»Sorry, aber dieser plötzliche Sinneswandel erscheint mir etwas seltsam.«

»Es war eher ein schleichender Prozess, gegen den ich nichts ausrichten konnte. Ein unbestimmtes Gefühl, das im Laufe der Zeit intensiver geworden ist.«

»Und wann soll das gewesen sein? Als wir zusammen waren?«

»Nein, schon etwas eher. Angefangen hat es damit, dass Rafe im Sommer seine Tochter aus New York hergebracht hat. Ich auf sie aufgepasst habe, während er unterwegs war, um Leslie zurückzuerobern. Und jede Stunde mit ihr oder Rafes kleiner Familie hat der Vorstellung von einem eigenen Kind den Schrecken genommen. Oder der Vision von einer Familie. Ungeachtet dessen, was ich mal für mich beschlossen habe. Allerdings ist mir erst an Weihnachten klargeworden, dass alles auch mit dir zusammenhängt.«

»Was?«

Lance nickt und ein warmes Lächeln breitet sich auf seinem Gesicht aus. »Das, was ich für dich und in deiner Nähe fühle, ist neu für mich. Wie soll ich also Empfindungen äußern, die ich nicht einmal in Worte fassen kann? Immerhin habe ich von Anfang an gespürt, dass es mehr ist und tiefer geht als alles, was ich je für eine Frau empfunden habe. Und glücklicherweise hat mich meine Mutter darauf gestoßen, was es bedeutet.«

Verwirrt starre ich ihn an. »Deine Mutter.«

»Ja. Mom hat dich ja gesehen, als wir uns vor dem *Waterfront* verabschiedet haben, und nach dir gefragt. Ich habe nur abgewiegelt, es sei kompliziert, doch an Weihnachten hat sie es erneut aufgegriffen und gemeint, solche Aussagen seien meistens Ausreden. Zumindest vor sich selbst. Also haben wir darüber geredet, zusammen mit meinem Dad. Auch über all die verwirrenden Gefühle, die dein Wiedersehen mit Ryan in mir ausgelöst hat, und unseren Streit. Am Ende war ich froh darüber, denn sie haben mich bestärkt, keine Angst vor meinen Gefühlen zu haben. Zu ihnen zu stehen. Die hat sie mir übrigens auf den Kopf zugesagt. Ist das immer so bei Müttern?«

»Kann schon sein.« Aus meinem Bauch steigt ein Flattern auf und das Herz schlägt mir bis zum Hals hinauf.

»Tja, genau das hat mir während des Studiums und am Anfang meiner Karriere gefehlt. Mutter oder Vater, die einem die Gefühlswelt erklären. Eine Art Kompass.«

»Ich glaube, unter normalen Umständen schafft man das gut allein. Nur warst du damals in einer außergewöhnlichen Situation. Und *wolltest* keinerlei Gefühle zulassen.«

»Stimmt. Und du hast es trotzdem geschafft.«

»Was genau?«

»Sämtliche Abwehrmechanismen zu durchbrechen.«

»Ah.«

Lance dreht sich zu mir, streckt die Hand aus und legt sie an meine Wange, sieht mir in die Augen. »Und dann bist du auf direktem Weg in mein Herz marschiert.«

»Wie romantisch!« Ich hebe eine Braue und er lacht leise.

»Verzeih mir, wenn meine Worte holprig klingen, ich gelobe Besserung.«

»Es wäre schon ein riesiger Fortschritt, wenn du einfach mal aussprechen würdest, was du für mich empfindest.«

»Ah, du willst also hören, dass ich mich in dich verliebt habe.«

Sofort rast mein Herz los und ich starre ihn überwältigt an. »Sag das noch mal, es klingt umwerfend.«

Da beugt er sich zu mir, küsst mich zärtlich und ich schmelze förmlich dahin.

Hebt den Kopf und lächelt sanft, sobald ich die Augen öffne.

»Ich habe mich in dich verliebt, Cassidy Lucas. Und nach den stundenlangen Konsultationen mit meinen Eltern würde ich sogar wagen, zu behaupten, dass ich bereits auf dem besten Weg bin, dich zu lieben.«

Mein Herz schwillt an vor Liebe und das warme Glücksgefühl breitet sich in meinen Körper aus. »Dass ich das noch erleben darf! Ein Mann, der mich lieben kann, wie ich bin. Mit allen Narben und Problemen.«

»Bleibt nur noch die Frage nach *deinen* Gefühlen. Die hast du nämlich auch noch kein einziges Mal ausgesprochen, meine Schöne.« Er streicht mir die Haare hinters Ohr.

»Ach, Lance, ich war damals schon total in dich verknallt. Und das Herzklopfen ist mit jedem Tag, den ich für dich arbeite, lauter geworden. Natürlich habe ich mich in dich verliebt, sonst wäre ich nie mit dir ins Bett gegangen. Oder hätte dir meine Geschichte offenbart.«

»Nicht?«

Ich schüttele den Kopf. »So etwas erfordert Vertrauen, zumindest für mich.«

»Erstaunlich, oder? Mir erging es ähnlich, was meine Vergangenheit oder Moms Brief anging. Ich musste einfach mit dir darüber reden, obwohl ich es mir kein bisschen erklären konnte. Dafür bin ich an jenem Samstag sogar extra hergefahren, um dir über den Weg zu laufen. Und die Wochenenden davor auch.«

»Was?« Ich lache auf. »Das hättest du auch einfacher haben können.«

»Aber nicht im Büro. Und dich deswegen auf einen Kaffee einzuladen, wäre auch total falsch angekommen, oder?«

»Schon möglich.«

»Oh, und wo wir schon einmal beim Thema sind. Damit im Büro gar nichts mehr falsch ankommt, mache ich am Montag offiziell, dass wir zusammen sind.«

Mit einem Mal fühle ich mich herrlich leicht, beinahe euphorisch.

Weswegen ich vorsichtig auf seinen Schoß klettere, die Arme in seinem Nacken kreuze und ihn küsse. »Danke. Das bedeutet mir sehr viel.«

Lance schlingt die Arme um meine Taille. »Ich weiß. Entgegen der Vermutung, die du mir in unserer letzten Nacht vor Weihnachten an den Kopf geworfen hast, hatte ich nämlich tatsächlich vor, es im neuen Jahr in der Agentur zu verkünden.«

»Oh, Mann, ich kann kaum glauben, was du da sagst.«

»Tu' es ruhig, ich hatte viel Zeit, darüber nachzudenken. Und ich bin froh, dass mir nicht nur meine Eltern eine große Hilfe waren.«

»Mit wem du so über uns redest!«

»Nur mit Rafe und Leslie. Die meinte sogar, es sei vollkommen schlüssig, dass es mich bei dir erwischt hat.«

»Wie das denn?«

»Na, weil du stark bist, schon wegen deiner schwierigen Vergangenheit. Weil du kein Anhängsel bist, sondern selbstbewusst. Optimistisch, ehrlich, wunderschön, sexy, großherzig. Außerdem liebe ich deinen Humor, deinen Arsch und ... ach was, ich liebe einfach alles an dir. «

Herausfordernd hebe ich eine Braue. »Klingt ja fast wie eine Liebeserklärung.«

»Wer weiß.«

Seine Hände streichen über meinen Rücken, höher, drücken mich näher an ihn. Also neige ich den Kopf und lasse mich in seinen zärtlichen Kuss fallen, der nach einer gemeinsamen Zukunft schmeckt. Und einigem mehr.

Am Ende lächeln wir uns an, auch wenn unser Glück

noch einen bitteren Unterton trägt. Wir werden damit klarkommen.

Lance hebt die Hände, umfasst meinen Kopf und sieht mir tief in die Augen. »Aber eines musst du dir für die Zukunft merken. Egal, wie stark du bist – von nun an stehe ich an deiner Seite.«

Seine Worte bringen etwas in mir zum Klingen, genauso wie eine gewisse Erleichterung.

»Okay. Einverstanden.«

Unvermittelt breitet sich ein Lächeln auf seinem Gesicht aus. »Wunderbar. Dann lass es uns besiegeln, sobald du geschieden bist.«

In meinem Bauch flattert es, und zwar heftig. »Wie bitte?«

»Wozu warten? Glaubst du, ich riskiere, dass doch noch jemand kommt und dich mir wegschnappt? So blöd bin ich nun auch wieder nicht.«

»Aber, ich ... meinst du etwa ...« Mir stockt der Atem.

Er lässt mich los und löst meine Arme aus seinem Nacken. Ergreift meine Hände, umschließt sie in einer feierlichen Pose und reckt das Kinn. »Cassidy Lucas, würdest du mir die Ehre erweisen und meine Frau werden? Also, falls du mich noch willst, sobald du frei bist.«

»Oh, mein Gott. Lance!«

»Was ist?«

»Bist du sicher? Wir sind erst seit ein paar Wochen zusammen und du hast gerade deine Gefühle für mich entdeckt.«

»Glaub mir, die letzten Entscheidungen, bei denen ich mir dermaßen sicher war, sind ein voller Erfolg geworden. Und das mit uns ist so besonders, das kann auf gar keinen Fall schiefgehen. Weil ich alles dafür tun werde, dich glücklich zu machen. Was wiederum mich glücklich macht, also eine Win-win-Situation.«

Ich lache leise. »Scheiße, das ist so typisch für dich! Zielorientiert, engagiert, erfolgsverwöhnt.«

»Na, dann weißt du ja, was dir blüht. Also, was sagst du? Heiraten wir im Sommer? Nur eine kleine Feier mit unseren Eltern und den engsten Freunden.«

Berührt beiße ich mir auf die Lippe, kann die Tränen trotzdem nicht zurückhalten. Vor allem aber schwirrt mir der Kopf, denn das, was mein Herz mir zuruft, ist eindeutig.

Lance hebt meine Hände, küsst meine Knöchel. »Komm schon, meine Schöne, lass mich nicht so in der Luft hängen. Sag Ja!«

Ich werfe den Kopf in den Nacken und lache. Sehe ihn wieder an und nicke heftig. »Scheiße, ja! Natürlich will ich deine Frau werden.«

»Perfekt!« Grinsend umfasst er mein Gesicht und küsst mich, erst wild, dann sanfter.

Doch dann hebt er ohne Vorwarnung den Kopf und starrt mich aus geweiteten Augen an. »Fuck, ich bin ein solcher Vollidiot.«

»Was? Warum denn?«

»Weil ich dir einen Antrag mache und nicht einmal einen Ring für dich habe.«

Lächelnd streiche ich ihm durchs Haar. »Ist doch egal, wer braucht schon einen Ring? Dieser spontane, unperfekte, geniale Antrag ist mir viel lieber.«

»Trotzdem.« Er lässt mich los, neigt sich zur Seite und zieht das Smartphone aus seiner Gesäßtasche.

Eilig tippt und wischt er über das Display, und ich schaue neugierig darauf.

»Was machst du?«

»Nachsehen, wie lange *Tiffany* geöffnet hat.«

Erschrocken sehe ich ihn an. »Um Himmels willen, du musst doch nicht ...«

»Vielleicht muss ich nicht, aber ich *will*!« Mit einem liebevollen Lächeln auf den herrlichen Lippen steckt er das Handy wieder ein. »Und dann fahren wir zu dem Geschäft neben meinem Apartmenthaus und ich zeige dir das perfekte Brautkleid.«

ENDE

An dieser Stelle gibt es ausnahmsweise einen Epilog für alle Leser:innen. Ein Bonuskapitel, *das sonst den Abonnent:innen meines Newsletters* »Katies Herzenspost« *vorbehalten ist. Gleich im Anschluss erfährst du, wie du dich dazu anmelden kannst. Zum Beispiel um von dem Ereignis zu lesen, das mit einem * gekennzeichnet ist.*

Doch jetzt wünsche ich dir viel Spaß beim Lesen dieses zusätzlichen Kapitels, das ich dir laut meiner Lektorin auf keinen Fall vorenthalten durfte.

Epilog – Lance

»Oh, Scheiße, worauf habe ich mich nur eingelassen?«

Beim Anblick der über 280 Fuß hohen Achterbahn, die den passenden Namen *Goliath* trägt und den maximalen Thrill bieten soll, wird mir übel.

Da ist es leider auch keine Hilfe, dass Cassidy meine Hand drückt.

Hinter uns lacht Rafe. »Du warst ungläubig und hast die Wette verloren, ganz einfach.«

Ja, und das habe ich verdammt gern, denn die Agentur steht hervorragend da. Fast doppelt so viele Angestellte wie vor einem knappen Jahr, davon zwei Headhunter, die unsere neuen Bereiche Eishockey und Basketball abdecken. Die Zahl der Kundschaft hat sich beinahe verdreifacht und wir erhalten täglich Anfragen.

Rafe und ich haben sogar schon überlegt, zwei weitere Headhunter für unsere Bereiche einzustellen und uns auf den Nachwuchs zu konzentrieren. Und eventuell eine zweite Agentur an der Ostküste zu eröffnen.

Mit einem Seufzen senke ich den Kopf. »Da war nur die Rede davon, den Scheiß hier zu bezahlen. Was mir null ausmacht. Aber dass ich diese Monster auch noch reiten soll!«

»Sorry, Bro, das gehört dazu.«

»Komm schon, Onkel Lance, du bist doch kein Feigling, oder?«

Ich verdrehe die Augen, tausche einen Blick mit meiner Frau und lächele. »Nein, meine Süße, bin ich nicht.«

Leslie lacht auf. »Himmel, bin ich froh, dass ich Höhenangst habe. Und Rafe jetzt Hope mitnehmen kann, nachdem sie die Mindestgröße erreicht hat. Da haben sich zwei echte Hardcore-Fans gefunden.«

»Das habe ich ihr vererbt.«

»Ja, und noch ein paar andere Dinge.«

»Wir arbeiten dran.«

»Zum Glück.«

Vor der Einlasskontrolle sammelt sie unsere Handys und alle losen Gegenstände ein, wirft sie in ihre Tasche. »Ich warte drüben vor dem *Food etc.*, da können wir direkt mal eine Pause einlegen.«

»Oh ja, ich möchte ein Eis.« Hope klatscht in die Hände und Cassidy lächelt.

»Sehr gute Idee, darauf hätte ich auch Lust.«

»Dann mal rein mit euch.« Leslie scheucht uns mit einer Handbewegung weiter. »Wer weiß, wie lang die Schlange ist.«

»Bis gleich.« Rafe gibt ihr einen Kuss, dirigiert seine Tochter zum Einlass und wir folgen ihm.

Auch er hat Leslie einen Heiratsantrag gemacht, bei einem Besuch in New York *. Gleich zu Beginn der Ferien sind die drei rübergeflogen, um Leslies und Hopes Freunde zu besuchen. Und genau an ihrem Jahrestag hat Rafe ihr die elementare Frage gestellt.

Seit meiner Hochzeit mit Cassidy Anfang August ziehen wir uns nun gegenseitig damit auf, wohin mich meine Impulsivität gebracht hat und dass er zu viel Zeit braucht, um die wirklich wichtigen Entscheidungen zu treffen. Doch in einem Punkt sind wir uns einig – keiner von uns hätte damit gerechnet, dass ich ihn in dieser Hinsicht eines Tages überhole.

Der überdachte Weg bis zum eigentlichen Eingang ist lang, aber wir kommen fast bis zur Treppe, die zum Bahnhof hinaufführt.

Dort reihen wir uns am Ende der Schlange ein und ich schaue zur Achterbahn hinüber.

Hope folgt meinem Beispiel, lehnt sich neben mir an die Absperrung und betrachtet das weitläufige Metallkonstrukt. »Wow, das ist riesig! Das wird bestimmt cool.«

Mit den Augen verfolge ich einen der Züge, der durch den Hyper Coaster schießt, und mein Magen verkrampft sich.

Ich atme zittrig ein und gleich darauf lehnt Cassidy sich an mich, streicht mir über den Rücken und bringt den Mund an mein Ohr.

»Du weißt, ich habe genauso Schiss. Aber zusammen stehen wir das durch.«

Dankbar sehe ich sie an, betrachte ihr wunderschönes Gesicht und erwidere ihr aufmunterndes Lächeln.

Ja, das habe ich ihr Anfang des Jahres versprochen und wir haben diesen Schwur bei unserer Hochzeit wiederholt.

»Du hast recht, meine Schöne. Wie immer.« Ich beuge mich zu ihr und drücke meiner wundervollen Frau einen sanften Kuss auf die Lippen.

»Guck mal, Hope, die knutschen schon wieder.«

»Ja, so wie du und Mommy.«

Wir drehen uns zu den beiden um und lächeln. Automatisch lege ich Cassidy einen Arm um die Taille, ziehe sie an mich und tippe mit einem Finger auf Hopes Nase.

»Magst du das etwa nicht?«

Sie verdreht die Augen und macht eine wegwerfende Handbewegung. »Ich bin das ja gewohnt. Und bei euch finde ich das besonders cool.«

»Wieso?«

»Na, weil ihr doch nur wegen mir zusammen seid.«

Ich hebe die Brauen. »Ach, ja?«

»Na, klar! Ich habe doch herausgefunden, dass Cassidy allein ist, so wie du.«

»Oh, ja, das war natürlich sehr wichtig.«

»Sag ich doch.«

Wir rücken ein Stückchen vor, Rafe und Hope beobachten den nächsten Zug.

Cassidy reckt sich zu meinem Ohr. »Soll ich dir auch etwas verraten?«

»Mh-hm.«

»Als ich dich mit Hope gesehen habe, war ich hin und weg, wollte ein Kind von dir.«

Die bittere Erinnerung an den Jahreswechsel steigt in mir auf, doch ich schiebe das beiseite. Genau deswegen haben wir unsere Entscheidung getroffen.

»Na ja, wer weiß, was demnächst passiert.«

Sie sinkt auf die Fersen zurück und lächelt schief. »Ja, wer weiß.«

Wir betreten die Treppe und mit jeder Stufe scheint es schneller voranzugehen. Leider. Da hilft weder das Händchenhalten mit meiner Frau noch das aufgeregte Geplapper von Hope, deren Paten wir inzwischen sind.

Doch es kommt noch schlimmer – Rafe und Hope wollen ganz vorn sitzen, an der Spitze des Zuges, und wir müssen ihnen in die zweite Reihe folgen.

Ich falte meine langen Beine hinein, während ein Mitarbeiter Sicherheitshinweise in sein Mikrofon spricht, lege den Gurt an und drücke den Sicherheitsbügel gegen meinen Bauch.

Vor uns hilft mein Freund seiner Tochter dabei, kümmert sich um seine eigene Sicherheit und schaut mich schließlich über seine Schulter hinweg mit einem breiten Grinsen an. »Und? Bereit?«

Ich verziehe das Gesicht. »Nein.«

Der Zug setzt sich mit einem Ruck in Bewegung und ich kralle panikartig die Finger um den Griff am Bügel.

»Ich verstehe bis heute nicht, welcher Pessimismus dich

dazu gebracht hat, in diese Wette einzuwilligen.«

»Halt die Fresse, Walker.«

Er lacht auf, wendet sich wieder nach vorn und schüttelt den Kopf.

Da ergreift Cassidy meine Hand, drückt sie, und ich werfe ihr erneut einen dankbaren Blick zu.

Wir verlassen den Bahnhof, fahren in eine 180-Grad-Kurve und dann taucht die Rampe vor uns auf.

Mit dem typischen lauten Klacken werden wir hinaufgezogen und mir sackt das Herz in die Hose. Ich schlucke.

Nie wieder gehe ich eine verdammte Wette ein.

Verkrampft schaue ich von der nächstgelegenen Kurve links zu dem Freefall-Tower ein Stück rechts, der noch weiter in die Höhe ragt als unsere Achterbahn. Und geradeaus über Hopes Kopf hinweg zum höchsten Punkt der Kurve.

Fuck, das hier fühlt sich an wie in der ersten Reihe, der absolute Horror für mich.

Hinter uns kreischen und jubeln vereinzelte Fahrgäste.

Wir erreichen den Scheitel, das metallische Klappern verstummt und der Zug kommt am Ende fast zum Stillstand.

Im nächsten Moment neigt sich die Spitze nach unten und wir schießen beinahe senkrecht in die Tiefe.

Oh. Mein. Gott!

Hope wirft die Arme in die Luft und kreischt, während ich die Füße in den Boden stemme und versuche, zu atmen.

Wir rasen durch einen Tunnel, die nächste Steigung hinauf und in eine Kurve.

Cassidy schreit.

Ich stimme mit ein.

Runter, rauf, runter, rauf, Kurve.

Wir werden in die Sitze gepresst, hin und her geworfen.

Dann ein Plateau, auf dem wir abgebremst werden.

Ich höre Lachen und Kreischen, schnappe nach Luft.

Schaue zur Seite und stöhne auf.

Einige Sekunden später geht es weiter und wir stürzen über die nächste Kurve in die Tiefe.

Ich verliere die Orientierung, spüre abwechselnd Schwerelosigkeit und mehrfache Gravitationskraft. Adrenalin und Panik jagen durch meinen Körper.

Bis wir in die Waagerechte zurückkehren, unter Zischen und lautem Klacken abgebremst werden.

Langsam rollt der Zug zum Bahnhof.

Die Anspannung weicht aus meinem Körper, macht Erleichterung Platz und ich presse kurz die Augen zusammen. »Verfluchte Scheiße!«

»Woohoo, das war genial! Fahren wir gleich noch einmal, Daddy?«

Rafe lacht. »Erst machen wir eine Pause, dann geht es weiter.«

»Und wo?«

»Wir schauen uns den Plan an. Alles okay?« Rafe sieht mich erwartungsvoll an.

»Fresse, Walker.«

»Ich hab' dich auch lieb, Britton.« Damit wendet er sich wieder seiner Tochter zu und die beiden diskutieren über die vergangene Fahrt.

»*Ist* denn alles okay?«

Ich sehe zu meiner Frau, auf deren Gesicht sich ein breites Lächeln zeigt. »Ja, geht schon wieder. Und bei dir? Hat es dir etwa gefallen?«

»Irgendwie schon.« Sie zuckt mit den Schultern.

»Wenigstens etwas.« Ich hebe ihre Hand zum Mund und küsse ihren Handrücken. »Ich brauche jetzt Nervennahrung.«

»Dann ist die Eis-Pause doch perfekt.«

»Ein Schnaps wäre mir lieber.«

»Ich glaube, im Park bekommt man höchstens Bier.«

»Auch gut.«

Der Zug fährt in den Bahnhof ein und wir werden von der Lautsprecherstimme begrüßt. »Na, Leute, wie war der Ritt?«

Ich glaube, alle außer mir jubeln.

Dann hält der Zug endlich an, werden die Sicherheitsbügel gelöst.

Wir öffnen die Gurte, steigen aus und ich atme erst einmal tief durch.

Verdammt, hoffentlich bemerkt niemand, wie wackelig meine Knie noch sind.

Hand in Hand folgen wir Rafe und Hope, die aufgeregt herumhüpft und immer wieder von der Fahrt schwärmt. Wenden uns auf dem Hauptweg nach rechts und laufen zu der Food-Halle hinüber.

Hope entdeckt Leslie an einem der Freilufttische davor, stürmt hinüber und bombardiert sie direkt mit Details.

Doch Rafe bleibt neben ihr stehen, streicht ihr über den Kopf. »Warte, mein Engel. Lass uns erst einmal Getränke und Snacks holen, dann kannst du Mom alles erzählen, okay?«

»Oh, ja, klar. Lass uns gehen.« Sie ergreift seine Hand und zieht ihn vorwärts.

»Hey, ihr beiden! Ich möchte Pommes, Cappuccino und Wasser!«, ruft Leslie ihnen nach.

Rafe hebt eine Hand, ohne sich umzudrehen. »Geht klar!«

Cassidy legt mir eine Hand auf den Arm. »Ich bleibe direkt hier sitzen. Bringst du mir Wasser, Kaffee und ein leckeres Eis mit?«

»Welche Sorte?«

»Du wirst schon etwas für mich finden.«

Sie zwinkert mir zu, wendet sich ab und ich folge meinem Partner.

Da wir nicht alle Wünsche an einer Ausgabe erfüllen können, teilen wir uns auf.

Rafe besorgt die Getränke sowie Pommes frites, Hope und ich gehen zum Stand von *Ben & Jerry's*. Anscheinend haben an diesem frühen Samstagnachmittag viele Leute gleichzeitig Hunger und Durst, denn überall gibt es Schlangen. Trotzdem schaffen wir es kurz nacheinander zum Tisch.

Wir stellen die Tabletts ab, setzen uns zu unseren Herzensdamen und verteilen Getränke sowie Snacks.

Nach zwei Schlucken Kaffee stelle ich den Becher auf den Tisch und seufze. »Jetzt geht es mir besser.«

Cassidy probiert von ihrem Eis. »Mmh. Ja, mir auch. Übrigens wollte Leslie wissen, bei welchem Caterer wir das Essen bestellt haben. Kannst du Rafe bei Gelegenheit die Kontaktdaten schicken?«

»Ja, klar.« Ich sehe ihn an. »Erinnerst du mich Montag daran?«

»Natürlich.«

Neben uns geht die Unterhaltung bereits weiter, die Frauen plaudern über Brautkleider und Hope stellt dazu vorwitzige Fragen.

Ich lausche nur und löffele mein Eis, denke an jenen Nachmittag Anfang Januar zurück.

Wir sind zu Tiffany gefahren, haben uns Verlobungsringe angesehen. Die Wahl ist auf ein schlichtes Exemplar gefallen, mit einem Brillanten in dem goldenen Band. Und natürlich habe ich ihn ihr sofort an den Finger gesteckt.

Du bist die Frau meines Lebens und ich bin sehr froh, dass du mich heiraten möchtest.

Nicht nur Cassidy hat ein paar Tränen verdrückt, sondern auch die Verkäuferin.

Und ja, ich hatte ebenfalls einen fetten Kloß im Hals. Welcher glückliche Mann hätte das nicht?

Anschließend sind wir zu mir gefahren und ich habe ihr das Brautkleid im Schaufenster gezeigt. Ich wollte sogar direkt hineingehen und es kaufen, doch sie hat abgewiegelt. Gemeint, sie würde sich von nun an darum kümmern, denn es würde Unglück bringen, wenn der Bräutigam seine Braut vorher in dem Kleid sieht.

Völliger Quatsch, meiner Meinung nach, doch ich habe mich ihrem Wunsch gefügt. Wichtig war am Ende nur, dass sich meine Vision von ihr erfüllt hat. Und zwar noch emotionaler als erwartet.

Ich sehe Rafe an. »Habt ihr denn schon eine Location gemietet?«

Er nickt und erzählt mir von einer Örtlichkeit in Strandnähe, wo sie sich ein Jahr nach Leslies Einzug in San Francisco das Ja-Wort geben wollen.

Das Gesprächsthema reicht so lange wie die Snacks und der Kaffee, doch wir bleiben noch eine Weile bei Bier und Softdrinks sitzen, reden über die Agentur und die aktuellen Entwicklungen.

Bis ich schließlich Leslie ansehe. »Wie läuft es bei dir im Kinderheim?«

»Oh, wirklich gut, seitdem ich Mr. Cross vor ein paar Monaten von meiner Kompetenz überzeugt habe. Auffällig ist nur, dass er neuerdings jede Woche vorbeikommt.«

Ihr Grinsen irritiert mich. »Warum? Hat er etwas zu meckern?«

»Eigentlich nicht. Ich glaube eher, dass es mit einer meiner neuen Mitarbeiterinnen zu tun hat.«

»Und wer ist das?«

»Erinnerst du dich an Jonathan? Hopes Freund?«

»Ja. Sein Vater war bei der Armee und ist irgendwo im

Osten gefallen.«

»Und er hat jetzt so eine süße kleine Schwester«, ruft Hope dazwischen. »Ich will auch ein Geschwisterchen, Mom!«

Ich hebe die Brauen und schaue zu Rafe und Leslie, die einen verlegenen Blick tauschen.

Sie räuspert sich. »Wie auch immer. Violet hat erst zwei Tage vor dem Tod ihres Mannes von dem Baby erfahren, es ist im April zur Welt gekommen. Sie hat Hilfe von der Familie und bekommt noch ein paar Monate finanzielle Unterstützung von der Army, aber es reicht einfach nicht. Also habe ich ihr einen Job bei mir im Kinderheim verschafft. Nur ein paar Stunden am Tag und sie kann das Baby mitbringen, schließlich haben wir immer ein oder zwei Säuglinge in der Betreuung, bis sie vermittelt werden.«

»Okay, und welches Problem hat Cross nun mit ihr? Passt ihm das mit ihrem Baby nicht?«

»Ich kann dir nicht sagen, was es ist. Für mich klingt das eher nach fadenscheinigen Ausreden, um Zeit mit Violet zu verbringen. Natürlich geschäftlich.«

Cassidy grinst. »Knistert es etwa zwischen ihnen?«

»Nein, so weit ist es noch lange nicht. Aber sie fasziniert ihn, das habe ich schon in seinen Augen gesehen. Erst recht, nachdem sie ihm neulich die Meinung zu seinem aufgeblasenen Auftreten gesagt hat.«

Ich lache auf und meine Frau stellt die Frage, die mir auf der Zunge liegt.

»Ist er danach wiedergekommen?«

»Natürlich.«

»Klingt, als könnte das noch spannend werden.«

Leslie wiegt den Kopf. »Da prallen Welten aufeinander. Extreme Welten.«

»Na, und?«

»Ich kann mir kaum vorstellen, dass dieser Snob mit

der Realität der arbeitenden Bevölkerung klarkommt. Oder mit Violets Schicksal.«

Cassidy schaut mich nachdenklich an. »Vielleicht ja doch. In so manchem reichen Kerl steckt mehr Herz und Feingefühl, als man meint.«

Leslie schnaubt. »Aber nicht in dem!«

»So lange sich keine Schwierigkeiten entwickeln, musst du ja nichts tun.« Ich greife nach meinem Bier und trinke es aus.

»Ich möchte nur verhindern, dass er ihre Einsamkeit ausnutzt, sie verführt und Violet am Ende verletzt wird. Wenn das passiert, werde ich unfreundlich. Und zwar mächtig.«

»Uuuhh!« Rafe zieht die Schultern hoch. »Das sollte er lieber vermeiden.«

»Ganz genau.«

»Na ja, das kannst du eh nicht beeinflussen«, meint Cassidy. »Vielleicht sind ja beide realistisch genug, es sein zu lassen.«

»Hoffentlich. Stell dir nur vor, wie das auf Jonathan wirken könnte.«

Ich hebe eine Braue. »Meinst du wirklich, der Kerl lässt sich auf den Jungen ein? Er hat nicht gerade ein kinderfreundliches Image.«

»Ich weiß. Na ja, so lange sie unfreundlich zueinander sind, ist alles gut.«

Ja, so kann man es wohl auch betrachten. Aber in dieser Angelegenheit bin ich vollkommen bei ihr. Weder die Frau noch ihr Sohn sollten wegen eines sexuellen Abenteuers emotional verletzt werden.

»Mommyyyy? Daddyyy? Können wir jetzt weiter? Mir ist langweilig.«

Wir schauen zu Hope hinüber, die beide Ellenbogen auf den Tisch und das Kinn in die Hände stützt.

Rafe lacht leise. »Na, klar, mein Engel. Wir trinken nur noch aus.«

»Okay.«

Leslie deutet auf ihre schokoladenverschmierte Lippen. »Mach dir bitte den Mund sauber.«

Hope leckt sich über die Lippen, doch es wird nicht besser.

»Warte, ich gebe dir ein Tuch.« Sie schaut in ihre Handtasche, holt ein Paket mit feuchten Tüchern hervor, und reicht sie an Hope.

»Oh, wartet, ich habe noch eure Handys.«

Wir stecken sie ein, doch Cassidy wirft einen Blick darauf und stutzt.

Ich runzele die Stirn. »Was ist los?«

»Hier ist eine Nummer, die zweimal versucht hat, mich anzurufen. Und eine Nachricht auf der Mailbox.« Sie tippt auf das Display, hebt das Telefon ans Ohr und lauscht.

Automatisch beobachte ich ihr Gesicht.

Sehe Überraschung.

Ungläubigkeit.

Sie reißt Mund und Augen auf.

Schlägt die Hand vor den Mund.

Schließlich Freude.

Tränen in ihren Augenwinkeln.

Und als sie das Smartphone vom Ohr nimmt, zittert ihre Hand. »Das war die Dame von der Adoptionsstelle.«

Sogleich schießt Adrenalin in meinen Körper. »Was wollte sie?«

»Sie haben ein Baby für uns.«

»Aber ... so schnell? Was ist passiert?«

»Es ist das Kind einer Obdachlosen, die jetzt, zwei Wochen später, verstorben ist. Ein Mädchen. Ein bisschen größer als der Durchschnitt, kräftig und gesund.« Ihr versagt die Stimme.

»Oh, mein Gott.« Ich ergreife ihre freie Hand, drücke sie. »Wann können wir sie sehen?«

»Sie wollte ein Foto schicken, per Mail. Und wir sollen uns schnellstmöglich melden, wegen des weiteren Ablaufs.«

Cassidy schaut auf das Display hinab, tippt und wischt. Schlägt sich erneut die Hand vor den Mund. »Oh, Himmel! Sie ist so süß!«

Hastig beuge ich mich zu ihr und verdrehe den Kopf, bis ich mit ihr auf das Display schauen kann. Tatsächlich, das pausbackige Baby mit den großen Augen und dem zuckersüßen Lächeln ist zum Niederknien.

»Darf ich auch gucken, Cassidy?« Hope streckt die Hand nach dem Handy aus und sie gibt es ihr, ohne hinzusehen.

»Lance! Weißt du, was das bedeutet?«

Mein Mund verzieht sich zu einem breiten Lächeln. »Ja, Mommy!«

Da lacht sie auf, umfasst mein Gesicht mit beiden Händen und küsst mich.

Lehnt ihre Stirn gegen meine und sieht mir in die Augen. »Wir werden Eltern.«

»Hast du Angst?«

»Ein bisschen. Und du?«

»Total.«

Wir lachen zusammen, ich wühle die Hände in ihr Haar und raune: »Ich liebe dich, Mrs. Britton. Wir werden die besten Eltern überhaupt.«

»Ich liebe dich auch.«

Noch ein Kuss, dann lösen wir uns voneinander und nehmen das Handy von Rafe entgegen. Betrachten verliebt das Bild.

»Hat sie schon einen Namen?«

Cassidy schüttelt den Kopf. »Davon stand da nichts.«

»Habt ihr euch denn im Vorfeld einen überlegt?«, hakt Leslie nach. »Bei einem Säugling ist das ja kein Problem.«

Wir tauschen einen erstaunten Blick. »Nein.«

»Na, dann solltet ihr euch bald etwas überlegen.«

Rafe hebt einen Finger. »Und die Erstausstattung besorgen.«

»Fuck!« Lachend streiche ich mir das Haar zurück. »Nie im Leben hätte ich geglaubt, dass es so schnell geht.«

»Ich finde ja Emma toll«, meint Hope. »Oder Melissa.«

Mir kommt eine Idee. »Was hältst du von Faith?«

Meine Frau lächelt. »Nicht schlecht.«

»Oh, ja, super!« Hope klatscht in die Hände. »Der Name passt perfekt zu meinem.«

Wir alle schauen sie überrascht an und Leslie schüttelt den Kopf. »Wieso denn zu deinem?«

»Na, wenn ich von euch kein Geschwisterchen bekomme, wird Faith meine neue kleine Schwester. Das ist doch okay, oder?« Mit großen Augen starrt sie erst mich, dann meine Frau an.

»Du hast ja Ideen!« Rafe umfasst seinen Bierbecher, hebt ihn an die Lippen.

Cassidy ergreift ihre Hand und drückt sie. »Ich glaube, darüber lässt sich reden.«

»Ohhhh, super!« Rafes Tochter springt auf. »Das wird so genial. Dann bin ich genauso eine große Schwester wie Jonathan ein großer Bruder und wir können uns zusammen um die Babys kümmern. Und wenn wir dann später heiraten, wissen wir schon einmal wie es geht.«

Mein Freund dreht im letzten Moment den Kopf, spuckt das Bier zur Seite und wir anderen brechen in Gelächter aus.

Wie war das mit dem Kindermund?

ENDE

Hat dir der Roman gefallen? Und das Bonuskapitel?
Möchtest du ab sofort nichts mehr verpassen?
Dann melde dich zu »Katies Herzenpost« an!

https://www.katie-mclane.de/Katies-Herzenspost/

Oder direkt QR-Code Scannen

Deine Vorteile:
- Neuigkeiten vor allen anderen erfahren
- Weitere Bonuskapitel lesen
- Exklusive Inhalte und Aktionen genießen

Und so geht es weiter →

Als E-Book bereits vorbestellbar!
»Touch Me, Mr. Millionaire«

Wenn zwei gebrochene Herzen sich finden, können sie einander heilen. Und sich für den Rest ihres Lebens lieben.

Seit dem Tod ihres Mannes ist das Leben für Violet Hampson ein einziger Kampf. Um ihr Baby, gegen die Trauer ihres neunjährigen Sohnes, die Einsamkeit in ihrem Herzen. Und schließlich um jeden einzelnen Dollar, denn das Witwengeld der US Army läuft aus.
Zum Glück bekommt sie unerwartete Unterstützung in Form eines Bürojobs im Kinderheim einer vermögenden Stiftung. Mit einem aufgeblasenen Millionär als Hauptsponsor, der wundersamerweise totgeglaubte Gefühle in ihr weckt.

Noch nie hat jemand Adrian Cross so unverhohlen die Meinung gesagt, vollkommen unbeeindruckt von seinem Status, Geld oder Aussehen. Dennoch zieht es ihn immer wieder zu der faszinierenden Frau hin. Ungeachtet ihrer gegensätzlich Welten, aller Unterschiede und Faktoren.
Weil sie sein versteinertes Herz wieder schlagen lässt, und zwar heftiger als je zuvor.

Mein Buchtipps

Perfect Fake Deal
(Perfect Fakes 1)

Zwei Millionen für eine Fake Ehe mit dem heißen CEO, der küssen kann wie ein Gott? Klingt nach dem perfekten Deal. Oder?

Gwen Hancock steht vor den Scherben ihrer Existenz, als sie sich in jener Nacht auf ein Trinkspiel einlässt und diesen faszinierend sexy Typen küsst. Dummerweise läuft ihr Taylor Fleming wenige Tage später erneut über den Weg. Als CEO der Firma, mit der sie zukünftig zusammenarbeiten will.

Zu allem Überfluss kennt er ihre finanziellen Probleme und macht ihr ein unwiderstehliches Angebot. Zwei Millionen dafür, dass sie ein halbes Jahr seine Frau spielt.

Wenn da bloß nicht dieses heftige Knistern zwischen ihnen wäre.

Fateful Night with my Boss
(Fateful Nights 1)

Er ist ihr neuer Boss. Und der heiße One-Night-Stand, an den sie sich nicht erinnern kann.

CLAIRE
Ich habe alles verloren. Job. Freund. Wohnung. Aber ich toppe das. Zwei Tage später flüchte ich mit einem Filmriss aus dem Bett eines verdammt heißen Fremden.

Wenigstens klappt das Vorstellungsgespräch bei New Yorks bestem Scheidungsanwalt, aber schon der erste Arbeitstag belehrt mich eines Besseren.

Denn Hudson Drake ist nicht nur mein neuer, launischer Boss, sondern auch der erste One-Night-Stand meines Lebens.

Zu meinem Glück bietet er mir einen Neustart an, aber bald tauchen die ersten Probleme auf.

Unsere Gegensätze, seine Gefühlsarmut. Und die wachsende Anziehungskraft, die wir schließlich nicht mehr ignorieren können.

Genauso wie die beiden Striche auf dem Schwangerschaftstest.

Love Me, Mr. Millionaire
(San Francisco Millionaires 1)

Wenn du auf den leiblichen Vater deiner Adoptivtochter triffst und er nicht nur das Herz der Kleinen im Sturm erobert.

Ex-Footballstar Raphael »Rafe« Walker fällt aus allen Wolken, als er von seiner Tochter Hope erfährt. In einem Brief von seiner todkranken Uni-Affäre. Sofort fliegt er nach New York, um sie kennenzulernen, doch er kommt zu spät: Hope wurde bereits adoptiert. Von einer Frau, die ihm von der ersten Minute an unter die Haut geht.

Leslie Burke kennt und liebt die Kleine bereits seit ihrer Geburt, umso schwerer trifft sie das Auftauchen von Hopes leiblichem Vater. Weil da dieses verbotene Knistern zwischen ihnen ist, eine Anziehungskraft, der sie auf keinen Fall nachgeben darf. Sonst wird Rafe ihr nicht nur das Mädchen wegnehmen, sondern auch das verdammte Herz brechen.

Alle Informationen über mich und von mir findest du hier:

www.Katie–McLane.de

TikTok – Instagram – Facebook:

@Katie.McLane.Autorin

Meine Veröffentlichungen
(siehe auch www . katie - mclane . de/Buecher/)

Einzelbände
Never Really Me
Private Delights

Reihe »Fateful Nights«
Fateful Night with my Boss
Fateful Night with a Rockstar
Fateful Night with the CEO *(Januar 2024)*
Fateful Night with a Billionaire *(März 2024)*

Reihe »San Francisco Millionaires«
Love Me, Mr. Millionaire
Kiss Me, Mr. Millionaire
Touch Me, Mr. Millionaire *(Juli 2024)*

Reihe »Perfect Fakes«
Perfect Fake Deal
Perfect Fake Match *(Dezember 2023)*

Reihe »Christmas in Love«
Boss, It's Cold Outside *(Oktober 2023)*

Reihe »L.A. Clash«
Hate & Desire – Dunkle Begierde

Reihe »Mafia Clans of New York«
Black Luck
Close Revenge

Reihe »Personal Protections«
Personal Protections – Blackmailed
Personal Protections – Stalked
Personal Protections – Sammelband 1

Reihe »Table Companions«
Dancing With A Stranger
Hold Me, Master!
Would I Lie To You?
Hot Dates – Sammelband

Reihe »Black Orchid«
Black Orchid – Unlimited Sin
Black Orchid – Dark Needs
Black Orchid – Hidden Desire
Black Orchid – Secret Burlesque
Sammelbände Black Orchid – Session One, Session Three

Reihe »Hot Winter Quickies«
Wishes
Desire
Sammelband

Meine Beiträge zu »Frostmagie« (Kooperation mit 13 Autorinnen)
Frostmagie – Unbreak my Heart
Frostmagie – Zuckerkuss und Weihnachtswunsch
Winterzauber in Frost Creek (Sammelband inkl. Bonusgeschichte)